「十三五」国家重点出版物出版规划项目
国家社科基金重大项目「百年中国通俗文学价值评估、阅读调查及资料库建设」（项目号：13&ZD120）最终成果

百年中国通俗文学价值评估

网络文学卷

汤哲声 总主编

马季 著

江苏凤凰教育出版社
Phoenix Education Publishing, Ltd

图书在版编目(CIP)数据

百年中国通俗文学价值评估.网络文学卷/汤哲声
总主编.—南京:江苏凤凰教育出版社,2021.4
ISBN 978-7-5499-9274-4

Ⅰ.①百… Ⅱ.①汤… Ⅲ.①中国文学-通俗文学-现代文学-文学研究②中国文学-通俗文学-当代文学-文学研究③网络文学-文学研究-中国 Ⅳ.①I206.6

中国版本图书馆 CIP 数据核字(2021)第 059454 号

书　　　名	百年中国通俗文学价值评估・网络文学卷
总 主 编	汤哲声
本卷作者	马　季
策划编辑	章俊弟
责任编辑	李明非
装帧设计	夏晓烨
监　　制	杨赤民
出版发行	江苏凤凰教育出版社(南京市湖南路1号A楼　邮编 210009)
苏教网址	http://www.1088.com.cn
照　　排	南京理工出版信息技术有限公司
印　　刷	南京爱德印刷有限公司
厂　　址	南京市江宁区东善桥秣周中路99号
开　　本	787毫米×1092毫米　1/16
印　　张	16.75
版　　次	2021年4月第1版
印　　次	2021年4月第1次印刷
书　　号	ISBN 978-7-5499-9274-4
定　　价	108.00元
网店地址	http://jsfhjycbs.tmall.com
公 众 号	江苏凤凰教育出版社(微信号:jsfhjyfw)
邮购电话	025-85406265,025-85400774,短信 02585420909
盗版举报	025-83658579

苏教版图书若有印装错误可向承印厂调换
提供盗版线索者给予重奖

目 录

第一章 概述	1
一、大众文化全球性崛起	2
二、网络文学的审美特征	5
三、中国网络文学现场	9
四、在生存中写作	13
第二章 网络文学的基因与形态	16
一、网络文学的前生	16
二、世纪之交的文学新生儿	20
三、从自娱自乐到全民写作	25
四、热闹与尴尬的新文学	28
第三章 网络文学的早期业态	32
一、低门槛写作时期	32
二、文坛关注网络之声	38
三、博客写作风靡一时	44
四、网络写作的利弊与前景	50
第四章 网络文学类型化之路	53
一、2006,创新启动之年	53
二、2007,纵深发展之年	56
三、网络架空小说的特征	59
四、网络穿越小说的特征	61

第五章　新读屏时代来临 …… 66
一、2008,回顾与展望之年 …… 66
二、2009,整合与进取之年 …… 69
三、2010,移动阅读元年 …… 74
四、2011,交流与融合之年 …… 81

第六章　网络文学跨入 2.0 时代 …… 88
一、2012,数字出版之年 …… 88
二、2013,蓄势待发之年 …… 96
三、2014,转轨起始之年 …… 104
四、2015,网文 IP 元年 …… 110

第七章　网络文学的前景与方向 …… 116
一、2016,产业化之年 …… 116
二、2017,网文现实题材之年 …… 128
三、2018,网文主流化之年 …… 139
四、网文的精品化之路 …… 144

第八章　网络文学的交叉路径 …… 152
一、PC 端群雄并起 …… 152
二、移动端开辟流量时代 …… 156
三、内容为王的回归之路 …… 158
四、网络文学的话语变革 …… 161

第九章　网络文学平台发展简史 …… 165
一、网文平台初创阶段 …… 165
二、商业化资源整合阶段 …… 168
三、移动阅读强势出击 …… 171
四、网络文学海外发展情况 …… 174

第十章　IP 是怎样炼成的 …… 178
一、IP 的主要形态及其路径 …… 178

二、IP背景下的网络文学价值 …………………………………… 183
三、二次元文化的兴起 …………………………………………… 185
四、IP发展趋向理性化 …………………………………………… 188

第十一章 网络文学的生态环境 ……………………………… 192
 一、网络文学产业化进程 ………………………………………… 192
 二、网络文学侵权现象分析 ……………………………………… 196
 三、文学期刊与网络文学 ………………………………………… 199
 四、少数民族网络文学 …………………………………………… 202

第十二章 网络文学评价体系 ………………………………… 207
 一、网络文学理论批评 …………………………………………… 207
 二、网络文学评奖 ………………………………………………… 209
 三、优秀网络文学原创作品推介 ………………………………… 222
 四、中国网络小说排行榜 ………………………………………… 236
 五、院校及民间排行榜 …………………………………………… 240

附录 网络文学重要事件 ……………………………………… 249

跋 …………………………………………………………………… 261

第一章　概　　述

　　从本质上讲,"网络文学"仍然是用汉字(其中夹带的符号都有汉字的对应含义)抒情和叙事,仍然是通过阅读给读者提供审美愉悦,这说明它仍然沿袭了"传统文学"的基本功能,但是我们也不能忽视它在传播方式与写作形式上对写作产生的巨大影响,否则就很难把握它的发展方向,只能对其做出简单或粗鄙的解释。总的来说,网络文学20年发展犹如一场旋风,凸显了集体经验和民间智慧,对当代中国文学的撞击是令人欣喜的,在未来的岁月里,它将有可能重组中国文学的格局,使中国文学产生新的造血功能,并创造出新的文学空间。网络文学与传统文学存在差异性其实是一件好事,如果两者类似的话,也就失去了交流和互补的意义。当然,就目前情况而言,网络文学还处在"实验期",还远不够成熟;但作为一种革命性的传播方式,网络把中国进一步推向了世界的舞台,无论是政治还是经济、文化的变革,都决定了中国面临的是一个更广阔的世界,只有在这个大舞台上,才能诞生真正伟大的中国文学。因此,当代中国文学的新路极有可能出现在"网络文学"与"传统文学"的互补与融合之后。

　　对于网络文学的浅层次、低俗化和快餐文化的特性,要客观看待,多一点宽容。网络文学本身是一种全民写作,作品质量参差不齐不足为怪。娱乐化是网络文学的一个重要特征,但娱乐化与低俗化有着明显的区分,不可把娱乐化与思想性相对立;是否具有"寓教于乐""乐中得益"的功能,是我们衡量网络文学作品优劣的重要标志。

　　网络文学是商品经济环境下的产物,归根到底,产业化是网络文学得以健康发展的重要前提。"网络文学作品—电子收费—纸质出版物—影视剧—动漫—网络游戏—周边"的产业链正在逐步形成。在这个基础上,建立和完善网络文学的生产机制,重塑网络文学"作家—创作—作品—受众—阅读—IP化—海外传播"新关系模式,才有可能激发网络文学作家的创新热情,使网络文学创作的自由度、自信度得到提升。一旦网络文学自身的力量强大起来,就能有效地抵制低劣作品的侵蚀,创造一个绿色的网络环境。

一、大众文化全球性崛起

中国网络文学的出现和高速发展看似突兀,实际上有着深厚的历史人文背景,它一头连接着席卷全球的媒介革命,另一头连接着本民族文化心理和传承方式,由自娱自乐到蔚为壮观,由下里巴人到挥斥方遒,顺其自然,水到渠成。深入其中得其真味,便能体会到或许只有中国才具有这双重的文化渊源,只有中国人才具有如此的文化创造能量。回首百年可以发现,不断缩短人与世界万象之间的时空距离,乃是20世纪全球经济文化发展的重要向度,文艺作品借助想象力扩大了这一奇妙变化给人类带来的快乐和烦恼,并通过跨文化传播实现了思想领域的融合和分化重组。精英文化和大众文化在20世纪后半叶此消彼长、相互渗透的局面渐次明朗。在西方,法国新小说作为具有全球影响力的最后一个精英文学流派,不仅遭受诸多非议,而且成为孤立的"绝响",而面对面的艺术、大众艺术的狂欢却空前活跃,畅销书、流行音乐、摇滚乐、街舞、涂鸦等大众艺术形式风起云涌。与此同时,影视产业的快速发展及其与票房、收视率捆绑的商业模式横扫全球,艺术创作与大众消费之间逐渐形成血肉关系。在二战之后,每一种新的艺术形式的出现都有其深厚的民众背景,大众参与艺术创造、传播和评价的新的文化范式逐渐确立。在东方,亚文化风靡一时,日本的动漫文化、香港的武侠文化和边拍边播的韩剧模式都在这一时期占据了文化市场的要塞。20世纪60年代末,世界性的青年反传统运动进入文化解构时代,日本的二次元文化和香港的无厘头文化则是在其后出现的东方式备注。

在这个基础上,大众文化以泛娱乐审美方式显示出超强的渗透力,跨越不同国度、不同文化、不同种族,面向所有个体,重构世界文化版图。美国学者詹姆斯·罗尔在《媒介传播文化:一个全球性的途径》①一书中重新定义了"超文化"概念,他认为超文化包含六个方面:广泛的价值观念、国际资源、

---

① [美]詹姆斯·罗尔著,董洪川译:《媒介传播文化:一个全球性的途径》,见商务印书馆2012年版,第97页。

文明、国家文化、地区文化和日常生活。罗尔还在具体阐述中提及：电视对人们的时间、空间、距离的改变，直接使人们的交往、谈话、睡眠、食物准备、消费以及其他日常的交际方式和家庭行为模式发生改变。这是罗尔30年前的表述，今天在互联网生态环境下，巨大信息流无孔不入，对人类生存状态的改变更为彻底，但就文艺创作领域而言，简单概括起来无非两个指标：全球化与个人化，即联合与分化后产生新流。简而言之，文艺创作如果无视全球化的现实将难以实现有效传播，若不具备个人化则有悖文艺创作的基本规律。

互联网在20世纪80年代主要作为商用，此后20年在全球广泛应用，这场信息技术革命，急速放大了全球文化交流的路径。中国网络文学有幸介入了这一巨变，经过20年的发展，已经成为标志性大众文化样式，深入人心，为中国大众普遍接受，并逐渐向海外拓展，自然融入全球大众文化的洪流之中。全球化的规则本身就具有很强的"扶强抑弱"性质，我们经常挂在嘴边的好莱坞大片、日本动漫和韩国电视剧，无一不是全球大众文化传播的佼佼者，迪士尼在数十年林林总总的授权中获得的商业利益用"富可敌国"来形容毫不为过，但是隐藏在利益之下的价值观念传播更值得分析和研究。

21世纪以来，大众文化的基本特征是建立在知识产权保护体系下的成功的商业模式，必须明确一点，知识产权保护的核心是文艺作品的原创性和唯一性，而这和艺术创作规律完全吻合，也就是说，大众文化的基因与精英文化并无排异现象，甚至可以说，21世纪的大众文化正是20世纪精英文化结出的果实。所谓成功的商业模式，就是最大范围地有效覆盖和传播，从而使得知识产权保护和商业模式之间形成一个闭环。由此，文化发展与经济规律合奏，为以网络文学为龙头的互联网文化产业在21世纪大行其道奠定了坚实基础。在文明世界之今日，如果文化可以挣钱，相信所有商人都会心动；如果文化成为产业，并深刻影响民众的精神世界，相信所有政府都会将其纳入国家发展战略之中。中国网络文学生逢其时，如鱼得水般得到了政府和资本的双重维护和推动，在国际化环境中成长的中国新生代人群注定会将这朵奇葩催生得无比绚烂。

在中国网络文学20年发展历程中，有几个节点值得回顾。互联网接入中国第三年——1996年，网易开办个人主页，文学作品通过个人窗口得到展示；1997年，首家具有交互特征的"榕树下"文学主页以虚拟社区形式开通；1998年，台湾网络作家痞子蔡以《第一次的亲密接触》风靡大陆，"网络文学"获得正式命名；1999年，"榕树下"独立门户网站上线。2003年，"明扬品书网"首推VIP付费阅读制度，随后"起点中文网"也开始采取这一制度，并实行原创文学作品网络版权签约制度，之后付费阅读制和签约作家制成为网络文学创作与传播的基本模式，网络文学步入商业化阶段。2005年，"起点中文网"出现了年收入过百万的网络作家，网络文学商业模式宣告正式确立。网络作家和文学网站签约所形成的关系模式，成为网络文学的主导方向，这种模式可以确保一大批网络作家从事职业创作，并以此为生计。此后，网络VIP付费阅读模式与纸媒出版双翼齐飞，推助网络文学涌现出一批创作、传播和实现IP化的优质原创作品。

有数据显示，在2008年网络文学达到第二个高峰时，各大网络文学平台已有超过150万名签约作家，到2012年时达到了250万名，目前签约作家超过了600万人。2008年，中国作协《长篇小说选刊》杂志社与中文在线17K小说网组织了包括《人民文学》《收获》《十月》《当代》《作家》《花城》在内的20家文学期刊进行"网络文学十年盘点"，《此间的少年》等入选"优秀作品十佳"，《尘缘》等入选"人气作品十佳"，此举开启了网络文学经典化之路。2010年，中国移动手机阅读基地正式商用，单月访问用户数突破2 500万，单月付费用户数突破1 800万，移动阅读助推网络文学成为大众阅读的首选。这一年，鲁迅文学奖首次向网络文学敞开大门，国家新闻出版总署将网络文学纳入中国出版政府奖评选范围，三家网站的三部网络长篇小说首次获得中国作协重点作品扶持。[①]网络文学由边缘化正式走向了文学舞台的中心，社会关注度达到了峰值。网络文学的个性化发展特征愈发清晰和鲜明，与传统文学的融合，主要体现在如何主流化和经典化等议题上。网络文学的学术研究和理论批评得到传统媒体的广泛关注，建立一套适应网络文学创作、传播、阅读的评价体系和筛选机制的基本条件已经形成。

2013年以来，微信朋友圈、微信公众平台等自媒体的兴起再次拓宽了网络文学的边界，拥有离线信息推送功能的微信在这方面占据了很大优势，文学内容一经发布，即可快速以离线的形式到达用户手机中，引导读者不断刷屏，同时以导流方式出现的新的文学平台也借助这一途径，给人们带来一

---

① 白烨：《中国文情报告（2010～2011）》，见社会科学文献出版社2011年版，第136页。

种新型的文学阅读体验。2015年,由中国作协网络文学委员会主办,中国作家网承办的"中国网络小说排行榜"季度榜单和年度榜单开始推选发布。排行榜的评选和推出过程,是建构网络文学评价体系的重要探索和实践,也是网络文学主流化的重要标志。"中文在线"在2015年初成功上市,成为国内"数字出版第一股";腾讯集团斥资50亿元人民币,兼并"盛大文学",成立阅文集团,将腾讯巨大用户流量的优势与"盛大文学"丰富的内容资源相结合,形成网络文学阅读平台与传播手段的跨越式升级。这一年,游戏、影视剧和网络剧改编聚焦网络文学IP,网络文学成为新一轮文化产业升级创新的核心动力。由《鬼吹灯》改编的两部大电影《九层妖塔》《寻龙诀》和校园青春剧《何以笙箫默》先后搬上银幕。电视剧《琅琊榜》《花千骨》《芈月传》《华胥引》相继掀起收视高潮。2017年,掌阅科技和阅文集团先后上市,显示出网络文学原创领域已具有清晰的市场辨识度。在中国网络文学日趋成熟之际,海外在线阅读成为新的关注热点,一批英文网站陆续上线。2017年5月15日,阅文集团旗下的起点国际正式上线,中文在线、掌阅科技、纵横文学也以不同的方式纷纷加入这支"远征军",中国网络文学的海外影响力正在逐步扩大。

二、 网络文学的审美特征

审美是打开文学艺术之门的钥匙,网络文学当然不能例外。从网络文学的创作实际出发,明晰其审美指归,归纳其审美特征,已是当代文学理论批评领域的一项十分迫切的工程。经过20年的发展,可供研究的网络文学文本样式与作家群体,其规模和丰富性,完全达到了深度理论勘察的条件。然而,正是由于网络作品存量浩如烟海,创作形态多种多样,此项工作具有极大的难度和挑战性。我个人认为,考察网络文学的审美特征应该基于这样四个方面:一是以中国现当代文学形成的美学标准为基础,二是充分考虑中国社会经济、文化转型以及中外文化交流产生巨大能量后的审美变量,三是仔细分析传媒革命性变化和文化公共空间开放性的影响和作用,四是作为创作主体的网络作家自身需求与市场需求相互平衡形成的新的文化特点。简单地讲,就是从文学自身的发展规律以及文学的当代性、社会性和传播特性来考察网络文学的审美特征,以期为其进行美学定位。必须强调的是，对于网络文学这一时代新生事物，上述四者并非独立存在，而是相互依存，它实际上为网络文学描绘出传承、创新、融合与不确定性的美学特征。

网络文学给人的印象是天马行空、不拘一格、我行我素，但细究其中的优秀之作，多与传统文化血脉相连。相对而言，中国古代文化与西方现代文化的杂糅，体现在网络文学身上，超出了五四新文化运动的影响。网络作家们普遍对中国古代文化更为认同，尽管他们受教于五四新文化运动，却试图从那里辟出另一条路；他们没有接踵当代文学，一方面是受21世纪之初"国学热"的影响，另一方面是他们的确从中国古代文化中找到了自我，找到了延续这一文化传统的乐趣。

20年来，网络上产生了一批有重要影响的作品，如今何在的《悟空传》、江南的《此间的少年》、萧鼎的《诛仙》、燕垒生的《天行健》以及猫腻的《庆余年》、梦入神机的《佛本是道》等，它们都明显有脱胎于中国古典文学的痕迹。《悟空传》直接取材于《西游记》。《此间的少年》则是金庸小说的青春校园版。奇幻小说《诛仙》和《天行健》运用西方奇幻手法描述异类空间和冷兵器时代的战争，同样结合了大量东方神话元素。穿越小说《庆余年》显示出作者对古代白话小说、诗词歌赋的浓厚兴趣，甚至将《石头记》的全文搬到了虚拟空间的某一点。仙侠神话小说《佛本是道》受到《封神演义》影响，糅合了中国古代大量的神怪故事，创造出一个独特、完整、庞大的仙佛世界体系。可以说，绝大多数网络文学的精神内核是东方化的、中国式的，显然，网络作家们试图在古老的文化传承中找到自己的精神源头。

当然，网络文学的表现手法和价值观是多元化的，一定程度上超出了传统审美习惯，显示出追求另类、奇异、怪诞的当代文化特征，以及某些逆传统的特性。由于网络浩瀚如海洋，网络作家们希望自己的作品免于被淹没的命运，于是选择求新求异之路，逐步形成了网络文学创新求变的新传统。这并不让人觉得奇怪，所有新的文化样式在其诞生之初，都会有一段排他期，要允许新事物成长、变化和发展，要用长远的眼光来对待网络文学。总而言之，网络文学的审美标准是在承袭古老文化传统的基础上，紧密贴合受众文化心理与审美趣味，经过读者筛选与自我评价逐渐形成的一套价值体系。

在科技创新与新的文化机制推动下，网络文学蓬勃发展，美学范畴得到自然扩展。网络文学是中国当代文学最大的变量，也是文学扩容最直接、具体的体现，而文学扩容的实质是精神扩容。近30年，中国经济持续保持增长,对外经济、文化交流空前繁荣,人的精神世界随之发生了翻天覆地的变化。在商品经济时代,社会能量的发挥必然要符合一定的商业规律。在这样的社会环境下,民间和消费市场急需新的推手启动文化扩容模式,网络文学显然是市场的最佳选择,因为只有它能够带动影视、动漫、网游、数字阅读等一系列文化产业的发展,从而产生新的文化产业链。因此,网络文学虽然呈现的是文学样式,实际上却扮演了多重角色,它在审美上必然要超出传统文学固有的范畴,尤其在大众性、娱乐性方面发挥着文化整合作用,也只有在这方面出色的网络文学作品才能够获得更大的社会空间。如下线成为纸质畅销书的《此间的少年》《明朝那些事儿》《鬼吹灯》《盗墓笔记》,改编成电视剧的《甄嬛传》《步步惊心》《欢乐颂》《择天记》,改编成网游的《诛仙》《斗罗大陆》《斗破苍穹》,改编成电影的《致我们终将逝去的青春》《杜拉拉升职记》《失恋33天》《悟空传》,改编成漫画的《全职高手》《国民老公带回家》,等等。

网络文学的出现,还引发文学作品生产模式和消费模式的变化。即时更新互动,读者直接参与写作,使网络文学在创作原点上使用的助推"燃料"与传统文学有明显不同。"为读者而写作"是网络文学的生命线,一旦脱离了读者,失去了人气,即使曾经辉煌也很快会被后来者替代,网络文学以读者取舍为标准的更新模式甚至可以说是残酷的。"你要让读者追随你,你就必须先让读者听得懂你说的话,"网络作家陈风笑的观点具有一定的代表性,"我们创作的目的不在于让作品永垂不朽,而在于拥有读者,拥有很多读者,拥有越来越多的读者!"《山海经密码》作者阿菩的观点相对理性,他认为,网络文学的写作是一个为读者造梦的过程。网络作者们并不要求在旧有的文学框架中,去寻求文艺理论标准下的文学性,他们所追求的是与目标读者进行顺畅的沟通,而这种顺畅沟通,也正是他们得以征服读者的最大秘密。《扶摇皇后》作者天下归元对此同样深有体会,她说,在很多时候,网文作者其实比传统作家下笔更为谨慎,因为他们直面读者,直线沟通。信息的即时反馈和大量读者的审视压力,让网文作者在涉及是非的问题上如履薄冰。

想象力成为网络作家展示自身才华的重要标志。在全球新闻即时获取的今天,纵使是异国他乡的曲折故事,也只是茶余饭后的碎片"点心",人们早就饱了,吃不吃这一口都无所谓。一个优秀的网络作家必须考虑到他所面对的读者是个庞大的人群,他们的生活阅历、兴趣爱好千差万别,如何为庞大的读者群服务？如何让他们能够接受你虚构的故事？网络作家不断挑战自己的想象力，通过虚构建立起一个个有异于现实的庞大的精神王国，为读者提供新的审美视域。玄幻、仙侠、穿越、架空历史、盗墓、探险和网游等典型的网络文学类型最受读者欢迎，这是为什么？因为这些作品普遍超越了人们的生活经验，即使你是一个生活经验非常丰富的人，这一片文学世界对你来说也是极其陌生的。唐家三少的《斗罗大陆》、天下霸唱的《鬼吹灯》、猫腻的《间客》、骷髅精灵的《机动风暴》、我吃西红柿的《盘龙》、天蚕土豆的《斗破苍穹》等一大批网络文学作品，无疑为读者创造了无数丰富的、光怪陆离的想象世界，这在中国当代文学中极其罕见。

但现实与想象之间山重水复，我们必须加倍警惕。从理论上说，数字化时代，人有可能变身为阅读机器的零部件，一些网络小说里的人物升级模式以及在不同章节里刻意而无谓地重复人物的行为和动作，极大地损伤了艺术审美趣味，与文学叙事所追求的表现人物的复杂性、精神高度等旨趣背道而驰。

网络文学创作过程中存在很多不确定的因素，在相当长一段时间里，这也是它的审美特性之一。首先是介质的不断变换、升级。从在线阅读到手机、平板电脑阅读，传媒革命仍在继续上演中，大部分人3G手机还没有使用熟练，4G时代已经呼啸而至。速度更快，功能更强大，阅读更便捷，互联网技术的高速发展与纸媒的"千年一变"，形成了鲜明的对比。其次是受众人群的流动性。网络文学奉行"眼球有价，点击成金"的原则，一个作家是否受欢迎，不是根据评论家的态度，也不是看媒体的脸色，而是取决于读者，读者的点击在极短的时间内，就会决定一个作者的生死存亡。第三是作品的同质化倾向被忽略。人人取而用之的手法，受众耳熟能详的语言与结构，无法产生具有独特性的作品，遑论风格的形成。碎片化阅读模式容忍了浅阅读的滋生和存在，实在是无可奈何的现实，也是网络文学变革中出现不确定因素的主要原因。

早在1936年，本雅明就在《讲故事的人》一文中对现代技术社会里人们交流自身经验的能力表示怀疑。在他看来，随着现代技术的迅猛发展，经验的贬值、叙事能力的被剥夺，正在加剧并且不可逆转。在网络传播介质中，文学无论如何不可能保持原有的样子，本雅明的观点用来解释今天网络时代的文学变革仍然适用。换句话说，中国网络文学借助新媒体的传播实践，对21世纪全球文学的变化、发展是具有探索价值的。网络文学的不确定性因素,其实包含有利与不利的变数。

网络作家自身需求与市场需求相互平衡形成了新的审美特点。在创作过程中,网络作家既有宣泄、释放自己内心的需求,也有在安全的虚拟社会中求得公众认同的一面。在创作实践中,为了强化故事的未知性,符合超长连载的需求,很多作品的故事情节有明显编造的痕迹,实际上是作者对故事发展失控的表现。另外,电子商务强大的、无孔不入的覆盖力,直接影响创作主体的心理,使得创作主体的审美需求倾向于满足浅层次的倾诉和认同。

综合来看,网络文学审美特征的产生是一个复杂的过程,其中自然有不少非文学因素存在。对此,在理论批评常态的前提下,更多的应当是理解和包容,允许网络文学有一个自我调节的过程。网络文学尽管存在标新立异、哗众取宠、迎合受众的成分,但无论是在题材选择、艺术语言,还是在表现手法、文化视野以及价值体系等方面,的确产生了大量具有时代特征的新的文学元素,特别是以网络"80后"为主体的一代人,他们的话语体系已经关涉如何鉴别文学价值的题旨,未来很可能带来文学美学标准的改变,并由此直接影响中国文学的未来发展。同时,还应该充分考虑到,网络文学20年爆发式增长所积聚的能量,在汇入中国社会变革的洪流之后,产生了超出文学范畴的美学意义。

三、 中国网络文学现场

网络文学究竟与传统纸媒文学存在哪些差异,我们该如何去看待和认识它,进而在未来的文学史当中如何阐释,这已经是一个不容我们忽视的议题。从总体上看,中国网络文学是世界性文化流动的产物,网络作家深受西方大众文化的影响,在数字化阅读时代,年轻一代对文学经典的理解和认知发生了变化,并将文学和影视、动漫、游戏等其他文艺样式视为一个整体。因此,在创作方式和标志性作家的产生过程中,网络文学与传统纸媒文学逐渐拉开了距离。

网络文学以类型化为主要创作形态,在不同领域进行创作实践,目前大约有60多个大的类型,大致分为玄幻、奇幻、仙侠、架空、穿越、武侠、游戏、竞技、都市、言情、军事、历史、科幻、惊悚、魔幻、修真、黑道、耽美、同人、太空、灵异、推理、悬疑、侦探、探险、盗墓、末世、丧尸、异形、机甲、校园、青春、商场、官场、职场、豪门、乡土、纪实、知青、海外、女尊、女强、百合、美男、宫斗、宅斗、权谋、传奇、动漫、影视、真人、重生、异能、女生、童话、明星等等,它们还可以进一步细分为近百种小的类型,比如仅玄幻类一项就可分为东方玄幻、转世重生、魔法校园、王朝争霸、异术超能、远古神话、骇客时空、异世大陆、吸血家族等,其内容与形式各具特色。同时,类型之间的相互借鉴和混用已成为常态,也就是说,类型文学在网络上形成了自己的小江湖,类似于文学流派的各种"流"与"文"(如洪荒流、无限流、民国流、黑道流、种田文、抗战文、总裁文、轻小说、新红颜等等),都拥有自己的固定粉丝群。①类型文学发展到一定阶段,会出现明显的裂变,集大成者往往会背离原有的类型原则成为新类型的开创者,或跨越类型融入新的艺术创作领域,用脱胎换骨来形容这种裂变并不为过,从有形中来到无形中去,从商业中来到精神中去,是类型文学经典化的必然之路。

网络作家来源庞杂,学养基础千差万别,对文学的理解和认识迥然相异,这是导致网络文学内容色彩斑斓、雅俗并存的主要因素。据调查,网络大神级作家中70%以上是非文科生,例如桐华在北大学的是商科金融专业;江南毕业于北大化学系,后又在华盛顿大学获得分析化学硕士学位;猫腻曾被保送四川大学电力系统及自动化系,后自动退学;辰东毕业于中国石油大学;血红毕业于武汉大学计算机专业;酒徒从事电力设备调试工作多年;阿越一开始从事火车头修理工作,后去川大历史系读书;烟雨江南和徐公子胜治,长期在证交所工作;石章鱼一直在一家医院当医生;我吃西红柿是苏州大学数学系的学生;天下归元和藤萍长期从事公安工作;唐欣恬是伊利诺伊理工大学的金融学硕士,曾任上海中华对冲基金美股分析师;海晏供职于一家房地产公司;阿耐是一家著名民营企业的高管;随波逐流是一位女工科硕士;等等。大量非文科专业出身、没有接受过文学训练的原生作者,通过现代流通量巨大的信息化时代所获得的信息,进入了文学创作领域,因此改变了已有的文学生态。

从审美上讲,网络文学反映了新生代作家群体对生活的理解和认知,与上代人的观念存在一定差异。从文化脉络的传承上看,网络文学与传统的

---

① 马季:《网络时代的故事回归于文学想象》,见《小说评论》2017年第1期,第120页。

通俗文学有着极深的渊源。可以说,成功的网络作家都曾经大量阅读中国古典文学,甚至研究程度要比传统作家更细致。网络作家的思想资源来源于其青少年时代、读书期间所阅读的一些经典作品,既有中国古典文学,比如《红楼梦》《封神榜》《七侠五义》《西游记》、"三言二拍"、《聊斋志异》,甚至金庸、古龙等,也有很多西方大众文学,比如《指环王》《哈利·波特》《暮光之城》《冰与火之歌》等。更加宽泛的东西方文化交融,是中国社会不断改革开放的必然产物,它为网络写作提供了新的空间,也为中国当代文学向海外进军提供了可能性。在行业发展方面,政府逐步加大了对网络文学的引导和扶持力度,目前全国已有 30 个省、直辖市、自治区以不同形式建立了网络文学组织机构,网络文学的发展由此进入了黄金时期。

2018 年 8 月 20 日,中国互联网络信息中心(CNNIC)在京发布第 42 次《中国互联网络发展状况统计报告》。根据报告,截至 2018 年 6 月 30 日,我国网民规模达 8.02 亿,普及率为 57.7%;手机网民规模达 7.88 亿,网民中使用手机上网人群的占比达 98.3%。网络文学用户规模达到 4.06 亿,较上一年末增加 2 820 万,占网民总体的 50.6%。手机网络文学用户规模为 3.81 亿,较上一年末增加 3 713 万,占手机网民的 48.3%。近年来,我国数字内容版权环境持续优化,推动国内网络文学业务蓬勃发展。企业营收结构的多元化和用户阅读方式的多样化是网络文学行业发展的两个主要特点。第一,网络文学企业营收结构多元化趋势明显。上市网络文学公司阅文集团和掌阅科技各自在 2018 年上半年发布的财报数据显示,虽然在线阅读业务均为两家企业的核心收入来源,但包括版权运营、硬件产品、纸质图书在内的其他业务也都为整体营收带来了一定贡献。从长期来看,版权运营业务将成为未来网络文学企业营收增长的关键。该业务目前在阅文集团和掌阅科技的整体营收中分别排第二和第三位。第二,网络文学用户阅读方式多样化趋势明显。从用户规模来看,CNNIC 调查数据显示,截至 2018 年 6 月,国内有声阅读用户规模已达 2.32 亿,占网民总体的 28.9%。从营收角度来看,根据中国音像与数字出版协会于 2018 年 4 月发布的《2017 年度中国数字阅读白皮书》,2017 年数字阅读行业市场规模达到 152 亿,其中有声阅读市场规模已达 40.6 亿元。

2018 年 3 月,中国作协网络文学委员会、上海市新闻出版局、上海市作家协会和阅文集团在上海联合主办了"中国网络文学 20 年发展专题探讨会"。"中国网络文学20年20部优秀作品"评选在会议期间揭晓。20部作品可以说是网络文学20年的一个缩影,让人们回想起网络文学从无到有、从弱小到壮大的成长之路。

猫腻发表于2009年的《间客》荣登榜首,评委给予"网络小说的巅峰之作"之评语。发表于1998年的《第一次的亲密接触》居次席,今何在《悟空传》和阿耐《大江东去》紧随其后,后者曾获"五个一工程"奖。20部作品中还包括萧鼎《诛仙》、辛夷坞《致我们终将逝去的青春》、唐家三少《斗罗大陆》、萧潜《飘邈之旅》、桐华《步步惊心》、酒徒《家园》、金宇澄《繁花》、月关《回到明朝当王爷》、天下霸唱《鬼吹灯》、wanglong《复兴之路》、天蚕土豆《斗破苍穹》、血红《巫神纪》、当年明月《明朝那些事儿》、我吃西红柿《盘龙》、蝴蝶蓝《全职高手》、辰东《神墓》。其中,金宇澄《繁花》曾获茅盾文学奖。

网络文学最新动态显示,行业边界日趋淡化,IP延伸出新的格局。"网络文学"IP生态急剧升温,通过对网络文学原创作品进行影视、游戏、动漫等不同内容形式的再开发,带动泛娱乐生态链各环节产生联动放大效应。高潜力吸引资本入局,为创新注入新动力。高能量、高价值和高潜力吸引了资本市场的密切关注。部分重点网络文学企业先后上市,创新型企业在一级市场获得的风险投资和私募基金融资都保持了强劲增长,为网络文学IP涌现和精品领域转化注入了强劲的动力。二次元类作品有可能成为下一个热点。互联网用户群当中二次元用户逐年攀升,市场规模于2017年已突破1 000亿元,用户规模已超过3亿人。在2018年3月,作为二次元用户聚集地的B站赴美上市,国内二次元行业正式进军海外,在发展上迈出重要的一步。二次元最早始于日本动画、游戏作品,因其画面是平面二维空间,因此被称为二次元。二次元类作品由二次元概念衍生而来,是针对二维空间而创作出的文学作品,故事相对简单,但生活趣味更加浓厚,读者对象主要是喜爱动漫的"95后"和"00后"网生代,主要文学类型包括动漫、穿越、游戏、同人、校园、科幻、奇幻等。这类作品想象力丰富,作者通过对现实场景和虚拟人物进行文学加工,使其具有强烈的画面感,带给人较强的阅读冲击力。每一次市场变化都将大力推动网络文学的创新与变革,未来两三年包括小说、漫画、动画、游戏等二次元类作品将会紧密互动,由此而产生一波新的网络文学浪潮。

网络文学持续发展,催生了各类孵化IP产业平台的诞生,阅文集团、中文在线、网易云阅读、阿里文娱、爱奇艺文学等已在这个领域形成竞争之势，但在运行形态上各有不同。阅文集团主推 IP 合伙人制，从源头介入 IP 开发过程，联合产业内合作伙伴，提升 IP 价值；中文在线则致力于超级 IP 孵化战略；网易云阅读主攻以文学 IP 为源头的影视、动漫、游戏等全版权生态战略；阿里文娱通过阿里文学提供创意和网文 IP，由阿里影视以及投资的几大影视制作公司参与孵化。掌阅科技从 2017 年开始积极调整产业链，计划从网络剧进军 IP 产业；百度文学被完美世界重新收购后也开始发力 IP 孵化，推出了网络剧、游戏作品。值得一提的是，晋江文学城的做法是坚持网文品种"多元共存""百花齐放，百家争鸣""给小众题材以生存空间"的原则，给作者提供了良好的土壤。而在 IP 类型化方面，黑岩网的摸索也取得不俗的成绩，他们倾力打造国内最大的悬疑类网络文学平台，成为"90 后"的主流阅读审美时尚。

网络文学的生态系统正在逐步优化，呈现多元健康发展态势，社会影响力持续攀升。网络作家的社会地位逐年提升，针对从业人员的各类专业培训，也如雨后春笋。创作群体蓬勃兴起，读者的数量和覆盖面急速扩张，影响力和读者群也在逐年扩大。

四、在生存中写作

网络文学最鲜明的特征是"写作"与"生存"的共生状态，或者"第一生存"体验对于"写作"呈现了最直接的意义，这与目前主流文坛的写作方式有很大不同，网络文学作家是"在生存中写作"，而主流文坛作家则在很大的意义上是"在写作中生存"。

网络文学写手主要由都市青年组成，与传统作家相比，他们的作品时尚浅显，内容平民化，缺乏关注人类命运的意识，在艺术上和思想深度上还远未成熟，缺少深邃的社会意义、人生感悟和深层的文化积淀，缺少责任与理性。这是网络文学的致命伤。因此，目前的网络文学难以满足更多读者深层次的审美需求。这当然和网络文学追求情绪化、随意化、即兴化的创作方式有关。无拘无束、随心所欲地自由表达，为文学回到天真、本色和诚实创造了条件，但同时也为滥用自由、膨胀个性、创作失范大开方便之门。

网络写作的特殊风格在语言上表现得较为突出，对此，已经有人提出了

"网络语言"这一全新的概念。人们对于这一点几乎没有异议——相对于书面语言,网络语言既简朴生动,又粗糙煽情。早期网络作家少君认为:"网络文学的基本表现:通俗化、速食化,不过分讲究文句的修饰,不太考虑表达方法。"而其中最重要的是:语句构成简单、情节曲折动人和贴近网络生活本身,"网络的浏览行为注定了网络文学的主流是一种速食文化,而幽默作为一种吸引浏览的行为,无论是大师式的笑中见泪,还是胡闹而已的'无厘头'搞笑,无疑都是网络民众所喜闻乐见的。"

　　由于网络固有的交互性,网络文学比传统文学有了更多的内涵与外延,也更容易被普通读者所接受。但不能就此轻易断定前者比后者有更强的生命力和更光明的前景,更不能以此说明前者终将完全取代后者。事实上,网络文学为了网罗读者而添加的装饰或粉饰已经够多了,审美作用和教育作用的彻底淡化,娱乐作用的过于强盛,决定了它无法承担传统文学的使命。形象地说,网络文学成长至今,既"先天不足"又"后天失调",根本不具备向传统文学攻城略地的战斗力。即便有朝一日身强体壮,恐怕还是免不了通过传统文学补充能量。历史证明,传统文学的宝藏正是在不断的给予中丰富壮大的。目前,有大量的网络文学写手,表现出对传统文学标准的自觉趋同。他们的作品不断转化为纸媒形式出版,并且获得了来自传统文学体制内的认可。因而有研究者认为,网络文学与传统文学的界限正在模糊并逐渐消弭,最终将实现"合流"。"榕树下"曾为被传统媒体转载的作品和作者编了一个叫"金榜题名"的专栏,很好地印证了网络写手对传统媒体的微妙心态。

　　多数参与网络文学创作的作者都有一个美好的初衷,这也应该是网络文学刊物的主办者们的初衷,那就是要让优秀的作品得到读者的认可,而不是像传统媒体那样,优秀作品有可能在编辑部"初审"时就被淘汰了。可是,谁又能保证网络上的"快餐式"阅读,一定会让"金子"闪耀光芒呢?总数大得吓人的流量,落实到具体的网页上,究竟会缩水到何种程度,恐怕也不容乐观。事实上,网络发表的作品能得到关注的机会并不比传统媒体多。那么,在匆匆地写作、匆匆地发表和匆匆地浏览中,文学除了自娱自乐以外,所剩下的值得回味的东西就有限了。网络阅读的随机性注定了网络作品的短命。

　　在多态生存的现状中,网络文学还给写作和阅读提出了新的难题,它增加了选择、判别和价值评估的难度,尽管大部分人都是普通人,但每个人都有自己认可的精品和垃圾,而且从大的趋势上来说,垃圾几乎对每个人来说都多于精品。平民化的写作和阅读面对着空前高涨的网络创作、发布量,必然会产生因重复、淹没、遭遇伪劣产品、判断迷失等而导致的精力、时间、注意力的浪费,这个冲突虽然在传统文学中也有所体现,但在网络中显然变得更加突出。

不过,网络文学作为一种新的写作途径,它的存在还是有着广泛的受众基础的,它也给跨世纪的中国文学带来了一丝新鲜的空气。如果我们暂且把当下的网络文学理解为一种新的媒体,新的传播和储存方式,新的书籍、书橱、书店甚至图书馆,或者把它视为文学讲习所和研讨会,是不是就能对它多些理解和关怀?因为网络文学良莠不齐的现状仅靠排斥是改变不了的,为网络文学的健康发展营造一个良好的氛围,才是提升它水准的有效办法。既然不可能拒绝它,就应该让它美好与强大。在时代的浪潮声中,网络终将会成为我们日常生活的一部分,但它的喧闹会渐渐隐去,那时候文学仍然是文学。当我们不再把网络作为话题讨论的时候,文学依然是我们永恒的话题。

时代造就了人的生存方式,也造就了人感知生活的方式。网络写手在现实生活中有着各种各样的身份与职业,而且绝大多数与文学无关,他们的知识结构与身份背景千差万别,他们的创作因此有着别样的风情与广阔的视野。网络文学往往以颠覆经典文本的面貌出现,在写作中以轻松、嘲讽的气氛取胜,与传统文学正儿八经的叙事、抒情,神与貌皆相去甚远。这就要求我们以全新认知面对这一文学形态。但是,相对于大量的在线网络文学作品和网络文学选本,网络文学批评力量的缺失十分严重。一方面是由于传统文学的评论家们无暇顾及超量超速的网上作品,另一方面是网络文学还没有产生自己的完备的评价体系。我们应该看到,文学批评与文学理论首先也是文学范畴的,是文学的重要组成部分。它给写作提供了正确的理论基础与理论指导,同时也引导读者形成观察视角、阅读方向、分析立场。既然网络文学这一概念已经被提出,而且网络文学也表现出其鲜明的创作特点,有着区别于其他文学形态的固有属性,并在不断的实践与发展中涌现出一批优秀作品,那么就有必要对其进行分析和探讨,进行恰当的文学批评。显然,由于网络文学的稚嫩、模糊和发展的不确定性,对它的研究需要花费很大的精力,正是基于此,它的挑战性不言而喻。

第二章 网络文学的基因与形态

世纪之交,中国社会生活发生了历史性、飞跃性的变革,这一方面为文学表现提供了巨大空间,一方面也增加了文学表现的难度。在纯文学写作对现代性进行反思的同时,文学图书市场却是另一番景象,娱乐化和快餐化的浪潮风起云涌。与此同时,无门槛、低成本、交互性强的网络文学,以全新的传播方式和写作形式异军突起,成为捕获空前发展机遇的一匹黑马。稍作研究和分析不难发现,网络文学的崛起并不奇怪,作为一种文化现象它不是孤立存在的,而是与我们所生存的时代有着密切的关联。关注这一现象,将有助于我们体验当代社会的文化脉搏和生活潮流。

一、网络文学的前生

当网络以跨世纪的雄伟姿态将人类"网罗"其中之后,我们发现仿佛一夜之间,它成了个超级广泛的定语。连时代也冠上了网络的修饰,被称为"网络时代"。于是出现一种叫作"网络文学"的事物后,人们并没有惊奇不已,大呼小叫,而是接受得平平静静、自然而然,而且极其迅速。汉语世界的网络文学尤其繁盛,它的火种在20世纪90年代初由一群海外中国留学生点燃。这些留学生进行网络创作最初的缘由只不过是缓解爱国思乡的愁绪、身处他乡的压力和烦闷,有感于大洋彼岸的不同文化和生活,以及对母语的不解情结使然,但发展起来就显露出了特殊的魅力,于是随着互联网由海外而国内,星星之火形成了燎原之势。

从1991年中国留美学生王笑飞创办海外中文诗歌通讯网,到1994年2月由方舟子等人创办,至今仍具有一定影响的第一份中文网络文学刊物《新语丝》,华文网络文学宛如一株强盛的植物,有了土壤就快意生长、繁殖。诗阳、鲁鸣等人于1995年3月创办网络中文诗刊《橄榄树》。1996年初,几位原来活跃于海外中文诗歌通讯网的女性作者独自创办了一份网络女性文学刊物《花招》。海外网络文化的领先优势和游离于汉语母体的留学生对中文的依恋,使他们乐于用自己的母语在互联网上沟通思想、交流感情。因此,华文网络文学的产生是偶然也是必然。中国大陆网络文学的萌芽,是1995年8月水木清华建立的BBS,这是大陆第一个互联网上的BBS,随后其他高校也陆续紧跟而上。其中水木清华的读书、文学、武侠等版面人气较旺,不乏论坛本土和转载来的网络原创,这应该是大陆最早的自发型网络原创。当时大陆的网络文学主要是追踪台湾,以转载台湾的网络原创作品为主,如兰斯洛的《天使与修罗》以及Plover的《台北爱情故事》等。自1997年网易免费提供个人主页空间开始,大陆的网络原创进入了迅猛成长期。

目前,在网络上传播的文学作品大致可分为三种形态:一是已有纸质出版物的文学作品经过电子扫描技术或人工输入等方式进入互联网;二是直接在互联网上"发表"的原创网络文学作品;三是通过计算机创作或通过计算机软件生成的文学作品进入互联网,如电脑小说以及具有互联网开放性特点,由几位作家、几十位作家甚至数百位网民共同创作的"接力小说"等。

现在人们通常说的网络文学是指在网上"发表"的原创文学作品,包括那些经过编辑,登载于各类文学网站、门户网站读书频道、网络艺术刊物(电子报刊)的作品,在电子公告栏(论坛/BBS)上不经编辑,个人随意发表的文学作品以及在博客、微博、APP、微信公众号和百度官方贴吧等自媒体上发表的文学作品。这些文学作品由于未经纸媒发表,最初由"榕树下"网站于1998年首称"网络原创文学",被大家所接受并认同,所谓广义网络文学的概念由此形成。既然有广义的概念,当然就有狭义的概念。狭义网络文学概念的产生,应该稍晚一些,大致在2003年之后,标志是网络文学商业模式的建立与运行,包括由此而出现的一系列新的创作形态、传播方式和评价体系,后面将有详细论述。

网络文学自出现以来就出现了拥护和反对两大阵营。倡导者肯定它对大众文化的贡献;反过来,非议者则对其是否属于文学表示质疑。与此相应,网络文学兴起的真正价值,也在于对"高雅文化"与"通俗文化"的传统划分的挑战。在"网络就是新生活"已经完全成为现实的今天,我们正置身于两个世界的夹缝中:一个是现实世界,另一个是虚拟世界。

网络文学的世界由写手们开天辟地,它的天空仍然还要靠写手们的手臂去支撑。网络文学作品源于写手之手,写手反过来要借作品之力,影响社会。作品沉默着,却最具说服力。只要有源源不断的好作品,网络文学就可以抵挡一切的非议,不断往前发展;事实正是这样。开放、平等、自由出入、资源共享的网络仍然充满了机遇和挑战,网友同在这个世界中,是战友,也是对手,互相帮助也互相竞争,互相交流也互相苛求。他们既是网络文学的创作者,又是网络文学的阅读者。这种"亦敌亦友"的关系促使他们在网络文学的广阔世界里龙争虎斗,各显神通。总的来说,网络是一个和睦宽容、放飞想象的地界,突破了名气、门第、观念、水平等的限制,不问来路,相对平等,创作者可以尽情展现自己的个性文字、情感空间和生存状态。人人都是主人的网络世界将是文学的肥沃土壤,它也在尽力将文学的城堡变成"人民做主"的开放世界。这一点,网络作者们有着深切的感知,有人断言,未来的网络文学,将成为一种崭新文明的号角。它不仅改变了文学的载体和传播方式,还会改变读者的阅读习惯,改变作者的视野、心态、思维方式和表现方式,也势必带来词汇、语法,乃至文体的变异。

  网络文学的前景如何?网络作者们始终是乐观的。他们相信,尽管现阶段网络文学还比较幼稚,但在众多网络作者和网站的努力下,开一个时代的先声,甚至产生网络中的鲁迅、郭沫若、巴金,也并非不可能,而且会有越来越多的人加入进来,跟他们一起努力。从形式来说,作品会越来越丰富,类型细化,如言情的、搞笑的、魔幻的、悬疑的、恐怖的……每一题材都会出现一些代表作,成为不同阅读口味的读者所熟悉和喜欢的品牌。当初就有人预言,网络文学在未来会形成从文字到影视的良性循环,很多网络文学作品将直接从电脑上跳到屏幕上,越过纸媒,完成一个飞跃过程。这个预言在某种程度上已经变成现实,当下网络文学作品衍生为影视、游戏和动漫,至少有一半未经纸媒出版,或是衍生之后纸媒作为一种辅助性读物出现。

  网络作家邢育森曾对传统文学和网络文学在文体风格、读者对象、文学造诣、创作队伍等方面作过仔细的对比,他认为网络文学是更贴近年轻一代的文学,它缩短了文学与当代青年之间的距离,打破了文学精英对话语权的垄断。他还断言,当网络真的成为人们更习惯和熟悉的媒介时,网络文学将成为文学流通的重要方式。他甚至给人们描绘了一幅网络文学时代的图画:街上不再有那么多杂志和书籍,几乎所有的文学刊物都变成了一个个网页;读者付费阅读,作者也获得稿酬……不知道这幅美好的图景何时能够成为现实。今天看来,邢育森的假想已经实现了一半,读者付费阅读已成为常态,作者不仅获得稿酬,而且不菲。

作为国内网上首推的第一部 IT 小说《逃往中关村》的作者,汪向勇也对网络文学抱有相当乐观的态度,他认为网络文学是人在网络上生存的一个重要内容,网络的即时性、互动性赋予了网络文学以新的写作样式,如小说接龙、小说竞写、多结局小说等等。在这里,作者面临的是一个新的写作环境,写作过程中时时都会有人参与进来,作者与读者之间的关系可能会发生变化,作者有时成了读者,读大量的读者发贴评论。作者面对的将是一种完全真实的评论,这最新奇,也最残酷。相对于传统意义上的作者,网络作者需要有绝对的勇气。

最早介入网络文学的传统作家陈村曾一度用"前途无量"来描述网络文学的前景。他相信,网络文学的创作题材会更加丰富,创作目的也会由单纯追求阅读快感向追求作品的思想性、艺术性的高度转化。将来网络文学与传统文学的关系,可能与今日报纸与杂志的关系相类似。他同时也指出,许多网络小说对素材缺乏研究,就像对一块布,不去想想应该怎么布局就下刀了。网上雷同的作品太多,如网上的爱情故事就有太多的雷同,就连道具和台词也一样。

文学评论家南帆认为:现今,一些人将网络空间形容为"后纸张"时代的书写与传播工具。愈来愈多的人意识到,经济、社会民主以及文化形式无不因为网络的介入而产生历史性的转折;对于文学来说,人们逐渐将问题集中到这个方面:这一项技术革命是否包含了诱发艺术革命的契机?

在网上发表过中篇小说《北京夜未眠》的作家徐坤指出,虽然网络文学在现阶段还根本不能够独立存在,比起传统文学来没有任何优越性可言,但随着网络时代的到来,网络书写,是别无选择的。文学评论家白烨认为,21世纪以来的当代文学与当下文坛,较之过去发生了巨大的变化。这种变化最为引人注目的,是在传统的文学形式和样式之外,出现了一些新的文学形式和样式,使得文学开始泛化了,文坛陡然变大了。他把这种变化概括为"三分天下"的基本格局:以各类文学期刊为阵地的传统型文学或主流文学,以图书出版营销为依托的市场化文学,以网络科技传媒为平台的网络文学或新媒体文学。在这种结构性的巨大变化之中,不同板块都在碰撞中有所变异,有所进取,但其中发展较快、影响甚大的,却是新兴的网络文学,或以网络文学为主体的新媒体文学。而且，网络文学在发展演进之中，越来越显示出其超文学的意义。

在众多的有关网络文学的座谈、讨论中，有学者认为，网络文学缺乏终极关怀，是一种快餐文化、大众游戏。一些所谓"网络原创文学"充斥着写作的随意化、语言的粗鄙化等负面文化因素，这对于汉语言的审美化表达和年轻一代的汉语言修养会造成伤害。文学需要精品，文学史需要积累经典，而网络写作难以为人类文学的历史延伸提供精品和经典。但也有学者提出，文学本来就没有一个固定的标准，没有一个确切的所指，它的身份、地位、性质等都是不断拓展、漂移的。用固有的文学观念去套用网络文学是削足适履。如果我们确认"什么是文学"的命题永远都是一个漂移的能指，我们就应该用辩证的、变化的眼光来理解网络文学这一所指。

二、世纪之交的文学新生儿

任何一种社会现象的产生必然有其丰富而复杂的背景，文学作为人类思考生活、反映现实、超越自我的精神现象，既是真实的存在，又跨越了一般意义上的现实存在。网络文学这一文化现象的产生，当然不能脱离特定的时代，它的多元化与戏谑性正好说明——现代生活的"林子"愈来愈大了。那么，且让我们到这个广阔的空间去走一遭，看看它的来龙去脉。

首先，从社会历史层面考虑。20世纪90年代以来，市场经济对中国社会的影响愈加全面和深入。中国人日常生活的主导意识转向了以消费为主的商品经济意识，以往的艰苦朴素的生活观念被持续的消费梦想所代替，人们对于满足欲望的追求开始明朗化，大众对当下生活的感性占有和享受变得堂而皇之。与这种社会经济生活状况相对应的是，文化范式也发生了巨大的变化，"现代性"这一从五四以来处于先锋和领导地位的观念变得模糊不清起来，曾经以启蒙者姿态引领大众消费的知识分子的"精英"地位受到质疑并已经动摇，服务于、产生于大众的文化异军突起并迅速蔓延，于是在这个文化大变革的社会中，知识分子无法继续处于话语的中心地位。一位知名作家一语道破天机："中国的新一代知识分子可能是现在最找不着自己位置的一群人，商品大潮兴起后危机感最强的就是他们，比任何社会阶层都失落。"话虽然尖刻，却说到了要害之处。他们虽然诚惶诚恐，却十分渴望寻回话语权,而与此同时,传统的纸媒却没有那么宽敞的大门,互联网这一新兴媒体恰好满足了他们的愿望,给了他们一个相对自由的创作空间和发表园地。在网上,只要你酷爱写作,只要你有表达的欲望,就可以实现自己的愿望,不用担心你的观点偏颇或过激,也不用担心别人是否认可、赞同,只要在电脑上敲击键盘,然后贴到各大 BBS、文学论坛,就算发表了,创作的同时便能即时地获得成就感和"话语权"。

工业的飞速发展和商品意识的勃兴给社会文化带来了前所未有的新变化,理论界将这一时期的社会状态称为"后现代"。尽管后现代主义文化理论肇始于西方现代工业社会,其表现和本质更多地体现在西方社会的文化层面,但随着现代化进程的加快、市场经济的逐步完善以及现代传媒的进步,中国的文化领域某种程度上也存在并表现出一定的后现代主义因素,因此我们可以用这一理论来分析新时期的文化现象。在后现代主义阶段,文化已经完全大众化了,后现代主义破除了现代主义形成的"高雅"与"通俗"、"精英"与"大众"等一系列的二元对立结构,无论是权力中心的庙堂文化,还是知识分子的精英文化,在后现代时期,都将处于一种边缘化的地位。主流文化、精英文化、大众文化的相对分化,形成了三足鼎立的模式,"多元""失范""边缘化"等术语成为描述这种文化状态的常用词。

如果说以纸和印刷术为主要传播技术的书面文化脱离了大众而成为一种文化权力的象征,并导致了精英文化传统的形成,那么在当今这个电子传媒时代里,口语传播与书面传播结合起来,大众则不再受书面文化的限制,无论文化层次高低,人们都可在电子传媒的声像中找到适合自己的文化消费品。以广播、影视、报纸杂志、出版发行、电脑网络为主的大众传媒的诞生,使世界发生了巨大的变化,人类生活在一个信息爆炸的时代,空间距离的缩小、社会发展节奏的加快也使得文学的后现代主义特征愈加明显,逐渐走向全面泛化、零散化、平面化、生活化的发展轨道,而人文价值的解构正是由此发生的。其主要表现为,"快餐文化"迅速膨胀,挤占了纯文学作品的市场份额。表现崇高、严肃、儒雅的纯文学作品在图书市场落落寡合,影响式微。"跨文体""亚文学""软文学""时尚文化"类读物琳琅满目,以通俗化、媚俗化、大众化、娱乐化为特色的言情、武侠、传奇类作品,迅速抢占了大众文化阅读市场,视听霸权对文字媒介进行着挤压。五光十色的网络文学正是在文化市场狼烟四起、精英文学退居文学边缘的时刻得以迅速走上前台的。

其次,强大的现代科学技术是基础。因特网是20世纪中期新兴技术的产物,当初开发的目的是用于军事对抗,但它派生了后来的民用计算机网络技术。

20世纪60年代初,古巴导弹危机使美国与苏联间的冷战状态随之升温。美国国防部高级研究计划局为了保证其计算机系统在遭受敌方打击时不致全部瘫痪,斥资请BBN公司负责研究各计算中心之间的通信方法。

1969年,美国军方为军事目的研制的ARPANET(阿帕网)建成,这是早期计算机网络的雏形,这一年也被公认为Internet(因特网)的诞生年。在1972年的第一届国际计算机通信会议上,与会代表就不同计算机和网络间的通信协议达成一致,并于1974年诞生了两个Internet基本协议,即IP(Internet Protocol)和TCP(Transmission Control Protocol)。所有连接在网络上的计算机,只要各自遵照这个协议,就能通过网络传送任何以数字方式存在的文件或命令。TCP/IP协议最终成为计算机网络互联的核心技术。

1983年,ARPA网被分成军用与民用两部分,其中民用部分由美国国家科学基金会管理。该基金会将美国各地的计算机中心连接起来,并在1986年建起NSFNET,连接范围包括美国所有的大学和研究机构。构网方式是以校园网为基础,然后通过区域性网络,再互联成为全美范围的计算机广域网。NSFNET以后又逐渐和全球各地原有的计算机网络相联,把因特网拓展到了全球范围。1990年,ARPANET正式退役,让位于Internet,第一个商业接入提供商ISP出现。1991年9月,蒂姆·伯纳斯·李发明了World Wide Web(万维网),三个月后,保罗·昆兹建设了第一台Web服务器。

因特网的高速发展,和一个叫戈登·摩尔的人密不可分,此人是英特尔公司的名誉主席。早在1965年,戈登·摩尔就在一篇极不起眼的文章里提出过一个定理:集成电路上可容纳的晶体管数,每隔一年半左右就会增加一倍,性能也会提高一倍。这个后来被称为"摩尔定律"的定理,像一股不可抗拒的自然力量,40年来始终统治着硅谷乃至全球计算机业,因特网理所当然获得了"全球最大的资料库"的美誉。

互联网历史虽然很短暂,但它的发展速度之迅猛、应用之广泛、影响之深远、冲击之猛烈是在几千年的人类历史进程中前所未有的,也是历史上任何技术都望尘莫及的。20世纪90年代,互联网引发的信息革命把人类从工业社会时代带入了信息社会时代,而网络技术的迅速发展和普及又使人类进入网络时代,互联网对人们职业和生活的影响日渐增强到人类自己也始料未及的程度。以多媒体形象出现的网络,融合了一切传播技术,将电视、电影、电脑、电子消费产品、出版和信息服务尽数揽入了自己的怀抱,在这样一种虚拟文化的世界里,现实以数字化形式得到了保存,并供给人们消费。

  以上关于互联网讲了很多,并不是喧宾夺主。解剖网络文学的第一步是从中间下刀,"网络"和"文学"对于"网络文学"这一整体来说同样重要。下面说说"文学"。

  互联网在全球"撒"开之后,传统媒体很快融入这股来势迅猛的信息浪潮之中,不仅无可厚非,而且难以避免。在这一前提之下,文学的融入就是理所当然的事情。回顾人类文学艺术发展的历史,我们就会发现,它的每一次进步,总是和媒体的进步联系在一起的,而每次文学的革命首先总是传播手段的革命。毋庸置疑,网络是技术的产物,技术和文学的联姻产生了网络文学,可以说网络文学在目前是最具技术性,也是最具科技含量的文学样式。互联网的产生使得传播渠道四通八达,极大地刺激了个体写作力的增长,网络文学的发展呈现出一派繁荣景象,这是必然结果。网络的超文本视窗不仅可以把文字、图像、声音、动画结合起来达成视听美感和审美通感,还能借助图形界面或标识语言,将丰富的文本系统资源以层次或链接方式包装起来,以"超文本"的形式存在及显现。这样一个前所未有的新形式的出现,它的前驱力是巨大的,必然会受到青年的欢迎和喜爱。

  另外,文学发展史告诉我们,文学本身永远蕴藏着不断变化的巨大潜能。网络文学的历史机缘出现在传统文学逐渐式微的"后工业"时代,这时候,文学自身恰恰正在寻求新的领域和空间,这不是哪个人所能决定的,它是历史的必然。

  我们都知道,20世纪80年代曾经是中国文学阳光灿烂的日子。伤痕文学、反思文学、改革文学、知青文学、寻根文学和先锋文学的一阵又一阵热潮,让一代人为之神魂颠倒。那时候的"文学青年"意气风发,文学创作十分繁荣。然而,90年代的商品经济大潮异军突起,股票大厅的人头攒动取代了文学沙龙的诗歌吟诵,物质的力量占据了上风,这虽然让文学青年痛心疾首了一阵,但他们很快就冷静下来,接受了"无情"的现实,毕竟"物质是精神的基础"。网络文学正是在这种时代背景下出现的文学样式,这种物质社会的精神宣泄注定从诞生之日起就和传统文学不在一条道路上。因为,网络文学与传统文学的写作者在价值取向上有不同的标准,或者说同样的写作者在传统文学时代和网络文学时代有了不同的价值取向。文学的多元化,首先是思想形态的多元化和价值取向的多元化。

事物总是有它的两个方面,传统文学以追求崇高、神圣的精神境界为己任,以一种启蒙者的精英姿态探寻人类的终极关怀,往往远离了"劳者歌其事,饥者歌其食"的平民状态和"心之忧矣,我歌且谣"的本真形态。另外,传统文学由于它的官方立场,使得文本被过滤后的形式往往都和当时的主流意识形态同步,缺乏新鲜、鲜明、明朗的立场,加上又少了真实自由的个性,文学疏离了大众,大众淡漠了文学,也就在所难免。

而网络文学的作者们称自己为"写手",由此可见他们对自己平民身份的认同,文学在他们看来不再处在俯瞰大地的高度,而仅仅是一种自我表达的需要。网络写手大多是生活在现实和网络之间的白领或准白领,他们有两个世界,一个世界的压力和严肃可以用另一个世界的轻松和无羁来消解。故而他们在电脑上敲下、在网络中输送的文字往往使用大量的口语,幽默诙谐,平民化、简单化、浅显化、通俗化,甚至可以肆意自创新的字、词、符号,用一种全新的网络语言来演绎一种另类的文学,他们讲述的故事也更能满足现代人饥饿而挑剔的胃口,更容易被接受和消化。

再从接受主体来看,休闲正成为我们这个时代最时髦的大众话题,成为当下中国社会最耀眼的"文化景观",网络文学恰好应景,成为人们的休闲大餐。由于在创作、传播、接受等诸方面的开放性,任何人都可以在自己的网页上创作、发表自己的作品,也可以随意浏览他人的作品,还可以随意跟帖或顶帖,畅所欲言,甚至无所顾忌地在他人的网页上进行自己的二次创作。这样的开放性,对传统的文学创作模式产生的影响是重大的。一个读者的意见很可能影响另一个读者的阅读,也可能会立即引起作者的注意。这样,一部同样素材的作品,很可能有多个文本。一个文本代表着一种阅读方式,或代表着一个人或一群人的审美观念,文学作品真正呈现出了多元的走向。因此网络文学带来的不仅是阅读对象和方式的重大改变,更引发了整个文学审美方式和艺术思维模式的改变。

然而,随之出现的问题也不容忽视。实事求是地讲,网络文学自诞生之日起就带着所谓的"叛逆"精神,它火爆登台,在得到机会之后,大有蓬勃发展之势。一部分网络写手把文学视为纯粹个人情绪的排遣或文字游戏,以完全的调侃毫无选择地冲刷生存的严肃性,化责任为笑料,把传统歌颂的"神圣"当成了嘲弄的对象,对"崇高"的反讽也毫无思想依托;还有些作品因了无束缚而大肆张扬媚俗情欲,使文学活动成了"欲望的狂欢",文学的精神净化和情感升华功能在他们手里遭到异化和断裂;宏大叙事、精品意识、艺术独创性,在消解情绪的支配下荡然无存。于是,逞一时之快盲目地与传统对抗,使它迅速尝到了强大反弹的苦果。当然,我们说的是一部分、一方面,但它也确是一种事实存在。

三、从自娱自乐到全民写作

关注网络文学的今时往日,还要先领略网络的一路风景。网络文学的发展与互联网技术水平的日益提高关系密切。作为网络文学的切实载体,互联网的每一次技术更新和进步都为网络文学的锐意展现提供了更宽广豪华的舞台。如此蓬勃发展的新鲜事物,阶段性的不足和漏洞也许反而会让它显得更具有活力、生命力、可塑性和一切不同于传统的新鲜特征。而网民,就如歌星、影星的粉丝一般支持着网络文学这颗网络时代的文化新星,为之喝彩呐喊,成为它不断完善、发展、飞跃的动力与源泉。网络文学始于网民,兴于网民,娱于网民,它以网民的数量激增为繁荣基础。

进入 21 世纪,随着互联网的飞速发展,中国正在以空前的势头迈向一个信息时代。网络已经不仅仅是一种先进的通信手段、一种高效的办公方式和一种方便的商务渠道,而且也是一种流行的现代时尚、一种崭新的传播媒体、一种必要的生活元素。

由于网络的特殊性,相比传统文学而言,网络文学的特点更鲜明而突出。网络文学直接来源于并敏锐反映着信息时代的社会生活,主要以经常上网的都市青年男女为故事主角和阅读对象,创作题材和语言风格与其读者群的年龄层次和知识结构紧密联系,这恰恰符合上网人群的特性。网络文学出现后,传统文学精英对话语权的垄断被打破了,一种互动式的大众文学应运而生。这个新的格局来自网络文学的发表形式,无需编审,许多文章不经网站筛选就在网上发表,网民们由此获得了"发泄"和"表达"的最佳方式,网络还实现了作者与读者、读者与读者之间的充分交流,并以其轻松、幽默、大众化的风格博得了众多关注的目光。

阅读网络文学,既领受新颖刺激,也可略感其生猛粗糙。客观地说,网络文学另辟蹊径、再树新帜的积极意义是值得我们重视的。它从一个侧面证明了信息时代的到来、传播手段的嬗变和对文学发展空间的拓宽,也说明了文学不是就此定格、再无创意的铁板一块,随着时代的发展,它将会有新的生发和蜕变,会产生新的形式和内容。不可否认,网络文学对传统的创作模式和美学原则展开了猛烈的而且显然是故意的冲击,并成功调动了人们新的审美兴趣。组织素材、构思情节、塑造人物、提炼生活……这些人们习以为常的模式化、经验化的原则、技巧,在网络文学和网络写手那儿大有"秀才遇着兵"的尴尬。写手们从生活本真出发,用未加雕饰的语言、简单的叙事结构讲述着一个个为网民们所喜闻乐见的故事。这一时期以中篇小说和散文、随笔创作为主,比较有影响的作品有蔡智恒的《第一次的亲密接触》、今何在的《悟空传》、宁肯的《蒙面之城》、安妮宝贝的《告别薇安》《八月未央》、宁财神的《缘分的天空》《假装纯情》、李寻欢的《迷失在网络中的爱情》、邢育森的《活得像个人样》、龙吟的《智圣东方朔》、尚爱兰的《性感时代的小饭店》、醉鱼的《我的北京》、雷立刚的《小倩》、白丁香的《春秋时期的爱情疯子》、老谷的《我爱上了那个坐怀不乱的女子》以及《茶家庄》《花焚》《飞翔》《尘埃之上》《灰锡时代》等作品。

这些作品文风明显区别于传统文学,大量运用网络语言,采用短小凝练的句子,风格或哀怨或轻松或辛辣或诡谲,令读者眼界大开,乃至手痒痒的,想去过把瘾尝试一番。广泛合力的集聚,终于使网络文学以不可阻挡之势成为网上以及现实生活中一道亮丽的风景线,并很快从一个重要的文学现象晋升为一种社会现象,也就是说它不仅对文学起作用,也对在传统意义上与文学无甚关系的普通大众的社会生活和行为方式产生了一定的作用。

互联网出现之后的短短几年时间,网上大大小小的文学网站和社区,仿佛雨后春笋一般茂盛地生长在网民们曾经相对荒芜的虚拟生活中。许多有影响的大网站如新浪、网易、搜狐、雅虎等,都专门开辟了"网络文学"频道,建立了网络文学代表作品的链接,提供专门空间供网民评点网络文学作家及作品,除发表网络原创作品外,还录入了大量的文学名著,为网友们提供丰富的文学信息。"门户力量"果然不可小觑,它们在文学平台设置、栏目链接、文学容量和信息更新等方面，都为许多专门的文学网站所不及。仅据2001年底的资料显示：全球已有中文文学网站3 720个，中国大陆以"文学"命名的综合性文学网站有近300个，以"网络文学"命名的文学网站241个，发表网络原创文学作品的文学网站268个，小说网站486个，诗歌网站249个，散文网站358个；发布剧本的75个，发布杂文的31个，发布影视作品的529个。其中最初独领风骚的"榕树下"全球中文原创作品网，截至2001年12月20日的统计，共发表文章619 343篇，而且以日发表作品1 500篇左右的速度剧增。后起之秀"天涯社区"更是人才辈出，佳作频频，掀起了网络文学写作的阵阵热浪。

网络文学不仅在网上"兴风作浪"，也对传统的出版行业发起了冲击。许多报刊抵挡不住网络文学读者群广泛、时尚前卫、与时俱进的魅力，纷纷开设了网络文学专栏专版，连载网络文学作品，报道最新发展态势。"网络文学""文学在线""网文精选""E网情深""网事如风"等诸如此类的栏目名称频频可见。而且不经意间，人们发现一些风格独特、散发着清新气息的网络文学作品已经赫然登上了各大书店的畅销排行榜。《第一次的亲密接触》《智圣东方朔》《告别薇安》《小妖的网》《八月未央》《那小子真帅》等网络小说成为超级畅销书，这些作品自出版面世以来，竟然不需采用任何刻意炒作及签名售书等促销手段，凭借自身特有的魅力，就立即掀起了一股抢购热潮。出版行业在因为网络的冲击而举步艰难的生存状况下，却反过来靠着来源于网络的"网络文学"大赚了一笔。

《第一次的亲密接触》1998年曾风靡整个华文网络世界，由小说改编拍摄的电影一经上映同样掀起了观看热潮。其他网络作家，如宁财神、安妮宝贝、李寻欢、邢育森、慕容雪村以及来自韩国的可爱淘等紧随其后。由文学网站发起的网络文学评奖活动声势浩大，虽然由于聘请传统文学知名作家做评委而遭到诸多非议，但轰轰烈烈的造势无疑使网络文学在网上及网下都扩大了影响，一时间网络文学竟似乎大有对传统文学取而代之的势头。

从某种意义上说，网络文学是商品经济时代文学向原始状态的一次回归：人人都可以无拘无束地利用文学形式抒情言志，或者叙述种种白日梦，文学成为一种生活方式或生活的一部分。这难道不是文学产生之初的一种理想状态吗？虽然，在网民的积极参与下，网络原创文学出现了一些有别于传统文学的独特的文本特征，例如基于网络技术的实时性、交互性和包容性三大特点的新文体——有文字、声音和图像、按照非线性链接的"超文本小说"(hypertext fiction);由多人接力参与的、网上即时性创作的"合作小说"(collaborative fiction)或称"接力小说""接龙小说";在网上作者与读者互动完成的"交互小说"(interactive fiction)或称"互动小说";编制故事框架,提出若干问题,留给读者以想象空间填写的"填空图书";以及运用文字、声音和图像的手段创作的"多媒体小说"(multimedia fiction)等等,但究其根本,仍然是以人为本的文学变体,是时代特征的具体体现,它的反传统恰恰是新的社会形态下对传统的补充或新的解读。从网络文学初现至今,从学术界到网民到普通大众都在对网络文学的概念、文本特征、发展趋势等方面不断进行着热烈而持久的讨论,对于还处于起步阶段的网络文学来说,这些是不可避免也是不可或缺的必然现象。

总之,网络给了文学一个自由宽容的生存空间,让每个人都有机会一展身手,表现自己的欲望与才能,平民话语也终于得以登堂入室,与高高在上的专业话语并存,并通过点击数和跟帖数实现了网络面前人人平等的文学理想。

四、热闹与尴尬的新文学

进行得热热闹闹的网络文学,虽然在网上网下都吸引了众多的眼球,但作为一种新兴的文学样式,在自身的发展上却一再陷入困境,始终处于尴尬的境地。由于网络文学出现在我国市场经济的发展期,不可避免地带有市场经济的深刻烙印,价值取向的市场化便成为它与生俱来的特性。在探索商业模式的过程中,网络文学以破竹之势、勇士之姿打破了以往文学作品、作家产生的传统模式,却无法避开市场的诱惑与干扰,令人不得不担忧它的生存处境。

承载网络作品的文学网站为了生存,为了谋取更多的商业利益,在文学活动的运作上掺杂了更多的商业色彩。这样的做法,可以吸引更多人的关注,让文学生存得不那么艰难,但显而易见的缺憾就是文学失去了一些纯粹的东西。文学一旦与市场挂钩,便不可避免地会出现媚俗的倾向,无论是文学作者还是文学本身都会变得浮躁起来,这对文学的发展是不利的。

有很多事实可以说明这个问题。即便是当初号称全球最大中文网络文学原创基地的文学网站"榕树下",也并非清一色的"网络文学"阵营,他们不断地以各种手段将这个靠文学青年支撑起来的"榕树"品牌推向公众视野。1999年,陆幼青在"榕树下"发布《死亡日记》,使得栏目的访问量一度高达每天十余万人次;2001年,黎家明(网络化名)在"榕树下"发布《艾滋手记》,令这个文学网站再度成为热点。到了2001年的第三届网络文学大赛,"榕树下"搭台与贝塔斯曼公司共同主办,为其融资合作及下一步运作积累了掌握主动的资本。

其他影响力不够的网站就更不用说了。栏目的大同小异、作品的相互转帖、非文学的无端炒作,使其成了人来人往、搬货卸货的文字码头。网民开始不满和失望,有人在网上泄愤,甚至拿"榕树下"开刀,指出"现在的榕树,不过是一个还保持着文学青年理想的商人,带领一批梦想发大财养小蜜的已经丧失了纯真理想的文学青年在运作而已",话虽然尖刻,却道出了网站的市场化行为给文学带来的喧嚣与尘埃。

网络上的写手们也失去了当初挥斥方遒、意气风发的洒脱,一个个期待着被"招安",这已是不争的事实。为了招来关注的目光,写手们在媒体上粉墨登场,频频作秀,有的口吐狂言,有的飞抛媚眼,有的排斥异己抬高自身,甚至排座次、搞公关,花样百出。"网而优则名",一些网络写手原本只是想在网上撒撒欢图个痛快,没承想却无心插柳柳成荫,因网上创作而一夜成名……他们的作品不仅被许多网站做成个人专集收藏,而且被出版社争相出版,可谓名利双收。成名后的写手不时从幕后走到前台,不再用屏幕遮掩故作神秘,而乐于成为传媒炒作和评论的热点,为"网而优则名"添油加火。未成名的则想尽办法提高自己的知名度,自己的作品能否印刷出版,成了衡量一名写手是否成功的重要标志。很多出版社纷纷出版网络文学的丛书或作品选集,仅"榕树下"文学网站就已签约出版社37家,出版图书117本,发行图书235万册,签约媒体521家,签约作者2 011人。许多文学报刊也刊发网上作品,作为其吸引读者、提高发行量的重要手段。

网络文学借助传统出版手段,扩大阅读和传播,本来是一件好事。但一旦把能否出版纸质读物作为网络文学好坏的衡量标准,那就等于宣告网络文学心甘情愿地磨平自己的棱角,降下向传统挑战的旗帜,成为低层次的传媒,成为传统文学、传统媒介的一种暂存形式。所谓新传媒时代的到来转眼间变成了一句空话,一个破碎的梦想。当然,这也是写手们边缘化写作处境的尴尬:边缘得以立身的动力在于向中心突破,可一旦突破成功,其边缘的身份就随即丧失。无论民间写作者是有意还是无意,他们都会朝着以上所描述的结局努力前进。网络写手和网络文学同样处于这个两难境地,面对批评和利益,他们左顾右盼,矛盾重重,不知如何是好。一些写手已认识到这个问题,有人自嘲曰:"网络写作不过是提篮叫卖,关键是谁喊得大声,谁的广告词叫得漂亮。先在网络上找到属于自己的位置,实现自己的价值,然后再推而广之,延而续之,来到各种新的领域,继续发挥光和热,利用自己的才干为人民服务。原来叫得那么响亮的网络文学不过是一块跳板,如此新生事物还值得你费劲巴拉地去努力追求吗?"这样的疑问多多少少代表了一部分人,甚至包括网络写手自己对网络文学价值所持的怀疑态度。

冷静下来分析,网络文学存在问题是有其必然性的。文学毕竟是一个浩大系统的工程,由于网络写手大都是没有受过专业训练的年轻人,过度的在线互动也使作者很难静下心来深刻思考生活,严肃创作,再加上外部市场因素的影响,网络文学的作品质量很难得到保证。

在创作题材方面,网络文学的视野本来就很狭窄,爱情、武侠、奇幻、都市白领的奋斗历程等故事占到90%以上;在叙事方式、语言等写作技巧方面也流于简单,大量的模仿之作充斥网上;写手生活经历的简单和艺术感受力的相对低下造成作品思想的浅显和艺术感染力的单薄。有作家提出,不管发表在什么媒体上,对文学作品的基本判断是不会改变的,好作品必须具备的品质到哪里都不会改变。这绝对不难理解,也被大多数人认同,对作品的审美评价是人类几千年历史进程中不断积累而形成的,它虽将随着时代的发展有所改变,但绝不可能被彻底颠覆。一部分网络写手随心所欲的写作态度、漫不经心的表达、即兴式的发挥、情绪化的宣泄、装腔作势的姿态、抖机灵的调侃、无病呻吟的抒情,乃至粗鄙的谩骂、肉麻的吹捧、不负责任的讥讽……给网络文学整体抹上了厚厚的一层灰。正如传统文学也有好有坏一样,网络作品的良莠不齐本是理所当然,但因为其特立独行,招致更多也更苛刻的批评。有分析说,目前的网络原创文学大约有三分之一属于文学,三分之一属于准文学,还有三分之一属于非文学。这一说法是客观的,也多多少少为网络文学解了围,因为真正称得上网络文学的那部分作品不应该被扼杀,它们是有价值和生命力的。

在传统文学环境中习惯生存的人,一开始对网络文学是充满了期待的,预见着它的另类美景,希望它能够"青出于蓝而胜于蓝",做出惊世骇俗之举。张抗抗在一次为网络文学评奖做评委时,发表了这样的看法:在进入初次阅读之前,做了充分的心理准备,打算去迎候并接受网上任何稀奇古怪的另类文学样式。读完最后一篇稿时,似乎是有些小小的失望——本以为网上写作会恣意妄为,多数文本却是谨慎和规范的;本以为网上写作具有强烈的网络文化特质,事实却是大海和江河淹没了渔网;本以为网上写作会出现极端个人化情感世界,许多文本却仍然倾注着对于现实生活的关注和社会关怀;本以为网络世界有其特定的现代或后现代话语体系,而扑入视线的叙述语言却是古典与现代、虚拟与现实杂糅混合、兼收并蓄的。初评挑选出来的30篇作品,纠正了她在此之前对于网络文学或是网络写作特质的某些预设,比想象的要显得温和与理性。即便是一些"离经叛道"的实验性文本,同纯文学刊物上已经发表的许多"前卫"作品相比,也没有质的区别。若是打印成纸稿,"网上"的和"网下"的,恐怕一时也难以辨认。

诚然,网络文学作品如果失去了网络做依托而直接印刷成书的话,就不存在所谓网络文学了,这也就是我们多次提到并较详细介绍网络的发展的原因。网络文学是建立在网络基础之上的,以传播和发表媒介来命名,这也是它的特殊性之一,同时也正证明和显示了它的脆弱,如果失去特定的媒介,它将没有被讨论的意义,但这并不能作为网络文学失去其锋芒与自身特点的理由。由于部分网络写手对他们制造出来并与他们互相牵连的网络文学过于轻率和随便的态度,诸如题材重复、文本结构简单、叙述技法粗糙等弊病,降低了读者的阅读期待,人气骤降,非议之声不绝,长此以往,必将对网络文学的发展产生不利的影响。

现代人的生活节奏今非昔比。网络时代的到来,迫使我们对速度有了前所未有的感知和要求。高速和爆炸的信息是数字时代的特征,是现代人的需求,从这个层面上来说网络文学是应当自豪的,它的高速生产和流通使它成为时代的宠儿。然而,不可忽略的一点是,节奏快并不等于质量差,这个时代的检验标准是双重的,是严格的,是不近人情的,它既要求网络文学超速度,又要求它高质量,否则就难入主流,这恐怕是网络文学面临的又一个尴尬。

总之,网络文学作为世纪之交的新兴文学样式,自身的商业化特点和全民介入的状态决定其必然会在"后工业"时代获得发展的契机,迎来发展的春天;也决定了它在短时间内无法冲破自身的樊篱,从而暂时陷入一个尴尬的境地。

第三章　网络文学的早期业态

世纪之交,世界发生了剧烈变化,中国逐渐成为世界多元文化格局中的重要组成部分。经济全球化给转型期的中国社会增添了更多的复杂性,全新的社会形态当然也给作家的表述带来困难。而网络文学恰恰是迎着历史潮头前行,它不拘形式,追求自由表达,反而显得轻松自如。一方面它作为主流文学的补充,对中国文学的总体发展是积极有利的;另一方面它作为一种新形式,在某种程度上也给跨世纪的中国文学带来了一丝新鲜的空气。因此,网络文学的出现具有划时代的重要意义。如果将其放在"国家的发展"和"一代人的成长"的背景之中去考察,我们就会发现,它的时代意义已经不是传统文学所能替代的,它的时代特征非常明显:有自由、宽容、真实、平等的原则;有宽阔无比的向别人学习、向自我挑战的空间;有无拘无束、充分表达的民主权利。

一、 低门槛写作时期

1997年——"完全上网手册"阅读年

互联网进入中国后,在最早的一批网民当中,有一些"不安分"的"网虫",一方面为解"无网可投"之苦,另一方面出于纯粹的爱好、娱乐目的和好奇心,着手建造了自己的个人主页,并在其中贴出自己随意写成的作品,培育了中国网络文学的萌芽。当时有一个很有名的个人主页——Carboy 的"完全上网手册",内容是教人如何上网,如何做个人主页的,很受网友欢迎。早期的上网一族中,许多人都是暗暗借助"完全上网手册"开始网络生涯的。

1997年网易公司推出免费个人主页空间,为网上的文学爱好者提供了广阔天地,也为中文文学网站的出现奠定了基础。1997年12月25日,"榕树下"原创文学个人网页开通——中国网络文学的第一扇大门正式开启。

1997年,还是中国大陆文学期刊接入国际互联网络的开端,江苏的《雨花》杂志是第一家上网的文学期刊,《文艺报》《文学报》《中国邮电报》等媒体,同时刊发了"国内首家文学期刊进入互联网"的新闻消息。网络上终于有了纯文学的身影。

1997年,国家《计算机信息网络国际联网安全保护管理办法》实施。

1998年——第一次的亲密接触

"网络文学"作为一个名词被公众采信,得益于台湾作家蔡智恒1998年的《第一次的亲密接触》,但是,成也萧何败也萧何,《第一次的亲密接触》在被一部分人追捧、叫好、爱不释手,并因其令人耳目一新的风格和"小爱情"吸引了不少读者的同时,它的水准,也导致了很多人对网络文学产生怀疑。一个事物,成长的历程越久,其内部参数就会越多,越不容易被一些流行因素左右;而历程越短,其流行个案被视为整体水平代表的可能性越大。其实,所谓传统文学中,也有大量流行却被评论界不屑的,比如琼瑶、亦舒、雪米莉等人的作品。由于传统文学资料的丰富和评估体系的成熟,人们不会将琼瑶、亦舒、雪米莉作为传统文学水准的参照系。而网络文学由于当时是全新事物,进入公共视野的可供评估的作品很少,于是流行一时的《第一次的亲密接触》幸运地成为人们对当时网络文学整体水准评估的参照物。但是实际上,1998年已有非常优秀的文学作品在网络上存在,只是不为公众所知。因此即使我们大多数人在1998年还没有预见到网络文学的昌盛,但大陆的"文学"与"网络"确实是由于《第一次的亲密接触》的渗入和走红,于当年突破了相互观望寒暄的界限,开始了"第一次的亲密接触"。

无论是过去还是今天,台湾、香港以及海外华人的汉语文学创作的普遍水准,是远远低于大陆本土的,这是学界的共识。其原因除了对汉语运用的熟练度以外,还在于文学要求作者与本土具有一种血肉相连的关系,空间上的距离会疏远一个作家与其民族文化发源地之间的关系——而1998年,作为台湾文学一个微小细节的蔡智恒及其《第一次的亲密接触》,虽然相对于大陆多数写作者及其作品而言,幼稚自不待言,却戏剧性地敲开了大陆网络文学的大门。

1998年之前,大陆最早上网的一批年轻人,聚集在四通聊天室,将多数的时间消耗在纯粹的网络争执上,直到被蔡智恒《第一次的亲密接触》的成功惊醒,才开始彻底从网络最初带给他们的虚幻中清醒过来。邢育森的《活得像个人样》(1998年被《天涯》刊用)则成为其中最具代表性的网络短篇小说。同时,宁财神开始写鬼故事,李寻欢开始写爱情小段子。

大家也许还记得,1998年还是一个上网费用高得出奇、上网速度低得出奇的年代,8元钱一小时的费用让普通大众"望网兴叹",那时天天挂在网上的大多是国家机关工作人员或IT界的人士。谁也不会料到,一个新的写作时代已经悄悄来临。

1999年——网络作家崭露头角

1999年,有一件和网络相关的"文学事件"轰动一时,著名作家王蒙、刘震云、张抗抗、毕淑敏、张洁和张承志,为保障自身的权益集体起诉世纪互联通讯技术公司,状告该公司没有经过允许,将他们的作品制作到网站上,侵犯了他们的著作权。1999年9月18日,北京海淀法院一审判决世纪互联通讯技术公司败诉,从即日起停止侵权,向几名原告公开致歉,同时赔偿数额不等的经济损失。这是传统文学的第一次"网上事件",虽与网络文学无直接联系,却充分证明了当代著名作家已对网络产生了足够的注意。

1999年底,网易举办了首届网络文学大奖赛,IT评论者王俊秀试图以一篇题为《网络文学:新文明的号角》的文章为本次活动定下基调。(此文被置于网易此次活动的主页,后来许多传统媒体对此事件的报道也都有摘自此文的段落)文章以文学化的语言描绘了未来网络文学预言式的景观:网络文学只是把传统媒体的文学作品电子化后搬运到网上吗?网络文学只是利用网络的多媒体和WEB交互作用而创作出来的联手小说和多媒体剧本吗?显然不是!真正的网络文学必须是包含网络文化特质的个人化文字。黑格尔在《美学》中说过:"艺术有别于散文气味的现实,它的使命在表现理想的世界情况。"网络文学同样是一种游历于网络之间的个体生命对于理想网络的渴望。这种追求不是技术性的未来,而更多的是感性的,同时又更具有人道主义的精神需求。

1999年,也是中国大陆网络作家崭露头角的一年。首先是一个叫安妮宝贝的女子,她四处丢下一些帖子,但很少做回复,这加强了她的神秘感。她精致美丽的文字很快就受到了传统媒体的青睐,出版社的合约接踵而至,而且每本书的平均印数都不低于10万册。迄今为止,安妮宝贝仍是依托网络传播获得最大市场效应的网络创作者之一。尽管后来对安妮宝贝作品持否定态度的人越来越多,认为她的文字过于唯美,题材过于单调,思想过于简单,缺少真切的生存苦痛,而多只是浮游在皮肤上的情绪感伤。就作品质量而言,她的早期创作在整个所谓70年代出生的群体中只能算中上等,与魏微、朱文颖、金仁顺、戴来、陆离、周洁茹等同龄女性作家创作路径不同,但她在网上被拥戴为"文学公主"确是事实。

相对于安妮宝贝,同时期的其他几个知名网络作家,比如宁财神、李寻欢,在小说语言功底上要逊色一些,但也同样凭借不同的法宝获得了一片天地。1999年,宁财神在天涯论坛达到其网络人气的巅峰状态。

黑可可是借一部被许多网友称为1999年度最佳网络小说的《晃动的生活》露出水面的。小说以一位现代都市女性良三对自己生活成长经历的回忆,讲述了生命历程中亲情友情爱情的甘苦,塑造了大马、伊五、李威兄弟等性格鲜明的人物形象。

这一年,云中君首开网络自我炒作先河。为了推广自己的小说《一定要找到他》,他开始在各大BBS上张贴,并自封为中文网络第一才子,许多网站被这"第一才子"搅得天翻地覆。云中君的努力并没有白费,这部小说最终得以出版,随后他陆续出版了《数字化精灵》《爱情是个P》等网络小说,也都是以BBS作为推广舞台,此后云中君由网络写手成功转型为传统作家。网络炒作的随意性、广泛性、易操作性也从此为更多网络写手所认识并加以利用。

20世纪末,出版界开始将目光投向热热闹闹的网络文坛,创造了若干个第一,提前进入了新世纪。二十一世纪出版社的《点击1999》(自称是"中国第一部网上—网下正在发生的长篇网际新状态文学"),中华工商联合出版社的《E网情深》(自称是"中国第一部网上情爱专著"),湖北教育出版社特邀王蒙、宗仁发主编《网络文学丛书》,汇集了几位网上新生代作家的作品(自称为"中国第一套网络文学丛书");辽宁美术出版社的《草鸡看世界》丛书(自称是"第一代网络文学青春实验小说");内蒙古人民出版社出版的《看见你的脸红——网络时代的情感体验》(令狐西主编)也在年终岁末加入了这一行列。

2000年——纸媒与网络"联网"

2000年的北京春季图书订货会延续了前一年的出版热潮,中国社会科学出版社推出的"网络丛书"《告别薇安》和《旧同居年代》火爆上市。《告别薇安》是一本小说集,共收有安妮宝贝发表在网络上的23篇小说。《旧同居年代》为多人合集,收入互联网上火爆流行的青春小说共9篇。随后,上海三联书店又推出了小说集《进进出出——在网与络、情与爱之间》。作家出版社的洋洋四部巨著《智圣东方朔》也及时跟进。河北人民出版社则避开锋芒,向大洋彼岸觅新途,策划出版了一套"网络文化丛书",四部作品,从多个角度描写海外学子的求学历程和网络生涯……一时间,网络文学备受文学评论界和读者的关注,图书市场似乎由"读图时代"进入了"读网时代"。

2000年的网络创作的确是进入了一个新的时期。首先是"瞎子"与燕垒生如两匹奔驰的黑马,冲在了前面。前者的《佛裂》集网络灵异类小说之大成,后者的《瘟疫》堪称网络科幻小说的经典。让人欣慰的是,《佛裂》和《瘟疫》这两部网络小说分别超越了灵异和科幻的表面,都在反映、揭示人性方面做出了较深入的探索和努力。从文字上来看,《佛裂》极为空灵,透出作者"瞎子"不俗的文字能力,《瘟疫》的文字虽然不如《佛裂》细腻,但有一种沉厚的力量,直逼人心,令人不由得对作者的人格产生一种敬意。

20世纪80年代非非诗人群创立的"橡皮"网络论坛和"下半身"诗歌团体创立的"诗江湖"网络论坛也在这一年进入兴盛期,他们与1999年改版后萧元主编的《芙蓉》杂志声气相通,许多作者通过在"橡皮""诗江湖"的发帖和回帖展露了才华并发展了人际关系,网络在此时第一次显示了社会交际和作家圈聚散的功能。当时韩东负责《芙蓉》杂志的小说编发,"橡皮""诗江湖"的写手们与韩东在网络上认识交流,获得了发表作品的机会,一些确有才气的年轻人得到了关注,比如"橡皮"里的竖与乌青,"诗江湖"里的李红旗、尹丽川、李师江、巫昂、沈浩波、子弹、南人等。

稻壳是一位年轻的留美博士,他发表的《流氓的歌舞》,对王小波充满了敬意,这可能是网络内外与王小波《红拂夜奔》最融洽的一部小说。

此外可以记住的还有南琛,她在这一年写下了长篇小说《太监》。作为一个女性作家,弃小女人惯常的风花雪月而进行探索性的写作,这一点在网络作家中十分难得。

2000年,和网络文学有关的大型活动频频上演。

7月中旬,"TOM中国文学网"和"榕树下"网络原创文学网在北京城市宾馆主办了一场颇具规模的网络文学讨论会。会议讨论的主题是"网络写手要不要成为传统作家"。鲁迅文学院副院长雷抒雁代表传统作家发言,他认为传统作家的写作是严肃的,而且大都经过了一个痛苦的磨炼过程。网络写手心有些乱则认为,恰恰是网络写作的自由和开放的特点,促使网络写手的思维更活跃,作品也更有新意。写手李寻欢表示,网络写手关键在于写作的态度不同,就像他的名字一样,"是为了寻找快乐",而不在乎名利。他源于武侠小说的名字在网上许多聊天室都能见到,这多多少少也反映出网上生活的一种姿态。作家出版社社长张胜友说,无论是网络文学还是传统文学,从出版的角度讲都使用一个标准,只要是符合思想要求、艺术水准和市场需求的作品,作家出版社都愿意出版。他提到最近推出的《智圣东方朔》销量就很好,它既是网络文学,又是传统的历史小说。

9月,在贵阳举行的"联网四重奏"第六届年会决定:在2001年挑选六位有潜力、有影响的网络作家,由他们为四家刊物离线写作一万字左右的短篇小说,并请作家、评论家对其作品做点评,分别在四家刊物同期推出;与一家网站达成协议,将四家刊物推出的作品再返送网上发表;年终举办一次评奖活动,分设专家奖和网络奖。专家奖由四家刊物共同颁发,网络奖由相关网站筹资颁发;该年度"联网四重奏"所发作品及相关点评,结集后由云南人民出版社出版。由《作家》《大家》《钟山》《山花》四家著名文学期刊联手举办的"联网四重奏",原本是为打造新锐作家搭建的平台,其效果是显著的。1997年的"联网四重奏"文学奖使晚生代小说家李冯在文坛初步确立了地位,就是最好的范例。可惜"纸媒与网络联网"这个颇具创意的互动只坚持了两年。但不管怎么说,作为传统文学期刊对网络文学的尝试性的整体介入,仍然很有积极意义。

2000年底,第二届网络文学大赛进入高潮,其效应远强于第一届网络文学大赛,总体说来,在影响上也大于第三届网络文学大赛。举办单位"榕树下"文学网站在此时达到它的巅峰期,并与网络文学大赛相辅相成。

这一届网络文学大赛还造就了像今何在和心有些乱这样的写手。今何在的获奖作品《悟空传》虽然并不能说是独具匠心,在语言上也有些"拿来之笔",但其超人气的影响力毕竟证明了作者的实力。而另外一个获奖作品《秋风十二夜》的作者心有些乱则是个极具潜力的作家。他在一年后写出的中篇《拒绝》被很多网友认为是迄今为止网络上最了不起的中篇小说之一。

从1999年到2001年,连续三届网络文学大赛虽然已成往事,但注定将成为网络文学史上值得一书的盛事。2001年之后,大赛停办。其实,早在2000年底,大赛主办者"榕树下"网站就开始走下坡路,只是那时候在盛大宴会的喧嚣中,谁也不曾留意阴影的存在。

2000年,中华人民共和国《互联网信息服务管理办法》实施。

二、文坛关注网络之声

2001年——天涯"冲浪"与榕树"落叶"

2001年的网络文学创作最大特点是一些原本依附于传统媒体的写作者开始在网络上风生水起。这一年开春不久,散文家宁肯依靠网络推出他的长篇小说《蒙面之城》。这部小说曾投稿给许多期刊,均未获发表,后来在网络上寻求知音,竟然很快便被《当代》刊用。网络的积极意义由此凸显出来——它让你的作品被展示和广泛阅读,给你传统媒体吝啬给予的机会。

对于真正有才华的作家而言,网络使他们跨过纸媒,直接与读者握手。有人认为,从这个意义上讲,所谓"网络文学"本身就是个伪命题,网络对于文学而言,并非创造了"网络文学"这种新的文学样式,而是它创造了作者推出作品的全新方式而已。

2001年,天涯虚拟社区"舞文弄墨"和"乐趣园"的"小说之家"、"新小说"论坛,接过了"榕树下"的大旗,引发了新一轮的网络写作高潮。

在这一年,青年女作家陆离悄然崛起。很难想象,假如没有网络,这个2000年开始写作的年轻人会如此快地被认同。她出入的网站主要是"乐趣园"和"橄榄树",由于她的聪明、勤奋、处事的得体,当然,更重要的是作品的高质量,其小说经过"橄榄树"推荐,发表在《山花》上,随后大量作品在《人民文学》等有影响的期刊发表。此后出现的女作家盛可以(折荷)也一样,从网络起步但很快脱网落地,得到主流文坛的承认和接纳。

在"网络原创文学"轰轰烈烈发展的同时,传统文学也不甘寂寞,如雨后春笋般将作品编辑并在网络上发表,似乎要与其一决雌雄。

将传统文学作品搬上网络,安放在"文学收藏室"供人浏览,是许多文学网站和综合网站的常见做法。从中国古代经史子集到明清小说,从五四新文学时期鲁迅、郭沫若、茅盾的作品到2000年诺贝尔文学奖得主高行健的小说《灵山》等,网络上可谓应有尽有,各网站间还不时将这些作品相互转贴。网络中的外国文学作品有按时代和国别收藏的，有按文体归类的，也有按作家姓名字母排序的，多数文学网站均有收揽。

以2001年5月8日搜狐网站的文学视窗为例，它在"作家/作品"栏目中就做了这样的分类：

古代作家作品(350)　　现当代作家作品(4783)
港台作家作品(829)　　海外华人作品(89)
外国作家作品(140)　　诺贝尔文学奖获奖作家(126)
女作家文库(1293)

这家网站列出了如鲁迅、老舍、巴金、钱锺书、贾平凹、三毛、卡夫卡、海明威、大江健三郎等中外78位著名作家的个人专集，并介绍了查阅中外文学名著的33个专门网站，阵容之大可见一斑。

2001年底，"榕树下"举办的第三届网络文学大赛因2万元的高额奖金而吸引来三十余万件投稿作品，一些专业作家也加入其中。但是，连续三届网络文学大赛，在给主办网站"榕树下"带来品牌上无形收入的同时，也产生了很多不利因素。

陈村离开"躺着读书"以及网络文学大赛的无疾而终，在网友中的影响是巨大的。"榕树下"投稿量剧减和论坛的萧条，使它渐渐失去了中文网络原创基地的魅力，而成为中学生作文的集中营。"躺着读书"里一些有水准的熟客，诸如云也退、象罔与罔象、天花乱坠等转移到天涯"闲闲书话"论坛和"舞文弄墨"论坛，老N等也不见了踪迹。

"榕树"的"落叶"，预示着网络文学进入了一个新的时期，说明"榕树下"所实行的效仿纸质文学期刊设置专业编辑审稿的制度以失败而告终，它暗示着网络与纸质期刊终究是不一样的。而"天涯"作为一个管理松散的文学论坛，没有一个专门的文学编辑，所谓版主也多为义务工作者，却因"散"而"聚"的自由"冲浪"模式，取代"榕树下"成为中文网络原创基地，其实质是尊重网络这一特殊空间而取得的胜利。

2001年，中国互联网协会成立，并发布《中国互联网行业自律公约》。

2002年——成都，今夜请将我遗忘

2001年的超人气网络长篇小说《蒙面之城》终于苦尽甘来，于2002年的10月22日获得了北京文联颁发的第二届"老舍文学奖"。这是网络文学作品首次获得文学大奖。由作家出版社 2001 年 4 月推出的这部网络小说,讲述了这样一个故事:一个十七岁的高中学生迷恋福尔摩斯、希区柯克,用可笑的侦探眼光怀疑周围的一切,秘密跟踪别人,甚至怀疑身为历史学教授的父亲不是自己的生父,并开始了一系列的调查,由此堕入了历史和现实的迷雾,放弃高考,走入"蒙面之城",开始了长达七年的"蒙面之旅"。

"我们的时代叫嚣着成功和机会——但马格向我们指出了另一条道路,一连串的拒绝与放弃,通向心灵的自由。"一位网友这样解读《蒙面之城》。

参与评奖的一位评委特意提到《蒙面之城》在网上的点击率,认为这是作品获奖不可忽视的因素。

点击率与跟帖是网络赋予网络文学的特殊力量,宁肯不无感慨地说:"一部作品通过纸质媒体问世,读者已经很少给作者写信了,而在网络上你的作品有人读,并发表他们的看法。这给作家带来极大的幸福:有一天你可能在完全无意中看到那些评论,那个时刻非常神奇。"

除了《蒙面之城》获得殊荣之外,2002 年,有三部可以类比的小说以三种不同的命运展现在网络人的视野之中,其相似的风格与各自迥然的境遇,值得玩味。这三部小说是蔡春猪的《手淫时期的爱情》、醉鱼的《我的北京》和慕容雪村的《成都,今夜请将我遗忘》。三部小说,都有一点幽默,其中《手淫时期的爱情》是真正的冷幽默;都采取当下与往事不断交叉叙述的结构方式,其中《我的北京》技法最熟练;都是年近三十的男人面对生活有感而发的叹息与调侃,其中《成都,今夜请将我遗忘》最适度。

《手淫时期的爱情》主要发在音乐人胡吗个创办的"万国马桶"网络论坛。作者蔡春猪才华横溢,但由于其毫无矫饰的过于奔放的文字和作品中透出的残酷的生活真实,作品永远不可能公开发表。作者写作时也必然知道,他对创作充满热情,却对作品异常冷淡。作者几乎不到各大网络论坛张贴此作,在网络上几乎看不到全本。而"万国马桶"论坛是一个比较另类的论坛,读者群十分有限,种种原因,导致《手淫时期的爱情》最终被忽视。

《我的北京》的作者醉鱼经常出没于"金庸客栈"和"清韵"的"品文"论坛,此文也主要发在这两个网站。后来为了扩大影响,也转贴到了"天涯"论坛。

《成都,今夜请将我遗忘》的作者慕容雪村早期活动于"榕树下",曾经发表的《西门庆故事》等几篇作品已经有一定质量,但由于当时的"榕树下"沾染了某些不良气息,人才很难脱颖而出,于是作者长期被埋没。《成都,今夜请将我遗忘》首贴于"网虫网站",随后又转贴到天涯和新浪读书沙龙论坛,但在新浪读书沙龙论坛没有任何反响。"网虫网站"因历来几乎无实力派网络写手光顾,反倒使慕容雪村鹤立鸡群,掀起较大波澜。

中肯地说,《成都,今夜请将我遗忘》这部小说内容是精彩的,临摹现实是真切的,并有一定的悲悯情怀,应该说是不错的小说。创作出优秀网络小说的作者大致有两种人,一种是有着较高的创作技巧和语言能力的写手,这类网络作家有风柜来的人、铁嘴阿良、九卦等,他们写的东西很可能难以畅销,但其蕴含的语言力量让人可以预见他们会随着年龄的增长和经历的丰富而更上一层,渐入佳境;另一种是文才欠佳,靠经历和人生体验写作的写手,他们的作品因为素材的饱满而吸引人,这方面的网络作家有包为、慕容雪村等,他们将自己成长中最深切的经验注入作品,让它有一种真实、残酷得直逼人心的力量。

据统计,《成都,今夜请将我遗忘》先后被两万多个中文网页转载,在全国近三十家报纸杂志上发表和连载,随后在美国、日本、法国被翻译出版。上海话剧艺术中心购买了此小说的话剧改编权。2007年《成都,今夜请将我遗忘》被改编为同名电影,由谢鸣晓执导。

此外,还有中华杨的《中华再起》、何员外的《毕业那天我们一起失恋》、黑天才的《辱鞋》、三蛮的《谁的荷尔蒙在飞》(原名《生于1976》)一度在2002年的网上风靡,引发了各大网站(论坛)的转载和网友追捧。

2002年8月1日,《中国互联网络域名管理办法》实施。

2003年——VIP付费阅读制度试水

2003年,"明扬品书网"首推VIP付费阅读制度,随后"起点中文网"也开始推广这一模式,并实行"原创文学作品网络版权签约制度",之后付费阅读制和签约作家制成为网络文学传播与创作的基本模式,网络文学步入商业化阶段。被称为"三大神书"的《飘邈之旅》《小兵传奇》《诛仙》在同一年集中发力,吸引了大批书迷。

2003年10月逐浪网成立,前身为国内著名的文学站点——文学殿堂,曾经获得电脑报"编辑选择奖"和"二十大个人站"称号。

2003年的另一个热点是"木子美现象"。8月份以后,木子美因在网上发表她的性爱日记《遗情书》而迅速走红,成为当时点击率最高的私人网页之一。日记全文以及木子美的相关作品被广泛关注和评说。木子美的作品从类型上看无疑属于"身体写作",有人将她与女作家卫慧、棉棉、九丹和春树类比,认为"她的写实作风显得更为大胆"。

由"木子美现象"我们可以引出2003年在网络上最引人注目的一个概念——博客。木子美的《遗情书》也好,后来的一些文章也好,在文学上的意义甚微,只是作为公众关注的一种现象,对网络文学有所波及而已。

2003年新浪举办了"万卷杯网络文学征文"大赛,数十万件参赛作品最后只有几位获奖者,数目上的巨大落差让网络文学大赛逐渐失去了它的魅力。网络的宽容被大赛的苛刻打了折扣,写手们不再沉迷于"一赛成名"。

2003年,网络长篇的创作因为其功利性的一部分而更为炙热。短篇小说创作进一步衰竭,令人黯然。可以说,这一年的网络文学噱头充足,欲望饱满,但新意不足。

2004年——衰落,还是重新出发

在喧闹几年以后,2004年的网络文学被众多圈内人士认为"情形堪忧"。

要说影响,由作家出版社推出的年度流传最广的网络小说《瑞典火柴》算是一部,作者小雨康桥也因此一炮而红。小说讲述了男主人公岳子行长期徘徊在妻子冯筝和情人谭璐之间,饱受两份感情的拖累和煎熬的故事,每字每句都在逼近人们的灵魂。

何员外继《毕业那天我们一起失恋》之后的新作《何乐不为》也产生了不小的影响。这是一个很单纯的故事,却并不幼稚,里面有着成人世界的尔虞我诈和弱肉强食,又留存了属于孩子的执着与真诚。故事中的人物总是试着用清澈的眼睛去看世界,虽然有时也会失败、被骗、被伤害,但是却从不放弃,从不妥协甚至同流合污,总是努力地为自己的理想而奋斗,并且最终取得了成功。

2004年岁末,周星驰新片《功夫》在全亚洲宣传的同时,小说《功夫》也在大陆出版,引起了读者的极大关注。实际上,新书与电影除了名字相同外,两者之间毫无关系。由台湾网络写手九把刀所著的网络小说《功夫》讲述了一个年仅13岁的中学生,如何阴差阳错拜师学艺,一边维持自己的正常校园生活,一边却又进行"非凡"的练功习武、惩恶扬善的生涯。作者在故事情节的安排上,颇有些出人意料的悬疑色彩。这部小说刚刚登陆大陆,就

引起了电视剧制片商的注意。

这一年,尽管网络文学作者纸质书籍满天飞,不少文学期刊开辟了网络作品专栏,网络作家的生存空间增大了许多,却没有产生特别有影响力的作品。倒是"博客文学"在木子美之后继续发扬光大,又出了个自称"妖女"的竹影青瞳。2004年4月8日,竹影青瞳以"文字,是对身体的第一次凝视,第一次慰藉"为题,开通了自己的博客俱乐部。然而这只不过是一个插曲而已,转瞬即逝。

放眼望去,各大论坛的活跃程度也大大低于早几年。是网友成熟了还是他们觉得无聊透顶而沉默?抑或两者兼而有之。根据全球中文论坛网统计,这一年中文社区排名前十位的分别是:天涯、搜狐、TOM、泡泡、网易、中华网、西祠、西陆、新浪和QQ。在这里面已经找不到"榕树下"的影子了,说是大浪淘沙也好,说是成王败寇也好,或者韬光养晦以图东山再起也好,反正那个号称"中文网络原创基地",满天枝叶的"榕树下"只能在虚无中做一番无奈的感叹了。

另一个事实是,各路网络高手集体发力,各自推出了新作,如痞子蔡的《亦恕与柯雪》、安妮宝贝的《清醒纪》、今何在的《若星汉天空》、林长治的《Q版语文》、慕容雪村的《天堂向左,深圳往右》和孙睿的《活不明白》等。同时,在被寄予厚望的"80后"写手中,林小堂的《熊猫馆日记》、大妞的《一头大妞在北京》在天涯网站连载时创造了一周上万人回帖的历史纪录,也给这一年的网络文学注入了一线生机。

继首届"万卷杯网络文学征文"之后,新浪发起的"第二届华语原创文学大奖赛"于2004年10月向海内外的华语写作者征稿,文汇报、中国青年报、南方都市报、江南时报、央视、上海东方电视台等37家媒体报道了本次活动。可见,网络文学的征文活动渐渐赢得了社会的支持和关注。

同时,资本介入,高薪签约网络写手给网络文学商业化发展带来了新的机遇。当时已在美国纳斯达克上市的中国最大网络游戏运营商——盛大网络,2004年12月17日在上海宣布:其旗下的"起点中文网"与多位网络原创文学作者正式签订个人稿酬协议,个人最高年薪将突破100万元人民币。目的是在保护网络作家知识产权的前提下,促使中国原创网络文学加速融入传统文化领域。而众多获得尊重的网络文学原创作家收益的提高,也将为盛大的网络娱乐研发事业提供更多更好的内容保障。网络文学界著名的原创作者血红(刘炜)、雪域倾情(范剑英)、大秦炳炳(张乐)、碧落黄泉(廖俊华)、流浪的蛤蟆(王超)等在这次签约仪式上首次露出"真容",其中最小的是位在校学生。在市场经济充斥文化市场的今天,类似盛大网络的举动无疑是对网络文学的一种鼓励,对网络文学的发展将会起到推动作用。

这一年,后来在网络文坛风光无限的唐家三少开始在读写网连载他的处女作《光之子》。由此网络文学以连载方式确立了新的读写模式。

网络文学在2004年是趋于理性的一年、整合融合的一年,它似乎并没有在此驻足不前的意思,而是在整装待发。

三、博客写作风靡一时

2005年——玄幻穿越双轮驱动

人们习惯于对年度网络纸媒化进行一个大致的总结,比如,把2002年和2003年称为"青春文学年";把2004年(以蔡骏《地狱的第19层》为标志的小说的出版)称为"悬疑小说年"。2005年5月,网上人气最高(点击量3 000万)的玄幻武侠小说《诛仙》、烟雨江南的《亵渎》、猫腻的《朱雀记》、兰帝魅晨的《高手寂寞》先后上线,血红的《升龙道》开创大陆网络文学超长篇小说先河,这一系列作品催生玄幻小说的各种门类全面开花。因此,一些网友和出版界的人士把2005年称为"玄幻武侠小说年"。的确,进入2005年以来,首先是三位女武侠小说家闪亮登场,沧月的《血薇》《护花铃》和藤萍的《香初上舞》系列在市场上同时热销,晴川的《韦帅望的江湖》网络连载后人气急升。2005年,穿越小说开始走红网络,金子的《梦回大清》、桐华的《步步惊心》为后期网络文学出现的宅斗、宫斗、古言、种田、重生等女频文的大行其道奠定了基础。

就在读者为武侠小说的阴盛阳衰而唏嘘的时候,由江南和今何在两位重量级网络写手联袂推出的《九州》市场反响热烈,《缥缈之旅》《异人傲世录》《紫川》《搜神记》也都纷纷出版,声势不可谓不大。同时,现代都市小说《元红》(顾坚)、纯情小说《和空姐同居的日子》(三十)、玄幻小说《善良的死神》(唐家三少)、武侠小说《高手寂寞》(兰帝魅晨)等作品的出现,极大丰富了网络文学的创作形态,在历史题材小说创作上,阿越的《新宋》和燕垒生的《天行健》以穿越和架空的手法另辟蹊径,也为这一年的男频网络文学增添了亮色。

《诛仙》证明了玄幻小说的"热",同时也证明了它的"冷",因为传统出版市场对"武侠小说"的阅读期待是比较高的,而对所谓的"玄幻武侠小说"仍持观望态度。《诛仙》因为具有传统武侠小说的基本要素,才赢得了一批"武侠迷"的青睐,同时《诛仙》又因为具有强烈的玄幻特征,吸引了众多热爱玄幻的青少年读者,而单纯的玄幻小说就没有这个运气了。

2005年下半年至2006年初,一批传统作家和文学批评家、理论家夹在人数众多的各路明星大潮中登上了"博客"这艘巨大的网络游轮。仅新浪网一家按照姓氏排列出的就有几十位之多(网络作家未列入):北村、蔡骏、春树、陈希我、曹文轩、池莉、残雪、葛红兵、虹影、海岩、韩寒、韩石山、柯云路、孔庆东、刘震云、陆天明、李碧华、李师江、刘醒龙、梁晓声、刘元举、梁小斌、老鬼、棉棉、孟繁华、芒克、麦家、师永刚、沈宏非、王跃文、巫昂、卫慧、王艾、谢有顺、余华、余秋雨、叶永烈、尹丽川、周国平、郑渊洁、朱大可、张者、张颐武、张蜀梅、张悦然和张柠等。还有更多未列入这个名单的传统作家,也拥有了自己的博客。

如果说网络文学是一条"没有航标的宽阔河流"的话,博客写作在2005年的出现,使这条浩浩荡荡、奔腾不息的河流形成了一个洪峰,并且开始分流。由于作者在博客里具备基本的自我规范意识,不妨称其为一条"以个人为航标的河流"。以中国网络文学十年历程来讲,博客的出现具有分水岭的意义。有趣的是,个案往往与一般规律相反。博客在中国的兴起源于2003年木子美在其个人博客上发表的性爱日记《遗情书》,随后,又有竹影青瞳以涉及性爱的文章和自拍裸照推波助澜。一批有文学鉴赏力的网络写手纷纷抨击这一现象,但在他们参与博客写作之后,文学博客慢慢形成气候。

那么博客与网络文学之间存在一种什么样的关系呢?我们在博客的定义中发现:比较网络文学,博客的内容和目的有很大的不同,从对其他网站的超级链接和评论,有关公司、个人、构想的新闻到日记、照片、诗歌、散文,甚至科幻小说的发表或张贴都有。博客当中虽然不乏一些文学爱好者,他们在博客日志上张贴日记、散文、小说等等,但根据麻省理工的一份关于美国博客应用的研究表明,博客日志的内容在美国倾向于一种个人的无目的的网络漫步,创造性的写作只占了很小的比例。我们再来看看中国博客网站的情况:CNBlog 目录集中 3 022 个登记的日志中总共只有 117 个文学日志,还有一些与文学相关的日记,情感、个人生活类的网络日志占了很大的比例。时间截至 2004 年 5 月 8 日,在博客中国的最热门的 100 篇文章中我们发现竟然没有一篇原创作品,与文艺相关的、并非严格意义上的文艺评论不到 10 篇。在以门户网站新浪博客、搜狐博客、网易博客、和讯博客等为龙头的博客群中,文学博客所占的比重并不大。当然也有一些以文学为主体的博客网站和博客圈,比如中国博客网、中国文学博客网、文学博客网、中国成人文学网、校园文学博客网等。形象一点说,网络文学就像是一个硕大的集体农庄,而博客写作更像是在自留地里的精耕细作。

  自网络进入普通人的生活以来,通过 BBS、ICQ、E-mail 等形式在网络社区建设方面发展得很快,但是在个体的建设上却不是那么顺利,个人主页的技术门槛让很多人都望而却步。博客实现了人们筑造网上个人空间的梦想。我们看到博客网站是以个人为单位的,网友拥有完全属于自己的天地,可以发表文学作品、思想见解等,用各种方式和手段充分地表达自己。在发表作品方面,博客跟 BBS 方式不同的地方在于,博客是以"个人专栏"的形式对文章按照发布的日期进行排列,而 BBS 是以帖子的形式,是以单篇文章为单位的。以往的网络文学都是以单篇作品为流传单位,以至于很多 BBS 原创文章竟然不知道作者是谁。而在博客世界里,作品只是个人的一种表现形式。博客赋予个人以能量,博客世界是个人在网络里全面最大化的世界,文学只是它的一部分。博客里的文学是一种"个人化"写作,它以展示、释放、推介自己为目的,文学本身反而成了配角。

  文学爱好者一向是比较活跃、善于表达自己的人群,因此文学博客的活跃程度绝不亚于其他博客群体。文学爱好者是文学博客的主力军,人数较多,其中一部分是占据文学领军地位的传统文人,称他们的文字为文学应该没什么争议。尽管这些名作家也会在博客上写些随感,但更多是已经或准备在传统媒体上发表的文字。比如余华,在他的博客上连载了新作《兄弟》,但我们不能因此称《兄弟》为博客文学,余华在小说出版的同时把作品贴在自己的博客上,也许只是一种宣传手段。另一部分则是文学爱好者,他们的文学博客是一种潜在的传播力量,使这一形式更加自主、开放。他们中的一些人,写到后来也出了书,成为被文学界认可的文学作品。但他们在写作之初,并没有这样的想法,只是在博客中把自己的经历,把自己知道的一些有趣的、有意义的故事写下来,满足自己表达的需要。可以说博客既成就了社会精英,也成就了无数草根。

博客写作最显著的特征是公开面向大众,是能够及时得到阅读者反馈的写作。这个特征使博客成为一个交流的平台。在这个意义上,博客写作已经不是传统写作那样的个人创作行为,而是由一定圈子的一群人共同完成的大众开放式写作。博客以公开性、交互性和可追溯性为其最基本特征。在更广泛的意义上,博客写作对传统传媒产生了颠覆性的影响。它的出现使受到时空、传播速度、传播范围、言论实际权益等方面限制的传媒向大众敞开大门。

除上述基本特征之外,博客写作还具备其他一些特性。

开放性和民主性。在网络时代,对于文学或艺术,应该有一种全新的态度,应该明白任何文本都处在变动不居的过程中,那是读者对待文本的一种新的态度和方式。目前博客中有关文学的论争,实质是一种新兴文学力量的挑战。2006年出现的"白韩之争"和"恶搞诗歌"以及关于文学的"存亡之争"等,都充分显示出博客开放性和民主性的特征。

简洁化和系列化。博客又叫"网络日志",尽管它面对大众已经不是传统意义上的日记,但由于它的记事方式具有日记的某些特点,比如依时间顺序写作和发表,记录事情具有延续性;有话则长,无话则短,有时候就是寥寥数语等。因此博客写作与传统写作还是存在一些差别,它往往以简洁的手法记录事件和表达思想,并且在一定时间内保持连贯性,形成系列化的文章链。

时效性和真实性。由于博客是一种新的传播方式,在中国,最早跟进博客的,以媒体相关人士居多,博客服务也就成了媒体特别看好的一个模式。博客写作普及之后,广大博客作者充分利用了这一特性,将自己掌握的最新信息及时发表出来,形成了对传统新闻媒体的有效补充。

游戏性和文学性。作为一种纯粹个人化的表达,博客的内容可以说五花八门,无奇不有。如果以传统的尺度衡量,博客中的绝大多数文字可能都称不上文学,但即使以传统的眼光看,也很容易发现博客文字的灵性,那里的确存在着大量纯朴的文学因子。在游戏中快乐地写作,本来就是博客写作的一大亮色,当然,遵守一定的书写规则,才能确保它能被更多的读者所接受。

情感化和个人化。据首份《全球中文博客调查报告》分析显示,博客的内容总体上是多元的,以写情感生活为主的占81.3%,其次是娱乐休闲和教育学习、电脑技术等等。报告称表达情感是文学博客写作的最主要动机,人们的感性生活是文学博客的主要内容。而博客的环境设置和文章风格由于不受他人(比如传统媒体的编辑等)制约,则呈现出独特的个人化色彩,充分体现出作者的兴趣爱好和审美个性。

跨文体性和立体化。通常而言,一个内容比较丰富的博客实际上就是一个网页,它不仅由许多经常更新张贴的文章构成,还包含其他网页或者其他博客的链接和文章评论。这是其一。其二,运用多媒体技术和网络链接技术使文体的呈现方式突破时间和空间的限制,简言之就是借助声音、视频、图片等网络介质的添加增强文章的立体感和感染力,使得读者在阅读过程中得到如临其境、如历其事的真实感受。

局限性和粗鄙性。博客写作的局限性具体表现为,著作者版权得不到有力保障,更容易遭遇抄袭侵权;博客没有限制的自由性,也使得文章或观点的质量受到很大的影响。博客写作还时常出现人身攻击现象,却得不到法律制约。随意发表对他人的意见,甚至出口不逊,正是博客写作粗鄙性的体现,使得很多名人视博客为"是非之地"。

在我国,互联网几乎是年轻人的天下,因此,博客写作者一般局限于20—50岁。但在海外却出现了新的趋势:越来越多的欧洲中老年人开始转向博客写作。据新华网报道,2006年岁末,一位79岁的英国老人(网名"老人1927")投身到最新潮的视频博客的行列,成为公众瞩目的焦点。作为视频共享网站YouTube里年龄最大的博客之一,他对着摄像镜头讲述他祖父母在英国维多利亚时代的生活经历,并将其上传到YouTube网站。在法国,布列塔尼一家养老院的老人联手创建了"自由冲浪者"博客网站,"讲故事的老奶奶"洛朗斯·拉米亚布勒的个人博客也获得了成功。

许多年轻人的博客有股自负轻狂的劲头,而中老年人的博客则相对超脱。"老人行星"网站的创建者伊莎贝尔·弗兰盖说:"对年轻人而言,博客是展示自我个性的地方,他们通篇讲的都是'我、我、我'。50岁以上的博客写手则更喜欢谈论各类活动,更善于讲故事,在写作上花的时间也较多。"

法国咨询公司益普索集团2006年10月就此首次对英国、法国、德国、意大利和西班牙的2 200名网民进行了民意调查。结果显示,越来越多的中老年人开设博客,尤其是50岁至70岁的中老年人。此外,45岁至54岁的人当中，有14％的人浏览博客；55岁至64岁的人当中，这一比例达到11％。

随着我国科技水平的发展和人口老龄化速度的加快，博客写作的年龄跨度将会愈来愈大。

博客的名人效应已经是个不争的事实。在这个前提下，我们才有可能讨论博客的"草根性"与"精英化"问题。总的来说，博友写博，不外乎时事评论、文学创作、主题辩论、讲述心情。相对应的，也就是发表观点、创作、娱乐、传播、日记。也就是说，博客成了草根与名人共同参与的新型传媒。

CNNIC在《2006年中国博客调查报告》中分析认为，正是基于博客具有"人人可以用来传播自己的观点与声音"的属性，博客被赋予了草根性。然而，新浪名人博客的推出，"老徐博客"的成功，让人不得不重新审视博客的"草根性"与"精英化"之争。

讨论博客究竟是精英化的还是草根性的，应该首先明确分析的视角：究竟是从权力分配的角度分析，还是从文化分配（或知识分配）的角度考量。

从权力，特别是传播权分配的角度而言，传统的媒体都是为权力精英所掌握，传播的也是权力精英的价值体系，草根阶层很难获得阐述自身观点的机会。从这个角度来说，博客的产生，打破了传统的中心产生内容的格局，使处在权力集团之外的"草根"也能够获得表述自己观点的机会。因而，应该说，博客是"草根性"的。

草根性、去中心化的特征为互联网络的治理提出了重大挑战。

但是，从文化分配的角度而言，只有掌握了足够的文化资源（也就是"文化精英"），才能够有能力经营与维护自己的博客，而文化的草根即使注册了一个博客空间，恐怕也只能"家徒四壁"，望"博"兴叹。因而，从文化分配的角度而言，博客依然是"精英化"的。

由此可见，博客的"草根性"与"精英化"只是个相对的问题。在什么角度就会得出什么结论。博客精英并非一定就是名人，或许只是草根，也有的名人博客也很一般。这其中并没有规律可言。有博客精英认为，博客是"盛开在传媒污泥上的一朵莲花"，因为它没有像传统媒体那样受到资本的深深污染，博客"第一次使思想的无限制传播成为可能"，这个说法道出了博客写作的真正面目。

当然，名人号召力不能忽视，名人博客也总是备受关注。比如余华贴在博客上的《一个作家的力量》,经读书频道首页推荐一周左右,点击率超过一万,读者评论超过八十篇。而名人一些日常的网络日志,也常有几十个跟帖,这是普通人的博客难以企及的。同时,博客也为那些渴望一夜成名的草根们提供了机会。因此,一些所谓"离经叛道"的草根便利用其另类的炒作手段,得以在一夜之间完成了从"麻雀"到"凤凰"质的飞跃。但博客写作毕竟不是一锤子买卖,接下来还是得靠真本事,过眼云烟的博客多的是。

博客写作与名利场关联不大,也不受金钱与权力的驱使。正因为大家毫无顾虑地放开自己的思想,展示自己原生态的生活和思索,才使得博客写作相对简单纯洁。如果失去了这一特色,博客写作就失去了它的价值和意义。"草根性"与"精英化"在这一点上也是共通的,有着相同的追求方向。另外,博客贵在勤,贵在速,贵在记录自己某个瞬间的真实感觉、思路。然而,许多当年的博客精英由每日一博变为每周一博,再由每周一博变为每月一博,最后干脆置之不顾。自留地的荒芜正好说明了博客写作的自主性与随意性。话说回来,不管是"草根"还是"精英",个人博客与博客群体永远是一滴水与一条河的关系,辽阔的河流才会生机盎然,有航标的河流才能够百舸争流。

四、网络写作的利弊与前景

20世纪80年代以来,跨文化写作成为世界文学的主流方向。大江健三郎、库切、帕慕克、赫塔·穆勒、卡勒德·胡赛尼等等,都是这方面的佼佼者。80年代中国先锋小说直接借鉴西方,实现了文本形式和叙事方式上的跨文化写作。事实证明,中国作家的封闭思维一旦被打开,发出的能量是惊人的,但由于缺乏本土文化的支撑,那样的写作难以为继。也就是说,一个兼容中国文化、展现大时代特征的跨文化写作方式,才是当代中国文学的出路。21世纪以来,我们欣喜地看到,有一部分网络写作正在做这样的尝试和实践。说到具体的,网络写作的意识形态宽泛化是一个重要特征,它并非网络作者故意为之,而是中国社会生活的客观反映。此时,我国改革开放已经30年,中国的确到了精神换代的时候,所谓"断裂"不再是一种理论,而是摆在我们面前的不可逆转的社会现实。其实,网络文学自发展之初就实现了跨国界传播。1995年,北美留学生创办电子刊物,运用网络发表文学作品,产生了最初的华语网络文学,这股浪潮最先波及我国台湾,之后在大陆得到强势发展。20世纪80年代以降,国际文化舞台悄然发生了变化,东亚三国占据了十分重要的位置,日本以动漫先声夺人,韩国则以电脑游戏领先,而中国的网络文学举世无双。这个信号应该引起我们的足够重视。因为从根本上说,跨文化形态是网络写作最重要的特征,网络文学的崛起是中国社会整体向前发展的必然产物。如果说当代中国文学在20世纪70年代末实现了第一次起航,那么,20世纪90年代末则实现了第二次起航,毫无疑问,这次起航将是一次"国际航行",会走得更远。①

此时的网络写作文体应有尽有,包括小说、诗歌、散文和跨文体写作,较有影响的文学网站、论坛和读书频道大约有百余家,各种文体的网络业余作者总数已逾百万人,文学网站日浏览量高达6亿人次,日更新1亿字节。这说明网络写作的大众性前所未有,读者关注程度也是空前的。如果不对这一文学现象加以分析、研究,文学理论、批评就会丧失它的民众基础,错失引领和推动文学良性发展的最好时机。

根据目前情况,我们可以对网络文学做出如下定位:1.网络文学是我国对外开放、科技进步的必然产物,也是信息时代多元文化的具体表现。2.网络文学20年历程,经历了由"简单的个人化表达"到"具有独特思考的文学书写",再到"从形式到内容多样化"三个阶段。3.网络写作者的身份千差万别,实现了真正意义上的多元写作生态。4.网络文学已成为新兴文化产业链的重要环节,它的蓬勃发展为文化产业的深化改革提供了新的机遇。5.网络文学良莠不齐,水准高低不一,不宜采用简单划一的方法进行归纳,需要仔细研究,认真分析,准确定位。6.网络文学还存在诸多问题有待解决,如抄袭现象严重,商业炒作过度,行业不良竞争等。

有人对网络写作发出了这样的疑问:商业化的网络文学怎么可能产生精品?这的确是个不可忽视的问题。在我看来,商业化是一把双刃剑,它既是网络文学由弱到强的催化剂,也是网络文学裹足不前的绊脚石。在鲁迅文学院举办的两期网络作家培训班里,笔者有幸接触到一批走在前沿的网络作家,对于这个问题他们有自己的认识,从两个方面进行了解释:其一,多

---

① 马季:《网络文学:中国当代文学第二次起航》,见《人民日报》,2011年4月19日,第24版。

数网络作家并不甘心长期被商业化操纵,成为写作机器,但为了生存下去,必须暂时接受这个现实,以待自身强大后再做调整。其二,主流文学界对他们的创作还不够了解,一部分人甚至还存在误解,网络写作商业化并非一无是处。

2003年,起点中文网成功推出网络阅读VIP付费模式,盛大文学收购起点中文网后几经变革,几乎改变了网络文学的发展方向,这是不争的事实。对于网络文学的商业化始终争议不断,从不同角度出发,得出的结论相距很远。尤其对于文学产业化带来的利弊,是否得不偿失,是否会破坏文学的纯洁性,意见分歧就更是水火不容。这是两个既相互交叉又各自独立的问题,在网络文学现场,一部分人从事商业活动,一部分人从事创作活动,只要两者相对独立,相互尊重,各取所需,就是健康的;寻求文学现场的绝对"纯粹",反而是一种不健康的心态。当然,我们应该有鲜明的态度,那就是推介优秀网络作品,扶持优秀网络作家,给网络创作提供良好的环境,给网络作家创造自我提升的空间。这一定是在理解和尊重网络创作的前提下才能开展的工作,网络作家普遍需要的是"平等"和"信任",而不是"俯视"和"招安"。随着网络文学和传统文学的不断融合,两者之间的界限将会逐渐模糊,主流文学评论家对网络文学不应是失语状态,应当为网络文学输入来自传统写作和评价体系积累形成的价值观念和审美要素,使网络文学得以健康发展。

值得注意的是,盗版网站侵害网络作家权益的事情司空见惯。网络盗版几乎不需要成本支出,盗版手段也是花样百出,维权成本却比较高昂,因此造成了盗版成灾的现象。绝大多数网站通过盗链实现商业目的——或收取VIP客户费用,或在网站上做广告。由于盗版网站数量庞大,文学网站无法追究大批盗版网站,只能将矛头转向提供盗版嫌疑链接的搜索引擎。对于方兴未艾的网络文学产业而言,盗版的最大危害在于有摧毁整个产业创造力的风险。对于这个严峻的现实,既不能操之过急,也不能熟视无睹。

第四章 网络文学类型化之路

网络文学由自娱自乐逐渐迈向了商业化阶段，一大批网络写手经过大浪淘沙成为这一领域的佼佼者，这批网络作家也从最初的业余写作爱好者进化成职业写作者。为了保持作品的阅读黏性，不掉粉，网络文学出现越写越长的现象，百万字以上的小说成为常态。网络类型文学在这段时期获得迅速成长，相继脱颖而出的穿越小说、架空历史小说、新军事小说以及幻想类小说等，一浪高过一浪，就是很好的证明。网络类型小说作为一股新的文学力量，正在不断壮大，将有可能以"集体写作"形式丰富当代中国文学的谱系。目前，人气旺盛的"架空小说"和"穿越小说"类型化已经较为完备，不仅在网络上广为流行，落地出版后也在读者中产生了广泛影响，应该说这是21世纪文学一个值得关注的现象。

一、2006，创新启动之年

2006年，网络文学集中出现了一批现象级的长篇小说，网络诗歌空前活跃也成为这一年的重要现象。赵赶驴的都市言情小说《赵赶驴电梯奇遇记》在猫扑网贴出3个月，创造了1亿次点击的神话，天下霸唱的悬疑盗墓小说《鬼吹灯》也在很短的时间内突破千万点击大关。玄幻、仙侠、异能、盗墓、军事小说在这一年承前启后集中发力，涌现出洪荒流开山之作——梦入神机的《佛本是道》，确立玄幻小说升级打怪流风格体系的辰东的《神墓》，悬疑盗墓小说代表性作品南派三叔的《盗墓笔记》，徐公子胜治的都市灵异小说《鬼股》、修真小说《神游》，管平潮的古典仙侠小说《仙路烟尘》，知秋的玄幻魔法小说《历史的尘埃》，静官的玄幻异界大陆小说《兽血沸腾》，charlesp的星际战争小说《星之海洋》，以及洛水的《白狐天下》，缺月梧桐的武侠小说《缺月梧桐》，在这一年也获得了不俗的成绩。

网络文学的内容创新和表现形式创新,主要体现在类型化的深入发掘和大胆尝试上,2006年3月开始在网络连载的"民间说史"作品《明朝那些事儿》是一个比较典型的例子,作者"当年明月"以"把历史写得好看"为原则①,用通俗诙谐的语言解读明史,叙述之中加入个人评论,获得了网民的追捧,出版后取得了很好的销售业绩。《明朝那些事儿》的写作观念和方式与传统写作存在一定的不同之处,它充分利用了网络的共生性特质和民间亲和力,产生了新的历史叙事方式。这也是类型文学在新的语境下探索新的表现方式的一次成功尝试。

类型文学同样有自身的艺术规律,它的产生和发展需要一定的社会环境和文化氛围:一是社会生活丰富多彩,人的精神诉求多向度,审美趣味多元化,受众有想象力渴求。二是参与创作的人群广泛。这还暗含一个特征,就是文学的去精英化现象,即大众写作的反复尝试催生新的类型产生,比如由最初的鬼故事最终推出《鬼吹灯》和《盗墓笔记》,大量的后宫文催生《甄嬛传》。三是写作的高度开放性。网络文学的创作和发表过程几乎完全透明化,每天更新,现场互动,当场拍砖。类型文学一般具有较大的构架,需要较长的创作跨度,无论是报章连载还是在线写作,如果缺少粉丝的追捧,作者难以在没有人呼应的状态下写出几百万字,写作的开放性不仅给作者带来了信心,也为作者的生存与发展提供了土壤。四是类型文学往往在文化更新、整合期相对繁荣,优秀作者具备完整的知识谱系或文化传承意识,读者有充分的阅读期待。五是商业文化相对发达。除了阅读价值外,作为文化产业链的开端,类型文学具有深度开发的商业价值。

网络军事小说一向以写古代战争和星际战争见长,实际是历史与军事、科幻与军事的糅合,现代军事题材的作品并不多见。2005年和2006年出现了刘猛的《最后一颗子弹留给我》和纷舞妖姬的《弹痕》两部具有鲜明网络特征的军事小说,作品塑造了壮志热血、敢爱敢恨、感情丰富的中国陆军特种兵群像,这两部作品先后被改编为影视作品《我是特种兵》和《战狼2》,一度引发军事题材小说改编影视作品的热潮。

诗歌曾经是中国历史上成就最高的文学样式,20世纪80年代,它迎来了一个新的高峰,但转瞬即逝。不用做过多解释,90年代以来,中国诗歌的

---

① 当年明月:《历史可以写得更好看》,见《人民日报》2007年12月17日,第16版。

沉寂和败落用惨不忍睹来形容也不为过。2006年却是个出现意外的年头,这个意外和网络直接相关。因此有必要专门就此展开一下话题。

2006年,全国诗歌站点差不多有400个甚至更多。按保守计算,每个站点平均每天发诗量20首左右,年产量差不多在300万首左右。网络诗歌是种约定俗成的笼统说法,包含三种情形。第一种是纸质诗歌的"阵地转移",即原本传统书写位移到网上来进行,没有改变传统书写的本质;第二种是真正与网络发生关联,是"网络情景中的诗歌",一些人建议称之为"网络体诗歌";第三种是极端形态——超文本多媒体诗歌,当时只是少数人的行为,还不普及。第一、二种形态共同构成网络诗歌这一"混称"。网站、论坛都在全力以赴打造自己的品牌特色:"诗生活"以规模著称,多栏目设置;"诗通社"有500多位诗人、40多位诗评家加盟;"诗歌报网站"以活动为龙头,从大展到评选到讲座,十分活跃;"中国诗人"保留较多传统色彩,以平和姿态倾向于诗歌普及工作;"第三说"使"中间代"命名终于赢得相当认可;"女子诗报"堪称全国第一大女性诗歌网,劲头正足;"哭与空"的"诗人救护车",多次举办募捐救助,成为国际上少有的"诗歌红十字会";"现在"倾注"打工";"诗家园""露天吧""丑石""不懈""滑动门"等,都办出了自己的特色。在这些诗歌站点的共同努力下,形成了网络文学中的诗歌群落。可以这样说,网络诗歌的写作和参与者,占据了网络文友的半壁江山,其原因是网络诗歌的写作难度较低以及对时间的要求相对宽松。同样,网络诗歌的写作、阅读人群也是最为复杂的,表面上是"70后""80后"在主导,其实"50后""60后"的参与者大有人在,这在其他文学种类中并不多见。正是在这样的前提下,2006年关于网络诗歌的论争出现了一次大爆发,其复杂程度是空前的,由于众多问题纠结在一起,根本无法对其作出简单的判断。

2006年9月,猫扑、天涯、西祠等互联网论坛、网站争相转载女诗人赵丽华的部分作品,网友带着讥讽口吻惊呼"中国文坛出了大诗人",意在指责其作品毫无诗味。有网友甚至发起了模仿赵丽华诗歌的"后现代诗大赛",点击量迅速越过10万大关,"赋诗"回帖千余条。更有甚者,有好事者还成立了"梨花教"("丽华"谐音),称其为"梨花教母""诗坛芙蓉",进行歪批。在西祠胡同、天涯社区等网络论坛,赵丽华的诗歌被冠以"国家级女诗人暴寒诗"等题目,受到网友集体恶搞。紧接着,"写诗机"应运而生,并且立即举办了一场以"手按键盘气自华"为口号的中秋赛诗大会,不少网友竞相发表大作。这台"写诗机"在一个月内就造诗 26 万首,是全唐诗的 5 倍之多。这是网络创作引发的一个新的话题,在此不多做讨论。

二、 2007,纵深发展之年

据中国互联网络信息中心发布的《第 20 次中国互联网络发展状况统计报告》显示,截至 2007 年 6 月 30 日,我国网民总人数达到 1.62 亿,2007 年上半年增长量接近 2006 年全年增长量,平均每分钟就新增近 100 个网民,互联网普及率达到了 12.3%,宽带网民数达 1.22 亿,占网民总人数的 75.3%。宽带已成为中国人最主要的上网手段。自 1994 年中国全功能联入国际互联网,在 13 年的时间里,每 8.5 人中就有 1 人成为网民。

此外,调查表明,我国上网情况在城乡、区域分布上存在明显差异:一方面,城乡之间网民数量及网民普及率差异巨大。城市网民普及率接近 20%,而同期乡村网民普及率还不到 3%。乡村网民数量只是城市网民数量的 1/6,普及率仅是城市网民普及率的 1/7。另一方面,东中西部发展差异很大,数字阅读水准的鸿沟非常显著。东部网民数占到了全国网民数的 57.8%,超过了中西部网民数总和;东部 IP 地址数占全国总量的 62.4%,超过了中西部总和的 1.6 倍;东部拥有域名数和网站总数则分别占到了全国总量的 78.5% 和 79.9%,接近中西部总和的 4 倍。

在中国互联网进入宽带时期的同时,3G 时代也悄然临近,手机上网正在成为互联网接入方式的新潮流。上网方式的调查结果显示,使用 Adsl、Cable Modem、专线等宽带上网的网民达到 10 400 万人,占网民总数的 75.9%;而新兴上网方式——手机上网也初具规模,达到 1 700 万人,占网民数的 12.4%。其中,男性、未婚、18~24 岁、职业为企业单位工作人员、居住在城镇的网民是使用手机上网的网民主体。对使用手机上网的网民进行调查发现,有 72.2% 和 30.9% 的网民使用手机上网主要是收发邮件和浏览信息,而费用高、网速慢则成为网民使用手机上网经常遇到的问题,其比例分别是 86.4% 和 33.4%,除了这两点之外,不方便、可获取信息太少等也成为网民不使用手机上网的原因。

在中国互联网快速发展的大环境下,社会对互联网地址的需求和应用大幅提升,2007 年我国域名总量达到 4 109 020 个,半年增长 116 万,平均每月净增20万个。国家域名CN注册量达到1 803 393个,比2006年同期增加了706 469个,增长率达到64.4%,在全球国家顶级域名的排名上升到第四位。

在网民的特征结构方面,学生、专业技术人员仍然是主体,其中学生网民的比例和半年前相比有所上升。年轻、知识层次较高、意识前卫,成为网民的主要特征。从上网途径来看,家中成为网民上网的主要地点,占比已达70%。上网更加方便,在网上的时间更加随意和充足,除浏览新闻、检索资料外,网上休闲活动日益增多,网民越来越意识到自己才是网络的主人。而文学网民正是这支浩浩荡荡的网民大军中最为活跃的一个群体。新的传播手段给了他们施展才能的广阔空间,促成新文学形式的出现,对于这个群体,严格意义上的文学概念已经不复存在,它的变化——泛化或称其为边缘化已经不可逆转。网络时代,传统意义上的小说、散文、诗歌和戏剧的界线将越来越模糊,无法确切界定。网络的多媒体展示手段使"网络文学"以全新的面貌登上文学舞台,开始了一场新的文学革命。

2007年,网络文学在表现形式和内容的深度与广度上进行了广泛探索,玄幻小说继续延伸发展,架空历史小说《家园》《随波逐流之一代军师》和《楚世春秋》展现出网络文学在艺术技巧和思想深度上有着独特的追求。除了在玄幻、架空、穿越和异能等非现实题材方面进一步开拓之外,现实题材领域如青春小说、言情小说、职场小说、军事小说也在这一年取得亮眼的成绩。

言情文学本来是网上的老面孔,曾经火爆,这几年平稳发展,2006年嬷嬷茶的《和校花同居的日子》、邪天使的《请你离开我》等小说的出现,使这一状况有所变化,不过这两部小说尚有校园文学的身份标志。应该提及的是,它们同样以叙述的阳刚、简洁冲刷了柔软造作的韩流文风。这说明言情文学开始变调,由原本的柔性叙事、凄美婉约转向对现实生活的深度切入。2007年初,木鱼的《重庆空姐》将这一格局大力推进,小说着力在精神世界和内心情感领域中,构建女性的完整独立人格,阐释内心期盼与希冀的真挚和谐的感情观。这部号称国内第一部由空姐据亲身经历创作的小说,上线连载一个多月点击量就达600多万。2007年4月,中国对外翻译出版公司推出纸质书,销售形势看好。随之而来的"华语言情小说大赛",也为言情文学的复燃起到了推波助澜的作用。

这一年产生重要影响的言情小说《山楂树之恋》由美籍华人艾米根据好

友的经历创作而成,被称为"史上最干净的爱情小说"。这部小说讲了这样一个故事:静秋是个城里姑娘,因为家庭成分不好,"文革"时受打击,一直很自卑。静秋上高中时被选中去西村坪体验生活,住在村主任家,认识了"老三"。"老三"是军区司令员的儿子,喜欢上了静秋,愿为静秋做任何事,给了静秋很大的鼓励。等到静秋所有的心愿都成了真,"老三"却得白血病去世了。2010年9月,张艺谋执导的根据小说《山楂树之恋》改编的同名电影上映。

沉浸在古典诗词解读里的网络当红女作家安意如,在2007年3月推出新作《陌上花开缓缓归》之后,6月,由中国友谊出版社出版了她的第一部长篇言情小说《惜春纪》。小说以中国古代四大名著之一的《红楼梦》为背景,以贾府的兴亡和惜春爱情的悲欢为主线,书写了一位沉默少女的独特命运和爱情。同时,在《后宫·甄嬛传》系列图书的引领下,《后宫之绝色倾城》《弄儿的后宫》《深宫风云》等后宫小说相继问世。至此,言情文学以后宫小说的形式被推到了2007年网络文学的前沿阵地。

青春小说始终是网络上的热点,从痞子蔡的《第一次的亲密接触》、安妮宝贝的《告别薇安》,到孙睿的《草样年华》、郭妮的《麻雀要革命》,其间还包括韩国可爱淘的《那小子真帅》等外国小说的介入,历经十年始终不衰。2007年,辛夷坞的《致我们终将逝去的青春》将青春小说推向了一个高潮,这部作品先后被改编为电影和电视剧,作为现象级作品历经十年仍然是网文界的重要话题。《致我们终将逝去的青春》讲述了现代青年对爱情的理解与认知,作品讲述为追寻初恋对象而步入大学的郑微,在大学邂逅新的爱情,在为爱情付出代价的过程中收获成长的故事。"曾经我们都以为自己可以为爱情死,其实爱情死不了人,它只会在最疼的地方扎上一针,然后我们欲哭无泪,我们辗转反侧,我们久病成医,我们百炼成钢。你不是风儿,我也不是沙,再缠绵也到不了天涯。"作者对青春通透深刻的思考,契合读者的精神渴求,并勾起了读者心灵深处的记忆和生命体验的认同。

被称为"中国白领必读的职场修炼小说"的李可的《杜拉拉升职记》也在这一年于网络问世。和《致我们终将逝去的青春》一样,这部作品不仅被改编为电影和电视剧,还被改编为话剧和音乐剧,深受都市青年追捧。在中国经济社会高速发展、城市化程度愈来愈高的基础上,随着国际资本的深度介入,都市白领的生存空间和游戏规则发生了很大变化,这部"接地气"的作品出现之后很快就引起了社会关注。《杜拉拉升职记》以都市白领杜拉拉从一个默默无闻的职员,经过自己的不懈努力,成长为一个企业的高管的故事打动了千千万万的读者。杜拉拉身上有很多优秀的品质,她从一个没有背景的草根,通过努力一步步获得了自己的事业和爱情。她的每一次升职,都是一次蜕变;她的每一点进步,都值得深思;她的很多思路,都值得借鉴。除了职场法则,在这本书中还可以深切感受到一个现代东方职业女性面对人生的态度,认真、理智、积极、温情。

三、网络架空小说的特征

写作时保留历史人物的性格,保留人物关系及一些相关事件,但时常改变事情发生的空间,如古代架空现代、现代架空未来、未来架空异空间等等,这就是我们所说的架空小说的基本构成。在日语中"架空(かくう)"一词代表虚构的意思,近年来很多受日本文化影响的年轻人喜欢直接拿来使用,例如"架空的人物""架空的小说"等,实际意思就是"虚构的人物""虚构的小说"。

具体说,"架空"即"并非真实发生的虚构背景",包括过去及未来。所谓"架空"并非杜撰和凭空捏造,主要是指在历史发展中引入变量,并记录改变后自然演变而成的历史。当今现实生活中的主人公因某种不可抗力(包括神力、外星人力、超自然力等)回到过去或未来甚至平行空间,在作者虚构的或改编的历史(或未来)中利用现代知识与技术在历史中生存并改变历史、创造历史的一类小说。这个类型也包括转世重生类小说。严格意义上说,"架空"是对人类文明反思的艺术再现,是一种全新的艺术样式。

一般认为,黄易的《寻秦记》是架空小说的鼻祖(亦说是穿越小说的创始者),田中芳树的《银河英雄传说》则使架空小说产生广泛影响。架空小说的类型有很多种,目前较为流行的主要是架空历史和架空军事两大类。从特点上分析,架空小说几乎汇集了所有网络非现实题材小说的重要特征,比如它弥合了包括玄幻小说、奇幻小说、魔幻小说等在内的幻想类小说的奇思妙想,嫁接了搞笑小说、武侠小说、穿越小说等时空交错类小说的奇特遭遇。其实,架空的魅力在于主人公知道历史发展的走向,了解几千年的政治文化科技的成果,这样的人回到了古代,就是一尊先知先觉的神,具备了强大的改变他人命运和历史走向的能力。这一点,与每一个普通人内心深处那种潜在的操控命运的超人念头非常吻合,这样,读者就很容易把自己代入到角色中去,与其一同呼吸成长。

在架空小说领域,《新宋》《明》《随波逐流之一代军师》《曲线救国》《新中华春秋传》《命运的抉择》《朔风飞扬》等一批作品为人们所熟知。这些作品各有侧重,同时兼有架空历史和架空军事的元素,其中不乏作者对历史的独特思考,比如灰熊猫的《命运的抉择》就提出了封建军队的建设问题。就出版的情况看,三国时代的架空作品最多,唐代架空的也有一部分,阿弩的《朔风飞扬》是其中比较突出的一部,小说虚构了李天郎这个人物,他是唐太宗李世民长兄李建成的遗腹子,从小在日本长大。回到中国后,李天郎备受当朝皇帝的猜疑,他被派往西域的安西军当了一个小兵,目的是希望他无声无息地死在战场上。但是李天郎很争气,从一个小兵做起,一刀一枪地拼杀到高级战将的位置,打遍西域无敌手,最后在著名的怛罗斯战役中,兵败于阿拉伯人后失踪。北周的架空小说《黄沙百战穿金甲》讲述了一个回到北宋之前的北周时代的特种兵侯大勇的故事。

隋朝统一中国之前,中华民族经历了一次民族大融合。胭脂鱼的《燕云乱》取材于那个狼烟四起、英雄辈出的动荡时代的后期,以建康为核心的王权争夺——隋灭陈并逐步统一中国的历史进程。这部作品的特点在于寄情于人物但不做简单的历史抒怀,而是用自己的历史观将人物与时代连接起。小说写出了嫉妒、刚强与脆弱的罗艺,写出了一个乱世少年的心灵史,也显现出现代人在穿越历史过程中感悟人生的灵性。

宋朝是架空小说的另一个高潮时代,因为在中国历史上宋朝是一个转折点,而这个转折点的关键事件就是宋神宗熙宁二年的王安石变法。《新宋》就是以此展开故事的,书中的主人公石越就是在这个时候,跨过了近千年的时光来到了公元1069年的宋朝。身为一介书生的石越手无缚鸡之力,前身是一个在校的历史研究生,他唯一可以倚仗的就是头脑中的知识。待神宗死,托孤石越,石越效仿曹操建立开明专制甚至君主立宪。《新宋》描述的是怎样从上到下通过制度、思想的变化改变社会的一种理想。有人将其同二月河先生的"康乾三部曲"相比较,认为颇得要领,但这无疑会触碰到一个问题,即二月河的作品都是以确凿的历史事实为背景的,而《新宋》显然不符合这个条件。换句话说,《新宋》若按照"康乾三部曲"的方法去创作,就违背了架空的初衷,丢失了网络写作的魅力。

明朝架空则以酒徒的《明》为代表,相对《新宋》而言,《明》是一部较为"写实"的作品。小说独辟蹊径,展示了游离于朝廷和燕王两大势力之外的武安国和大明水军两股牵制政权的力量。大武(武安国)虽然手中没有一兵一卒,但由于军队中实力派将领大多与其有关系,比如水军是在大武指导下建立起来的,因此他在大明政治生态中占据了重要位置。在战胜外患,内战北方胜利之后,朱棣企图谋杀大武,以便扫除称帝道路上的最大障碍,但是觉醒了的将领和士兵没有执行这道命令。最后,朱棣在大武和大明水军以及各地藩王压力下,抛弃了朱老皇帝的一家之姓的万里江山迷梦,实行君主立宪,大明王朝在历经了风风雨雨的磨砺之后,浴火重生。

无语中以清末太平天国架空历史的《曲线救国》探讨了一条救国救民、走向富国强民的道路。当时的中国,在国际社会中已经处于劣势,所以救国救民也无法采用正面道路。这也就注定了作品含有大量戏谑成分。李富贵是个高考完莫名其妙穿回清末的当代青年。由于他肩不能扛手不能提,只得投奔洋教堂,做了个被同胞嗤之以鼻的二鬼子教徒。李富贵为了装傻充愣,把太和殿上的太和两个字念成大和;为了搞死慈禧,就做了一个在晚上可以放光的具有放射性的大床,进贡给慈禧;欺骗日本搞计划经济,使之成为中国经济的附庸;为了搞共和制,已经是中华帝国皇帝的他,自己糟践自己去当戏子,以便褪去自己身上的光环。但这部小说有概念化的痕迹,作者对历史的介入也比较明显。

《随波逐流之一代军师》值得一提,这部架空历史小说出自一名工科出身的女性之手,笔法老练,思路开阔,文字幽怨。小说写权谋惊心动魄,说智慧千转百折,在架空世界里独树一帜。更值一提的是,她写出了中国文人面对社会动荡、人生无依时所表现出的勇气和智慧,集中体现了架空小说旨在追求精神着陆的深层意蕴。

四、 网络穿越小说的特征

穿越与架空之间存在某些重合和交叉,但又有各自的表现方式。穿越是指一个时空的人通过魂穿、身穿等方式进入另一个时空,可以是古代到现代,也可以是现代到古代或未来,或者是现实空间进入虚构空间(异大陆、异世界等），主要在于表现作品人物在新的环境下产生的故事。架空就是以一定的历史资料为根据，虚构一个历史朝代或者一个大陆，也指保留某些真实的历史人物形象，然后在大历史背景下虚构出合乎逻辑的故事。总之，架空不一定是穿越，穿越也不一定是架空，但是很多小说将两者糅合在一起，既穿越又架空，女频在穿越上具有优势，男频在架空上成绩突出。

　　台湾女作家席娟的处女作《交错时光的爱恋》，由江苏文艺出版社 2001 年出版，是公认的穿越小说的领跑之作，但当时还没有"穿越"这个说法。从已出版的图书来看，2007 年之前的穿越小说，概念比较狭窄，基本局限于现代女性通过时光隧道进入清朝某代皇室，以清朝康熙、雍正年代居多，故事大体上是描述"穿越女"与皇亲国戚、王公贵族之间的风花雪月、缠绵悱恻。这类小说以及沿袭此风格的作品又被简称为"清穿"，多少让人联想到当年的《还珠格格》。

　　谈穿越小说当然不能不提这个类型的发轫之作《梦回大清》。2006 年 1 月，朝华出版社推出金子在网上连载了近两年的《梦回大清》，很快就引发了一股"穿越浪潮"。《梦回大清》讲述现代女孩小薇因一次意外的迷路，竟回到清皇宫内苑，成为进宫待选的"秀女"的故事。在宫里执着单纯的十三阿哥、成熟隐忍的四阿哥竟然都对小薇产生了感情。人间的悲欢离合随历史人物的纠葛深入，纷至沓来。在既定的历史中，小薇身上现代女孩子的不羁、洒脱、幽默和智慧，使得上到皇帝，下到侍女，都对她大加首肯，而她却在十三阿哥和四阿哥的爱情中左右为难……

　　《步步惊心》是"清穿"的另一部代表性作品，由于成功拍摄成电视剧而产生重要影响。与《梦回大清》套路相似，《步步惊心》讲述的是一个普通白领穿越到清朝一个叫马尔泰·若曦的女孩子身上发生的凄美爱情故事。若曦的姐姐是八阿哥胤禩的侧福晋，她因此有机会接触到了几位阿哥，和阿哥们斗斗嘴，后来入宫成为康熙身边的大宫女。若曦最初喜欢上的是胤禩，因为感慨于胤禩对姐姐若兰的深情，后来因为知晓历史，希望胤禩可以为她放弃江山，被胤禩拒绝，伤心欲绝。冰冷无情的四阿哥胤禛却一直默默关心着若曦，十三阿哥胤祥将和自己性格相似的若曦视为知己，十四阿哥胤禵默默喜欢若曦，曾让父皇康熙为其求婚却被若曦拒绝。后来胤禛登基，若曦虽然深爱四阿哥，却总觉得自己罪孽深重，更被八福晋刺激流产，与胤禛产生误会，无奈嫁给了十四阿哥。若曦病重，希望死前再见四阿哥一面，然而信却没有及时送到胤禛面前,若曦遗憾而终,胤禛抱憾终身。

《鸾:我的前半生,我的后半生》是早期"清穿"的代表作品之一,总共出版了三部。现代女子叶茉尔穿越三百年时光,与康熙朝夕相处,一同走过童年、少年,两人相亲相爱达60年。前半生,她是他姑姑,辅主登基,做千古一帝;后半生,她是他妻子,看他运筹帷幄,创千秋大业。

早期的"清穿"写法较为严肃,无论是爱还是恨都表现得中规中矩。后来逐渐出现边缘写作,加入了搞笑、幽默和游戏的成分。如晓丹叮咚的《穿越时空之神偷》(太白文艺出版社出版)就描述了美女扒手季嫣然在穿越清朝后的迷乱之情。

《绾青丝》是早期穿越小说的代表作之一,目前已经出版了四部。这部小说兼有架空历史的特点,讲的是21世纪的女子叶海花死后借尸还魂,来到一个作者虚拟的时空天罂国的故事。她在古代的青楼弹吉他,唱《卡门》,跳劲舞,上演了一场嫖客争相竞价、千金购买初夜权的大戏;在青楼里策划"超级花魁"海选;为绸缎庄老板设计卡通公仔,并要求按版权提取销售分成;在沧州开火锅店引发饮食革命;甚至仿效狄仁杰为当朝皇帝查明了一桩17年前的宫闱奇案……一系列在现代社会毫无轰动效应的动作,竟使这个清瘦且不美的女子在天罂国名噪一时。

从阅读层面来看,"穿越"向往简单、纯美,远离现实,能够缓解现实生活中的种种压力。工作的不顺,爱情的为难,生活的紧张忙碌,背负升学和就业的沉重压力等,暂时可以搁置。就文化现象而言,穿越小说和近年来"品历史"的文化背景不无关系。历史、言情、虚幻成为穿越时空和文化的魔杖,这本身充分显示出网络文化的特征。

从2007年开始,网上贴出的穿越小说呈现出多样化的局面,无论是创作手法还是穿越的时空都发生了很大变化。应该说这是穿越小说获得市场认可后,网络写手集体发力的结果,致使这一网络文学的新品种转眼就迎来了第二个高峰,其速度之迅猛,实在令人咋舌。如果说穿越小说在2006年由《梦回大清》和《步步惊心》引领,出现类型化萌芽的话,那么,短短两年时间内它已经迅速成为重要的、读者关注度最高的网络文学类型,男女频均有大量作品问世。

在新型穿越小说中,主人公变换花样追求幸福生活,大胆思慕异性,并且引以为豪,已成为"穿越女"们的重要特征,她们甚至不惜以"花痴"自喻,大声说出类似"美男如此多娇,引无数花痴尽折腰"的话来。比如长醉不醒的《清宫遗梦1》(大众文艺出版社出版)讲述了一个现代女性(花痴女)在穿越后不幸变身童养媳,但善于苦中寻乐的故事。

  与此同时,穿越小说中时光隧道的长度突飞猛进,尽头一下子由最初的大清帝国推到了秦王朝,甚至延伸到了异国他乡。杨家丫头的《爱在唐朝》(朝华出版社出版)中主人公穿越千年来到大唐盛世,游历了传奇人生。锦瑟无端的《两世花》(华文出版社出版)中主人公与三国君主纠缠不清,她既是周瑜的红颜知己,也是孙权的终生挚爱,既是赵云生命中不可言说的痛,也是曹操的忘年知己,可以说是穿越版的《乱世佳人》。王筠的《秦恨》借助人们耳熟能详的历史典故,让其人物穿越了两千年的爱恨情仇。此外还有哑丫穿越秦朝的《秦姝》、晓月听风穿越三国的《情倾三国》、怜心穿越明朝的《生死恋》等。

  在穿越风起云涌的同时,还出现了一种被称为反穿越的小说。既然现代人可以回到从前,那么古人也就同样可以通过时光隧道来到今天,这就是所谓的反穿越小说。因此这个"反"应该理解为"返",而不是传统文学理论中所指的"反"。当然,反穿越也有其独创之处,它将人的灵魂和肉体剥离开来,有的只是灵魂穿越,有的是灵魂与肉体同时穿越,这就在叙事上增加了新的层面,丰富了作品的表达空间。竹心醉的《带着皇子回现代》(朝华出版社出版)就是这样一部作品,小说中的五位皇子巧遇因车祸穿越时空来到紫禁城的女大学生夏茉,后来他们一同穿越到了现代。就在夏茉与四阿哥的感情升华之时,竟然发现两人所附身的人是亲兄妹,悲痛之下夏茉再次穿越回清朝,跟随她回到清朝的四阿哥,却附在了十四阿哥身上。为了爱情,他放弃了皇位,与夏茉双双离开紫禁城,享受人间真情。可以看出,作者的反穿越并非噱头,而是根据故事发展的需要自然形成的。

  有意思的是,跨国度穿越也赶上这一班快车,犬衾穿越古代赫梯时代的《第一皇妃》(朝华出版社出版);罗衾穿越古代美索不达米亚的《巴比伦王妃》(内蒙古人民出版社出版)是这一类型的代表作品。旅居瑞典的Vivibear是一位颇具创新意识的作者,她不仅有穿越回秦朝寻父的《寻龙记》(新世界出版社出版),有穿越若干个王朝的《寻找前世之旅》(河南文艺出版社出版),还有穿越日本的《恨相逢之战国之恋》和《平安京之宋姬物语》等作品。

目前，数十万部不同形式、内容的穿越小说在网上连载，平均每年有百部落地出版，穿越已不单单是一种吸引读者眼球的套路，更多的是作者脑洞大开、设定创新的检验，在各种奇思妙想如缤纷的烟花照亮了网络空间之际，也给读者不断带来新的阅读惊喜。如果有人问穿越小说为什么会赢得读者的青睐，或许可以这样回答：人类渴望飞翔，便以幻想当作自己的翅膀。

第五章　新读屏时代来临

网络文学自诞生以来一直在寻找行之有效的产业化发展途径,经过文学网站经营者十多年的摸索和努力,借助并购融资等商业手段,目前已初步建立起包括付费阅读、版权运营、海外建站等商业模式。如今,网络文学的产业运营初步实现了自身的良性循环,正在积极寻求跨领域经营合作,并以此为杠杆推动网络文学的繁荣发展。在这一前提下,对网络文学产业化过程进行记录、分析和研究,或许可以帮助我们了解、掌握网络文学的流变与走向,从而有针对性地加强对文化创意产业链的开发与保护。网络文学的产业发展速度可以通过一组数据对比得到印证:1.文学网站整体收入(人民币):2007年5 000万元;2008年1亿元;2009年1.5亿元;由于移动阅读开通,2010年年收入暴增至10亿元。2.商业文学网站从业人员:2007年200余人;2008年400余人;2009年600余人;2010年2 000余人。3.文学网站日PV总量(平均值):2007年2亿人次;2008年4亿人次;由于无线流量激增,2009年达8亿人次;2010年达到12亿人次。

一、 2008,回顾与展望之年

2008年,网络文学进入了第十年,随着互联网的普及运用,其影响力快速提升,社会各界对网络文学的正面评价逐渐占据了上风。这一年关于网络文学的各项活动明显增加,其中最重要的是由中国作协指导,中国作家出版集团和中文在线主办,《长篇小说选刊》和17K小说网承办的"网络文学十年盘点",另一个动向是资本开始大举进入网文行业。

2008年10月28日正式启动的"网络文学十年盘点",是自1998年网文诞生以后,网文界一次盛大的嘉年华,参与或被提名评选的网络作品(主要是长篇小说)多达1 700多部,基本囊括了十年来网络创作的活跃人群。参与投票海选的读者更是高达50万人,其中大部分是有多年阅读体验的资深读者。网络文学十年盘点,是中国网络文学乃至中国新世纪文学发展史上一个里程碑式的事件,这是主流文学第一次对网络文学的肯定,网络文学从此正式登上中国文学的舞台。包括《人民文学》《收获》《当代》《十月》《中国作家》《长篇小说选刊》《中篇小说选刊》《作家》《山花》《大家》《北京文学》《青年文学》等20余家文学期刊的50余位资深编辑参与作品审读和点评,并撰写了110篇作品评论,实现了主流与民间写作的融合。活动以网络为平台,通过网民海选投票的方式,对这十年间的网络文学作品进行初选,再交由审读组进行审读、点评。

2009年6月25日,经过7个月的海选、推举和网络投票,在网络读者推荐约1700部作品的基础上,由网友票选20部最受欢迎的作品。十佳优秀作品为:《此间的少年》(江南)、《成都,今夜请将我遗忘》(慕容雪村)、《新宋》(阿越)、《窃明》(灰熊猫)、《韦帅望的江湖》(晴川)、《尘缘》(烟雨江南)、《家园》(酒徒)、《紫川》(老猪)、《无家》(雪夜冰河)、《脸谱》(叶听雨);十佳人气作品为:《尘缘》(烟雨江南)、《紫川》(老猪)、《韦帅望的江湖》(晴川)、《亵渎》(烟雨江南)、《都市妖奇谈》(可蕊)、《回到明朝当王爷》(月关)、《家园》(酒徒)、《巫颂》(血红)、《悟空传》(今何在)、《高手寂寞》(兰帝魅晨)。

2008年3月20日,由中国社科院文学所中国文学网、中国社会科学院互联网发展研究中心、中国当代文学研究会新媒体委员会、中国版权协会反盗版委员会共同主办的"2008年网络文学发展高峰论坛暨2007年国情调研项目——全国文学网站年度调查报告"合作网站遴选及签约活动在北京举行。活动的目的是想架设一座桥梁:让传统文学的人了解网络文学,让网络文学的人发出自己的声音,让传统文学的人了解文学网站在做什么。参加会议的学者从各自的角度肯定了网络文学健康发展的重要意义。他们认为,网络文学是一种更广泛、更深入地反映社会现实、反映人们心灵的表达方式;同时指出,网络文学应该是新世纪文学理论研究和文学批评重点关注的对象,因为从长远看,它是涉及"国家的发展"和"一代人的成长"的重要命题。

2008年4月26日,在第十八届全国图书交易博览会期间,国内首个针对畅销书作家和网络原创作家的"中国畅销书作家实力榜""中国网络原创作家风云榜"隆重揭榜。本次活动由出版商务周报社和中国作协《长篇小说选刊》主办,北京开卷信息技术有限公司及新浪网读书频道、腾讯网读书频道、起点中文网、幻剑书盟网、17K中文网、红袖添香网等六大文学原创网站共同协办。"中国畅销书作家实力榜"榜单来自对北京开卷信息技术有限公司2007年的数据分析,是一个靠销售数据说话的榜单。"中国网络原创作家风云榜"则以各大文学原创网站的点击量为基础,由各大网站分别推选10位网络原创作家候选者,评委根据其作品的内容、创作风格和影响力、作品的创新性等因素加以认真筛选评出。揭榜活动现场,进入榜单的作家、专家评委以及各出版社代表汇聚一堂,对"中国阅读市场"和"中国网络文学成长、问题及未来"进行了专题研讨,并提出了许多积极的建设性的意见。

2008年9月10日,由起点中文网主办的"全国30省作协主席小说联展"正式启动。蒋子龙、刘庆邦、杨争光、谈歌、储福金、秦文君等来自全国30个省、直辖市、自治区作协的主席(副主席),从9月份开始在起点中文网上连载自己的中长篇小说,提供给网民付费阅读,同时主办方将根据网民点击率和网络评委的评审进行评奖。此次活动主办方盛大文学CEO侯小强强调:"我们希望作家们的作品内容越宽广越好,因为网络的优势就在于它的包容性。"30位知名作家共同参与这一网络小说活动,无疑是传统作家对网络文学、网络阅读的一次集体"试水"。对此,北大教授、文化评论家张颐武认为,这次作协主席小说竞赛可能为传统作家焕发"第二度青春"提供机会和平台,文坛主流作家很有可能通过网络寻找到创作生涯的新"起点"。文化学者解玺璋则肯定了传统文学对网络文学的正面影响:"网络文学有它的优势,也有很多问题,比如它不能像传统文学那样,拥有精妙的构思和细致的文字,而传统作家有着深厚的写作功底,把他们的作品拿到网上发表,对网民的阅读有好处。"

2008年10月27日,由国家版权局和北京市人民政府共同主办的"2008原创网络文学评选"活动揭晓。《我们的师政委》等作品荣获优秀网络文学作品奖,知名网络写手唐家三少等人获选"十大杰出人物"。此外,组委会还评选出了"2008原创文学网站优秀奖""2008原创网络文学传媒奖""2008原创网络文学维权奖"和"2008年度文学网站"等奖项。

12月4日,中国社会科学院举办了第二届"媒介文化与网络文学高层论坛",来自中国社科院、中国作家协会、中国人民大学、中国传媒大学、解放军艺术学院、北京语言文化大学等单位的40余名学者、专家和红袖添香网、晋江原创网、17K中文网等著名文学网站的主编参加了会议。与会者就"媒介文化语境下文学研究面临的挑战与策略""跨文化视界中的网络文学与媒介批评""网络社会的崛起与文学的身份危机""网络学术资源的开发与应用""'博客写作'与媒介批评""网络时代的文学生产与消费""文学网站的私人空间、民间视野及公共领域""媒介文化冲击下的文学创作与批评""文学网站在2008年度的发展趋势和影响"等作了重要阐述。中国社会科学院文学所受国务院委托从事的国情调研项目"全国文学网站年度调查报告"进展顺利,根据调查,尽管受国际金融危机影响,部分小型网站因风险投资撤出,运营艰难,但就总体而言,文学网站在2008年的发展势头迅猛。文学类网站及其发布的各类文学作品正成为广大网民尤其是青年阅读群体的重要关注对象。网民群体规模、网络文化影响、网络文学质量均有新的变化和发展趋势,网络文学与传统文学的关系正发生实质性变化,网络文学在未来的发展及其广泛影响值得全社会予以高度关注。

  这一年的另一个标志性事件是盛大文学公司成立。7月4日,上海盛大网络发展有限公司在京宣布,成立盛大文学有限公司,致力于推动中国网络原创文学发展。三家著名原创文学网站——起点中文网、晋江原创网和红袖添香网已成为其下属的全资公司和投资公司。以上市公司盛大游戏作为背景,整合了网络文学优秀力量的盛大文学有限公司的成立,宣告巨额资本正式进入这一领域,将促使网络文学更为普及,走向大众。盛大董事长兼首席执行官陈天桥表示,盛大文学不但会成为独立、强大的文学版权运作中心,而且将与盛大游戏、盛大在线充分互动,在创意提供、内容产出、用户发掘、资源积累等方面有所作为。在此之前,6月21日,起点中文网还举办了"2008年起点作家峰会",会上亮相的起点签约作者,不乏年收入过百万者。此次会议引来不少媒体关注,有报道称这次峰会意味着"网络文学渐入主流"。十年之后,当我们回顾这个历史节点时,不难发现,盛大文学的出现预示着网络文学必然走向IP之路。

二、2009,整合与进取之年

  从2006年开始,网络小说进入超长篇时代,200万字以上的作品逐渐占据了主导地位,这说明类型化在网络文学创作中找到了自己的表现方式,与传统文学写作形成了较大的差异。

2009年中国网民接近4亿人口,在线阅读人群和宽带拥有量均占世界第一位。在网上发表过作品的人数无法确切统计,仅全国文学网站签约作者的人数就已突破百万,5 000万读者通过网络、手机和手持阅读器阅读文学作品。我国民众对文学的关注程度不亚于影视及其他艺术门类,受众人群的广泛性已远远超越20世纪80年代文学黄金时代。同时也说明,网络文学的影响力已经由文学而进入更加广泛的社会领域。可以说,由网络文学引发的新的文学热潮,正在开创当代中国文学的崭新时代。

这一年,在官方、出版界、高校、文学网站和民间机构合力之下,网络写作与传统写作进入全面融合期,融合主要体现在政策上的大力扶持与创作上的频繁对话交流以及产业上的创新拓展与进一步规范。两种写作之间出现最大公约数,即在对话的基础上相互有所认同,这无疑给网络文学的发展带来利好因素。客观上网络文学创作已经达到了一定的量级,但作家培训与理论批评却相对滞后,按照规律来讲,这将在一定程度上制约网络文学的发展。如何解决网络作家在创作中遇到的实际困难,帮助他们查找自身存在的问题与不足,直接关系到网络文学的发展前景。7月15日至24日,中国作家协会鲁迅文学院首开网络作家培训班,唐家三少、任怨、秋远航、张小花等29名知名网络作家成为首批学员。这次培训,从网络作家的实际需要出发,根据他们的年龄结构和创作特性,围绕当前文学创作面临的一些问题,制定了有针对性的课程内容,采取既严谨认真又生动活泼的教学模式,帮助网络文学作家打开认识世界的多维视角和宏观视野,丰富了他们的文化知识和艺术涵养。中国作协除了通过主办"网络文学十年盘点"和"网络作家培训班",深度介入网络文学创作领域之外,同时也让更多优秀网络作家有加入中国作家协会的机会;新闻出版总署在"数字化阅读""网络版权维护"和"网络作品版权输出"等方面采取有效管理、积极维护、鼓励发展的态度,给网络文学的产业发展创造了有利条件。难怪有网友戏称,2009年是网络文学的"招安之年"。

5月11日至13日,由江苏省作家协会、无锡市作家协会主办,新浪网、搜狐网、天涯社区协办的"中国网络文学研讨会"在江苏无锡举行。来自全国13个省市的作家、评论家、网络作家,网站、文学期刊和媒体的代表60余人出席会议，就中国网络文学的现状、前景和问题进行了广泛的交流和研讨。

研讨会气氛十分热烈，不同观点产生了强烈碰撞。网络作家慕容雪村认为，网络是一个很好的表达渠道，网络文学是野生野长的东西，但他很怕这个东西进入人们的关注领域后，会像曾经的任何一种野生野长的东西一样被阉割了。南京大学教授黄发有认为，对网络文学目前的情况，需要保持清醒的认识，希望网络文学和网络作家不要成为没有根基的漂浮物，要永远保持鲜活的生命力，而网络文学面临的严峻考验是怎样不被时间所淹没，如果在这个较量中没有冲击力和持久力，就会直接被埋葬。

6月15日，由《文艺报》和盛大文学共同主办的"起点四作家作品研讨会"在北京举行。与会专家对中国网络文学的发展进行了总结和梳理。从10年前的李寻欢、宁财神和邢育森，到今天的我吃西红柿、跳舞、唐家三少和血红这"四驾马车"，网络文学从文体到写作风格发生的变化引起大家的热烈讨论。"四驾马车"的创作风格与之前的网络作家有很大的不同，他们的写作范围更为宽广，其最大的特点是想象力得以最大程度的发挥。会议形成基本共识：随着网络文学和传统文学的不断融合，两者之间的界限在逐渐模糊；主流文学评论家对网络文学不应持失语状态，应当为网络文学输入来自传统写作和评价体系积累形成的价值观念和审美要素，使网络文学得以健康发展。同时也呼吁年轻一代评论家更多关注网络创作。

就文本创作而言，2009年的网络文学发展相对平实，延续2006年以来的套路，玄幻、职场和都市言情比较热门。网络创作与出版业的互动更加紧密，多部作品在创作初始阶段即签订了出版，甚至是影视、游戏改编意向，网络文学产业链对创作的影响力逐渐增强。录事参军、陈风笑、赤雪的都市言情小说《重生之官道》《官仙》《换脸重生》，天蚕土豆、风凌天下、庄毕凡的玄幻类小说《斗破苍穹》《凌天传说》《异界全职业大师》，忘语、罗霸道的奇幻修真小说《凡人修仙传》《屠神之路》，以及辰东的远古神话小说《长生界》、枫叶不红的随身流小说《随身带着两亩地》等，都是2009年比较热门的网络长篇小说。

玄幻类小说《盘龙》（我吃西红柿）：主要讲述龙血战士后代林雷·巴鲁克的成长历程。他从一个平凡的人类到成为玉兰位面最好的恩斯特魔法学院的学生，超越学校的天才少年迪克西，修炼成为圣域强者，最后突破成为神级强者。地狱是他通往巅峰的路,从下位神一直修炼到中位神,终于成为上位神,最后灵魂变异,炼化4枚主神格,成为突破宇宙限制,跳跃到鸿蒙空间的第一人。

玄幻类小说《斗罗大陆》(唐家三少):故事讲述了唐门外门弟子唐三,因偷学内门绝学而为唐门所不容,于是只身跳崖明志,却来到了另外一个世界,一个属于武魂的世界——斗罗大陆。这里没有魔法,没有斗气,没有武术,却有神奇的武魂。这里的每一个人,在自己六岁的时候,都会在武魂殿中令武魂觉醒。武魂有动物,有植物,有器物,它们可以辅助人们的正常生活。而其中一些特别出色的武魂却可以用来修炼,这个职业,是斗罗大陆上最为强大也是最重要的职业——魂师。当唐门暗器来到斗罗大陆,当唐三的武魂觉醒,他能否在这片武魂的世界重塑唐门辉煌?《斗罗大陆》作者唐家三少以虚拟手法表达了他所理解的人及其在某个特定环境下的成长历程。

科幻励志小说《狩魔手记》(烟雨江南):故事发生在核战之后的地球,讲述一个少年"苏"在魔兽丛生、人心崩坏的环境里自力更生,通过个人的奋斗来争夺生存空间的故事。《狩魔手记》具有积极向上的价值取向,是一部情节曲折震撼,富有超群想象力的励志类科幻小说。烟雨江南在谈及《狩魔手记》时没有做更多解释,只是形象地说:"当欲望失去了枷锁,就没有了向前的路,只能转左,或者向右。左边是地狱,右边也是地狱。"

职场小说《争锋——世界顶级企业沉浮录》(凌语嫣):讲述一个关于欲望以及如何实现的故事。女主角衣云,既无家世背景,又孤身在大都市奋斗,从单纯懵懂的女大学生,迅速成长为全球顶级公司的Topsales。自投身职场的那一天起,她就身不由己地卷入了一场场明争暗斗。读者能够从女主角一路飞速上扬的故事中看到化解职业危机、规划个人发展的智慧、经验和教训,获取处理商业道德问题的方案。

黑道小说《黑道风云20年》(孔二狗):小说以毫无修饰、平铺直叙的方式,讲述了从1986年以后20余年东北某市黑道组织触目惊心的发展历程。尽管不乏惨烈,却是一部让人温暖,甚至让人会心一笑的小说,其人物塑造十分饱满。作为一部网络小说,《黑道风云20年》基本上保持了文学作品的严肃性,避免了庸俗化,同时又有很强的可读性。该书得到了余华、刘震云、阿来等著名作家的高度评价。

幻想小说《卡徒》(方想)：小说建构了一个全新另类的幻想世界——一个由卡构成的后现代社会。在这里，人类用卡的技术解决了新能源问题，一切都离不开卡。卡片级别的高低和力量的大小象征着一个人的地位、财富和荣誉，所有人都以拥有一张高级卡片或力量强大的卡片为荣。男主角陈暮是一个孤儿，依靠制作大量的低级别卡片挣取微薄利润勉强度日，他渴望接受正规的教育，渴望学习，然而，现实却没有给他这个机会。机缘巧合下，他得到了一张古怪的卡片，从此开启了他不一样的人生之路。

网络文学一路高歌，发展势头良好，无论是政府相关机构还是资本都对这一领域加大了关注的力度，从事写作的队伍也在不断壮大，一批职业写作者周围形成了自己的粉丝团队。但同时网络文学也面临着新的巨大的挑战，网络盗版已经形成产业化趋势，初步估算，每年盗版市场规模高达50亿元，而同期正版市场的规模还不到3亿元。这一现状严重阻碍了网络文学的产业发展。

虽然各文学网站绞尽脑汁打击盗版，但通过搜索引擎的任意抓取文字词汇功能，阅读者只要巧妙利用关键词检索，就能绕过付费机制而免费看到文章。此外，还有更为难缠的"人肉打字机"，通过付费打开小说，然后雇几个人甚至几百人，每人负责不同的部分，把每天的更新逐字打出来。有时候，一部小说刚更新十几分钟，就能在别的网站上看到盗版的内容，但这些网站上留下的联系方式都是虚假的，盗版源头很难查找。

绝大多数网站通过盗链实现商业目的——或收取VIP客户费用，或在网站上做广告。由于盗版网站数量庞大，文学网站无法追究大批盗版网站，只好将矛头转向能够搜出大量有盗版嫌疑链接的搜索引擎。盛大文学旗下的起点中文网是遭受版权危害程度最深的新媒体之一，而百度、谷歌等搜索引擎已经成为盗版网站主要的推广渠道，由于和谷歌多次交涉进展缓慢，盛大文学网公开表示打算起诉谷歌。

维权成本高也是难点之一，中文在线"反盗版联盟"负责人说，"联盟"对专业的维权人员、取证、诉讼等方面的投入很多，但最后获得的赔偿金额入不敷出，根本不足以支撑整个维权成本。所以要解决这个问题就一定要引进惩罚性赔偿制度，盗一罚十甚至罚百，不然盗版很难消失。只有罚到盗版者不敢做的时候才能真正起到威慑作用。

影响网络文学健康发展的另外一个重要因素是网络低俗内容的蔓延。

新闻出版总署、全国"扫黄打非"工作小组办公室曾于2009年对互联网出版的低俗内容进行全面清理。共有包括网络小说、手机小说在内的1 414种淫秽色情和低俗网络文学作品被查处，20家传播淫秽色情文学的网站被关闭，累计删除各类淫秽色情文学网页链接3万余个，网络文学低俗内容整治工作取得显著成效。

三、2010，移动阅读元年

2008年底，中国移动在浙江杭州启动手机阅读基地建设，致力于建设全新的数字图书发行渠道。2010年5月，手机阅读业务全国正式商用。在新闻出版总署指导和各方支持下，仅一年多时间，中国移动手机阅读基地一跃成为国内规模最大的数字阅读门户，业务创新效应显著，推动了读者、作者和平台之间的互动，6月份用户向平台回复48万条书评、52万条留言，点击量最高的图书书评超过5.5万。每月全网访问用户数超过了4 500万，日均PV超3亿次，每月平均收入超过1亿元。

2010年，网络文学进入平稳发展期，呈现理性化、多元化与精细化趋势，总体创作水准有所提高。早期网络写作的叛逆姿态有所回转，点击率等网络化特征不再是标志性话语；网络作家告别"隐身"写作历史，频繁露面参加各种形式的文学活动；类型化写作深入发展，作品形式互有借鉴。作者队伍结构更趋多元，女性创作进一步繁荣。商业网站与非商业网站之间的差别继续扩大，前者在作品类型的划分上越来越细致，网络特点比较明显，传统作家几乎无人加入；后者在作品形式上丰富多彩，参与人群更加广阔，年龄跨度拉大，不同水准、不同写作方式的作者组成了庞大的自由写作群体。同时，网络文学的发展得到多方关注，中国作协首次举办"网络文学研讨会"。鲁迅文学奖首次向网络文学敞开大门，中篇小说《网逝》入围具有破冰意义。国家新闻出版总署将网络文学纳入中国出版政府奖评选范围，网络出版物的国家级奖项即将产生。三家网站的三部网络长篇小说获得中国作协重点作品扶持。出版机构对网络文学作品的认识逐步加深，出版理性化，但总量不减。文学网站开始注重编辑素质的培育和提升；网络文学成长途径更加开阔……无论是外部环境还是内部环境，都在助推网络文学向主流汇合和靠拢。如上所述，在保持其自身特性的同时，网络文学的理性发展则成为必然。

尽管网络文学版权保护至今尚未找到有效途径,网络文学产业化探索的脚步却从没有停止。2010年,包括在线付费阅读、手机付费阅读、手持阅读器销售、影视改编、动漫、游戏改编等产业化发展取得重大进展,整个行业的产业总量突飞猛进,其中手机阅读飞速增长是最大的亮点。可以说,网络文学已经告别单一的"在线付费阅读"模式,进入多渠道盈利阶段。

号称全民写作的网络文学现场,一方面创作队伍庞大,藏龙卧虎;另一方面泥沙俱下,良莠不齐。这个状况并非一日所形成,本在预料当中,属于正常现象。问题在于,我们如何正视这一现实?是否有能力对此作出全面、客观、公允的评价?就现状而言,网络写作处在一种自发状态,理论研究严重滞后于创作,这就使得创作生态缺乏反思与自我修补功能。由于堆积的问题得不到释放,人们对于网络文学的普遍焦虑以及误读仍在持续蔓延。问题的产生有一个过程,解决问题自然需要步骤;相对标准的建立,已成为推动网络文学发展的当务之急。

在文学现场,网络文学的理论批评一直处在雷声大雨点小的状态当中,即便有所论及,也存在不同程度的表述"无力",究其根本,还是对网络文学本身缺乏深刻和全面的把握,话语系统的弥散,造成了批评与创作的脱节。正如杨利景先生在《网络文学批评的发展瓶颈》一文中阐述的那样:理论资源的匮乏,导致目前的大多数网络文学批评只能是无源之水、无本之木,难以向纵深发展,自然也就难以有效而精准地对网络文学创作提出有力的批评。[①]

中国作协显然注意到了这个问题,5月20日,他们与广东省作协在京联合召开"网络文学研讨会",传统作家、评论家、网络作家、文学网站编辑共60余人应邀出席会议。作为文学大家庭中的一员,网络文学的大计本当由文学界来共同承担,"跨界"研讨或许是正视网络文学,并为其"诊疗"的最好方法。如此规模的研讨会,应该说是本年度"网络文学"的标志性事件。中国作协党组书记、副主席李冰在会上的讲话态度十分明确,他首先简要分析了网络文学现状,论述了传统文学与网络文学的关系。对于网络文学今后的发展,李冰认为应从以下几个方面出发开展工作:一是大力倡导行业自

---

① 杨利景:《网络文学批评的发展瓶颈》,见《文艺报》2010年4月30日,第2版。

律。增强文学网站的社会责任意识,积极推动文学网站的思想建设和制度建设,为网络文学创造良好的平台和环境。二是加强网络文学作者、编辑队伍的培训,提高网络文学作家、编辑和其他从业人员的综合素质。三是开展网络文学的评论和评奖。采取有力措施,尽快形成网络文学评论家队伍,逐步建立起符合网络文学发展规律的理论评论体系。把网络文学纳入各类文学评奖、重点作品扶持、作品研讨中。四是旗帜鲜明地反对网络盗版侵权行为。

  本年度网络文学研讨活动的特点是形式多样、因地制宜,既有务虚的宏观研讨,也有针对性很强的创作研讨;既有专业性较强的专题研讨,也有网络创作领域的交流大会。

  2010年4月9日下午,上海市作家协会举行上海网络文学青年论坛。论坛由被称为"网络文学教父"的上海作协副主席陈村主持,盛大文学旗下网站的涅槃灰、雪篱笆、三月暮雪、安知晓、叶紫、安宁、楚惜刀、君天、格子、骷髅精灵以及路金波、蔡骏、小饭、孙未、张其翼、哥舒意、潘海天等众多网络文学青年作家参加了会议。陈村认为,网络文学最大的贡献就是让更多的人参与到写作中来,每个人都可以利用互联网的平台自由地展现自己。但是,如果要说它从内容到形式给文学带来什么?答案是,很少。因为网络文学发表容易,不会被否定,本来以为最能出现大量新东西的网络文学,恰恰让他一度失望。网络作家格子认为,随着网络文学的发展,读者也在成长,阅读水平在提升,必须拿出新的、有创意的东西,才能得到读者的认可和接受。"骷髅精灵"提出,现在商业化太严重,导致网上没创意、跟风作品大量泛滥。网络文学看似繁荣,其实崩溃可能就在瞬间。网络的自由表达本来就是要写没有的东西,但是,创新是有风险的,谁也不敢轻易去尝试。现在网络写作不是"我想写什么",而是"流行什么",事实上网上点击量高的东西未必是读者真正喜欢和需要的。

  11月10日下午,第五届鲁迅文学奖评选刚刚落幕,浙江省作协抓住机会顺势在绍兴咸亨酒店举行"中国网络类型文学高峰论坛",论坛主要讨论"是否需要设立,及如何设立网络类型文学奖项"。

  与会评论家结合文学传统分析了网络文学现状。王干认为,网络文学的最大特点就是类型化,在这一意义上,网络类型文学承接了五四新文化运动前的传统,重新回到日常生活的文学,可以说是一个新的开端。邵燕君也认为,新文学更具启蒙意义,而当前类型文学的兴起则要使读者作为消费终端解决一切。如果用传统纯文学评奖标准来评判网络文学,有些优秀的网络文学作品的光芒可能会被掩盖;而完全按照网络文学的定位和规则来进行评选,也可能会冲击传统文学评奖的一贯标准。面对网络文学与传统文学"分庭抗礼"的场面,马季认为,当代文学在发展过程中必然要经过这样一个"多元化"时期,网络文学使得中国的文学现场很丰富,同时对青年作家们的要求也更高。何平则呼吁,网络作家与传统作家之间应该多一点宽容和理解。但他同时也指出,应该承认文学是分层的。目前的网络类型文学是"有类无型",作品结构是中国网络文学面临的最大问题,网络文学要想走得更远更好,从文学观念上要有所变化。李国平对网络文学的定位相对宽泛,认为网络文学与传统文学、纸媒的联系是无法割断的,没有必要绝对划清二者的界限。夏烈提出了类型文学理论批评的缺失问题:类型文学有一定代表性的批评者在哪里?有一定代表性的研究者在哪里?这些现在都只是问号。

网络作家也有自己的独到见解。那多认为,"类型"的划分是由人的情感需求决定的,某种情感需求相对应地呼唤某种类型小说创作,而类型小说的模式化则使得它容易为人所诟病。畅销书作家陆琪的观点相对尖锐,他认为网络作家的作品更受大众欢迎,纯文学作家应该走出"象牙塔",使自己的作品"接接地气儿"。凭借《后宫·甄嬛传》成名的网络文学作家流潋紫说,网络给了文学爱好者一个较低的门槛,任何愿意写作的人都可以通过网络开启自己的文学之路。除了批评之声,流潋紫希望听到更多对网络文学作者的宽容之声,以鼓励那些热爱写作、愿意写作的人继续走下去。

其实,文学的雅俗之争由来已久,新文化运动以来,精英化的雅文学成为文学主流,但在网络兴起之后,俗文学借助读者的声势重新崛起。如今,雅俗文学实际上在不断彼此靠近,文学标准宽泛化的背后,隐藏的是市场引发的话语权的更迭,在雅文学逐渐失去"文化领导权"的情况下,表现出俗文学希望借助读者的力量正名,借助雅文学的标准提升自身的冲动。

在官方机构开展网络文学创作研讨活动的同时,民间机构也积极响应。4月22日,世界读书日前夕,盛大文学和《文艺报》在北京国际版权交易中心联合主办"中国网络文学女作家研讨会"。参加这次研讨会的12位女作家分别是来自起点中文网女生频道的云之锦、雁九,晋江文学城的吴小雾、余姗姗,红袖添香网的唐欣恬、携爱再漂流,小说阅读网的三月暮雪、魔女恩恩,潇湘书院的风行烈、苹果儿以及榕树下的刘小备、米米七月。她们和著名文学评论家阎晶明、王必胜、白烨、张颐武、陈福民、王干、马季等人就各自代表作品以及女性写作与城市生活等多个话题进行了深入研讨。这场国内首次针对网络女性写作召开的大规模研讨会,更多地向我们展示了现代女作家的社会责任与人文情怀。

研讨会还传递出网络时代的女性写作几个层面的讯息:网络女性写作绽放出不同于过往时期女性写作的自由与活力;诞生于网络的新一代女性作家,用细腻的笔触,在营造一片充满想象力的文学天地的同时,也对社会生活产生着细微而且微妙的影响。盛大文学首席版权主管周洪立在研讨会上说,盛大文学93万名作者队伍中,大概有一半是女性作者。她们的辛勤创作,缔造了网络文学的繁荣,也推动了女性写作进入一个全新的境界。

2010年,手机阅读最受读者欢迎的网络文学作品是玄幻小说《斗破苍穹》,其单日信息费最高收入突破6万元;都市小说《很纯很暧昧》为最高点击量作品和最高收益作品;纪实小说《我是一朵飘零的花——东莞打工妹生存实录(一)》区域推广效果最佳,单日信息费最高收入突破5万元。

PC端相对平稳,连续数年称霸网络的玄幻、仙侠类作品继续走俏,本年度以我吃西红柿的《九鼎记》和唐家三少的《阴阳冕》较有影响。而女性写作出现曙光,言情、职场类作品继续红火,悬疑、玄幻、传奇等诸多元素开始介入女性作品,比如王雁的《大悬疑》、风行烈的《傲风》和施定柔的《结爱·异客逢欢》等,说明女性网络写作进入空前活跃期。2009年在网络产生重要影响的超级长篇小说《盘龙》和《斗罗大陆》,前者2009年上半年完稿,后者2010年春天结局,两部作品在2010年的人气依然旺盛。其他如《陈二狗的妖孽人生》《阳神》《凡人修仙传》《贼胆》《近身保镖》《破灭时空》《龙蛇演义》《猎国》《酒神》《武神》《仕途风流》《异界全职业大师》《逍行记》《诡刺》《铁骨》《纂清》等作品也都拥有大量读者。

玄幻小说《斗破苍穹》(天蚕土豆):2009年下半年及2010年最有影响力作品。这部作品在百度搜索破亿,创网络小说之最,并已成功改编成网络游戏。当初的少年萧炎,自信而且潜力无可估量,不知有多少少女对其春心荡漾,当然,这也包括以前的萧媚。然而天才的道路往往曲折泥泞,三年之前,这个声望达到巅峰的天才少年,却突然受到了有生以来最残酷的打击,不仅辛苦修炼十数载方才凝聚的斗之气旋,一夜之间化为乌有,而且体内的斗之气,也随着时间的流逝,变得越来越少。斗之气消失的直接结果,便是其实力不断下降。从天才的神坛,一夜跌落到了连普通人都不如的地步,这种打击,使得少年从此失魂落魄,别人的艳羡也逐渐被不屑与嘲讽所替代。站得越高,摔得越狠,这次的跌落,或许就再也没有爬起来的机会。这部小说没有花哨艳丽的魔法,有的仅仅是繁衍到巅峰的斗气。除了创新与创造,作品洋溢着年轻与力量、幻想与激情,呼唤着我们的一腔热血。

东方玄幻小说《间客》(猫腻):小说讲述了东林大区公民许乐从一颗荒凉的半废弃星球上离开,一味荒唐地进入了这个最无趣也是最有趣的世界后发生的故事。他的脑海里拥有一些稀奇古怪的知识,身体里拥有这个世界谁也不曾接触过的力量;他并不混沌,在波澜壮阔的大时代里,露着白牙,眯眼傻笑,披着莫名的光辉,一步一步地迈向谁也不知道的远方,那是他的间客人生。这部作品在八年后被文学评论界认为是最具文学价值的网络小说。

悬疑小说《大悬疑》(王雁):蒙古帝国萨满神巫和成吉思汗发生神权和王权之争后,留下了一卷神秘的驼皮书,为几百年后收藏家、考古学者、倒手、炒家、盗掘者、法医、刑警千方百计寻觅追踪……作品以刑侦推理、智力解谜和考古探险三位一体的叙事方式,在诡异离奇的故事推进中,把读者引入悬疑恐怖又凶险的阅读历程。大量的有关收藏、历史、宗教、地质、考古、风水命理等领域的知识的融入,使得作品在好读的同时,深蕴了一种内涵上的丰富性。这部小说已由大众文艺出版社于 2010 年 5 月正式出版。

都市热血小说《橙红年代》(骁骑校):八年前,他是畏罪逃亡的烤肠小贩,八年后,他带着一身沧桑和硝烟征尘从历史中走来,面对的却是家徒四壁、父母下岗的凄凉景象。空有一身过人本领,他也只能从最底层的物业保安做起,凭着一腔热血与铮铮铁骨,奋战在这轰轰烈烈、橙红色的年代。本书为青春励志类小说,风格硬朗,情节紧凑,以主人公为视角和主线,描述了一个个社会底层弱势群体的生活态势和矛盾冲突以及边缘青年的彷徨迷茫,自强不息,最终成为社会栋梁的故事,具有现实批判意义和催人奋进的力量,被读者誉为"男人的童话"。

历史小说《步步生莲》(月关):社区工作者杨得成因为尽职尽责地工作而意外回到古代,成为丁家最不受待见的私生子丁浩及其如何改变自己人生命运的故事。丁浩无权无财,为同父异母的弟弟当车夫。但丁浩也有梦想,虽然梦想有些遥远,但是丁浩却不以为然,凭借着自己做社区工作积累下来的社会经验,他应对世人八面玲珑,聪明地抓住身边每一个机会,脱出樊笼,去争取自己想要拥有的一切。宋廷的明争暗战,南唐李煜的悲欢离合,北国萧绰的抱负,金匮之盟的秘密,烛影斧声的迷踪,陈抟一局玲珑取华山,高梁河千古憾事……江山如画,美人如诗,婆娑世界,步步生莲。

科幻小说《冒牌大英雄》(七十二编):一个机械修理兵能做什么,研究、改装、奇思妙想?一个机甲战士能做什么,机甲战斗、精妙操作、奇拳怪招?一个特种侦察兵能做什么,深入敌后、徒手技击、一招制敌、伪装、潜行、狙击?一个军事参谋能做什么,战局推演、行动计划、出奇制胜?能把四种职业合而为一,甚至还精通心理学、骗术、刺客伪装术的天才,却是一个胆小怕事、猥琐卑劣的胖子。当这个奇怪的家伙被迫卷入一场战争中,从开始的贪生怕死,一场场逃跑,到后来男人的责任感被激发,挺身而出,成为一场场奇迹胜利的创造者。

玄幻小说《永生》(梦入神机):无穷无尽的新奇法宝,崭新世界,仙道门派,人、妖、神、仙、魔、王、皇、帝,人间的爱恨情仇,恩怨纠葛,仙道的争斗法力,梦入神机继《佛本是道》《黑山老妖》《龙蛇演义》《阳神》之后又一震撼力作。肉身、神通、长生、成仙、永生,五重境界,一步一步展示在读者的面前。一个卑微的生灵,如何一步步打开永生之门?天地之间,肉身的结构,神通的奥秘,长生的逍遥,成仙的力量,永生的希望,尽在其中。

仙侠类小说《罗浮》(无罪):无罪首次尝试古典仙侠题材,撰写了一个人、妖、魔争天下气运的世界——看似平静的修道界中,却隐藏着数百年气运转化的危机。一个懵懂的山野少年,遭遇了一个代代一脉相传的神秘门派,无意中却卷动了天下风云。

都市言情小说《步上云梯呼吸你》(涅槃灰):苏懿贝,是网络写手也是一个孤儿,她的所有行李只有一台电脑和脑子里从来舍不掉的回忆!笔下出现一个个让人哭死爱死的爱情故事,结局不论悲喜,每一个都动情,让人觉得她是一个懂得爱的女孩。但现实中的苏苏却不再相信爱情,她写爱情故事只是相信这个世界上还有很多和她一样永远不再信爱情的女人,会需要读一些爱情故事,外敷内用,避免早更早衰。天意总是爱折磨无辜的人,苏苏这个平凡无奇的早老痴呆女竟然又被爱情看上,还炫目到偶像剧级别,一如 N 年前的那场原该擦肩而过的初恋,浓情诱人。

都市言情小说《我不是精英》(金子):韦晶是个北京女孩儿,长相普通,性格开朗,中专毕业后因为社会进步及生存的必要,她参加了成人高考。她一直在一家小国企工作,后来那家公司因为经营不善濒临倒闭,一个偶然的机会,一个朋友给了她一个面试机会,一家财富五百强的公司,她因此得到了一个临时职位。在此期间她经历了一系列语言、工作风格、能力、人际关系的考验,精明厉害又有点刻薄的老板,各式各样的同事……韦晶出过丑,耍过小聪明,学着装腔作势,也曾为自己伪精英的身份洋洋自得过,但更多的是一个学习成长的过程,如何做事,如何做人。片儿警米阳,公安大学刑侦专业毕业,他跟韦晶从小就认识,两人基本处于一个有事肯定互相帮助,没事儿就掐的状态,算得上铁哥们。米阳毕业之后因为成绩优秀被当作精英分配到了某刑警大队,他自己也是雄心壮志,准备大展宏图,却没想到在第一次行动中就犯了大错。

都市传奇小说《结爱·异客逢欢》(施定柔):21 岁的关皮皮成绩一直不好,高考失利,只好就读于某大学专科的行政管理系。她的梦想是做一名记者,在大学期间她以优异的成绩被分配到晚报当了一名记者。偶然中她得到一个人物专访机会,采访对象是古怪的古玉专家和收藏家贺兰静霆,对方心跳每分钟只有三次。她终于知道贺兰静霆不是人,而是一只有九百年修行的雄狐。青梅竹马的男朋友陶家麟为了申请国外大学放弃和皮皮的爱情,她想到自杀,却被贺兰静霆救回来。其实,早在她的 N 个前世,贺兰静霆第一次狩猎修炼时,就爱上了她,起初只是为了吃掉她,却从来没有得逞。整整九百年,皮皮换过无数次身份,他都苦苦地寻找她,追踪她,等待她死亡,再寻找她的下一个来生。听到这个故事,皮皮开始喜欢贺兰静霆……

四、2011,交流与融合之年

通过 2011 年网络文学领域发生的事件和现象,我们可以得出这样的结论:在官方机构、传播渠道等社会力量的高度关注下,网络文学已逐渐形成自己的话语体系,即以大众性为主导,以商业化为推手,以创新性为方向,在拓宽类型化文学疆域、提升文学阅读公共性的同时,逐步实现与传统文学的融合。2011年度的多项活动具有开创性,为网络文学在未来的成长和发展扩展了空间,探索了道路。

中国作协组织"网络作家与传统作家结对交友"活动。8月4日,36位作家、评论家相聚中国作协,举行了一次别开生面的"结对交友"座谈会。此次活动表明中国作协支持并期望网络文学健康发展的态度,希望网络作家与传统作家"结对交友",互相学习,互相帮助,共同繁荣我国文坛。

广东网络文学院成立,全国首家网络文学评论刊物创刊。12月13日,广东省委领导和中国作协领导出席广东网络文学院挂牌仪式暨《网络文学评论》杂志首发式。作为全国首家网络文学评论刊物,《网络文学评论》设有以下主要内容版块:特约·网事(网络文学历史和发展的深度概述)、聚焦前沿(最新网络文学作品评介)、在线类型(针对类型作品的新锐评论)、热点现象(网络文学热点现象分析)、高端研究(网络文学发展趋势把握)、文本欣赏(优秀网络文学作品选载)(限于网络版)、全球对话(世界视野中的网络文学)、专题·研讨(网络文学主题会、作品研讨)、今日论坛(短评、言论、热帖)、网文言说(网络文化评论,涵盖影视、动漫、音乐、游戏等)。

网络文学再掀影视改编热。继2010年的《美人心计》《杜拉拉升职记》《山楂树之恋》《和空姐一起的日子》之后,2011年,网络小说影视改编再推高潮,《失恋33天》《遍地狼烟》《步步惊心》《钱多多嫁人记》《甄嬛传》《裸婚时代》《白蛇传说》《倾世皇妃》《千山暮雪》先后公开播映,大量采用网络小说元素的影视作品《钢的琴》《宫》《画壁》等,引起观众广泛关注。《纳妾记》《刑名》《搜索》(原名《网逝》)《帝锦》《庆余年》等小说改编后已正式开拍,《九克拉的诱惑》《极品家丁》《回到明朝当王爷》《大魔术师》《熟女那二的私房生活》等一批作品,已被多家影视公司购买。超人气热门作品如《鬼吹灯》《斗破苍穹》等或将进入超级大片制作市场。

网络文学版权维护进入法律实施阶段。5月10日,盛大文学起诉百度公司侵权盛大文学旗下五部知名网络文学作品一案,由上海市卢湾区人民法院作出一审判决。法院判定:百度公司作为网络服务提供者,在明知涉诉作品的信息传播权仅归于盛大文学的状况下,依旧未及时删除侵权信息或断开链接,构成间接侵权;同时百度公司通过百度WAP小说搜索对WEB页面进行技术转码,并非只是引导用户到第三方网站浏览搜索内容,而是替代第三方网站直接向用户提供内容,属于复制和上载作品的行为,构成直接侵权。法院判令百度公司立即停止对涉案作品的信息网络传播权的所有侵权行为;同时,判决百度公司赔偿盛大文学经济损失50万元。6月27日,江苏省徐州市中级人民法院下发了对从事网络文学盗版侵权行为的万松中文网及其主要责任人的刑事判决书。判决书认定万松中文网及其两名主要负责人犯有"侵犯著作权罪",分别判处该网站两名主要负责人三年以上不等的有期徒刑,并分别处罚金15万元,并责令关闭万松中文网。

互联网文学出版服务管理办法即将出台。新闻出版总署明确表示,针对目前网络文学存在的色情、低俗、暴力等问题,将出台有关网络文学出版服务管理办法,加强准入和内容管理。有专家表示,相关法规出台后,在数字出版与传播领域,将会有法可依,一定程度上可以规范网络文化乱象,一些依靠低俗内容吸引用户的中小文学网站,将面临准入门槛抬高所带来的竞争压力,但相关的审批细则与资质认定应确保网络文学健康发展。

能否以及如何确立网络文学理论批评的框架与体系,是近年来学界不断提及却难以裕如的一项工程。当然,细碎、零星的基础建设一直在缓慢而悄然进行之中。从网络传播方式、叙事话语方式以及作家成长方式等不同角度切入的研究,所形成的学术观点亦已初露端倪。应该说,在尚无完整理论体系的前提下,2011年的网络文学学术研究比较注重网络文学与传统文学的对比性分析,并试图在这个基础上建构阐述网络文学的话语体系。在80后或者说网络一代理论批评家未能挑大梁、唱主角之前,这或许是一条不可回避的途径。

确立网络文学的评判标准是最基本的问题,文学界有很强大的声音否定网络文学,实质是以传统文学的标准来衡量网络文学,没有考虑到网络文学产生和发展的特性。学者邵燕君撰文指出:"只有在反思精英标准、理解网络文学的基础上,我们才可能真正进入网络文学的研究。目前的网络文学研究存在着几种有问题的倾向。一种是盲目西化,照搬西方的'超文本'理论,偏于抽象化和观念化,与中国的实际情况不搭界。另一种是精英本位,以一种本质化的'文学性'来要求网络文学,结论必然是其缺乏艺术性和精神深度。从文化研究的角度,尤其在理论资源的援引和立场上,也存在着几种类似的问题倾向。一种是对后现代理论的简单套用,一种是对法兰克福学派大众文化批判立场的惯性继承。还有一种是,过于简单地肯定文学的娱乐性和逃避现实的特征,某种意义上是大众文化批评的颠倒。所谓提问的问题和提问的方式影响着答案,这样的研究基本是外在于网络文学的,不可能挖掘出其潜力。"①

也有学者秉持较为客观的态度,从不同的历史人文环境分析文学生长的规律:"网络文学具有革命性的因素,但它与五四时期的文学革命有所区别。五四文学革命完全是对抗性的,它要以新的文学形态完全取代以文言文为基础的古代文学,而古代文学面对新的时代也已经丧失了表达力。今天,网络语言催生的网络文学虽然方兴未艾,但它与以现代汉语为基础的传统文学并非势不两立。更重要的是,现代汉语文学并没有失去活力,仍有表现新时代的强大能力。这反映了两个文学时代的根本区别。前者是一个一元的时代,新的必须取代旧的,才有生存的位置;后者是一个多元、多中心的时代,每一种文学都对应着一元,各有自己的确定位置,并产生互动效应。可以预见,未来的文学格局应该是现代汉语文学与网络文学两峰对峙,相得益彰,相互影响,相互渗透。"②

网络文学与传统文学之间的关系一直是文学界热议的话题。"这个问题在鲁奖、茅奖的评选接纳网络文学之后,变得十分具体化、直接化了。文学评奖虽然只是个现象,但透过现象可以从深层发现网络文学有别于传统文学的一些特质。欧阳友权认为,需要关注的也许是网络文学参评茅盾文学奖背后的意义,即对于优化当今文学生态的意义和对网络文学本身发展的意义。茅盾文学奖对网络文学敞开大门,意味着传统文学对网络新媒体文学的身份认可和资质接纳,有助于改变网络文学与传统文学彼此观望、不相往来的格局,实现两种文学相互交流,加深了解,切磋砥砺,融合互补,促进网络写手学习传统文学,了解传统作家,也引导传统作家和评论家走近网络文学,了解网络写作,从而改善和优化媒介融合语境中的文学生态,让两种文学在有些低迷的文学市场上'抱团取暖',共创繁荣。恰如有网友所言,当代文学经历的'网络洗礼',既能使陷入瓶颈的传统文学获得重现辉煌的机遇和力量,亦能使泥沙俱下的网络文学提升审美与文化素质。不断借鉴传统的网络文学和不断亲近网络的传统文学,通过茅盾文学奖这样的社会

---

① 邵燕君:《面对网络文学:学院派的态度和方法》,见《南方文坛》2011年第6期。
② 贺绍俊:《网络文学之美基于想象力》,见《中国社会科学报》2011年5月10日,第7版。

关注度很高的比对平台,让传统文学意识到,文学有关人的心灵,从来可以由不同的道口进入,网络霸权不好,媒介歧视也不对,应该对网络写作投以理性的目光,给予必要的关注和激励。对于网络文学而言,也可以在这个机会均等的评审中检视水平,看出差距,意识到作品未能入围,不在于它是否出自网络或有网络的特征,而是少了一些文学的品质。这样,传统文学与网络文学就可以从昔日的观望、对视走上了解、交流、融通和互渗互补之路。这对于整个中国文坛来说,是一件值得称道的事。"

面对网络文学这一新兴的写作形态,不仅思维方式需要改变,研究方法也应该做出相应的改变。"以往针对网络文学的研究,经常只是围绕其自身的内外要素,单纯地肯定其所依赖的媒介优势与所作出的书写尝试,而不同程度地与传统文学割裂开来,这一方面是出于对传统文学的简单化理解,忽略了传统文学本身的多义性、题材的多样性以及诉求的多向性;另一方面则是对网络文学的窄化,将这个有着明显的广延性和外扩性的艺术样式,收缩为标新立异的文字游戏。因此,只有将网络文学与传统文学置于一种相互辩证的位置,在彼此的观照和印证中,将网络文学还原到其根深蒂固的生长状态中,才能真正地判断出其在历史承袭中的延续性品格,并在此基础上揭示出这一文学样态所确切展开的新的可能性。"①

网络文学与数字化阅读的关系也是一个全新的课题。网络文学扮演了数字化阅读先锋者的角色,但如果只看到数字化的技术运用,我们就很难真正把握中国式"网络文学"的症结,推动中国式"网络文学"走向新的发展轨道。"首先应对网络文学的数字技术化特质有着清醒而深刻的认识。其实,无论东方还是西方,古代的艺术与技术本来就是一枚硬币的两个侧面。而世界新媒介文学的生产现实已经说明,没有数字技术,就没有计算机网络,没有计算机网络就没有网络文学。那种忽视、轻视、盲视、反感与排斥网络文学技术要素的看法,既不懂得技术之于文学艺术的存在性地位,更不懂得数字网络技术本是网络文学获得人文性和文学性的助推器的真意所在。没有人反对,文学是人学,文学以人文关怀为指归,但这是就一般性的抽象意义上或理论上的文学而言的。而现实中的文学必然是以具体的多样的存在方式而存在,不同的具体存在的文学又都具有属于自己的特质,都有自己获

---

① 曾攀:《网络文学也要推陈以出新》,见《文艺报》2011年9月17日,第3版。

得文学性、抵达人文性的方式和途径。就作为数字技术产物的网络文学而言,它的最大的特色恰恰应该在于数字技术性,最大的优势恰恰应该在于通过数字技术导向文学性和人文性。"①

网络作家中也不乏有自己看法的人。言轻歌认为,网络文学的各种转化昭示了新出路,也显示了网络文学生命的短暂——如果不通过传统的媒介,如出版、影视改编等,单纯的网络文学很快兴起,又将很快被人遗忘。VIP阅读是网络小说收入的主要来源。但是随着科技的发展,目前手机成了更多用户的阅读终端。网站阅读的收入大降之后,运营商们把目光转向了手机阅读和影视改编。网络小说有成为影视改编的富矿的条件。能改编的剧本资源多了肯定是好事,但是如果说这种互动能给影视剧和网络文学带来什么革命性的影响,恐怕很难成立,因为两者愈来愈呈现很高的同质化趋向,不能给彼此什么新启示。所以,把网络文学当成影视剧出奇制胜的法宝,绝非长远之计。

整体来看,2011年度网络文学虽然没有惊世骇俗的神作,缺少绝对热门的作品,但总体水平却较以往有所上升,在类型化相对稳定的前提下,创作由平缓向纵深发展。除了原创文学网站力推的人气作品外,门户网站新浪读书推出的官场小说《二号首长》(黄晓阳)、都市小说《交易》(亦客),搜狐原创推出的官场小说《权力·人大主任》(周碧华)、谍战小说《暗斗:国共在大陆的最后搏杀》(英霆),腾讯原创推出的言情小说《风临天下:王妃13岁》(一世风流)等,也是值得关注的作品。本年度值得推荐的有如下几部重要作品。

奇幻小说《吞噬星空》(我吃西红柿):作品沿袭作者一贯的奇幻风,讲述经历了2015年病毒传播,地球生态浩劫之后的人类与动物开始的生存斗争,主角草根男罗峰经过努力,成为一名有社会地位和生存尊严的武者的奋斗史。但在他成为武者后,却发生了意外。这部作品既讲述了一个男人的成长史,也是一部适合游戏改编的网络作品。

仙侠小说《遮天》(辰东):年轻人叶凡因缘际会,在泰山发现了传说中的上古人皇祭台,意外遭遇九龙棺,横渡虚空,来到了星空的彼岸,见识了诸多中国神话传说中才存在的文明遗迹,踏入了一个难以置信的仙侠世界,开始了自己的探索之旅。《遮天》已经在2011年11月被改编成网游作品发布。

---

① 单小曦:《网络文学发展的新空间》,见《人民日报》2011年9月23日,第24版。

目前很多网络作家的创作以小说网游娱乐一体化为商业目标,也许是尘埃落定,辰东之前曾宣布为即将发布的游戏《侠客列传》创作同名微小说,停止《遮天》的更新,此事一出,引发读者热议。因文本而引发游戏商投资,是创作之幸;而为游戏而创作,让人们不禁思考,网络文学的出路是否仅为实现商业利益最大化?

奇幻小说《秒杀》(萧潜):灵魂觉醒在陌生的符咒世界,无数的秘境,无数的符兽,甚至还有高级符咒世界,天赋异禀的郭十二如同过河小卒,肆无忌惮地横行于这个符咒的世界,秒杀一切障碍……

仙侠小说《通天之路》(无罪):灵岳城中如同小市民一般的小散修魏索,和天玄大陆的绝大多数修士一样,虽然处于天穹的保护之中,却不知道天穹是如何形成,还能持续多久。无意之中他得到了一个内有上古器灵的法宝,在上古器灵的帮助下,魏索开始出人头地,接触到了更远的世界。在修炼的途中,他发现已经笼罩了七片大陆十五万年之久的天穹,将会彻底崩裂,引发天穹外的妖兽入侵,进而引起修道界的巨大动荡。十五万年以来,席卷整个修道界的最大动乱一触即发。在发现了上古灵族和荒族的足迹,以及根本没有出现在修道界记载中的前辈大能的足迹之后,他开始接触到天穹背后的真正奥秘。风云际会,一名踏着前人足迹的小散修,最后却成为决定这场风云走向的关键人物。

仙侠小说《焚天》(流浪的蛤蟆):"洞中金蟾生两翼,鼎里龙虎喷云光。一剑驾驭千万里,踏云便要走八荒。"跨越万年的仙神豪赌,大漠四府,苍穹七界,不过是一场阴谋游戏。家道中落的少年,意外激活了半神血脉,且看楚宁如何造化乾坤,问鼎苍穹。《焚天》设定复杂、结构严谨,以中国传统文化融合了作者独特的创意。

青春励志小说《玛丽在隔壁》(校长):2004年的WCG(世界电子竞技大赛),中国少年Thanatos和中国少女苏药包揽了星际争霸组的冠亚军,当着全世界的镜头,苏药对谜一样的少年Thanatos告白了,结果遭到拒绝,让她从此退出了竞技生涯。许多年后在一个休闲游戏《人间》里,苏药认识了一个叫秦川的男人,种种迹象表明了秦川有着不输于当年Thanatos的实力,为此,熄灭多年的竞技之魂也开始燃烧。苏药和秦川情投意合,现实和游戏,他们过着神仙眷侣般的幸福日子。一次偶然的争夺赛,洛子商对着全国媒体宣称秦川是杀人犯,他就是Thanatos。

第六章　网络文学跨入 2.0 时代

中国当代文学阅读层面上的价值认同正在经受前所未有的挑战，特别是 21 世纪以来，新的写作群体、新的写作方式不断涌现，使固有的理论批评体系遭到撞击，被撕裂，导致理论批评对新的文学现象的描述捉襟见肘，乃至失语现象频出。随着网络文学迅猛发展，非主流文学在阅读与消费环节中的影响日益增强，这就使得上述问题转化成了新的矛盾——互相不能包容，各说各话。其实，这并非网络文学横空出世惹的祸，在传统文学领域，本来稳固的评判标准也开始出现大幅度起伏动荡。比如贾平凹的《秦腔》《废都》、刘震云的《一句顶一万句》、余华的《兄弟》、格非的《山河入梦》等作品，同样出现了南辕北辙的价值评判。今天，有一个问题大概是绕不过去了：在商业大规模介入写作，成规被打破之后，如何重建理论批评的经纬？网络文学在给我们出了一道难题的同时，也让广大读者找到了各自的阅读理由，放眼望去，网络文学作者与读者之间形成的情感共同体，正是文学回归民间的真实写照。

一、2012，数字出版之年

由于两者天然具有兼容性，数字出版已成为网络文学进入主渠道最重要的通道。2012 年 8 月，由中宣部、商务部、文化部、广电总局和新闻出版总署五部委组织申报的 2011—2012 年度国家文化出口重点企业和重点项目名单揭晓，网络文学以数字出版的形式首次进入国家订单集中出口，成为中国文化对外输出的重要产品。新型客户终端安卓、iOS 等渠道的普及，也使得数字出版的国内市场份额逐年增长，截至 2012 年上半年，仅盛大文学云中书城一家，第三方内容合作伙伴就超过 330 家，签约第三方作品数近 10 万种，移动客户端用户数已近 600 万，累计完成付费订单数 900 万单，被下载的电子书种类超 50 万种,并且这个数字还在不断快速增长中。相对来说,移动阅读平台对作品的遴选非常严格,原创文学的份额只占全部读物的不到十分之一。新增的读书网站,如塔读文学、华夏中文网、磨铁中文网等从创建之初就分别与中国移动、新浪、腾讯、搜狐等网站合作,主要是在数字出版领域展开竞争。

由于网络文学作品总量庞大,无论在线还是移动阅读,读者阅读选择的自由度都相当大,文学网站的竞争也日趋激烈。iResearch 艾瑞咨询推出的网民连续用户行为研究系统 iUserTracker 最新数据显示,2012 年 10 月,垂直文学网站日均覆盖人数达 1 443 万人。其中,起点中文网日均覆盖人数达 200 万人,网民到达率达 0.9%,位居第一;晋江原创网日均覆盖人数达 104 万人,网民到达率达 0.5%,位居第二;纵横中文网日均覆盖人数达 92 万人,网民到达率达 0.4%,位居第三。2012 年 10 月,垂直文学网站有效浏览时间达 2.5 亿小时。其中,笔趣阁有效浏览时间达 2 153 万小时,占总有效浏览时间的 8.7%,位居第一;起点中文网有效浏览时间达 2 114 万小时,占总有效浏览时间的 8.6%,位居第二;快眼看书有效浏览时间达 1 257 万小时,占总有效浏览时间的 5.1%,位居第三。

在数字阅读高速发展期,海量信息成为阅读的重要障碍,搜索引擎运用技术手段帮助用户在互联网庞大信息资源中以最快的速度寻找到自己所需的内容,为阅读、查阅提供了方便,但同时也引发了大量网络版权纠纷,阻碍了网络文学的发展。现在看来,合作是解决这一问题的最佳途径。一方面,搜索引擎应当清醒地认识到"天下没有免费的午餐";另一方面,版权拥有者(文学网站或作者)应该顺应互联网技术的发展,也就是说,搜索引擎和权利人之间应加强合作、签订版权合同,即由搜索引擎服务商按传统模式与版权人就作品的使用签订合同,实现共赢。

2012 年网络文学总体发展均衡,各大文学网站进一步细分类型,类似于传统文学期刊中选刊的小说搜索引擎,在阅读竞争中逐渐显现出优势,但网络文学原创却显示出动力不足的迹象。这一年,网络玄幻小说和仙侠小说依然是网络在线阅读最火爆的类型,作品发表数量(按总字数计算)增长 2.7%,日更新达到 2.3 亿字节。由于移动(手机)阅读的有效覆盖,产业份额仍处在上升通道中——预计总体规模(直接收入)将超过 50 亿元人民币。值得引起重视的迹象是,截至 2012 年 6 月底,我国网络文学用户数为 1.9

亿,较2011年底减少4.0%。十多年来,随着互联网用户数的增长,网络文学用户数一直在不断攀升,但2012年6月首次出现逆势减少。究其原因,作品质量未见显著提升、创新性萎缩是两大症结,具体表现在题材雷同、情节拖沓、文字累赘甚至涉及暴力色情等内容。网络文学在中国发展已有15年时间,相比较其他年龄段用户群体,目前30—39岁用户群体的网络文学使用率最高,因此主流阅读人群对网络文学作品的成熟度需求逐渐上升,部分用户"脱网"在所难免,这为网络文学有可能出现瓶颈发出了预警。2011年,慢转型热竞争的数字出版业已顺利突破千亿元大关,年均增长率超过50%,这是中国文化领域面向未来的重要历史选择,如果看到这一点,我们就有理由充满乐观。大约需要10年时间,在中国移动、中国电信、盛大、百度、亚马逊等一批新兴企业的持续创新带动下,传统出版机构通过自身努力完成转型,形成与新兴数字媒体企业共荣共生的格局。到那时,由网络文学这台发动机衍生出的各种类型的数字化产品,将会成为中国最重要的文化输出。也就是说,网络文学将参与未来的"中国制造",中国将以数字化产品影响世界。

近年来,网络文学与传统文学逐渐融合,主要体现在阅读市场的相互渗透,比如新浪网、搜狐网、新华网的读书(或原创)频道,均以推介传统文学图书的数字化阅读为主,即使是原创类作品,也以"职场""官场""军事""都市言情"等比较接近传统文学的类型为主,也就是说,传统文学在线阅读的份额在逐年增长。而专业文学网站则以玄幻、仙侠、网游、架空历史、穿越等网络特色鲜明的类型为主,它们依然占据着网络阅读的主要市场。经过一段时间的磨合和市场分割,网络文学走向两个极端的趋势愈加明显,一头是现实,一头是神话。网络文学现实题材作品由于其细致、深入地诠释了当下生活与人的精神世界的关系,十多年来一直为图书出版业所关注,简繁体图书出版总数高达2万种。

职场官场、都市言情、婚姻家庭类网络小说依然是目前最受读者欢迎的现实题材作品。自《蜗居》《杜拉拉升职记》《和空姐一起的日子》等被改编成影视作品后,网络文学迅速成为影视改编的宠儿,其后的《失恋33天》《裸婚时代》《甄嬛传》《步步惊心》《金太郎的幸福生活》《帝锦》《搜索》《我的美女老板》《别再叫我俘虏兵》等一批作品乘势而上,使网络文学影响力急剧扩大。CNNIC网络文学用户调研数据显示,网络文学用户中有79.2%的人愿意观看网络文学改编的电影、电视剧。

网络玄幻小说和仙侠小说基本属于神话叙事范畴,但与农耕文明时代的神话叙事又有明显的差异,现代科技已经解决了人类进入太空的难题,但地球上的问题却愈来愈复杂,危机论、末日论甚嚣尘上。网络小说敏感地把握住了这一现实,将笔触由时空领域转向塑造新的文明形态,故事情节和人物行为超出了人类社会的思维模式,人类往往只是其中的一部分而不再是主宰者。在这一点上,网络玄幻小说和仙侠小说与西方现代神话故事似有不谋而合之处,比如《哈利·波特》《指环王》,甚至是《阿凡达》,这些作品中国化的版本在网络上比比皆是,但它们的中国特色十分鲜明。网络玄幻小说和仙侠小说多数还杂糅了科幻、穿越、言情、重生等表现手法,但并不应该把它们划入上述类型,它们的核心是神话叙事。

2008年以来,网络玄幻小说和仙侠小说一直是网络在线阅读最火爆的类型。2012年,我吃西红柿、天蚕土豆、血红、猫腻分别在起点中文网发布的长篇小说《吞噬星空》《斗破苍穹》《偷天》和《将夜》,烟雨江南在17K文学网发布的长篇小说《罪恶之城》,无罪在纵横中文网发布的长篇小说《仙魔变》,点击率均超过千万,它们同样是移动阅读平台(手机阅读)最热门的作品,移动阅读高达5亿次的日浏览量,差不多有一半是在点击这些作品。年收入过百万的网络作家,百分之九十属于这个人群,因此,可以说他们对网络文学的产业化发展做出了贡献。由于多种原因,影视尚无力改编、拍摄这个类型的作品,但它们在影视领域埋下的伏笔早晚会引发一波网络文学最大的浪潮。值得注意的是,这一类型的作品如此大规模地出现在网络,并被广泛阅读和传播,的确是中国文学史上的一大奇观,但遗憾的是,它被学界重视的程度恐怕不及它被阅读的万分之一。

市场经济与新兴媒体对文学的革命性影响,越来越明显地反映在网络文学领域。"没有哪个时代像今天这样注重信息与传媒。以往,文学的传媒是相对单一的,而如今,报纸、杂志、图书、网络、电视、广播、手机……构成了文学传播庞大的空间。新兴媒体所催生出的写作形态如博客、微博、手机作品、电子杂志等与传统的出版或发表方式是有本质上的区别的。它们非常自由,它们可以是私密的,但除了自己加密的'日志'外,更多的都不是私人性的了,它们进入了与他者的交流,进入了不同范围的公共领域。市场的文学同时就是消费的文学与传播的文学,是真正的'个人的文学',这个人的文学不是知识分子的那少部分个人,不是精英的个人,而是民众的、大众的、人民的个人,是每一个社会成员的个人。在这个时期,不能说国家的文学与知识分子和精英的文学已经不存在了,但在这个多元的格局中,显然个人的文学更为庞大,也更具草根性、当下性、日常性,因而也更生机勃勃。都在说文学正在衰落,正在走向边缘,其实这是从国家文学以及精英文学的角度说的,如果仔细研究一下,可能没有哪个时代有今天这么多的写作者,专业作家、业余作家、职业写手、自由撰稿人以及庞大的匿名写作者,他们构成了一个身份各异的写作生态圈。文学不再是一部分人的权利与垄断,而是每个人日常生活的可能与现实。"①

  类型化写作适于分众、小众的点击期待,吸引读者付费阅读,这是网络文学得以生存和发展的基础,但是"这类作品的情节、故事、人物、想象、节奏和叙事方式等大都是模式化的。写作者尽可以天马行空,释放自己的想象力,把虚拟的类型化空间拉长、拓宽,以迎合阅读市场。但由于一些作者的'类型化想象'缺少深厚的文化底蕴和坚实的生活积累,用于想象的创作素材囿于有限的生活阅历、知识视野,有的甚至就来自某些网络游戏,久而久之很容易陷于'枯竭焦虑',摆不脱自我重复的窠臼或难以为继的尴尬,导致一些类型化作品红极一时却速成速朽,短期内能赢得排行榜,赚取点击量,却少有艺术提升的空间和文学创新的潜能。最终,类型化的'槽模'变成了艺术想象力的桎梏。刻意相似的写作模式,生编硬造的故事情节,动辄上百万甚至数百万字的篇幅,除了创造商业资本最大化利润外,其实是无关乎文学艺术的。类型化写作的过度膨胀,隔断了文学与现实的依存性关联,使网络文学面临自我重复、猎奇猎艳、凌空蹈虚的潜在危机"②。

  网络文学能否出现经典?文学的经典性和流行性是否存在二元对立?邵燕君认为:"如果将眼光放宽,古今中外的伟大经典大都在当世极为流行。"她非常看重文学作品的"当下性",就是说,一个国家的当代文学有责任以文学的方式呈现它所属时代的精神图景,给当代人的核心困惑以文学的解说,或者给读者提供精神抚慰。"'当下性'在'主流文学'里已经相当稀薄,产生经典作品的可能也日渐减少。而网络文学这一边,'当下性'异常丰

---

① 汪政:《批评如何抵达现场》,见《中华读书报》2012年10月17日,第8版。
② 欧阳友权:《当下网络文学的十个关键词》,见《求是学刊》2013年第3期,第53页。

茂,虽然现在仍处于'大神阶段',但'大师'的出现不是没有可能。"她还设想,一个如当年余华那样的居于县城的文学青年如何走向文学之路,他会选择给网站写稿还是给文学期刊,"十有八九是前者"。

如何应对"审美知识失效"的困境,构建符合创作实际的理论批评框架,已经成为网络文学研究面临的一个重要问题。罗勇认为,面对这一状况,需要我们的批评家更新知识结构,扩充人文知识,以便对新的文学作出新的有效阐释;更需要培养和推出一支新的青年批评家队伍与之对接。所谓一代人有一代之文学,批评亦然。要做到"有效",我们的文学批评要真正介入文学实践的现场中去,寻找新的批评对象、新的批评话题、新的话语方式甚至新的传播方式。诚然,文学批评可以为文学经典的建构提供依据,为文学史的科学定位提供参照,为文学理论的健全完善提供实践检验;它不仅要对文学作品、文学现象与思潮作有效的艺术阐释、独到的审美发现,还要有富于启迪的审美创造——接通现实,表达思想,有效地参与到公众精神生态和人类精神生活的塑造中去。

很显然,2012年的网络文学仍未达到理论批评界的期望值,它还有一段很长的路要走,其中还会出现各种艰难曲折和崎岖不平。

东方玄幻类小说《将夜》(猫腻):在环境险恶的边境军队中,普通小兵宁缺是一个满脑子修行美梦却毫无修炼天赋的少年,凭借着过人的武艺,他成了令土匪闻风丧胆的梳碧湖的砍柴者。由于战功显赫,他被推荐到京城书院读书,并承担护卫公主返京的任务。没想到一路上并不平静,目睹了大宗师级别的战斗,他保护公主躲过多次追杀行刺,与公主及其护卫宗师结下了深厚的感情,并且打开了修行的大门。来到京城后,宁缺以优异的成绩考进书院,并且在所有的书院弟子中脱颖而出成为新弟子的佼佼者,随后成功地进入了书院的二层楼,成为传说中的夫子的亲传弟子。由于目睹杀害他父母的仇人逍遥法外,宁缺在众多天赋出众的师兄的帮助下,研制了属于自己的武器,他在一系列的冒险和一次次的挑战中,快速提升着自己的实力,并且终于手刃了仇家。复仇成功之后的宁缺,更加专注在书院的学习和自身修为的提高,而后又踏上了去往西陵学习的路途,完成了可歌可泣可笑可爱的草根崛起史。

异界大陆小说《神印王座》(唐家三少):故事发生在位于圣殿联盟南部边境的奥丁镇,那里的魔族十分强势。在人类即将被灭绝之时,一个叫作六大圣殿的组织崛起,带领人类守住最后的领土。这是一个道魔林立的时代,强人不绝,凶人不止,唯有物竞天择,强者胜。本书主角少年龙皓晨,为救母加入骑士圣殿,奇迹、诡计,不断在他身上上演,凭借自己的努力,终于登上象征着骑士最高荣耀的神印王座。

架空历史小说《赘婿》(愤怒的香蕉):讲述一个受够了钩心斗角、生死打拼的金融界巨头回到古代,进入一商贾之家里最没地位的赘婿身体后的故事。江宁城中,暗流涌动,一个商贾家里毫不起眼的小小赘婿,正在很没责任感地过着他那只想吃东西、看表演的悠闲人生……家国天下事,本已不欲去碰的他,却又如何回避?

历史穿越小说《宰执天下》(cuslaa):因为一场空难,贺方穿越千年,回到了传说中"积贫积弱"的北宋。一个贫寒的家庭,一场因贪婪带来的灾难,为了能保住自己小小的幸福,新生的韩冈开始了向上迈进的脚步。这一走,就再也无法停留。逐渐地,他走到了他所能达到的最高峰。在诸多闪耀在史书中的名字身边,终于寻找到了自己的位置。

异界大陆小说《罪恶之城》(烟雨江南):这个家族血管中流的每一滴血,都充满了罪恶、淫秽和肮脏的东西。他们是所有矛盾的集合:他们热情,他们冷酷;他们善于记忆,他们经常遗忘;他们忠于梦想,他们随时妥协;他们愿与圣徒为伴,他们总和魔鬼合作;他们非常冷静,他们必然疯狂。他们是天使,他们也是魔鬼。小说运用宏大的叙事结构,描绘了诡异、冷艳而瑰丽的神秘世界,以精致犀利的语言、匪夷所思的故事情节以及一个个陌生又鲜活的人物形象,使得"诺兰德大陆"上演的那些爱恨情仇令人惊诧不已。

异界大陆小说《仙魔变》(无罪):这是一个有关帝国和荣耀,有关忠贞和背叛,有关青春和热血,有关一个有着与众不同目光的少年,有关一个强大的修行学院的故事。60年前,一个中年大叔带着一头长得像癞皮狗一样的麒麟和一只长得像鸭子一样的鸳鸯第一次走入了中州皇城。那一年,这个中年大叔穿过了山海主脉,穿过了四季平原,走进了青鸾学院。60年后,林夕坐着一辆破旧的马车,从鹿林镇穿过半个云秦帝国,一路向北,行向青鸾学院。

官场小说《对手》(姜搏远):海川市驻京办事处是一个各方面都很落后的单位,驻京多年还一直租房办公。为了改变落后局面,驻京办傅华采用紧迫盯人的方式成功地打动了台湾大公司融宏集团的老总陈彻,争取到让陈彻在海川投巨资建设了生产基地,从而一炮打响,获得了市委市政府的赞赏。傅华参加融宏集团正式跟海川市的签约,趁机向市长要求市政府投资为驻京办事处建办公用房。市长曲炜同意了,但同时也批评他不务正业,跟不正当的女人孙莹来往,甚至拒绝主动要求投资的客商赵进。傅华这才知道驻京办的副主任林东一直在窥视他,想把他赶走,甚至不惜偷窃他的资料。傅华揭露了赵进的骗局,并趁机跟林东摊牌,说服了林东。因为融宏集团成功落户,傅华获得了极高的声誉,便开始膨胀,他把建办公用房扩展,要买地把驻京办建成一座大酒店,向市政府请批得到了批准,并为此求助于旧情人郭静的老公杨军……

职场小说《黑白律师之山庄疑云》(暂时无名):陈锦荣,号称明山市第一青年律师才俊,一个游走在黑与白之间的律师。他无意中代理了一起普通的破产企业工人追讨经济补偿金案,一审获胜,企业方被判决支付补偿金,但清算后净资产无力兑现法院判决。经过调查发现,该企业在变卖处置的投资项目存在严重问题,很多企业都是以极低的价格被卖出。市长推荐陈锦荣进入清算组,要求其协助市政府清算组彻底查清这些企业的资产处置问题。陈锦荣无奈参与,但是在调查中却意外发现此案与他代理的另一桩云梦山庄强奸杀人案有千丝万缕的关联。

职场小说《生死浮沉:急诊科的那些事》(于莺、江南麦地):中国版《急诊室的故事》。健康与病痛相连,生命与死亡并存。每天有很多人从这里健康地走出,也有很多生命在这里画上句号。本书讲述发生在急诊室里医生与医生之间、医生与领导之间、医生与病人之间真实而感人的故事。全书以主人公的事业成长、情感纠葛为主线,贯穿起30多个医疗故事,力求故事性与真实性完美结合,既是精彩的社会热点小说,又是患者就医指南读本。大起大落看透命运,大悲大喜看透人性。

都市言情小说《盛夏晚晴天》(柳晨枫):结婚三年,面对丈夫的冷漠,她从来都没有显示过软弱,但当小三怀了丈夫的孩子闹上门,她第一次泪眼婆娑。面对他鲜有的错愕,她挺直脊梁倔强地转身。丈夫在背后冷语嘲讽:夏晚晴,凭你市长千金的身份,多的是豪门巨富登门求亲,何必束缚我?离婚协议签署的那一刻,她拾起骄傲,笑靥如初。凭她的身份,想嫁个不错的男人,易如反掌,若非为爱,婚姻又能持续多久?但若是为爱,还不是铩羽而归?她终于选择了没有爱情的婚姻。

悬疑小说《诡案组陵光》(求无欲)：故事延续了诡案组系列"恐怖源于真实"的风格，通过各类荒诞不经的虚构故事，揭露了层层迷雾下那些丑恶的人性本质。

古代言情小说《花满三春》(煌瑛)：故事始于虚拟国家"大昱"灭亡之后。天下一分为四，女主角苏砚君的父亲是复辟党中一员。为让女儿远走高飞，苏父安排她远嫁。对父亲用心一无所知的苏砚君踏上北上完婚之路，也踏入了乱世的旋涡。

二、2013，蓄势待发之年

2013年，网络文学已进入成熟发展阶段。无论是从作家成长、行业发展，还是从读者期许、社会认同的角度来看，网络文学的存在已毋庸置疑，所谓成熟实乃进入"成年期"。这个阶段有可能持续10年或者更久，但最终必然要向主流价值体系回归，逐渐融入社会进步力量的主流。从宏观上讲，网络文学既和国家的经济文化发展战略血肉相连，又与广大民众的情感诉求、阅读方式密切相关，它的一时盛兴与长足发展并不矛盾，实是一种必然。近两年，网络文学在移动互联网的"护航"之下，通过自身努力赢得了资本市场、机构与政府的多重关注，获得了新的成长空间，正在蓄势待发，酝酿新格局的产生。可以做这样的乐观预见，假以时日，网络文学将有可能与其他艺术形式并驾齐驱，开辟中国现代都市文化的新天地。

这一年，内部和外部重要事件集中出现，预示网络文学迎来了新的起点。第一，政府部门对网络文学发展高度重视。2013年度中国作协吸收了16位网络作家入会；第七次全国青年作家创作会议，共有19位网络作家代表出席，标志着网络作家正式登堂入室，参与新世纪主流文学话语的建构。由国家新闻出版广电总局主办的第三届中国出版政府奖，再次将网络文学作品纳入正式评选范畴。中国文联正在加快"网上文联"数字文艺工作平台建设，力求构建具有强大数据存储与共享能力的"文艺四库全书"。

第二，文学网站乘势而上，展开细部实力比拼，并着力于网络文学长远布局。10月30日，由中文在线发起并联合17K小说网、纵横中文网、创世中文网、逐浪小说网、塔读文学网、91熊猫看书网、百度多酷文学网、3G书城、铁血读书、17K女生网、四月天小说网等知名原创文学网站共建的网络文学大学成立，这是一所旨在培养网络文学原创作者的公益性大学，诺贝尔文学奖得主莫言应邀担任名誉校长。12月25日，上海视觉艺术学院携手盛大文学创造文学教育新模式，首开国内全日制本科艺术教育网络文学专业。课程教材将由业内专家及网络文学知名作家、盛大文学一线精英共同编撰，采取学分制教学模式。上海市作家协会主席王安忆等人成为首批特聘教授。12月30日，盛大文学为唐家三少成立工作室，这一举措，除了代表着盛大文学在整体作家服务及支持体系方面更加精耕细作外，也意味着盛大文学不懈努力的全版权运营模式获得升级。

第三，IT精英团队看好网络文学领域，网络文学业内加快整合步伐，呈现结构重组态势。新组建的创世中文网与腾讯合作，于当年5月底上线，不久，腾讯文学高调亮相，宣布下设创世中文网和云起书院，宣告网络文学成为腾讯核心业务。7月9日，盛大文学召开战略发布会，正式宣布已通过私募融资总计1.1亿美元，称此次所得资金将重点用于提高作家待遇、强化内容，并实现盛大文学的开放战略和移动战略。百度也开始紧锣密鼓布局原创文学，在建立百度多酷之后，以19亿美元收购了包括91熊猫看书网在内的91无线，年末又以1.9亿人民币将纵横中文网纳入旗下。新浪网则与北京维阅信息技术有限公司合作，成立新浪阅读公司，确立包括新浪读书、微博读书和微漫画三个品牌与业务。人民网和凤凰网也先后并购并创建了自己的文学网站和频道，进军原创网络文学领域。

第四，原创网络文学资源共享渠道初步建成，培育第三方阅读平台逐渐成为行业发展的共识。由于网络文学读者分众化愈来愈明显，随着移动互联网的迅速崛起，一家独大的局面已经不复存在。目前，除盛大文学众多子品牌外，三大电信公司移动阅读基地、亚马逊、京东1ebook、当当多看、91熊猫看书等都加入新平台的建设；豆瓣阅读、亿部书城、鲜果读书等应用也在圈定自己的读者群。此后，"小米小说"原创网络文学应用也加入这一团队，正式登陆各大安卓市场，其所有内容均从第三方网络文学平台精选而来，囊括了纵横中文网、看书网、潇湘书院、红袖添香、小说阅读网等超过30家内容提供方的网络文学内容。在这个基础上，更多元的合作也显出雏形。

海量的网络文学作品促进了文学发展的多样化，其中的翘楚逐渐被不同身份的读者所接纳，读者的分层分级、各取所需随之应运而生，这样的文学生态应该说是积极、健康的。在网络文学产业化不断升级的过程中，既涌现出如唐家三少、我吃西红柿、天蚕土豆、辰东、血红、耳根、鱼人二代、叶非夜、苏小暖这样的流量型作家,也不乏如江南(《九州·缥缈录》系列)、猫腻(《将夜》《间客》)、管平潮(《仙剑奇侠传》)、酒徒(《家园》)、阿越(《新宋》)、燕垒生(《天行健》)、愤怒的香蕉(《赘婿》)、贼道三痴(《上品寒士》《雅骚》)、阿菩(《山海经密码》)、烽火戏诸侯(《雪中悍刀行》)等一批致力于将网络类型文学向精英化方向转换的作家。后者突出的表征是,兼容娱乐性写作,进入文体反思阶段,形成独立的文学"品格"和写作"人格"。上述作品作为一股新生力量,在成功拥有大量读者之后,并未止步,而是坚持在剧烈震荡中前行,努力汇入中国当代文学历史性嬗变的洪流之中。网络文学精英化的序幕或许正在徐徐拉开,尽管征途漫漫,终有有志者担当大任。

另一方面,媒体的引导作用也慢慢形成了一股力量,推动网络文学向精英化方向发展。包括《人民文学》在内的一些传统文学杂志准备开始尝试发表网络小说,这让有"想法"的网络作家,看到了通过回归线下让作品"留下来"的希望。网络媒体中"豆瓣阅读"相当活跃,其筛选和推广机制与主流文学期刊趋同,却弥补了传统文学期刊在受众接收与阅读灵活性上的短板。对于普通作者而言,作为网络平台的"豆瓣阅读"显然更具亲和力,以网络为依托,以文学性为主导,既实现了在碎片时间里利用移动设备阅读给读者带来的方便快捷,也给网络文学开辟了一条新的途径。更重要的是,网络的开放性和包容性,使得"豆瓣阅读"一定程度上克服了传统文学杂志"圈子化"的倾向,这对新人的成长具有实际意义。

同时,网络文学自身加快了与主流文化融合的步伐,越来越多的网络小说,从单一的PC端数字内容,转变成纸质图书、影视、话剧和漫画作品,网络小说成了主流文化的一部分,以不同的形态被更多的受众所接受。文学网站与主流媒体之间的合作、交流,已成为一种常态。

尽管如此,对商业利益的追逐仍然是网络文学发展的一个障碍。商业性是网络文学的本质属性之一,完全排斥商业性,网络文学就不复存在,但过度追求商业性,则会导致网络文学的商业化,势必对网络文学的长远发展造成伤害。在这一对矛盾体中,相对平衡的发展是可以接受的,也就是说,对当前网络文学的商业化倾向,既需要警惕,也需要包容。

本年度产生影响的玄幻小说、仙侠小说、架空历史小说和都市小说,不同程度出现了一些亮点。

玄幻小说《斗罗大陆Ⅱ绝世唐门》(唐家三少)：虽为帝国公爵之子，他却毅然决然地离开公爵府，带着不屈和愤怒，踏上了充满传奇的旅途。放弃尊贵身份，选择艰难前行；加入没落唐门，誓要荣辱与共；踏上学院之旅，挚爱友伴同行。一个前所未有的双系同修的少年，创造属于自己的传奇故事。作为《斗罗大陆》的续集，唐家三少对故事的编织和讲述技巧有了新的变化，注重作品的深度和厚度，更进一步阐明了对梦想、奋斗、亲情、友情等主题的推崇。

《邪少药王》(胜己)：在世为人，成为明玉皇朝五大家族家主，但这个年纪轻轻的家主可不好当，因为不论是家族内部还是外部，都认为他不过是个纨绔邪少，将其当成傀儡家主。在这种情况下，如何生存，如何保护自己、家人、朋友，如何处理家族内部长老、其他几大家族施加的巨大压力，需要能力，更需要智慧。或许，只有当真正面临困境的时候，才会发现生存、活下来是人最基本的需求。在这样的环境中一步步成长，一步步磨炼提升，邪少最终带领亲人、朋友、家人，打造出一个史无前例的庞大家族。

《星河大帝》(梦入神机)：2050年，一艘外星大舰掉落在地球上。各国为了争夺这艘大舰，发动第三次世界大战。大战极其惨烈，最后却使得人类统一，各国高层联合在一起，组成新的人类政府。2150年，人类因为研究那艘陨落的外星飞船，科技突飞猛进，每个人的生命力得到极大提升。2250年，出现了虫洞跳跃技术，人类开始探索别的星球，发现大量资源，甚至在外星建立基地。小说主角江离是一个家世平平的少年，面对遭遇的种种迫害，江离获得了外星人留在地球的瑰宝大帝舍利，修行突飞猛进，每每总能化险为夷，他发誓要守护家人。随着他考上星河大学，更多危机接踵而至。

《完美世界》(辰东)：浩瀚天地中，万族林立，强者遍地。一个名叫石昊的小男孩，如何能够成长为坚毅刚强的男子汉？他努力追寻幼年失散的父母，全家团聚便是他的梦想；养育他长大的小山村，陪伴他成长的小伙伴，带给石昊欢乐的童年。离开山村，直面残酷的蛮荒世界。作者用超凡脱俗的想象力构建出一个崭新的完美世界，通过少年的成长与战斗历程，讲述了小男孩石昊追寻亲情、珍惜友情的美好故事。

《奥术神座》(爱潜水的乌贼)：在一个魔法与奥术齐飞的魔幻世界，路西恩如何在压力重重的社会中利用知识改变自己，实现人物奋斗的辉煌？来自地球的穿越者路西恩，为了追寻强大的力量和回家的道路，踏上了学习魔法的旅程。最初为了掩饰身份,他在圣咏之城借助贝多芬、肖邦的乐曲成为著名的音乐家,然后依靠这个身份,到达了魔法议会总部。这里的魔法来源于对世界的认知,而世界又与地球极端相似,于是路西恩结合地球的知识,将元素周期表、相对论、量子观察等成果融入魔法,改革魔法,打败了教会,带领魔法议会登上崭新的巅峰。而在路西恩的这条道路中,充满了理念的碰撞。世界是连续的,还是不连续的?因果律成立,还是不成立?认知改变世界,还是世界决定认知?带着对魔法终极奥秘不同理解的大奥术师们站到了决战魔法之巅。

仙侠小说《云海仙踪》(树下野狐):作品以中国民间传说《白蛇传》为蓝本,虚构出一个浩大瑰奇的仙侠世界。故事发生在南宋初年,天下动荡,道佛争锋,魔门逞凶。杭州药商之子许仙身不由己卷入江湖,被迫开始一场瑰奇多姿的仙魔之旅。血海深仇,情怨纠葛,他命中注定要以一己之力与世界为敌……《云海仙踪》原名《画蛇》,属于新古典主义仙侠小说。作者树下野狐被誉为"本土奇幻扛旗人""北大蒲松龄",这部树下野狐版《白蛇传》,试图带你进入大宋朝瑰丽雄奇的仙魔世界。

都市小说《匹夫的逆袭》(骁骑校):谁说草莽一生无为?谁道小人物的人生只是崎岖而已?身患绝症最后一搏的老警察,为婴儿奶粉和房贷不择手段的私家侦探,阴魂不散的神秘杀手,三路人马的目标都是租住在城郊出租屋内的大叔与萝莉;暴雨来临前傍晚,每一个人都站在了命运的三岔口。谁是盟友?谁是敌人?是引颈就戮还是绝地逆袭?被卷入绑架案中无路可退的黑车司机刘汉东面临最后的抉择,匹夫一怒血溅五步,绝地之中他悍然反击!经过重重困难摆脱了"绑架犯"的嫌疑,纵情燃烧生命的激情,踏上百折不挠的逆袭之路,在底层社会中不断掀起狂风巨浪。

《房术》(跑盘):张伟是一个房产中介公司的经纪人,在一次意外中拥有了读心术的能力,自此,他可以清楚地知道客户的真实想法,看透房地产行业的尔虞我诈,并且做出针对性的措施。读心术的异能,让张伟的业务能力变强,使其能接触到各式各样的客户,女明星、富豪、女强人等接踵而至,为他的事业增添了不少的帮助。在这个过程中,张伟从一个普通的房产经纪人,慢慢成长为一个房产中介行业的高管,在成功积累了一定的经验后,自己开了一家房地产中介公司。凭借之前建立起的关系,张伟的中介公司发展得十分迅速,在发展到一定的规模之后,张伟也积累了足够的资本,并且开始接触房地产开发行业,经过一步一个脚印的积累,最终成长为一个房产大鳄。

《火爆天王》(柳下挥):一个出生于监狱的乡村少年唐重,因受病重的双胞胎妹妹所托,男扮女装加入一个女子偶像组合,并且通过自己的努力奋斗带领组合一步步登上人气巅峰,自己也成为受无数人追捧和信赖的天王巨星。没有母亲,唐重童年时只能和作为监狱长的父亲在监狱里相依为命,没有同龄小朋友一起玩乐,面对的是各种各样的犯人和父亲严厉苛刻的教育。他没有向上天妥协,更不会屈服自己的命运。他学习监狱犯人的各种技能——高超的身手、惊艳的舞蹈以及神不知鬼不觉的开锁技能。从监狱走出来后,他代替妹妹进入娱乐圈,开始在这个原本不属于他的舞台上大放异彩。

《虐渣指导手册》(梦里闲人):女律师林嘉木在处理了无数离婚案件之后,与机缘巧合下认识的刚从部队退伍的特种兵郑铎合作,自组咨询社(侦探社),帮助弱势人群解决遇到的困难,替委托人处理各种棘手的问题。串联一个又一个家庭伦理故事,一个又一个社会现实跃然纸上。人物塑造鲜明真实,情节跌宕起伏,逻辑性极强,法律知识和技术被运用于各个生动的案例中。

架空历史小说《大官人》(三戒大师):永乐大帝是位具有雄才伟略却残暴不仁、极富争议的帝王,他不仅改变了大明王朝和华夏民族,也给后人留下数不清的疑团。《大官人》以一个普通小吏王贤的视角,将读者带入了神秘的永乐王朝,见识那些或名垂青史或臭名昭著的历史人物,去揭开一个个谜团,一睹永乐盛世的风采。

《三国之最风流》(赵子曰):这是一个黑暗的时代,这是一个变革的时代,这是一个视节义重过生命的时代,这是一个英雄辈出的时代。贵族子弟曹操、名为汉家宗室、实与寒士无异的刘备和寒门子弟孙坚,各怀不同的政治抱负与雄心壮志,在同辈中脱颖而出。平民游侠儿对贫苦百姓怀有强烈的同情,并在内心深处认为自己与他们天然地处于同样的立场,可身处历史的洪流之中,在深知黄巾起义不足以推翻这个曾经辉煌、如今已然腐朽的帝国的情况下,不得不通过镇压黄巾起义来取得晋升的阶梯。从亭长起步,游侠儿一步一步地登上了高位,握有了强大的兵权,得到了时人的认可和赞许,而当他终与曹操、孙坚、刘备这些璀璨的明星们并肩立于旧时代的巅峰后,他该何去何从?

《凤倾天阑》(天下归元):南齐弘光末年,异能者太史阑穿越到南齐,因为面孔相似,阴差阳错替代了一名被杀的皇宫弃妃邰世兰,成为邰家暗害和朝廷追缉的对象。在被追缉的过程中,她阴错阳差捡到了一个两岁的孩子,并收养了他。这个孩子正是从宫中逃出的景泰帝。太史阑用自己的现代教育理念,重新塑造景泰帝的性格,带领他走遍天下,历经磨难,看遍世情民生,使其真正懂得了帝王"与民生息,博爱万方"的本义。太史阑和南齐皇太后之间的权力之争,随着她手掌军权而逐渐走向白热化。暗中爱慕容楚的皇太后,不能容忍所爱的人和自己的儿子都被太史阑占据,两人明里暗里斗法。在最后的政争之中,太史阑赫然发现,一直在她身边帮助她的朋友李扶舟,竟然是真正的幕后总控者,战局翻转,情势不利,太史阑不惜铤而走险,夺江山杀知己……故事的内核,在于太史阑如何替代了一个不合格的母亲,以其所拥有的平等、自由、秩序、法制意识,改变了一个原本很可能夭折或成为废帝或暴君的孩子,从而改变了帝国的命运,乃至整个时代的历史和未来。

《美人谋律》(柳暗花溟):现代女律师重生为古代女诉师,虽然出身很低,但是凭借一身傲骨、满腔热血、一身智谋,在下敢于舌战流氓恶霸讨公道,在上与君臣商讨如何使得国富民强。现代与古代的双重身份,还是个懂法的知识女性,不强也难。正所谓:上得了公堂,下得了班房;斗得赢凤凰,掐得死小强。

都市言情小说《他来了,请闭眼》(丁墨):自幼丧父的女大学生简瑶,机缘巧合下成为青年犯罪心理破案专家薄靳言的助手。薄靳言才华横溢但性格孤僻傲慢,起初对简瑶诸多刁难。但简瑶生性豁达温和,令薄靳言感觉颇为不同。于是,两人联手侦破一宗又一宗离奇案件,亦双双坠入情网。然而随着两人感情升温,薄靳言多年前的死对头——一位神秘的高智商罪犯出现。简瑶落入对手手中,而薄靳言为救出她,设下遮天大局,并暴露出自己的"第二人格"。最终,罪犯被警方击毙,薄靳言也向简瑶求婚,许诺一生一世。

《竹马翻译官》(木子喵喵):作品描述了"80后"一代人面对生活、爱情、事业等问题的人生态度,对梦想的追求以及在追求过程中所面临的困惑和窘境。作者用最时尚最鲜活的语言很好地诠释了青春时期的懵懂,在这部小说里,你可以看到自己年少的身影和那时青涩的恋情。校园是一个可以做梦的地方,也是一个能够做好梦,可以肆意挥洒青春与纯爱的地方。当你身心疲惫时,它将唤起你对校园爱情的记忆。

《在遗忘的时光里重逢》(吉祥夜):陶子的爱好是睡觉和做梦。陶子此生最大的理想:扑倒那个穿军装的男人。陶子的名言:没有扑不倒的男人,只有不努力的妹纸。一场突如其来的相亲,她终于让那个男人的名字写在了她的结婚证上。从此她为了她的扑倒事业鞠躬尽瘁视死如归。只是后来,她才明白,扑倒一个男人容易,扑倒他的心却是如此艰难。从头到尾,她一直拥有的只是这张结婚证而已,宁震谦,永远只是纸上那个名字,明明就在眼前,却是如此遥远……"在这场婚姻里,为了爱你,我已经失去了自己。"

穿越小说《清穿日常》(多木木多):清康熙年间,四阿哥胤禛的后院里有了一个名叫李薇的格格。她其实是来自现代的普通大学的毕业生,却在清穿大潮中重新投胎到了清朝,拥有了第二次生命。天性中的乐观教她勇往直前,不卑不亢。她渐渐吸引了四爷的视线,可身处夺嫡风云中的四爷在外面有更广阔的世界,对她只能偶尔怜惜。已经有了孩子的李薇在风云诡谲的清朝艰难地生活着,面对着一个个的难题,她只能坚持下去,坚信未来会更美好。

《嫡女风华》(浅浅的心):现代豪门千金蓝陌生性凉薄,狡诈如狐,却又随性、懒散。她的人生格言:别人挣钱我来花,男人生孩叫我妈。她的人生目标:混吃混喝,安逸一辈子。但在一次意外中,蓝陌穿越至古代嫡女顾清苑之身。古代女子地位低下,宿主顾清苑又声名不佳,被人唾弃。当一个高门嫡女迎来一个卑微的新生,蓝陌终于如梦初醒:想在古代过上安稳的生活,势必要奋斗一番,拿出该有的魄力和手腕,闯出一片属于自己的天地。这是一部穿越女的奋斗史,同时演绎了浪漫的古典爱情故事。作品讲述了人性贪嗔、爱恨悲喜以及浪漫纯爱的嫡女风华。

游戏小说《斩龙》(失落叶):身怀绝技的退伍特种兵李逍遥,偶然的一次机会成了绝色美女的贴身保镖,陪着美女一同进入了虚拟现实的游戏世界。为了兄弟情义,为了重塑斩龙工作室的辉煌,为了捍卫护花使者的地位,李逍遥凭借自己的双手纵横叱咤虚拟国度,激战花花都市,拼出属于自己的英雄时代。

三、2014，转轨起始之年

从 2014 年 4 月份开始，国家有关部委联合开展了历时八个月的"净网行动"，主要打击网络传播涉黄涉黑涉暴等突出的不良现象，此项行动对网络文学的发展产生了重要影响，为网络文学向理性回归创造了条件。业界资源重组以及网络文学的跨界合作，成为拉升网文原创力的重要动力，移动阅读平台建成后数年未变的成长模式，有可能在未来两三年中发生变革。网络文学在互联网文化中所处的位置、所能发挥的作用再次引起多方关注。

2014 年年初，中国作协和《人民日报》联合开辟了"网络文学再认识"专栏，邀约专家学者共同研究和探讨网络文学现状及其走向。在此基础上，中国作协创研部、《人民日报》文艺部、《光明日报》文艺部和全国网络文学联席会议于 7 月召开了"全国网络文学理论研讨会"，对网络文学进行了深度研讨，会后出版了文集《网络文学评价体系虚实谈》①。网络作家的培养、培训以及队伍建设已成为中国作协的一项日常工作。在 2 月份举办了第七期网络作家短训班之后，11 月 25 日，血红、蝴蝶蓝、庚新、无罪、林海听涛、流浪的蛤蟆、孑与 2、唐欣恬、携爱再漂流、叶非夜等 52 位全国知名网络作家，通过全国重点文学网站和各省作协推荐，参加了鲁迅文学院首届网络作家高研班的学习。5 月，全国网络文学联席会议和中文在线网联合主办了酒徒个人作品研讨会。与会专家对酒徒不同时期创作的 5 部作品进行了全面的分析研究，并对网络历史小说的发展脉络展开了讨论。9 月，在成都召开的第五届中国国际版权博览会上也出现了十多位网络作家的身影。

年末，国家新闻出版广电总局印发了《关于推动网络文学健康发展的指导意见》，提出多项推动网络文学健康发展的保障措施，包括：开展网络文学评论引导，逐步建立科学的网络文学作品评价体系；发挥科技创新引领作用，推动网络文学企业加快相关技术研发及应用；加强版权保护，持续打击网络文学作品侵权盗版行为；规范市场秩序，加大对网络文学传播淫秽、色情等有害内容的打击力度，整治扰乱市场秩序、侵害用户利益等行为；加大政策扶持，争取各级财政对网络文学发展的扶持，完善相关出版基金和专项

---

① 中国作协创研部编：《网络文学评价体系虚实谈》，见作家出版社 2014 年版。

资金的支持方式,推动网络文学出版等环节增值税优惠政策的落实;加快人才培养,营造名作家、名编辑和高层次复合型人才不断涌现的良好环境;加强行业自律,健全行业规范,促进共同发展。《意见》要求建立健全网络文学发表作品的"作者实名注册""责任编辑及出版单位署名"等管理制度,引起社会各方关注。

在网络文学逐步主流化的同时,文学网站开始了新一轮的洗牌。腾讯文学自宣告成立以来,采取了一系列动作。2014年12月8日,腾讯邀请唐家三少、南派三叔、天蚕土豆和我吃西红柿等全国百余位"网文大神"在深圳举行了业界峰会,拉开了2015年计划重金布局网络文学的序幕,尽管布局方案还未正式公布,但此次跨界峰会的形式和规模前所未有,其发出的信号已十分明确。

11月27日,筹备数月的百度文学正式宣告成立。百度进军网络文学版权和产业链的态度,在业界关注数年后终于水落石出。在成立大会上,百度文学现场签约影视、游戏等多家合作伙伴;百度相关业务部门纷纷站台,表示将为百度文学提供优质入口。专业人士估计,2015年网络文学业界还将继续深化整合,以平台为背景形成几大行业巨头,这预示网络文学越过了文学网站独立运营模式,进入互联网文化腹地。移动阅读基地依旧是各方关注的重要渠道,但也不断面临新的挑战,互联网文化的成长或将以网络文学作为出发点,在多方竞争与合作中掀起新的浪潮。

事实上,近年来经常提及的网络文学全版权运营,已经进入快车道;在大平台推动下,通过IP运营的方式将一部作品的价值最大化,已成为业界共识。前两年,类似《盗墓笔记》《鬼吹灯》《诛仙》等产生巨大影响的IP运营,让资本尝到了甜头。2014年,梦入神机和方想的新书游戏版权分别以1 000万元和900万元的价格卖出,创造了IP运营的新模式。但是以产业化的标准来看,由于网络文学原创力与资本之间的供需矛盾日益突出,IP的培育和孵化过程则显得供氧不足。对于网络文学来说,表面繁华不但无助于自身的发展和升级,还有可能破坏行业的有序进程。

主流文学网站针对市场需求,制定了一系列IP发展战略。腾讯文学推动"一人一千万"的星计划以及为作家量身定做的"作家制作人"等举措,使得大批作家受益。对创作成绩优异的作家,实行全线包装计划,如猫腻入驻腾讯后,他的作品从图书出版、动漫改编,到包括页游、网游、端游在内的游戏开发以及音乐制作、周边产品制作等,全版权的运营已全线展开。

创意是文学网站助力原创文学的有效手段,往往能够激发作者的创作潜能。2014年6月,中文在线17K小说网与古龙著作管理发展委员会、海峡出版发行集团、中国移动手机阅读基地等单位联合举办了"古龙残稿续写百万征文"活动,以重金为知名武侠作家古龙残稿续笔。活动中涌现了大量传统及创新的武侠类型作品,为促进网络文学与传统文学交流互动提供了平台与路径。

由于在线收看视频的观众呈逐步上升趋势,网络剧的改编需求迅速升温。2014年,由逐浪大神六道的成名作《坏蛋是怎样炼成的》改编的网络剧《谢文东》成功上线,点击逾2亿,预示着网络文学改编网络剧将成为下一个热点。

网络文学的海外版权输出也初露锋芒,晋江文学城在这方面迈出了可喜的步伐。自2011年成功签订第一份越南版权合同以来,已经陆续向越南成功输出200部作品的版权。2012年,晋江文学城第一份泰文版权合同签订,给海外版权输出带来了新气象。当时包括越南、日本、泰国、新加坡等国家和地区都还没有自己单独的文学网站,为了采集版权,他们除了引进或自发翻译中国大陆的网络文学作品外,还希望采用分成的模式借助中国文学网站建立海外站点。例如日本的Smart Ebook公司,他们的版权渠道可将晋江文学城的作品拓展到墨西哥、印度、菲律宾、南非、澳大利亚、韩国等地。截止2014年底,晋江文学城共向海外输出作品1 000余部,输出字数超过2个亿。①

2014年,网络作家队伍相对稳定,作家的创作持久力得到提升。据百度数据研究中心提交的《网络文学白皮书》显示,在今年网络文学TOP100作品中,玄幻类作品所占比例接近60%,其次是都市和仙侠类作品。尽管玄幻、仙侠、都市等大的门类依旧是主流类型,但在类型内部产生了一些衍变,成长出一些新元素,其中较为突出的变化在起点中文网反映明显,如科技强国流的《材料帝国》《超级电子帝国》,国学流的《儒道至圣》,架空娱乐流的《韩娱之天王》《神级演技派》和文艺流的《重生之大文豪》《大画师》等作

---

① 李朝全:《网络文学走出去 风景这边独好》,见《人民日报海外版》2015年1月6日,第7版。

品,在尝试创新方面均有出色表现,拓宽了网络文学的范畴。

同年,文学网站出现了新老作者陆续登场的局面,"90后"网络作家开始进入一流作者群体。起点中文网老作者疯神狂想、骷髅精灵、我本疯狂、EK巧克力、蓝领笑笑生、半仙算命、傲无常、鹅是老五、蔡晋、发飙的蜗牛、说梦者、雾外江山等继续活跃,永恒之火、零下九十度、辰机唐红豆、愤怒的松鼠、无聊的钢、夜落影、醉卧笑伊人、纯洁的猪头、青玉狮子、九灯和善等一大批新人佳作涌现。创世中文网力推重点作品猫腻新作《择天记》、三戒大师新作《大官人》。纵横中文网推出烟雨江南新作《永夜君王》、萧鼎新作《戮仙》、更俗新作《大荒蛮神》、无罪新作《剑王朝》。17K小说网推出鲜橙新作《愿相随》(原名《江北女匪》)、失落叶新作《战龙》和"90后"作者风青阳新作《龙血战神》。潇湘书院推出天下归元新作《女帝本色》、若雪三千新作《至尊废才狂小姐》。红袖添香文学网推出胡杨三生新作《纸婚厚爱》、木子喵喵新作《竹马钢琴师》。

一直以来,女强、穿越、宫斗、总裁文等类型小说始终是女性网文的热点,但其他类型的发展和升温正在逐步改变女性网络文学的格局。尤其是起点女生网、潇湘书院和云起书院陆续推出的一批女性玄幻、仙侠类和新型都市言情类作品,以其独特的审美视角,受到了读者的广泛喜爱。创新正在成为女性网文的发展趋势,在内容上追求作品的思想深度和情感深度,在形式上大胆变化,杂糅多种类型。从中可以发现,作者的眼界和视野随之产生了很大的变化,如海宴的历史传奇小说《琅琊榜》、晴川的武侠传奇小说《韦帅望的江湖》、风行烈的玄幻小说《傲风》、云霓以仙侠为背景的言情小说《美人三千笑》《吉时医到》、若雪三千的魔法异能类小说《天才召唤师》《至尊废才狂小姐》和捞鱼的虎妞的奇幻小说《异世之魔兽庄园》,均在不同程度上拓宽了女频原有的创作路径。

除了红袖、晋江、潇湘、蔷薇书院等著名女性文学网站之外,起点、17K、纵横和创世的女频也十分活跃,为女性作者的成长开辟了更加宽阔的道路。不管是现代重生还是玄幻女强,言情往往是女性网文永远不变的主线。带有一定职场背景的言情小说在2014年有引领潮流的趋势,以律师、医生、金领上司等为男主设定的小说非常流行,比如红袖现代都市言情代表作者谁家MM的《情意绵绵,首席上司在隔壁》,讲述了建筑装饰工程有限公司27岁失恋女设计师江曼,因承接影剧院装修项目与37岁离异腹黑男客户陆存遇发生的爱情故事,网络点击量近1亿次。另外《离婚律师与百万新娘》《大婚晚辰》《奉子成婚》等职业背景的小说也收获了单部作品超过300万次以上的点击量。

创世中文网女作者雁九的作品以架空历史类小说为主,风格偏向历史纪实,并不单一记录主角的事业或者情感生活,而是以历史为背景刻画社会画卷,上至典章制度、古代建筑、饮食服饰、礼仪乐律,下至勾栏瓦舍、寺庙堂肆、市井乡野,明争暗斗,入情入画,娓娓道来。她的新作《大明望族》用古老的民俗展示来还原尘封的历史,用人物的成长痕迹来做串线,将故事融为一体。

潇湘书院当家花旦天下归元的小说一直以塑造人物见长,新作《女帝本色》故事情节跌宕起伏,险象环生,把控情节得当、丝丝入扣。女主景横波斗祭司,毁豪门,拦闹市火马车,救无数百姓,在和官员贵族的斗争过程中,她一步步获得了百姓的爱戴,却也将自己推向士大夫阶层的对立面,不得已得罪了军队、豪门、贵族、文官阶层。这些人感觉到了女王的威胁,联手逼宫,逼迫一直保护着景横波的宫胤,将景横波废黜女王位,赶出了帝歌。得知真相的景横波,踏上了漫漫的寻夫之路。潇湘书院悬疑爱情第一人、治愈系爱情代表作者如锦的《步步惊婚》,以现代人婚恋、家庭、择偶观念、社会责任感为主题,作品通过三对身份迥然的男女之间的爱情故事,描绘了激烈的冲突和碰撞,展现了当代人的婚恋心理。借用悬疑手法展示了新时代年轻人的风貌,用真实性感染了读者。

可以说,女性网络言情已不再局限于感情方面,而是更多地体现出女性整体生活观、社会观的思考,这些作品已逐渐成为一面反映当前女性生活状态、思想状态的镜子。但女性网文自2012年以来,也出现了越写越长的现象,五年前超过百万字的女频文可以说凤毛麟角,但现在300万字的作品已经不算稀奇。从创作实践来看,篇幅并不是女性网文的优势,网络女作家应该充分发挥自身的长处,在作品的内容和形式上继续向深度开掘,才能赢得读者的关注,在网络空间占据独特的位置。

网络文学几乎每年都有新锐出现。乱,2013年亮相网络后,成绩一路飙升,2014年仍然是最受关注的焦点,他以网络电子竞技小说《英雄联盟之谁与争锋》一举成名。这部作品把握住了当代青少年的心理需求,尤其在"80后"、"90初"读者的心中激起了浪花。《英雄联盟》原为腾讯旗下知名网络游戏,创世中文网为了挖掘更多潜力作者,举办了以"英雄联盟"为主题的征文活动,新人作者乱凭借实力一举夺魁。

游戏和影视剧与网络文学的关系日渐紧密。我吃西红柿的《莽荒纪》还在创作连载中,同名手机游戏《莽荒纪OL》就已经上市,并取得巨大成功;辰东的《完美世界》也在连载的同时改编成手机游戏《太古仙域》。已经或即将开播的电视剧、网络剧如《深圳合租记》《恋恋不忘》《长歌行》《花千骨》《我的狐仙老婆》等一大批作品均来自原创网络文学改编。《扶摇皇后》《失业33天》《余罪》《大官人》《抢单》《怨气撞铃》《我就是豪门》等作品的影视改编权也已被影视公司签约买断。

2014年最具影响力的五部网络小说占据了相当大的阅读份额,显示出网络文学目前不仅靠数量更要拼质量的竞争态势。

东方玄幻小说《择天记》(猫腻):猫腻在这部小说中保留了自己的文青风格,构思缜密,描写细腻。这是一个关于选择的故事。三千世界,满天神魔,手握道卷,掌天下天上一应事。小说讲述了14岁的少年孤儿陈长生为治病改命离开自己的师父,带着一纸婚约来到人世间,历经重重磨炼,最终成长为逆天强者的故事。玄幻小说《择天记》借用了架空历史小说的手法,将不同历史时期的故事糅合在一起,使玄幻小说具有了一定的历史感。因此,不同年龄和不同知识结构的读者都可以从中找到自己的兴趣点。

异界大陆小说《大主宰》(天蚕土豆):与天蚕土豆的另两部作品《斗破苍穹》《武动乾坤》存在一定的联系,《大主宰》的故事发生在炎帝萧炎与武祖林动来到的新世界。男主角牧尘是一位被选上灵路,后来又被抛出灵路的少年。牧尘为何遭此劫难?因为他在灵路中制造了一场巨大的杀伐血腥事件,而他做这一切不是为了自己,是为了一个叫洛离的女人。《大主宰》在玄幻小说的创新方面做出了努力,故事情节不再是千篇一律的打杀,而是在热血中带着无尽的情与义去展开人物关系。

东方玄幻小说《完美世界》(辰东):一个大荒中的少年,出生时有天生至尊骨,但亲人大娘却剁走至尊骨将其植入了别人的身体里,后来在一棵通天老柳树的少量指点下,少年踏上复仇寻亲之路,为恢复至尊骨,夺鲲鹏法,大战无数天才,灭得他骨之人,与各教为敌,推四族,灭雨族,以荒天侯之位得人皇,经历诸多艰难后与父母团聚。后来大战七神而身死,一只五色鸟儿葬土置草令他复活,从此开始走上上界之路,成为少有人敌的初代,隐藏他在下界通天传出的名字,在上界搅动风云。《完美世界》与辰东的代表作《遮天》存在一定的联系。

古典仙侠小说《莽荒纪》(我吃西红柿)：故事讲述的是男主角纪宁在地府因遇到六道轮回被袭击,未喝孟婆汤就投胎后所发生的故事。纪宁资质虽然一般,但是保留前世记忆,为人处事机智灵活。在以实力为尊的世界里,纪宁凭借前世记忆领悟了女娲大神留下的武功心法,通过刻苦勤奋的练习,出其不意功夫小成。恰逢家族内忧外患齐至,纪宁勇敢站出来,帮助解决家族大患。最终统一三界,开启新的莽荒纪元。

电子竞技小说《英雄联盟之谁与争锋》(乱)：小说讲述了主角余洛晟在电子竞技领域拼搏并迈向巅峰的励志故事。电子竞技在很长一段时间内都是不被看好的,余洛晟却对此颇有天赋,随着《英雄联盟》这款游戏席卷全球,余洛晟顶着家庭的压力从业余参赛选手走上职业电子竞技的道路。当《英雄联盟》游戏日趋国际化,主角开始为电子竞技申请奥运项目,最终他代表中国站在了世界电子竞技舞台上。

四、2015,网文 IP 元年

2015年9月24日至26日,由中国作协与上海、广东、浙江、江苏四省(市)作协联合举办的首届中国网络文学论坛在上海举行。创设中国网络文学论坛,是中国作协采取的推进网络文学繁荣发展的重大举措,旨在搭建网络作家交流的平台,开设展示网络文学实绩的窗口,形成研讨网络文学评价体系的场所,筑起科学前瞻网络文学的瞭望台。它将与网络文学作品研讨、网络文学排行榜、网络文学评奖、网络文学重点作品扶持、网络作家结对交友等活动,共同组成我国网络文学的交流平台和推介机制。本次论坛分设各地网络作协经验交流、理论研讨和作品点评等三大板块活动。在第一板块的讨论中,与会者从"网络文学组织与业态""网络文学的使命与担当"等角度,围绕网络作协如何与网站一起推动网络文学健康发展,网络文学如何坚持以人民为中心的创作导向等问题进行了深入探讨和交流。上海、广东、浙江、江苏、安徽、重庆等地作协的相关人员就网络文学的组织工作进行了交流,国家新闻出版广电总局数字出版司有关负责人就国家网络出版政策做了解答。

2015年互联网巨头争相布局网络文学市场,希望通过改编网络文学产品,向影视作品、手游、动漫等行业扩展。泛娱乐产业的快速发展,拉动网络文学市场的持续高速增长,并给作家带来更多的收益。这一年IP爆发,大量的优秀网络文学作品衍生出新的商业价值。从网络文学用户对内容的改编认同程度上看,电影和电视剧改编的支持率最高,分别得到了69.3%和68.5%的用户认同,其次是动画、周边、游戏等。①

2015年,玄幻、仙侠和都市仍然是主要创作类型,现实题材作品受读者关注的程度有所上升,网络女性文学由于在影视改编和图书出版方面成绩突出,社会关注度空前高涨。我们可以通过六大积极因素分析网络文学现状,展望其未来发展趋势。

第一大因素:中央高度重视网络文艺发展。2014年10月15日,习近平总书记在文艺工作座谈会上的重要讲话,时隔一年全文发表,这个讲话给蓬勃发展但仍争议不断的网络文学定了基调。其中有两段话,被认为是对网络文学创作者的最大鼓舞,一是论述何为优秀作品:"优秀作品并不拘于一格、不形于一态、不定于一尊,既要有阳春白雪,也要有下里巴人,既要顶天立地,也要铺天盖地。只要有正能量、有感染力,能够温润心灵、启迪心智,传得开、留得下,为人民群众所喜爱,这就是优秀作品。"二是对新生文艺现象及文艺家的期待:"近些年来,民营文化工作室、民营文化经纪机构、网络文艺社群等新的文艺组织大量涌现,网络作家、签约作家、自由撰稿人、独立制片人、独立演员歌手、自由美术工作者等新的文艺群体十分活跃。这些人中很有可能产生文艺名家,古今中外很多文艺名家都是从社会和人民中产生的。"上述观点高瞻远瞩,明了透彻,不用再做多余的解释。10月,《中共中央关于繁荣发展社会主义文艺的意见》出台,明确了"大力发展网络文艺"指导方针。

第二大因素:政府主导、民间先行,网络文学主流化大势所趋。政府力量、社会力量、资本力量和学术力量形成合力,为网络文学的未来发展创造了良好的基础条件。中宣部、中央网信办均将包括网络文学在内的网络文艺纳入了常规管理和扶持、引导范畴,中宣部专门成立了相关管理部门。国家新闻出版广电总局、中国作家协会等业务管理部门出台了一系列管理办法,采取多种措施,加大对文学网站、网络文学创作的扶持力度。中国作协在12月17日成立了网络文学委员会,网络文学较为发达的上海、广东、浙

---

① 速途研究院:《中国网络文学行业研究报告(2015)》,2016年6月8日。

江和江苏等十多个省市,由作家协会牵头,陆续成立了网络作家协会、网络文学委员会等相关组织机构,为网络创作保驾护航。由此可见,网络文学主流化进程已进入快车道。

第三大因素:资本市场热情拥抱网络文学。2015年,网络文学行业进行了结构性调整和资产重组,进一步做大做强,并与市场进行深层次对接。这为网络文学"量与质"同步协调发展,真正成为文化产业孵化基地提供了保障。年初,腾讯集团斥资50亿元人民币,在腾讯原有原创文学的基础上兼并盛大文学,成立阅文集团,将腾讯巨大用户流量的优势与盛大文学丰富的内容资源相结合,形成网络文学阅读平台与传播手段的跨越式升级。紧接着,凯撒股份发布公告,于3月23日签署股权收购框架协议,以5.4亿元人民币现金收购杭州幻文科技有限公司100％股权。而以"数字出版领导者"自居的中文在线,则在年初成功上市,成为国内"数字出版第一股"。跟随其后,一大批优质文学网站或将在三五年内陆续上市。无论是收购、入股,还是上市,资本瞄准的目标均是以网络文学为龙头,覆盖游戏、影视、动漫等文创产业,打造"互动娱乐"品牌。凡此种种,说明资本市场对网络文学产业化给予积极评价,并表现出浓厚兴趣。

第四大因素:建构网络文学评价体系成为学界共识。网络文学创作实践与理论研究之间存在一定落差,对网络文学的品质提升非常不利。这已引起高校、作协系统、社会团体和网络文学界人士的高度关注。中国作家协会继去年召开"网络文学理论研讨会"之后,今年又与四省市作协联合举办了首届"全国网络文学论坛"。在学术研究方面,最早起步的中南大学网络文学研究中心与北京大学网络文学研究团队、山东师范大学网络文学研究中心形成南北呼应,取得了可观的研究成果。随后,浙江传媒学院成立了网络文学创作与研究中心,四川省网络文学研究中心则落户西南科技大学。在教育培训方面,江苏省三江学院首次亮出了高校招生的牌子,2015年首批录取了41名网络文学编辑与写作方向本科生。浙江网络作协举办了第一届"网络文学双年奖"。广东作协主办的《网络文学评论》与浙江网络作协主办的《华语网络文学研究》成为集中刊发网络文学理论评论文章的媒体,其他文学理论评论刊物、《人民日报》等主流报纸也发表了大量理论文章。高校硕博士论文涉及网络文学领域的研究课题,已具有一定的规模,但相对网络文学创作的盛况,理论研究仍然有所不足。

第五大因素：游戏、影视剧和网络剧改编聚焦网络文学IP，网络文学主导新一轮文化产业升级创新。这一年，由《鬼吹灯》改编的两部大电影《九层妖塔》《寻龙诀》和校园青春剧《何以笙箫默》先后搬上银幕，电视剧《琅琊榜》《花千骨》《芈月传》《华胥引》相继掀起收视高潮，网络剧《盗墓笔记》《执念师》《心理罪》《无心法师》《他来了，请闭眼》《灵魂摆渡2》《暗黑者2》等后来居上，创造了天文数字的点击量，影视业对网络剧的期待值爆棚，文创行业新的角逐场拉开帷幕，甚至有观点认为，网络剧是电视剧的未来。

第六大因素：网络文学具有旺盛的生命力和巨大发展潜力。在竞争日趋激烈的环境下，网络文学生态向多元化、个性化方向发展。除了老牌文学网站如起点中文网、17K小说网、纵横中文网等占据网文主流渠道之外，近年来涌现出一批新型文学网站，他们避开所谓"主流"渠道，另辟蹊径，如看书网以网络文学形式关注国家重大战略；晋江文学城致力于东南亚周边国家的网络文学推广与传播；掌阅文学、阿里文学先后推出原创平台，创别书城晨星盛世旗下不可能的世界小说网、黑岩小说网、磨铁中文网、吾里文化、云阅文学网以及一些不知名的文学站点则专攻某些类型。这些做法开拓了网络文学的生存空间，也推动网文创作向多元化和个性化方向发展。

资产重组显示行业竞争日趋激烈。作为移动和PC两大客户端的龙头，中国移动手机阅读基地化身为咪咕数字传媒有限公司，腾讯兼并盛大文学成立阅文集团。这两大网文巨头的资产重组，向市场发出了做大做强网络文学的信号。咪咕数字传媒在数字阅读领域具有天然优势，截至2014年已收录43万册正版图书，累计用户达4.2亿，每月访问用户超过1.6亿。阅文集团旗下则拥有创世中文网、起点中文网、云起书院、起点女生网、红袖添香、潇湘书院、小说阅读网、言情小说吧等网络原创与阅读品牌，还有腾讯文学图书频道、华文天下、中智博文、聚石文华、榕树下、悦读网等图书出版及数字发行品牌以及由天方听书、懒人听书等构成的音频听书品牌。

根据对各文学网站的统计调查，2015年最受读者欢迎的网络文学类型依次是玄幻仙侠类、都市类、历史类和动漫轻小说。

随着网络阅读分众化，读者欣赏水准不断提高，2015年的玄幻仙侠类小说渐渐有脱离千篇一律的升级打怪的趋势，开始着重凸显人物性格塑造、情感细节描写以及对中国传统文化的深度挖掘。此类作品多为平凡的小青年穿越到异界大陆，为了亲情、爱情和理想而崛起，最终有所成就，比较符合广大青少年的阅读习惯和价值取向。实力雄厚的作者，更加注重作品的创意和内涵的丰富性。2015年的代表作品有《择天记》《我欲封天》《雪鹰领主》《剑王朝》《巫神纪》《吞天记》《万古仙穹》《御天神帝》等。

都市小说由于代入感最强，拥有最大的受众群体，始终是备受读者青睐的类型，但在2015年，都市小说的主流类型比往年发生了比较大的变化，开始不再以暧昧和小白风格为主体，出现了很多创新型的题材，主要包括世家子弟经商、重回过去改变命运、娱乐圈、医生流等，呈现百家争鸣的趋势。今年的代表作品有《天启之门》《黄金渔场》《穿越者》等，创新作品有《我真是大明星》《回到过去变成猫》等。

历史类作品虽然人气稍弱，但在网文圈中经久不衰。网文历史小说多以三国和唐宋明清为背景。起点中文网大多数历史作者偏向于考据历史作品，并在写作中冠以自己的想法等，比较有特色。知名作品有《芈月传》《唐砖》《夜天子》《贞观大闲人》《大官人》《盛唐风月》《醉卧江山》等。

动漫轻小说，主要是指带有明显漫画风格的二次元小说。这类作品的创作者和读者，属于网络文学中的新生代群体，以"95后""00后"中国互联网原生态居住民为主体。这一年，类似《我叫道格是只猫》这样的动漫轻小说成长迅速，一定程度上代表着年轻一代的审美倾向，也是网文发展的新动态。

多年来，网络女性题材作品在数字阅读中始终处于弱势，但2015年却有了改变，这主要是女性作品的内容变化所引起的。以往的女性题材作品多局限于言情，传统的穿越重生、女强复仇类题材占主流，长此以往，题材内容同质化现象较严重，难以吸引读者。这一年，很多女性作品中融入悬疑、推理、灵异、惊悚、异能等新元素，而且故事框架有所扩大，所涉及的知识面有所拓宽，情节更紧凑跌宕。因此，读者很容易被吸引过来。

穿越类古代言情文一直以《邪王追妻》《女帝本色》《御宠医妃》《木兰无长兄》为代表，引领穿越类女频文的高潮。《邪王追妻》中，杰出的金牌杀手苏落，穿越后却变成了废柴小姐，小说讲述了主角从一个废柴到与男主南宫流云一起携手登临巅峰、傲视天下的故事。《女帝本色》女主穿越为傀儡女帝，《御宠医妃》女主为女军医穿越而来，都加入朝堂权谋，让爱情变得诡异难测，不拘泥于俗套的古代言情，以独特的笔锋讲述不一样的爱情故事。《木兰无长兄》让一位现代女法医穿越到妇孺皆知的古代女豪杰身上，重塑这位超越性别的女主形象。小说书写特殊的落寞英雄，关注人的成长以及社会历史进程,暗藏讽刺意味又不乏勇气和温情,语言兼具热血悲情与幽默搞笑。

女强重生文以《娇娘医经》为代表。女主程娇娘重生为一个痴傻儿,在家人冷嘲热讽中逐渐强大,想要完成拯救家族于覆灭的使命。名为"医经",重点却不是治病救人,而是借施恩承恩,展现错综复杂的人际关系与世态炎凉。

古言悬疑推理文以《一品仵作》为代表。讲述女法医穿越古代为仵作,在为父报仇、寻找真凶的路上遇到一系列命案,最后找到真爱的故事。作者写作严谨,案件的设计合理,悬疑的气氛更是把握到位,亮点是融入法医鉴证、微表情、心理学等多种创新元素在其中。

现代言情文以《有风自南》《七年顾初如北》为代表,前者在叙事上大胆尝试,不落俗套,内容立足言情,夹杂悬疑,故事新颖独特。后者以男女主角别后重逢的情感线为主,以四个案件的环环相扣来解开彼此秘密和重重误会。两部作品均具有细腻敏锐的情感、丰富的想象力、自然流畅的文笔。

现代悬疑推理作品以《黑萌影帝妙探妻》《我有特殊沟通技巧》为代表,两部作品均以言情为主,案件为辅。运用推理方式和物件拟人手法展开故事,并在故事中融入真实案件,引人深思,发人深省。

第七章　网络文学的前景与方向

网络文学的社会影响力持续攀升,网络作家的社会地位逐年提升,针对从业人员的各类专业培训也如雨后春笋般兴起,创作群体蓬勃发展,读者的数量和覆盖面急速扩张。在此基础上,网络文学主流化成为业界广泛讨论的问题,它包含两个重要信息,一是主流社会对其关注程度及其要求,二是其自身的诉求和发展趋势。从发展趋势看,这两个要素的指向基本一致,主流社会在主客观上都对网络文学有所介入,并对其有所期待和制约;网络文学行业内部逐渐形成共识,主流化是确保网络文学繁荣发展的重要条件,只有走"主流化"之路,网络文学的前景才会越来越宽广,才能实现"大繁荣"。当然,网络文学主流化并非与传统文学"同质化",而是要发挥新媒体的传播优势,创造出具有时代审美特色、深受广大读者喜爱的优秀作品,产生属于这个时代的网络文学经典。IP 在经历最初的狂飙突进之后,逐步回归理性,内容为王成为业内基本共识,互联网泛娱乐产业链各环节之间加强联动,网络文学走出去初见成效,未来不可限量。

一、2016,产业化之年

通过 2014 年"剑网行动"大规模清理,各网站清理门户,下架了一批作品,并对签约作家"约法三章"。2016 年新上线的网络文学作品内容在思想上与主流价值观基本保持一致,色情、暴力与低俗蔓延的现象得到了遏制。与此同时,根据读者的需求和市场的调节,文学类型的划分更加细化,艺术表现手段更为丰富多样,创作空间进一步扩大,创作题材更加广泛多样,艺术想象力和表达力更为丰富,善于转换描写空间和设置故事情节,借鉴、活用、化用的能力增强,文本趋于古代和现代、幻想和现实多种元素的融合,网络特色更加鲜明。网络文学思想观念更新迅速,显示出更多的灵性,生活触角更为敏感。但作品中低俗、媚俗的内容仍然普遍存在,打擦边球的作品时有出现。

经过近两年的大规模并购重组,网络文学市场目前已经形成了较为清晰的市场格局,产业生态化和版权正规化是2016年网络文学市场变化的主要特征:首先,以网络文学为核心IP来源的产业生态逐渐形成,并丰富了自身盈利模式。作为泛娱乐IP产业链的最前端,网络文学作品依靠互联网低传播成本的优势积累了大量忠实读者,这部分用户在网络文学作品向电影、电视剧、游戏等领域的改编过程中体现了极大商业价值。与此同时,由于网络文学产业生态的逐渐形成,其盈利模式也突破了从前单纯依靠用户付费的发展瓶颈,转变为影视内容生产和用户付费并存的多元盈利模式。2016年,包括数字阅读在内的网络文学版权销售总额达人民币90亿元。其次,网络文学市场的版权正规化进程得到持续推动。自网络文学出现以来,盗版网络文学网站就凭借低成本优势,长期扰乱市场的正常经营秩序。这些网站数量多、规模小,从客观上提高了版权方的维权成本,很难根除。随着网络文学平台集团化的形成,大型平台拥有更多精力和资源依据相关法律法规对盗版网站发起维权行动,从一定程度上缓解了网络文学维权难的问题。

9月24日至27日,由中国作家协会主办、广东省作协承办的"第二届中国网络文学论坛"在佛山举行。中国作协领导以及广东省作协领导出席论坛。参加论坛的还有中宣部、国家新闻出版广电总局、中国作协有关部门负责人,中国作协网络文学委员会成员,各省(市)作协网络文学工作负责人,网络文学研究专家和网络作家、网络文学网站代表及媒体记者等共200人。论坛共设立网络文学引导管理、网络文学业界动态和网络文学理论评论三个板块进行研讨。同时,广东省作协还推出了促进广东网络文学繁荣发展的三大举措:一是《网络文学评论》新刊发布,并现场聘请11位全国知名文学评论家担任刊物专家顾问;二是省作协与全国14家有影响力的大型文学网站签署战略合作协议,努力开拓文学界优势互补、合作共赢的新局面;三是创办"广东网络文学基地",并与珠江电影集团、南方报业传媒集团、广东省广电网络股份有限公司、国艺影视城签署五方合作共建基地协议,共同打造网络文学创作与影视产业转化的新高地。

2016年,在新一轮的行业竞争中,文学网站纷纷深度发掘资源,一是在网站的类型化细分方面努力开拓,二是在维护特定读者群方面不断探寻。同时,作家队伍在不断更新中持续壮大,网络文学知名作者新作纷纷上线,并在积极探索新的创作路径;二目、风轻扬、半醉游子、八面妖狐、曲流水、锦屏韶光、越人歌、飞天鱼、会做菜的猫、一路烦花、一顾相宜、青酒沐歌、思我之心、11点要睡觉觉等一批新人崭露头角,给网文创作带来一股新的动力;"90后"网络作家大批进入公众视野,在网络文坛占据了一席之地。随着《欢乐颂》《亲爱的翻译官》等电视剧热播,网络文学现实题材创作迎来良好时机。在阅文集团组织的网文征集活动中,现实题材作品异军突起,成为最大赢家。

网络文学IP开发进入全新阶段,以往网络文学切入游戏、影视行业,始终以内容源的身份出现,目前大多数网络文学集团都拥有独立的IP衍生合作部门,阅文集团、中文在线、百度文学、掌阅文化、阿里文学等已开始深度参与IP开发的全过程。阅文集团将深度参与《回到过去变成猫》《从前有座灵剑山》《择天记》三部作品的IP开发,不但对品质进行管控,同时对开发的IP进行投资。IP共营合伙人制在多方尝试磨合中逐渐形成,这将是互联网文化产业链的发展方向。

2016年,《七月与安生》《微微一笑很倾城》《飞刀又见飞刀》《孤芳不自赏》《三生三世十里桃花》《青云志》《如果蜗牛有爱情》《美人为馅》《凉生,我们可不可以不忧伤》《醉玲珑》《老九门》《鬼吹灯之精绝古城》《余罪》《陈二狗的妖孽人生》《藏地密码》《法医秦明》《器灵》等一批网络文学作品改编为电影、电视剧和网络剧,文学与影视进一步加强互动。蒋胜男的历史小说《芈月传》在电视剧热播和图书出版之后,一度引发了一场版权纠纷,网络作品的IP开发机制尚存在明显的薄弱环节。在整体上,网络文学IP经过一轮快速淘洗,正在走向理性,继续探索网络文艺新路。

网络文学在海外的发展引起了社会关注,这将是中国文化走出去在新时代的具体实践。目前,中国网络文学已在多个海外翻译网站走红,外国读者跟读中国网文已逐渐被大家接受。Wuxia World、Gravity Tales等以翻译中国当代网络文学为主营内容的网站上,随处可见众多外国读者"追更"仙侠、玄幻、言情等小说。中国网友还贴出了老外喜爱的十大作品——《逆天邪神》《妖神记》《我欲封天》《莽荒纪》《真武世界》《召唤万岁》《三界独尊》《巫界术士》《修罗武神》《天珠变》等。这些小说被网友称作"燃文",讲述的多为平凡无奇的男主角开天辟地一路拼搏,在各路神仙师傅的辅助下,不断升迁,最终取得人生成就的故事。①

在新一轮竞争中,文学网站纷纷深度发掘资源,一是在网站的类型化细分方面努力开拓,二是在维护特定读者群方面不断探寻。比如侧重出版的雁北堂,侧重悬疑的黑岩网、磨铁中文网,侧重"90后"的凌云文学网,侧重武侠幻想的传奇中文网,比较稳扎稳打注重实效的创别书城,开拓二次元的不可能的世界,以及魔情中文网、断天小说网、阅书中文网、时代中文网等网站陆续进入网文主阵地。网文一直有跟风现象,样式固化是一大弊端,必须在形式上不断创新,才能获取新的动能,上述网站犹如开掘机不断对网络文学的细部进行开发,促使网文产生了新的能量。各网站的竞争当然有无序的部分,但也对网文的深化、细化产生了推动力,这一点显然比十年一副面孔的传统文学媒介更具生命力与创新力。

互联网用户群当中二次元用户逐年攀升,2016年11月已达到2.82亿。二次元最早始于日本动画、游戏作品,因其画面是平面二维空间,因此被称为二次元。二次元类作品由二次元概念衍生而来,是针对二维空间而创作出的文学作品,故事相对简单,但生活趣味更加浓厚,读者对象多是喜爱动漫的"95后"和"00后"网生代,主要文学类型包括:动漫、穿越、游戏、同人、校园、科幻、奇幻等。这类作品想象力丰富,作者通过对现实场景和虚拟人物进行文学加工,具有强烈的画面感,带给人较强的阅读冲击力。每一次市场变化都将大力推动网络文学的创新与变革,包括小说、漫画、动画、游戏等二次元类作品将会紧密互动,由此而产生一波新的网络文学浪潮。

但值得注意的是,网络文学的抄袭、剽窃现象屡禁不止,电视剧《锦绣未央》火爆播映,原著《庶女有毒》却被举报抄袭了200多部网络小说。2015年的热播剧电视剧《花千骨》原著《仙侠奇缘之花千骨》也被指有抄袭多部网络小说之嫌。由于过度热衷于IP营销,网络文学的文本创新力有所减弱,估计在近年内仍将延续这一状态。暂时的迷茫并非不利的征兆,恰恰说明网络文学正在酝酿根本性的提升。理论批评赶在这段时期全面进入网络文学,主流媒体与学术期刊对网络文学的关注达到了空前的高度,文本批评在

---

① 路艳霞:《中国网络文学已在多个海外翻译网站走红》,见《北京日报》2016年12月27日,第5版。

其中占据了相当的比重,网络文学逐步进入经典化的轨道之中。

2016年的网络文学创作未出现大的突破,作品上线数量仍保持在较高水准,网站已将目标转向对IP的开发,网生代作家正在积蓄能量,新的网络文学形态呼之欲出,业界普遍意识到,仅仅靠更新量作为杀手锏吸引读者的方法已经不能适应目前网文发展的大趋势;工匠精神、出精品,正在成为文学网站和网络作家的基本共识。

玄幻小说《碎星物语》(罗森):百族大战后,战争英雄"碎星团"遭整肃而覆灭,副团长山陆陵假死重生,化名温去病,以奴隶商人为职业掩护,表面上帮助朝廷追缉叛逃的碎星团余孽换取赏金,实际则暗中搜救过往同僚,远送海外重组碎星团,同时秘密调查六年前全团人离奇覆灭的严酷真相。调查中,与帝国七家、八门、九外道势力纠葛,温去病谈笑用兵,远交近攻,重定大地局势,并且发现当初封神计划出现变数,封神台将倾,碎星团拼死封印的诸天神魔,即将回归。封神台倒,温去病率领重新组建的团队,共抗神魔。封神旧址,碎星遗藏,龙族少女,魔神降临,当这一切交汇之时,新的传奇,即将拉开帷幕。

《万域之王》(逆苍天):宇宙之大,无穷无尽,人类所知,目前主要共有十域之地,除第十域为混乱之地以外,其余九域皆是人类聚居所在,由各大家族与各大宗门占领。主角聂天便是九域之一离天域中人。聂天本是离天域七大宗门之一凌云宗的附属家族聂家中人,其母亲本是聂家天才、凌云宗核心弟子,可生下主角聂天之后,香消玉殒,致使聂天自始至终不知父亲是谁。聂天的外公身体日差,家主地位不保,导致聂天在家族之中饱受欺凌;在资质测试上表现出毫无修炼天赋,让聂天更是难以在家族立足。为了保护自己的外孙,聂天的外公甚至放弃了家主之位。聂天父亲身份不凡,给聂天留下了一身奇异的血脉,聂天更是在凌云宗安排的抓周大会上意外获得了一枚兽骨,正是这枚兽骨开启了聂天的传奇之路。

仙侠小说《玄界之门》(忘语):一个山村的穷小子石牧,本来没有什么天赋,但是因为机缘巧合,吸收了天兽神将白猿的几滴精血,开始逐步有了非凡的实力,在武学和法术上都有了不小的造诣。石牧出身大齐,一开始只是立志做一个强大的武者,但被发现自己只是石猴废脉,招致各方嘲笑,差点断了武学之路。好在石牧心性坚毅,加上白猿精血的作用,通过修炼吞月式和吸日式等一些白猿传承功法,促进了功法修为。之后,石牧进入黑魔门,又偶然修炼了蛮族的图腾秘术等,修为一路上涨。其间,他暗恋西门雪,结识钟秀,并偶然召唤了一只名为烟罗的骷髅,又发生了不少故事。随着灵宠烟罗的实力不断壮大,一些惊天的秘闻逐渐被揭露,石牧发现自己陷入了可怕的危机,而且所有的一切似乎从他吸收白猿精血的那一刻就开始了,不光如此,他还明白过来,所有的一切都与一个叫作天庭的地方有关。石牧没有退缩,为了自己和整个星际空间的存亡,他穿梭于各个星球,修炼九转玄功,担负起自己的职责,踏上白猿的复仇之路。

《雪中悍刀行》(烽火戏诸侯):雪中构建的世界,就像是一张珠帘。以北凉世子徐凤年的成长经历作为主线,北凉、离阳和北莽成三足鼎立之势,群雄逐鹿天下。大人物、小人物,是珠子;大故事、小故事,是串线。情义二字,则是那些珠子的精气神。在那个波澜壮阔的时代里,英雄们,在各自战场上轰轰烈烈死去;枭雄们,在庙堂上钩心斗角机关算尽。无论敌我,求仁求义求名求利,尽显风采。时值国家内忧外患、叛乱蜂起,行走江湖归来的徐凤年带领徐家军平定叛乱、收复失地,成长为一名保境安民的护国大将,最终实现了自我价值和历史价值的统一。雪中写江湖,写庙堂,写沙场,写陆地神仙,写帝王将相,写才子佳人,写贩夫走卒,写三教圣人,写朝堂之上的纵横捭阖,写江湖之远的名士风流,写市井小巷的卖杏花声……雪中江湖,情至深,侠气最长。

《血歌行》(管平潮):残暴龙族入侵,神州破碎,华夏族苟延残喘。浩劫压顶,人人绝望,却有一个最卑微的杂役少年苏渐,说要灭绝整个龙族。凶煞剑灵雌雄难辨,伴他前行;龙魔妖人四族角力,如火如荼;仇敌龙族绝色公主,完全陌生,竟也在少年梦中反复凄楚悲鸣……苏渐在灵鹫学院中,智破血案,勇斗纨绔子弟,又深入龙境,解救被龙兵掳掠的红颜知己洛雪穹。红焰晶海发生异动,华夏国派去的晶海行营总管,为了一己私心和火妖族勾结。苏渐闻讯,锐身自任,破解了阴谋,让元凶授首。洛雪穹回归西北雪山的灵山圣门,却发现父亲的诡秘行事。苏渐奋不顾身,荡除奸佞,将洛雪穹从可怕的阴谋中救出。听闻龙族正企图利用魔语海渊中的永寂之矿,要从根本上突破人族的防线,苏渐正巧被奸臣陷害,逃亡龙境,便九死一生地破解了阴谋,却也与兄弟亚飒反目。龙族奸细潜伏天雪国皇宫,意图谋害大皇子雷冰梵。作为雷冰梵的同窗好友,苏渐再次奋不顾身,协助雷冰梵击退了强大的敌手。圣龙帝国的摄政王撒菩勒伯,酝酿可怕的阴谋,需要用到"白骨圣杯"。白骨圣杯流落海外灵洲,龙国派高手前去抢夺。为了阻止他的阴谋,苏渐和战友们踏上了寻找白骨圣杯的征途。虽然百般努力,但很可惜最终功亏一篑。平静了两百年的神州大地,注定将掀起无边的风暴。

《万古仙穹》(观棋):一枚古朴的围棋子,带着古海穿越到神州大地。天道无穷,人寿有穷,做天地之棋子,安享数十年寿命,待提子时,化为一抔黄土,烟消云散,还是跳出棋盘,做落子人,与天对弈,为自己赢取一个永生?古海,一个微末之身的青年,慢慢拥有了一定的身份、势力,与天斗,与地斗,与人斗,与妖斗,与仙斗。从一开始的独善其身,慢慢成长到了可以问鼎天下,在一次次经历中,性格中的善良,让古海体会到众生疾苦,多了一份悲天悯人之心。穷则独善其身,达则兼济天下,古海在自己强大的同时,也肩负了家国天下的责任,开辟了大瀚皇朝。立国,不仅仅为了救自己的亲人,不仅仅为了自己的私心,更重要的意义是让疾苦的百姓,过上幸福的生活,百姓安居乐业,国泰民安。其间遇见各种难题、各种敌人,但古海初心不变,克服万难,败退所有心怀不轨之恶敌,终究守住了大瀚安宁,成就天朝气象。

历史小说《乱世宏图》(酒徒):公元947年,契丹入寇,灭后晋,掠走出帝石重贵。然而,却有一个少年被当作石重贵的二儿子,受到群雄的争抢。群雄都想绑走这个孩子,挟天子以令诸侯。这个孩子却坚持不肯承认自己就是二皇子石延宝。经历重重磨难后,这个孩子慢慢长大,与柴荣、赵匡胤、韩重赟等朋友,一起结束了七十年的乱世。他的名字叫宁思明,后世讹传为郑子明。柴荣身死,赵匡胤兵变夺权,时刻提防着宁思明效仿自己。面对友情和江山,宁思明必须做出最后的选择。数年后,赵匡胤封华山给陈抟,世俗官府不得入内。华山之巅,有一位道士,与陈抟松下弈棋,快乐逍遥。

《银狐》(孑与2):铁心源,一位在大宋朝成长和崛起并挽救大宋朝命运的人物。由于黄河流域的大洪灾,铁心源的母亲被迫带着他开始了颠沛流离的生活,并最终来到了京城,且因缘巧合居住在皇宫城墙下,也因此触碰到了大宋帝国政治权力的中心,铁心源不仅在朝堂中崭露头角,和包拯、夏竦等历史名臣展开政治博弈,更深入到西北的大漠和西域各民族斗智斗勇,最后回望自己深爱的故土,选择归隐。从北宋的风土人情、庙堂斗争、对外政策和战争等各方面,为读者展现了一个生动的北宋王朝。

都市小说《大地产商》(更俗):都市商战风云突起,变幻莫测。中原大学经济系大三学生陈立,与前女友分手刚满一年,情伤还没有治愈,在省城商都市享受着悠闲自在的校园时光,却因为一起偶发的街头劫案,被卷入家族起落、商海沉浮以及男欢女爱的恩怨纠缠之中。机缘巧合,他不仅挽救了两家濒临倒闭的公司,也为自己撬开了进入地产行业的大门,从此逐步走向人生的辉煌。

《穿越者》(骁骑校):2017年夏季,江东省某城市棚户区发生火灾,老刘家卧床20年的植物人刘彦直身陷火海,被英勇的女消防员甄悦救出,本以为必死无疑,却奇迹般生还,烧伤也以肉眼可见的速度痊愈。刘彦直因为付不起治疗费用而逃离了医院,却因身体快速痊愈而被神秘人士和生物化学公司的人盯上。生物化学公司想抓捕刘彦直,却造成了刘母死亡,而为了救活母亲,刘彦直加入神秘组织,成为一名穿越者,利用时间机器穿越回到过去,扭转历史。

言情小说《美人为馅》(丁墨):灵动果敢的女警花白锦曦和天才刑警韩沉之间的爱情故事充满了悬疑与新奇。天之骄女苏眠因为五年前的一宗案件失去了记忆和身份,醒来时她已经是一名普通的刑警白锦曦。数年后,白锦曦在一次任务中不小心误把天才刑警韩沉当作犯罪分子,二人不打不相识。因缘际会下,两人联手侦破连环杀人案件。白锦曦和韩沉不惧危险,和犯罪分子斗智斗勇,在这过程之中二人互生好感。随着案件的侦破,一个惊天的阴谋也在二人之间展开,二人之间的故事和关系也被解开。最终二人不仅抓获犯罪分子,也收获了一段美好动人的爱情。

《君九龄》(希行):权谋争夺,先太子被齐王害死,太子妃为了保住三个子女自缢身亡,次女九龄公主被嫁给陆云旗为妻,陆云旗因为少年时与九龄相识而心生爱慕,为了能够配上九龄的身份,受齐王诱惑参与谋位杀死了太子,三年后九龄得知真相,意图为父母报仇去刺杀皇帝,结果却被乱刀砍死,九龄公主重生在千里之外的阳城一个孤女君蓁蓁身上,重新开始了复仇之路。太康三年冬,阳城北留镇宁家来了一个上门认亲的女孩子,一个家道中落的女孩子,不远万里上门认亲却被亲家拒之门外,所有的故事,就从这次认亲开始。

《唯愿此生不负你》(似锦):"为国,我愿慷慨赴死,为你,我只愿此生不负。""先婚后爱,久别重逢"的故事同样震撼人心。三对身份背景迥异的军人的爱情故事各不相同:有浪漫、温馨、感人至深的婚恋生活,也有缠绵悱恻、荡气回肠的生死大爱。

《别怕我真心》(红九):黎语蕢是个乡下少女,母亲去世后,被在城里已另外组建家庭的父亲接去抚养。面对新的环境、素不相识的继母、同父异母的弟妹,她开始了新的生活与征程。在长腿哥哥的守护下,通过不断努力,她从一个土黑的乡下丫头成长为能够独当一面的精英,并最终收获长腿哥哥的爱情。

重生小说《慕南枝》(吱吱):姜宪从小就父母双亡,可她母亲是当朝大长公主,她自幼就生活在慈宁宫,是由外祖母太皇太后王氏抚养长大的,和皇上赵翌青梅竹马。伯父镇国公姜镇元手握重兵。她是立朝以来唯一一个食双亲王俸禄的郡主,身份显赫而尊贵。前世,她嫁给了赵翌,最终却被赵翌毒死宫中。重生后,姜宪回到了十三岁。那个时候太皇太后还没有去世,她还生活在慈宁宫,曹太后垂帘听政,表哥赵翌一心想让母亲还政于他。她虽然庆幸自己还没有和赵翌订亲,可她的伯父姜镇元却已和赵翌私谋,决定软禁摄政的赵翌生母曹太后,逼曹太后还政赵翌,而曹太后为了巩固曹家在朝廷的地位,想把姜宪嫁给自己的侄儿曹宣。

《医妃独步天下》(承九):海军女军医为救战友身死,穿越成天启帝师之女纪云开。纪云开与当今圣上有婚约,却因救皇上而毁了绝世容貌,被皇上赐给手握兵权的燕北王萧九安当王妃。结婚前夕纪云开遭人算计,且遗失了天家给皇后的凤佩,被困在后院无力挣脱。萧九安身中剧毒,生死不明。萧家有祖训,夫死妻殉葬。纪云开为了不陪葬,为了避开凤佩一事,费尽心机想要逃走,却不想在紧要关头,一直昏迷不醒的萧九安醒了,不仅吊打了试图带她走的师兄,还用凤佩一事威胁纪云开,把纪云开困在燕北王府。借助与生俱来的天赋,纪云开养百草,救百万军,杀四方强敌。萧九安则一直护在她左右,为她挡住所有的风雨,为她解决所有的麻烦,为她撑起一片天地,在日渐相处中纪云开慢慢被萧九安吸引,将心托付给对方。

《永不解密》(风卷红旗):故事采用第一人称,以解放军情报军官林千军的视角,讲述一个重生者陆琉璃向国家提供未来的信息的故事。重生者主动与国家联系,甘愿冒着危险也要为国家尽自己的贡献,是对网络小说中重生题材的一个颠覆,不像现在重生文的主流写法一样,主角为了种种顾忌而自私地隐瞒下来,自己功成名就、财色双收,但对国家和人民却毫无奉献。重生报国这一写法,创新而富有活力,受到了许多书友的喜爱。

军事小说《最强兵王》(丛林狼):这是一个从士兵到将军的铁血特战史。

一场边哨惨案，让普通列兵罗铮彻底爆发，实力弱小却依旧要为战友报仇。幸而遇到美女狙击手蓝雪，一起追击敌人，渐生情愫。随后罗铮为了报仇，为了和蓝雪在一起，凭着顽强的意志和对国家和军队的忠诚，完成一个个艰巨任务，九死一生，通过层层严格考核，进入神秘的兵王部队。随着不断战斗，罗铮结识了他的战友，并在团队中承担起"大脑"的角色，和战友联手，救人，反恐，保家卫国，将军人的热血和青春洒在战场上，为国家争夺生存空间，死战不退，无怨无悔。这一次，为推动国家"未来科技"的发展，罗铮带着他的队伍再次踏上了征程。

《最强狂兵》（烈焰滔滔）：苏锐曾是特种部队的尖兵，由于疾恶如仇，替战友一家出头而被开除出部队。在西方国家闯荡几年后，拥有了强大的朋友圈，再度回归华夏，踏上了强势崛起之路。回国后，苏锐面对纷繁的世家争斗，面对社会的丑恶面，不低头，不认输，咬着牙，倔着骨，用一腔热血和一股狠劲，书写了专属于自己的人生传奇！路见不平可以拔刀相助，为了道义可以两肋插刀，为了国家甘愿抛洒热血，为了要守护的人和事可以付出一切。

武侠小说《一世之尊》（爱潜水的乌贼）：神秘的六道轮回之主打开轮回世界，挑选有潜力的年轻人参与轮回任务，但背后隐藏着重大的阴谋，似与寻找上古天庭陨落之谜有关。而这些年轻人被迫在其中参加凶险异常的任务，非死即伤，幸存者因为轮回世界武功大进，但这些卓绝人才渴望超脱轮回，重获自由。身怀神秘小玉佛的孟奇在少林寺充当不能学武的杂役僧。一次偶然遭遇，令孟奇与江芷薇、张远山、齐世言等人一同被迫进入六道轮回世界，承担各种凶险万分的任务，孟奇与江芷薇等人建立了深厚的战友情谊，同时得到了少林秘传刀法——阿难破戒刀法。其后，孟奇被高僧玄悲选中成为嫡传弟子，一边修炼武艺，一边找机会逃出少林。在与师弟真慧跟随玄悲前往西域查探金刚寺盗经事件的过程中，为营救师弟，帮朋友顾长青全家报仇，遂放弃逃离少林的机会，前往邪岭杀尽马匪。由于破了杀戒，孟奇被废去武功，逐出少林，不得不蓄发还俗，自称狂刀苏孟，行走江湖，开始在六扇门的人榜中崭露头角。而在轮回世界里的死对头罗教圣女顾小桑，却在主世界暗中引导孟奇寻找已经毁灭的天庭隐秘，令孟奇捉摸不透。

《有匪》（priest）：讲述了一个乱世中的武侠故事。南北二朝对立，战火连绵,传说中的绝代高手们相继陨落,中原武林在动荡里人才凋敝,唯独剩下当年南刀李徵建立的"四十八寨",桃花源似的庇佑着一批隐入深山的门派,收容天下落魄人。一位自称南朝宰相梁绍使者的青年谢允携"安平令"夜闯四十八寨,带走了周翡的父亲,自此,从未出过蜀中四十八寨的周翡秀山堂摘花、提破雪入世,一脚踏入风雨如晦的江湖之中。

《侠行天下》(zhttty):郝启从地球穿越到了一个未知的武侠世界,这个武侠世界有着地球20世纪30年代的科技水平,却又有着武功、内力、门派、江湖等的存在。郝启穿越之后年龄才9岁,身在蓝影共和国的一处孤儿院中,同时结识了孤儿院的兄弟林熊以及姐姐薛娜。在郝启19岁时,他即将拥有内力,能够给他的兄弟林熊带来好生活时,林熊因为帮派的牵扯而陷入大事件中,被蓝影共和国的世家所杀,而郝启在那之后,数天不休不眠疯狂训练,最终成就了内力,杀向那个世家,为林熊报仇雪恨。报仇成功,郝启也身受重伤,不得已在一处小镇养伤,而同时,也违反了共和国的秩序,要接下四场蓝影共和国内力境的挑战,要么死,要么生。

《白袍总管》(萧舒):一个武学昌盛的世界,天下五分。大季朝位于最东,设十二座国公府以镇大季武林。楚离从一个高能物理研究员,转世重生到大季朝,在秋叶寺长大。前世知识助他修成秋叶寺镇寺佛经——大智度本源经,成就大圆镜智神通,方圆一里,洞彻内外,可看清身体内气流动、脑海景象。他进入逸国公府,从杂役做起。在国公府藏书楼发现枯荣树图,修成枯荣经,可借草木灵气为己用,化为内力,无穷无尽。凭大圆镜智与枯荣经,他窥阴谋,胜对手,在国公府扬名。

竞技小说《上垒吧》(何堪):年轻的女捕手梁夏因为国内没有女子职业棒球联赛,遂从学生时代就开始伪装成双胞胎哥哥魏冬参加职业比赛。同球队的好搭档黄金投手肖静林早就知晓梁夏的这个秘密,在帮忙掩饰的同时也渐生爱意。梁夏球技高超,得知肖静林的感情之后,却不愿意将搭档关系升级为情侣关系,反而对曾经的死敌击球员柯诗新颇有好感。但人最无法掩藏的就是爱意,最难看清的也正是爱意。故事从梁夏的秘密终于被有心人揭破,并被赶出职业联赛后展开。

《光影高手》(文舟):新闻系大学生田斌因为继承了家里"单反穷三代"的现状过着穷苦的日子,仍醉心于摄影爱好。一次偷拍美女使得田斌展露出了跟踪隐藏的技巧、等待的耐心和正直的心性,摄影界前辈高手看中了他的天赋,想要将他带入维护世界舆论与真实的正义摄影者组织,用训练狙击手的技术来训练田斌;田斌却只以为自己是在学普通的摄影技术。凭着超凡的摄影技术,田斌获得了伪装藏身于校园的豪门千金的喜爱。但田斌喜欢的人却是辅导员夏燕,夏燕希望田斌即使技术再好也不要放弃学业。田斌为了购买自己的照相机而拍婚纱照赚钱,却凭着眼力看出了地产大亨潘永邦和未婚妻小月之间的秘密,也因此一下赚了一笔钱。潘永邦觉得田斌的眼力对自己看人很有用,不应该光局限于摄影。但田斌拒绝了一步登天,选择踏实做自己喜欢的事业。

穿越小说《萌妻食神》(紫伊281):现代美食杂志编辑,出身厨艺世家的叶佳瑶穿越到北宋年间,扬州同知叶秉怀的长女叶瑾萱身上。穿越当天就成了黑风岗三当家夏淳于的新娘子。为了生存,叶佳瑶委曲求全,凭借古灵精怪的言行和精湛的厨艺渐渐征服了夏淳于的心,经过几番波折后,两人的感情越发深厚,彼此珍惜。叶佳瑶确定了自己的目标,她要弘扬中华饮食文化,让老祖宗留下的珍贵财富得以更好地传承,她办培训班,开设甜品屋,事业做得有声有色。太子登基,念及叶佳瑶的功劳,欣赏她的宏大理想,特赐她天下第一厨的称号。

《长姐难为》(长白山的雪):现代女子韩云雪,意外穿越到一个名为大周的朝代,成为大周朝东北农村一户放排人家的长女。不曾想父亲出门放排,意外身亡,母亲得知消息后也难产死去,留下韩云雪和几个弟妹。为了养活弟弟妹妹们,云雪毅然决定走上父亲的老路,山场子伐木,水场子放排,经历九死一生,挣钱回家与弟妹团圆,带领弟妹过上好日子。云雪放排途中,意外救下了国公府世子沈鸿骏,之后更因为各种原因与沈鸿骏接触。韩云雪坚强勇敢、乐观豁达的个性,引起了沈鸿骏的关注,渐生好感,两个人克服了身份地位等鸿沟,最终走到一起。时值大周朝皇位更替,更有东夷人入侵,韩云雪帮助丈夫和义弟平定叛乱,立下无数功劳,最终得到了皇帝和天下人的赞赏。

科幻小说《地球纪元》(彩虹之门):从第一个文字出现在人类文明之中开始,伟大的人类文明就开始了传承,并发展出了光辉灿烂的文化。但这个宇宙不是为了人类而生的,人类文明注定会遇到一个又一个的挑战,遭遇到一个又一个的危机。当太阳系发生危机,太阳逐渐暗淡,地球彻底陷入漆黑后,人类文明终于被迫踏出了恒星航行的第一步,主角乘坐百分之一光速的宇宙飞船前往比邻星,预计在一千年后回到地球,等待人类的将是神秘而浩瀚的宇宙世界。

二、2017,网文现实题材之年

据统计,截至2017年12月,各网站原创作品总量高达1 646.7万种,其中签约作品达132.7万种。2017年新增原创作品233.6万种,新增签约作品22万种。另据不完全统计,网络文学原创作品线下出版纸质图书6 942部,改编电影1 195部,改编电视剧1 232部,改编游戏605部,改编动漫712部。2017年是网络文学大型活动较为集中的一年,在社会各界的关注下,网文创作和行业发展展现出全新的气象,主流化趋势已经成为常态。①

4月11日至4月12日,由中国作协主办,江苏省作协、中国作协网络文学委员会和江苏省网络作协共同承办的"第三届中国网络文学论坛"在江苏南京举办。此次论坛主题为"深入学习贯彻习近平总书记重要讲话,坚定文化自信,推动网络文学健康发展",彭云、程晓龙、范小青、韩松林、王朔以及来自全国各地的160余位网络作家、评论家和业界代表与会交流研讨。中国作协网络文学委员会、全国网络文学重点园地工作联席会议及第三届中国网络文学论坛联合向全国网络文学界发布"深入学习贯彻习近平总书记重要讲话精神,坚定文化自信,推动网络文学健康发展"倡议书。论坛期间,与会者围绕会议主题,从政府管理、作协工作、行业管理、创作经验等方面分享体会,交流心得。

4月14日,中国作协网络文学研究院在浙江省杭州市挂牌成立,这意味着中国的网络文学评价体系向纵深推进。该研究院集聚中国网络文学界一批权威专家,重点对中国网络文学最前沿发展态势和创作现象展开研究,探讨并总结网络文学创作、产业、传播一体化的理论成果,使之成为中国网络文学业态和产业智库。这也是国内首个网络文学研究基地。按照设想,研究院以举办"网络文学周"为平台,重点组织开展"网络文学国际论坛""网络文学年度奖"和"网络文学传播集会"活动,一年一届,定期在杭州举办。

---

① 杨鸥:《网络文学推优现实题材增多》,见《人民日报海外版》2018年1月31日,第7版。

"一带一路"国际合作高峰论坛召开前夕,5月7日,"一带一路"中国网络文学论坛在甘肃兰州举办。论坛以"'一带一路'与中国网络文学发展前景"为主题,就网络文学如何响应、对接"一带一路"倡议进行充分发掘与讨论。肖惊鸿、马季、汪小平、范文、马步升、牛庆国、陈玉福、张存学、徐兆寿、弋舟、乌兰其木格、骠骑、子与2、吱吱、赵熙之、志鸟村等评论家、作家以及来自甘肃省多个高校文学社团的学生代表等参加论坛。论坛由中国作协网络文学委员会、中共兰州市委宣传部联合主办,兰州市文联承办,兰州市作协、《都市生活》杂志社协办。论坛期间还举办了"一带一路"中国网络文学创作座谈会,来自甘肃省内外的二十余位作家、评论家参加座谈。

作为引发热议的年度重要社会新闻,中国网文出海为中国文化走出去开辟了新的渠道。5月15日,阅文集团旗下起点国际正式上线。当时起点国际只有英文版,但其称将逐步提供泰语、韩语、日语、越南语等多语种阅读服务。除了PC端外,Android版本和iOS版本的移动App也已同步上线。上线作品有38部,累计更新近3 000章,总量超过Wuxia World(2014年底建立)等粉丝建立的翻译网站。26日,百度文学宣布完成新一轮融资,红杉资本和完美世界领投,据称总额达8亿元,公司估值达40亿元。这显示资本看好网文产业的发展。

政府对网文的政策管理也逐步进入深水区。6月26日,国家新闻出版广电总局发布《网络文学出版服务单位社会效益评估试行办法》,明确提出对从事网络文学原创业务、提供网络文学阅读平台的网络文学出版服务单位进行社会效益评估考核。评估考核共设置了5个一级指标、22个二级指标和77项评分标准,主要包括出版质量、传播能力、内容创新、制度建设、社会和文化影响等指标,将从网络文学价值引领和思想格调、文学价值和文化传承、编校质量、排行榜设置、编辑责任制度、党建和思想政治工作及社会评价、文化影响等方面进行具体计分。《办法》明确规定,网络文学出版服务单位发表作品出现严重政治差错,社会影响恶劣,在平台首页或重点栏目推介导向有严重问题的作品,违反政治纪律和政治规矩等重大问题,社会效益评估实行"一票否决",评估结果为不合格。[①]

[①] 国家新闻出版广电总局:《关于印发〈网络文学出版服务单位社会效益评估试行办法〉的通知》,2017年6月14日。

8月11日至13日,以"网络正能量,文学新高峰"为主题的首届中国"网络文学+"大会在北京举行。相关专家学者、60余家网络文学企业负责人和网络作家500余人参加了此次活动。会议期间举办了"网络文学+生态:文学赋能影视""网络文学传承与创新""网络文学走出去需要面对的主要问题"等平行主题论坛以及中国网络文学IP交易大会、读者体验、新书签售、网络作家签约、网络文学线上阅读等多项活动,旨在整合网络文学产业链的上下游资源,搭建网络文学创作、开发、展示、交流、合作、转化的良好平台,共同探讨中国网络文学行业及产业的发展前景。

9月13日,上海作协召开网络作家签约会议,率先在全国推出签约网络作家。这是全国范围内首次由作协系统推出的网络作家签约制度,首批网络作家包括血红、骷髅精灵等16人。签约期间,上海作协将向签约网络作家每月提供2500元创作津贴,并对签约作家在深入生活、文学创作交流方面提供支持,作品完成后提供宣传推介服务。签约作家将接受年度创作进度和成果考核。

12月9日,首个网络作家村落户杭州。由中国作协网络文学研究院、浙江省网络作家协会、杭州市网络作家协会与滨江区宣传部共建的"中国网络作家村"在杭州市滨江区白马湖畔揭牌成立。当天有唐家三少、月关、管平潮、蝴蝶蓝、猫腻五位"白金作家"入驻该村,蒋胜男、沧月、匪我思存等十几位作家成为中国作协网络文学研究院特约网络作家。

该年度各网站重点推送了一批现实题材作品,在读者中产生了不小的反响,事实证明网络文学不受题材制约,而文学网站对不同题材的开发是网络文学多元发展的重要前提。2017年度重点作品介绍如下:

现实题材小说《大国重工》(齐橙):作品通过虚构的人物、情节,向读者展示中国重大装备研发的艰辛历程。主角冯啸辰以南江省冶金厅临时工的身份,被借调至国家重大装备办,凭借自己的能力,成为装备办最年轻的副处长,先后参与了在全国工业企业推行全面质量管理体系,国产120吨电动轮自卸车工业试验,从德国引进热轧机制造技术等多项工作,并带领老职工们开始二次奋斗,帮助装备企业走出了经营困境,积累生产经验。作品开创了通过网络小说形式展现中国工业发展的先例,以改革开放为背景,又包含大量工业知识,对青少年普及改革开放历史和科学知识具有深刻意义。

《至高使命》(梦入洪荒):选调生李天逸前往青龙镇任职,被派往全县最贫困的过山村担任村支书。面对突如其来的疫情，李天逸从容应对，找出了疫情的污染源，与污染企业和其背后的靠山斗智斗勇，最终查出事件真相。李天逸要为过山村修路，带领过山村村民走出大山，走向富裕，然而修路之途困难重重，障碍不断，李天逸随机应变，果断出击，最终在上级领导的支持下，查出了烂尾公路事件背后的腐败分子，过山村的公路也很快修通，李天逸带领过山村村民走出了一条独具特色的"互联网＋农业"的新型致富之路。

《写给鼹鼠先生的情书》（吉祥夜）：鼹鼠先生，是秦洛在接受卧底任务以后给自己取的QQ名，因为鼹鼠是生活在地底下的。由于工作的特殊性，在卧底生涯的最初，他只能用这个QQ偶尔给萧伊然发消息。萧伊然也把自己所有的相思都以日记的形式写成书信给鼹鼠先生。作为他们俩共同好友的宁时谦接到一个噩耗——秦洛在卧底过程中牺牲。他怕萧伊然伤心，自那以后便登录秦洛的QQ，用鼹鼠先生的身份和萧伊然联系，萧伊然所有写给鼹鼠先生的相思，收到的人却是宁时谦。作品将言情与刑侦巧妙结合，有严谨的逻辑推理，有缠绵悱恻的爱情，有热血燃情的兄弟情深。

《你好消防员》（舞清影521）：殡仪专业毕业生米果被妈妈逼着去招聘会应聘，可是奇葩专业却让她屡屡碰壁。心灰意冷的米果去海鲜大排档过嘴瘾，可是没想到舌头却被瓶盖卡住。A市消防特勤中队队长岳淳川，出警帮助米果脱困，米果被外形阳刚酷帅的岳淳川吸引，进而了解到他是一位赫赫有名的特勤英雄，还是获奖图片"向着烈火前进"中最帅背影的原型。米果的小姑姑托关系帮米果在婚介公司找到一份实习生的工作，并对外隐瞒了她的专业。一次婚介公司的讲座活动开始前突发大火，米果等12名员工被困，岳淳川冒险救出米果和她的同事，米果认出了岳淳川。作者以轻松诙谐的笔调讲述了一个消防员和殡葬师的爱情故事。在探讨了青年男女的婚恋观念的同时，叙说了男女主人公在各自职场上的困扰。

《婚途漫漫》（简思）：少女林漫自小跟随母亲改嫁，视继父林清华为亲生父亲一样敬仰。林漫成为上中市高考状元，收到亲生父亲邮来的一万块钱，算是这些年的抚养费。林漫去接继父下班，却不料赶上地震，房子垮塌，被埋在里面，偶遇一少年，漆黑的环境连对方的脸都看不清。上中市消防局接到消息，富商商女士的儿子秦商被埋废墟中。经过全力营救，林漫和秦商被解救出来，两人也结下不解之缘。林漫毕业以后成了一名出色的记者，在秦商的支持与呵护下,开创了事业的新天地。作品讲述特殊家庭的恩怨情仇,在亲情和爱情的支撑下,男女主人公同甘共苦,共同开始新的生活,反映了普通记者的爱情生活以及烦恼选择,也体现了社会的人情冷暖。

玄幻小说《飞剑问道》(我吃西红柿):作品描绘了一个奇幻的修仙世界。在这个世界,有狐仙、河神、水怪、大妖,也有求长生的修行者。修行者们,开法眼,可看妖魔鬼怪;炼一口飞剑,可千里杀敌;千里眼、顺风耳,更可探查四方……作品在题材上有所突破,糅合了中国传统文化,汲取了民间神话元素,将红尘俗世和长生问道结合,引领仙侠题材的新思路,增强可读性的同时,弘扬了民俗文化。

《万界天尊》(血红):太古最初之时,六道强者在虚空沸汤之力衰竭之时,破开虚空,抵达其他各道世界放手杀戮,以其他族群生灵的血肉灵魂,向天地献上足够的血祭之力!但人道因大阴神国之变后一蹶不振,自此六道血祭演变成其他五道联手屠戮人道生灵,用人族一族之血肉,血祭天地,让六方世界永久飘浮在沸汤之上。主角楚天谨慎守护着心头那一点小小的微弱的光,一步步从红尘烂泥中挣扎而出,走出深不见底的污秽深井。作品以六道轮回为基础,构造出了一个具有独特属性的世界。整个世界就是一个大牢笼,人族为挣脱封印而浴血奋战,充满英雄史诗般的构思。

《牧神记》(宅猪):居住在大墟残老村的九个残疾老人,在江边捡到一个漂流下来的婴儿,取名为秦牧。九位老人抚养秦牧长大,传授给他自己的本事,然而发现秦牧并非灵体而是普通人的体质,无法修炼,于是欺骗他说他是独一无二的霸体。秦牧对此深信不疑,刻苦修行,终于靠自己的努力和九老栽培觉醒灵胎,打破非灵体不能修炼的常规。延康国师攻打大墟,被大墟的牧日者驾驭太阳船逼退。秦牧见到了外面世界的人,受邀前往延康京城,于是决心去外界历练。作品刻画了一个刻苦修行的主人公形象,他打破非灵体不能修炼的常规,外出历练,帮助平定叛乱……内容积极向上,富含正能量的同时又不失趣味性。

《天道图书馆》(横扫天涯):本书以老师为切入点,创出了一个师道为尊的全新世界。在这个世界里,老师地位尊崇,厉害的名师可以指点修炼错误,指点人格缺陷,让学生树立正确的价值观、人生观,从而走向成功。主角张悬本是地球的一个图书馆管理员,穿越到这个名师的世界之中,拥有了一个能够看出任何缺陷的图书馆。这样,他可以指点学生,找出自己的问题,逐渐进步。在这个以名师为尊的世界里,上、中、下九流职业并存,身为厉害的老师,要不光能指点修为,还要能指点学生的各种职业。作品开辟了玄幻教师流,用轻松趣味的故事讲述师道传承,并探讨"师道"背后的深意。

仙侠小说《圣墟》(辰东):地球灵气复苏,封印解除,天地间异象频频,出现无数神通广大的异人和妖物,主角楚风服食了万神之乡不死药之后,埋下上一世的自己,开启第二世,从此返老还童,身体机能刚好回归到最适合进化的状态中,拥有被尊为"不朽神血"的湛蓝神血,从此踏上强者之路,在破败中崛起,在寂灭中复苏,开千年未有之盛况。作品从主人公在昆仑圣山的奇遇展开,带有浓烈的民俗文化色彩,行文中包含了大量神话元素,一种神秘感油然而生。除了天马行空的想象以外,作品对人性的刻画也是入木三分,塑造了一位刻苦修行,为了提升境界而不断努力的人物形象。

《凌霄之上》(观棋):大秦人皇,雄才大略。手下八大藩王,各为真龙天子。东方王只是其中一王。在这神仙逐鹿天下的大时代,这一群人,以人间权柄,收罗人间军队,杀上仙界,斗战满天仙神,闹得天翻地覆。这期间,有人陨落了,也有人崛起了。主角王雄觉醒前世记忆,重掌人间权柄,携千军万马,大发杀机,重登仙界旧地,征伐四方仙神,斗转星移,天翻地覆。从人间到仙界,让所有人都臣服脚下,为了那仙界的王之宝座,王雄誓要征战天下,成为所有人眼中最耀眼的那个王。

《落花时节又逢君》(蜀客):权力角逐,中天神王锦绣利用情劫击败昆仑天君,助昊天神帝上位,锦绣因此被贬为花神。一次花朝会,锦绣偶遇茶花妖红凝,见她凡心极重,锦绣便利用她对自己的迷恋引导其修行,却不知不觉被吸引。发现遇上情劫,锦绣果断选择放弃,红凝入凡尘报恩,十世轮回后,锦绣强行改命再次制造相遇,利用感情引她修仙,不想意外的仇恨导致两人关系恶化。走出迷障,面对永恒的仙界与人类短暂的生命,红凝的选择出人意料。全书以冷清唯美的笔调娓娓道出一个具有浓烈中国神话风的古老故事。什么才是永恒?结尾一句"我欲度你成仙,却被你度成了人"之所以被传为经典,其引发的不只是一个故事,而是两种人生态度的碰撞,是一场关于珍惜与永恒的思考。

历史小说《汉乡》(孑与2):这是一个回家的故事。云朗去香火鼎盛的祖庙烧香,结果不小心被香油泼了一身,挣扎中被香火点燃,云朗变成了史上最虔诚的一炷心香。汉建元六年八月,"有星孛于东方,长竟天"。史官以为祥瑞之兆,上书贺之,皇帝次年改元,号为元光。时长安以西,终南山以北,有山名曰骊山,山中虎豹横行,更有巨狼成群结队,乃是人间禁地。云朗来到这个世界已经一年,他成了秦皇陵的守护者。作品生动描绘了一幅西汉时期朝堂和市井的生活画卷,充分表达了西汉时期的苍茫和辽阔,民族大义和个人追求之间产生的剧烈碰撞。

《公子千秋》(府天):北燕与南吴南北对峙多年,北燕皇帝登基之后不久却痛失伉俪情深的皇后。为了完成当初并肩立下的雄心壮志,他几度在边境燃起战火,矢志一统天下。而比他年长、在位时间更长的南吴皇帝却是年幼登基受制于太后,甚至在膝下无子时也不得不收养了一个宗室子弟在宫中。太后崩逝后不久,南吴皇帝就有了一个儿子李易铭,立时将养子封为嘉王远远放出去就藩,一心一意栽培李易铭,并封其为英王。在南吴皇帝得子的同时,出身贫寒的南吴户部尚书越太昌幼子离家出走,越太昌在街头捡回了一个从火场被人拼死救出的婴儿,将其取名千秋,记在幼子名下,希望将来承袭幼子的香火。七年过去,越千秋渐渐长大,自己的身世却突然曝光。越太昌的幼子越小四并不是单纯离家出走,而是潜伏到了北燕,成了平安公主驸马,并打着北燕副使名义出使南朝,而越千秋却因为北燕秋狩司副使楼英长的设计,由一段《金枝记》而被人暗指为与英王李易铭调包。一场两国之间的暗战交锋,便从金陵徐徐拉开了帷幕。

《唐宫奇案之血玉韘》(森林鹿):唐贞观九年,前太子李建成的长女李婉昔在自己的出嫁婚礼上缢死,是自杀还是他杀,情状难明。太上皇李渊的小儿子、宰相魏徵的女儿、两个叫皇帝"舅父"的贵族青年,四人受皇帝李世民委托,联手查案。随着一件件证据的发现、一桩桩口供的取得,涉案凶嫌当中竟出现了当朝长孙皇后、太子李承乾、太上皇李渊的宠妃等人。事件越来越敏感,查案几次被暴力叫停,却又因为各种机缘而顽强推进。四个年轻人也都有复杂不幸的身世经历。作为皇帝或宰相的近亲儿女,他们的婚姻、事业、命运,渐渐与这件诡异的悬案纠缠交织在一起。

科幻小说《未亡日》(藤萍):故事发生在未来世界,警校教官聂雍在受伤后加入冰封"复活"计划,一百多年后他醒来,发现眼前是个怪兽横行、城市倾塌的世界。故事围绕男主角的奇幻冒险而展开,讲述了他与联盟国家战队的伙伴一起为恢复世界秩序所做的努力与牺牲。

《古蜀国密码》(月斜影清):作品取材于太阳神鸟金乌及《山海经》等神

话传说,以上古共工一族、人鱼族等人物为背景,描写了富有传奇色彩的美丽金沙王城。围绕不周山之战展开故事,从女主角凫风初蕾的视角,引出共工、夏后启、西王母等具有传奇色彩的人物,全面重新塑造了女娲造人、三皇五帝、泰山封禅、分封蜀山的故事。

古代言情小说《大帝姬》(希行):大周皇帝被权臣谋害,皇后自焚,公主被暗卫救出,化名薛青隐藏民间。权臣的追杀从未停止,忠臣的保护也始终未退。八年后,薛青长大,原本无忧无虑一心要当教书先生的她,得知身份秘密的那一刻,不得不重新审视自己的命运。到底是身份决定命运,还是命运决定身份?公主薛青踏上了一条质问命运的路,故事从这一刻才刚刚开始。

《神医凰后》(苏小暖):这是个热血少女破茧重生的成长故事。凤凰真血被夺,她堂堂天才少女变为废柴,从神坛跌落沦为家族之辱。破茧重生——她灵根重铸,女装艳倾天下,风华无双,医毒双绝;男装仙气缥缈,风云榜排行第二。他是权势滔天、至高无上、实力深不可测的帝都太子,从容矜贵,邪肆不羁,毒舌腹黑,一怒天下变。难得棋逢对手,势均力敌。爱情,亲情,友情;热血,成长,励志;黑暗森林,苍茫大漠,热带雨林,雪域高原,深蓝大海……这是一群热血少年在瑰丽奇异魔幻世界的成长之旅。女主凤舞一路从平凡走向巅峰,又从巅峰跌落,不甘心命运的摆布,最后重回巅峰。

《司茶皇后》(意千重):作品讲述了茶道天才女官钟唯唯在官场、后宫中斡旋,历经各种斗争和迫害,在困境中挣扎、顽强生存的故事。郦国为巩固帝权,结束后戚干权的局面,永帝把二皇子重华送到钟家,重华隐姓埋名学习,和钟南江收养的义女钟唯唯产生感情。钟南江意外死亡,宫中急召其女入宫,钟夫人为保住亲生女儿钟欣然,设计将钟唯唯送入宫中。身为闻名天下的茶道天才,钟唯唯靠着自己出色的茶艺和纯善品格,成为永帝最信任的女官。永帝驾崩,重华登基,钟唯唯被强留为后宫彤史,日夜跟随皇帝,凭借着坚强不屈的品格以及茶道之技,获得新帝与众人的敬重和信任,最终成为一代贤后,发扬茶道之技,利国利民。

《粉妆夺谋》(西子情):南齐、北周两国对立,百年纷争不断。适逢敌国入侵,父亲临危受命,奔赴战场,苏风暖暗中随父出战,设下连环计,于凤凰山大败敌军。回京之后,太后和皇帝要给她赐婚,因为她的婚事京城闹得沸沸扬扬,但也因此她与世子叶裳、公子许云初结下不解之缘,卷入了南齐暗潮汹涌的朝局争斗中。作品用细腻的文笔以及跌宕起伏的精彩故事,构建了一个棋局博弈、江山为赌的故事,而在这各自为营博弈的过程中,写出了各人关于国家、亲情、爱情等的抉择。

都市小说《武道宗师》(爱潜水的乌贼):作品描绘了一个别样的世界,在这里,武道不再是虚无缥缈的传说,而是切切实实的传承,经过与科技的对抗后,彻底融入了社会,有了各种各样的武道比赛,文无第一,武无第二。平凡少年楼成偶然得到武道一大流派断绝的传承,他的生活发生了巨大变化。学校里,他与武道社的伙伴为冲击全国大学武道会而努力提高自身的武艺,以青春洋溢的热血和激情,战胜了重重困难,在一次次的失败后,终于直面最强大的对手——山北大学武道社。大学毕业后,武道社的小伙伴们各奔东西,作为其中佼佼者的楼成进入了职业武道圈,为着最初的梦想而努力,向着心里的荣耀继续一步一步前进。作品将武道以职业运动的方式引入都市生活,构建了一个贴近真实又高于真实的现代社会,从方方面面去展现世界可能的另一种风貌,平淡中见真趣,嬉笑怒骂皆文章,有青春洋溢的热血和激情,亦有最纯粹最真挚的爱情,创新性与可读性兼具。

《大王饶命》(会说话的肘子):作品讲述了一个异族少年被当作人类抚养,为了没有血缘关系的妹妹与世界为敌,最后却拯救世界的故事。灵气复苏时代异能与修行重现人间,孤儿吕树从福利院出来,自食其力养活没有血缘关系的妹妹,两人相依为命。吕树从卖臭豆腐的成长为遗迹神秘商人。在这个最好也是最坏的时代里,古老的传承开始复苏,不断有异能者觉醒,一个个遗迹藏着关于世界的秘密。而吕树努力修行,吐槽全球。寂静生活碎掉了,电光直射天心,雨沙沙地落下。作品中主人公与没有血缘关系的妹妹相依为命,虽然生活艰难,却不离不弃,即使妹妹被世界唾弃,他依然坚持守护,手足之情令人动容。

《娱乐圈头条》(莞尔 wr):与江华集团的继承人赵君翰相亲之后,冯南和青梅竹马的裴奕因此起了争执,还没来得及弄明白裴奕心意,她却重生成了一个名叫江瑟的女孩,从小跟着母亲改嫁继父,在家里地位尴尬,面临辍学打工的危机,故事序幕就此拉开。作品讲述出身名门的冯家千金大小姐,突然有一天重生成为一个贫穷却一心一意想进娱乐圈的漂亮女孩,通过努力和奋斗,最终扬名娱乐圈,并与青梅竹马修成正果的故事。

《贴身战龙》(青狐妖):消失数年的神秘高手赵玄机返回家乡云水市,第一眼看到的却是姐姐的灵堂。原来姐夫钱夕惕因追求富贵而勾搭了豪门、大德典当行老板的独生女韦嘉，因此转移财产，抛弃女儿……赵玄机和大德的恩怨由此拉开，对方不但使用商业手段，而且动用了社会力量乃至于雇凶杀人，但问题都被赵玄机一一化解。随着矛盾冲突的升级，大德背后的燕云会浮出水面，乃至于燕云会的诸多对手、社会各领域里的势力纷至沓来。

《夜旅人》(赵熙之)：因一盏自1937年沿用至今的廊灯，上海华山路699号公寓的两代住户跨越78年深夜相逢。该文采用双时空线并行的方式，分述主角各自的故事：一个在战时申城为民族实业内迁辛苦奔走，一个在现代上海为疑案与疾病所累。由于每晚10点至早6点的时空交错，双线各自推进的同时，却又产生交织，一面是硝烟弥漫前路未卜，一面是钩心斗角疑团莫释，同一座城市在不同的时代呈现出截然不同的底色，强烈对比下尤显今日和平之可贵，身处这样不同背景下的两个家族也迎来各自的命运。

《洛丽玛斯玫瑰》(安思源)：遗体整容师苗筱因患上了一种酷似爱丽丝综合征的心理病而不得不放弃这份工作，偶然与心理医生康乔相识后，她便将康乔视作了救命稻草。视财如命的康乔坚决不肯答应替她免费治疗，却又为了帮前女友走出心理阴影而跟苗筱合作，两人就此纠缠上，在康乔各种有意无意的帮助下，苗筱经过一系列的事件逐渐找回了最初的热忱，也终与康乔走到一起。

《你才玛丽苏》(雪珊瑚)：LE影业的制片人苏玛丽，因为两次剧目失利导致工作和生活陷入僵局，急需打破困境。此时她收到了陌生人寄给她的VR游戏机。为放松压力，她戴上了游戏机，不料却发现自己完全进入了游戏设定的环境里，若不能成功完成游戏，她会永远留在游戏之中。在游戏过程中，她发现某些细节设定与她的生活有关联，激起了她的好奇心。与此同时，她的邻居、眼盲的心理医生池风，也因为要治疗一位少年的网瘾，需要进入游戏，二人通力合作，在帮助少年洗脱绑架嫌疑的过程中，渐生情愫。

悬疑类作品《生死聚焦》(高冷的沐小婧)：世界之大，无奇不有，茫茫星空总有极少数的人在某些领域天赋异禀，哪怕我们奋斗一生也无法望其项背。有些项目，出生入死惊险异常，而项目完成后不会有人记得他，甚至人们并不知道有这么一群人，记得他们的，只有国家。拥有着记者身份和蜉蝣022号神秘身份的双面人颜九成和一群兄弟，为了一个惊险神秘的项目，用隐匿的双重身份在刀尖上行走。这是一部为了营救科学家的现代反间谍的英雄故事。

《正道潜龙》(伪戒):故事发生在1998年春节,警校毕业的卧底沈恩赐,在执行最后一次任务时失联。而他的上线刑警队长关磊,在击毙和抓捕其他罪犯时得知,沈恩赐已经被领头的犯罪嫌疑人大老王枪杀,但大老王也因躲避抓捕时开枪拒捕,被关磊和同事当场击毙。此时沈恩赐的孪生弟弟临危受命,代替哥哥重新回到犯罪团伙进行卧底,以求一举侦破此案……

《冬至》(凝陇):陆嫣是一名麻醉医生,深夜接到急诊电话,在赶往医院的途中,她意外遇到已死亡多年的高中女同学邓蔓。从那天起,身边的各种怪事接踵而至。男主江成屹时隔数年回到S市,在同学会上,遇上当年甩掉他的前女友陆嫣,见陆嫣被怪事环绕,江成屹"勉为其难"收留她住进了自家豪宅。由此展开了这个看似灵异,但实际为都市现实背景的破案题材故事。作者文笔流畅,剧情引人入胜,推理分析丝丝入扣,男主和女主一边破案,一边恋爱,最终迎来美好结局。

《龙门阵》(丁道兵):鲜以做典当文物旧货等民间淘宝生意,忽然有一天在国外做私家侦探的儿时朋友冉英俊回来了,他不是回国探亲游玩,而是带着一项神秘任务。国外一家背景强大的财团家族老大的女儿委托冉英俊回国来寻找一件器物,名字叫"太阳轮"。"太阳轮"拥有者已经失联数年,他最后的行踪是在国内的黑竹沟。黑竹沟的神秘和恐怖,令冉英俊颇为忌惮,他需要帮手,第一个想到并去找的就是死党鲜以。多年前鲜以有个叔叔曾在探险黑竹沟的寻宝行程中失踪,爷爷嘱咐鲜家后辈不得踏入黑竹沟,冉英俊回国找上门来求助,鲜以犹豫再三还是答应了,他想借这个机会进黑竹沟查找叔叔失踪的谜团。探险过程恐怖而艰辛,与各路人马碰撞,人心与人性碰撞,善与恶交织。

《诛心镇》(苏禅):在一个与世隔绝的东方小镇上,居住着灵婆、太监、幻术师、大内邪典等一群奇怪的人,他们各自守着自己的秘密平静生活着,直到一连串死亡打破了这个镇子的平静,揭开了疯狂序幕。

《匠心之四艺堂》(冬月初雪):中国元代建立匠户制度,传承发展历经千年,父死子继,役皆永充,世代为皇家制作私密之物。而后战乱纷争,政权更迭,数十万匠户在炮火中散落民间。民国初年,中国处于军阀割据状态,恰逢1915年万国博览会即将召开,荥州督军为稳固势力,筹办参会选拔赛。至此以木雕、幻术、花灯、制香、烟花为代表的各家匠户纷纷响应,希望借此机会在各国面前展示中华技艺,但参会前的选拔赛却突遭"飞鸟会"挑衅。青铜匠户深夜满门被屠,木雕唐家在大火中毁于一旦,制香家少主也被控制,在各匠户的参赛作品中做了手脚,所有珍品尽数毁坏。此时"飞鸟会"提出斗技,无硝烟之战一触即发。

军事小说《龙渊》(骠骑):冬雨将至,步兵连连长秦涛率部在白山地域协助地质勘探队进行山体爆破,大雨中,爆破后的山体流出了红色的如同鲜血般的液体,神秘兮兮的科考队负责人钱永玉给出了上级命令,秦涛带部队返回。为了解开雪山失踪之谜,秦涛再次带队出征,不料却遭遇了更加令人匪夷所思的事件,一群纳粹第三帝国的幽灵徘徊在雪域之中,试图重建所谓的辉煌。一波未平一波又起的川北圣物之谜,陈可儿的突然离开和一重重的谜案让秦涛陷入了一张似乎在千年以前就已经编织好的大网之中。

《战神之王》(丛林狼):作品讲述了一个普通牧民少年,被迫卷入战争漩涡,奋起反击的铁血成长史。一个雷雨交加的夜晚,边境牧区忽然来了一群来历不明的人——一支雇佣兵团小队,牧民们遭到屠杀。李锐原本只是一个牧民少年,他亲历了这场突如其来的劫难,眼睁睁看着身边的父老乡亲被害,从此立下血誓。历经种种磨难,他终于成为最神秘的龙牙部队的特种兵,为血海深仇,为国家使命,为尊严和自由而战,谱写出一段战神之王的铁血传奇。

竞技小说《天行》(失落叶):故事围绕丁牧宸的职业经历展开。在银狐俱乐部内处处被排挤,一整个赛季坐了冷板凳之后,丁牧宸终于决定离开银狐。好友林澈找到了他,提出要求,想要一起组建一个以"打钱"为目的的工作室,单纯地玩游戏,一起进入即将上线的《天行》游戏。游戏进程继续,队伍逐渐壮大,丁牧宸渐渐崭露头角,展现出了北辰骑神应有的实力。随着时间的流淌,一件大事不得不面对,丁牧宸、林澈两个人决定创建"北辰"公会。至此,北辰踏上了与银狐、烛龙、古剑等公会的争锋之路。新一代天王,就此崛起。

三、2018,网文主流化之年

在以"新时代、新起点、新使命"为主题的首届中国网络文学周上,中国作家协会首次发布《中国网络文学蓝皮书(2017)》。《蓝皮书》显示,中国网络文学创作的基本状况是:现实类创作增长显著,幻想类小说仍占据较大比重,历史类及其他各个类型都有长足发展,并有代表性作品出现,但同质化、模式化问题和低俗、庸俗、媚俗倾向仍然存在。①

从5月到11月,中国网络文学周、上海网络文学周、江苏扬子江网络文学周陆续在杭州、上海和南京登场亮相。江苏网络文学创意产业园落户南京江宁,江苏网络文学谷落户南京秦淮,江苏网络作家村暨宜创文化传媒落户镇江宜园,天津网络作家村暨新文化传媒(团泊)小镇落户静海区团泊湖畔。至此全国各省市自治区除新疆、西藏、海南以外,均以各自的方式建立了网络文学组织机构,网络创作发达地区的市县一级也纷纷建立了网络作家协会,网络文学全国一盘棋的局面初步形成。

2018年另一个全国性的活动在9月拉开帷幕,由国家新闻出版署、北京市人民政府指导,中共北京市委宣传部、北京市互联网信息办公室、北京市新闻出版广电局主办的第二届"中国网络文学+大会",以"网络正能量,文学新高峰"为主题,成为业界交流最广泛的平台,中国音像与数字出版协会在会上发布了《2017年中国网络文学发展报告》,从政策、作品、作者、读者、市场、趋势等六个角度,全面分析中国网络文学发展情况以及未来的发展趋势。众多文学网站借助这一平台总结一年取得的成绩,并发布最新计划。

2018年3月,中国作协网络文学委员会、上海市新闻出版局、上海市作家协会和阅文集团在上海联合主办了"中国网络文学20年发展专题探讨会","中国网络文学20年20部优秀作品"评选结果在会议期间揭晓。

网络文学最新动态显示,行业边界日趋淡化,IP延伸出新的格局,网络文学IP生态趋于平稳,继续带动泛娱乐生态链各环节产生联动,产生放大效应,并以高能量、高价值和高潜力吸引资本入局,为创新注入新动力。部分重点网络文学企业先后上市,创新型企业在一级市场获得的风险投资和私募基金融资都保持了强劲增长,为网络文学IP不断涌现并向精品转化,注入了强劲的动力。二次元类市场和音频市场进入活跃期。互联网用户群当中二次元用户逐年攀升,市场规模于2017年已突破1 000亿元,用户规模

---

① 中国作家协会网络文学中心:《2017中国网络文学蓝皮书》,见《文艺报》2018年5月30日,第3版。

已超过3亿人。2018年3月,作为二次元用户聚集地的B站赴美上市,国内二次元行业开始进军海外,在发展上迈出重要的一步。①

2018年在网络上产生重要影响的作品有:唐家三少的《拥抱谎言拥抱你》、顾漫的《你是我的荣耀》、天下霸唱的《火神》、月关的《逍遥游》、烽火戏诸侯的《剑来》、会说话的肘子的《大王饶命》、蒋胜男的《燕云台》、无罪的《平天策》、宅猪的《牧神记》、阿彩的《盛世天骄》、北倾的《他与爱同罪》、priest的《无污染无公害》。这十二部作品中有四部为现实题材,两部大女主文,两部东方玄幻,仙侠、历史、传奇、系统文各一部。从作品的网络分布情况和社会影响力综合来看,幻想类、各种非现实题材类和现实题材类初步形成三分天下的格局,这基本呈现了当下网络文学的总体态势。

2018年,无疑是女频网文IP改编剧霸屏的一年,业界因此有"得女频者占IP之先"的说法。从开年大戏《穿越赌妃》《凤囚凰》《国民老公》《柜中美人》《风光大嫁》,到暑期热门剧集《扶摇》《天盛长歌》《芸汐传》《如懿传》《香蜜沉沉烬如霜》《媚者无疆》,再到年末《你和我的倾城时光》《知否知否应是绿肥红瘦》,加上《结爱·千岁大人的初恋》《萌妻食神》《同学两亿岁》《双世宠妃2》等网络小说IP改编剧,不仅收视点击数据亮眼,也频频出现在热门话题榜单,其中《如懿传》和《扶摇》的全网播放量超过100亿次。《延禧攻略》和《凉生,我们可不可以不忧伤》两部热播剧虽然不是由网络小说改编而成,却明显带有网络传播特色,《延禧攻略》还出现了反向定制的网络小说。当然,男频或者说非典型女频文的表现也不容忽视,其中都市悬疑、灵异剧《盗墓笔记少年篇·沙海》《镇魂》《S.C.I.谜案集》《天坑鹰猎》《罪案心理小组X》,现实题材剧《橙红年代》《大江大河》《守护神之保险调查》,历史传奇剧《夜天子》《盛唐幻夜》《唐砖》《回到明朝当王爷之杨凌传》,古装玄幻武侠剧《武动乾坤之英雄出少年》《斗破苍穹》《倾世妖颜》《将夜》,古装爱情悬疑剧《我在大理寺当宠物》《锦衣之下》,年代剧《降龙之白露为霜》等都有较为出色的表现。

总体来看,目前网络文学IP古装剧占据的份额明显大于现实题材剧。大男主玄幻剧,因为篇幅长、改编难度大、改编周期长、投入大、短期变现能力差等原因,市场将进入一个低潮期。受上述因素的影响,网络文学的创作方向必

---

① 速途研究院:《2018年Q1中国二次元产业研究报告》,2018年4月13日。

然会发生一些变化,IP则是这一变化的杠杆,可以预见,未来的版权市场会涌现一批故事情节生动、人物刻画鲜明的网络文学现实题材IP。

在游戏领域,根据唐家三少、江南、南派三叔、流潋紫、天蚕土豆、辰东、耳根、我吃西红柿、无罪、天下归元等头部作家创作的热门网络小说《绝世唐门——横扫天下》《如懿传》《天盛长歌》《锦绣未央》《盗墓笔记Q》《龙族幻想》《斗罗大陆》《尘缘》《圣墟》《诸天至尊》《武动乾坤》《大主宰》《楚乔传》《剑王朝》《真我欲封天》《雪鹰领主》等百余部手游陆续上线。正在公测、即将上线的《峨眉传》《万空道仙》《踏天封仙》《剑道烟尘》《造法之门》《大劫主》《御剑仙瑶》《踏道洪荒》《红尘不问道》《穿顶之下》《仙武道纪》《战恋雪》充分说明原创网络小说是网络游戏改编的主要源头。

在年度网络文学IP的角逐中,阅文集团、掌阅科技、阿里文学、爱奇艺文学、晋江文学城、网易文漫、咪咕阅读、黑岩网、火星小说、博易创为、吾里文化、连尚文学等平台针对自己的业务形成了各具特色的盈利模式,几大重要平台基本形成共识:全程参与设定制作,发布及推广改编产品,探索更深入参加娱乐产品开发过程的方法,与上下游全产业链的合作伙伴共同推动IP泛娱乐开发不断优化升级,提升开发的精品率。同时,平台还通过优化企业海外布局,有力推动了网络文学"走出去"。

阅文集团为了拓宽IP链路,在2018年也进行了战略调整,音频方面,在投资喜马拉雅后又创建了新的有声阅读品牌"阅文听书";影视方面,100%收购了新丽传媒。这些布局在阅文看来"有助于释放阅文高质量原创IP的全部价值潜力,使阅文IP业务结构进一步完善,有助于阅文全面掌控IP改编过程以推动影视、网络剧、网游动漫的全方位开发,并加强作家与用户的参与度"。同时进一步推进现实题材创作、IP运营支持等多角度联动,实现了现实题材"分类",加快现实题材创作专业化进程。阿里文学和阿里影业联合启动了网络电影HAO计划,共同投入10亿资源赋能网络电影内容生产者,提供集IP衍生、项目融资、内容制作、电影宣发在内的全链路支持。其中,阿里文学的职责是开放IP资源,提供创作环境、内容扶持和知识产权保护。通过HAO计划的实施,阿里文学在电影、动漫、音乐、衍生品等各个方面都进行了探索,以文学IP为起点撬动网络文学产业的全新升级,再以泛娱乐IP产品反哺原生网文作品,增加文学IP价值,努力把整个文学市场往上提一个层次。爱奇艺云腾计划取得初步成效:共收到了950余封标书,380余家影视公司参与招标,213部网络文学原创作品已定标,100部影视作品的拍摄计划正在酝酿之中,其中《在悠长的时光里等你》《等到烟暖雨收》《道师爷》三部作品已正式上线。《在悠长的时光里等你》在暑期档会员转化率中排名第二,也是艾瑞数据Top20里是唯一一部分账的网剧;《等到烟暖雨收》流量破亿,上线当天便登顶爱奇艺分账网剧榜首,猫眼热度排行榜中位居前列;《道师爷》上线首日分账破百万,首周破千万。

掌阅科技从2017年开始积极调整产业链,计划从网络剧进军IP产业;纵横文学几经重组后也开始发力IP孵化,推出了网络剧、游戏作品。值得一提的是,晋江文学城的做法是坚持网文品种"多元共存""百花齐放、百家争鸣""给小众题材以生存空间"的原则,给作者提供良好的土壤。而在IP类型化方面,黑岩网的摸索也取得不俗的成绩,他们倾力打造国内最大的悬疑类网络文学平台,成为"90后"的主流阅读审美时尚。网易文漫与艺恩联合创建并发布了影视IP生态评估体系,对作品的价值评估提供系统化的指标;2018年,网易文漫与万达影业合作,实行共建"IP实验室"计划,充分利用双方的优质资源,向全社会征集优质内容,目标是打造中国的"超级IP"和"垂直精品IP"。博易创为另辟蹊径,约请流浪的蛤蟆、马伯庸、跳舞、月关、天使奥斯卡等国内幻想小说领域的知名作家联手,试图将中国古代传说和真实历史结合在一起,形成一个自成体系的架空世界,围绕这个超级IP,将会在实体出版、有声剧、二次元动漫、影视等领域产生衍生品。收购老牌平台逐浪的连尚文学以"免费"取得了阶段性胜利,也在积极扩大IP开发价值,从以前以改编漫画、有声小说为主,向影视和网络大电影方面拓展。火星小说以独有的"方法论"来吸引用户,从而找到了破局的关键点。以第三方形象出现的橙瓜网,将其电子杂志《网文圈》[①]内容升级并线下定期出版,作为网络文学行业首个期刊,《网文圈》致力于展现来自业内的不同声音,在传播资讯、观点和正能量的同时,始终与读者同步,分享网络文学行业的乐趣和智慧。

2018年度中国作家协会重点扶持网络文学作品八部:《圣墟》《汉乡》《大道朝天》《黑白禁区》《海上升明月》《太行血》《浩荡》《大漠航天人》。全国

---

① 《网文圈》创刊于2017年4月13日,由网络文学行业中的垂直媒体橙瓜网打造,以为网络文学行业服务为宗旨,2018年7月份改版后致力于发布行业资讯,研判行业趋势。

网络文学重点园地工作联席会议扶持网络文学作品三十部：《交锋》《牧神记》《长乐歌》《全职法师》《神藏》《大帝姬》《我们的,时代》《风是叶的涟漪》《凤门嫡女》《旧曾谙》《你好消防员》《温柔只给意中人》《沈家规矩多》《撩表心意》《徐徐恋长空》《一寸山河》《河庄梦情》《商途》《宁家女儿》《维和战队》《至爱功勋》《重生之出人头地》《神工》《秋江梦忆》《老妈有喜》《方外：消失的八门》《大山里的青春》《足球纪元》《芳菲乡的振兴》《安河桥北》。从中国作协的网络文学扶持计划可以看出，在创作类型多样化的基础上，关注现实生活是一个主导方向。

  在政府积极倡导和扶持的创作方向大势影响下，现实题材创作成为2018年中国网络文学"主流化"的年度旗帜和风向标，越来越多由网络文学现实题材作品改编的影视剧热度不减，市场对于优秀现实题材作品的需求也进一步增大。

  随着中国网络文学进入新的历史拐点，主流意识形态对网络文学的重视、赋能与规制，文学创作从规模扩张向质量至上转型。如何提升网络作家的文学地位，培育新生力量，让网络文学向精品化、高端化发展，成为业界关注的焦点。由此网络文学研究和人才培育也逐渐成为一个热门话题。

四、网文的精品化之路

  2018年，业态显示IP发展不再好大喜功、急于求成，而是趋于谨慎收缩、稳中求进，但在理念上却大面积铺展，曲径通幽，深入人心。这一年由网络小说改编的电视剧、网络剧、游戏和动漫依然有所突破，并涌现出一批现象级作品。据《2018年中国网络视听发展研究报告》统计，2018年1月1日至10月31日，在国家广电总局备案的最新网络剧数量共有311部、网络电影2 141部、网络动画片603部。其中网络剧第一季度到第三季度总量为214部，全年预计280部，较2017年295部的总量，略有下降。但网剧创作题材却日渐丰富，包括古装宫廷剧、都市悬疑剧、历史正剧都成了用户最爱的网剧类型。自2014年到2018年，网络电影上新数量走出了一波曲线，分别为450部、680部、2 463部、1 892部、1 373部。在这些网络电影中，付费比例已近八成，优酷、爱奇艺、腾讯以95.1%的播出比例显示出压倒性优势。爱情、悬疑、动作、喜剧、剧情五大类型占据上新总量的82.1%。中国网络影视市场虽有起落,但总体发展态势良好,网络影视整体品质和地位正在迅速提升,其发展趋势逐渐明朗,一是符合主流价值,二是遵循经济规律,具体表现则是内容为王,这在一定程度上对网络文学发挥了导向作用。

网络游戏开发领域也加快了步伐,2018年由网络文学IP改编的游戏得到市场的积极反馈,优质内容的稀缺性使得平台深入产业链,与上游的原创文学,平行端的影视、动漫等形成了更深入的合作。IP驱动下的游戏作品系列化,在不断放大价值的同时形成品牌效应以促进增值业务的发展,形成IP开发到衍生价值的良性循环,围绕网络文学IP进行全产业链开发由此呈现出全新的格局。

据《2018年中国游戏产业报告》称,2018年中国游戏市场实际销售收入2 144.4亿元,同比增长5.3%,用户规模6.26亿人,同比增长7.3%。中国上市游戏企业199家,仍有二十余家企业正在申请上市,预计港股上市游戏企业数目将会进一步提升。游戏端口的变化显示了年轻一代用户的选择。移动端销售收入1 339.6亿元,同比增长15.4%;用户规模6.05亿人,同比增长9.2%。PC客户端销售收入619.6亿元,同比降低4.5%;用户规模1.5亿人,同比降低5%。网页游戏销售收入126.5亿元,同比降低18.9%;用户规模2.23亿人,同比降低13%。中国自主开发的网络游戏实际销售收入1 643.9亿元,同比增长17.6%。

相比客户端游戏与网页游戏,移动网络游戏已成为游戏企业新的发展方向,步入快速发展阶段。随着4G网络覆盖范围的不断拓展以及5G网络技术的呼啸而至,移动网络游戏用户规模将不断提高。借助用户规模的增加和游戏盈利模式的不断创新,未来两年移动网游将持续呈爆发增长态势。随着游戏行业高速发展,大量网文因为得天独厚的内容优势被改编成游戏,IP概念备受追捧。一方面网文较长的更新周期能够支撑游戏的后续更新,延长游戏的使用寿命,另一方面影游联动能够极大挖掘用户价值,全产业链相互借力,提升IP效应。

自从IP概念形成以来,网络文学与游戏、影视、动漫不断磨合,相互之间并非简单地借力,而是有机渗透。西南大学文学院教授黎杨全通过解读网络文学与游戏之间的关系,分析了这一模式的深层结构。黎杨全认为:两者不能仅仅理解为工具意义上的借鉴,而应是本体意义上的植入,经由游戏中介,网络文学表现了网络社会重构的部分新现实,由此构成了它与传统文学的重要区别。网络文学对游戏经验既有明显的借鉴,也有无意识的化用,对两者关系的研究不能只停留于表层,而应注意游戏经验的深层影响。不能只从消极的、负面的方面去理解游戏对网络文学的意义,需要注意它带给网络文学的新质。总的来看,游戏对中国网络文学的"世界"想象、主体认知及叙述方式这三大方面产生了深刻影响。①从另一个角度看,网络游戏与网络文学同根分流,各自从流量时代、换皮时代,慢慢转向内容为王时代,渠道的作用在这个过程中逐渐减弱,已不再是决定性的环节,IP的价值不再是唯一的法宝。换句话说,一个游戏的好坏根本在于内容,而不在于它的IP值有多高。IP衍生对网文的要求不再是数据和榜单,对内容要求有了明显的提升。

同样,近年来视频和音频价值的升级也说明了互联网文艺各个环节之间的关联度更加密切。在用户积累到了一定规模的前提下,视频平台的内容把控能力不断升级,由传统台网剧到纯网剧再延伸到超级剧集,不断拓展影响力。超级剧集作为网络剧是升级版,必须符合几个条件:首先是剧情内容质量较高,即便是优质IP也需要专业制作团队加持;其次用户对于内容的认可度及接受度较高;再次,视频平台的号召力为超级剧集赋予更大能量;最后,超级剧集应该有能力拉动整个产业链甚至是泛娱乐布局的全面升级,从剧集的制作、宣发到商业化探索,相比网络剧都更专业化和系统化,积聚和散发更大能量。

2017年,优酷提出了超级剧集的概念,并用了两年时间,成功打造了多部优质剧集,成为优酷文娱内容的核心竞争力之一,超级剧集和网络剧集也越来越成为创新内容的驱动源泉。超级剧集在商业化探索过程中逐渐摸索形成一套有效体系,逐渐摆脱对电视剧的追随,与电视剧既有融合又有区分,拓展出一条独特的、有别于电视剧的创新发展道路,《大军师司马懿之军师联盟》《白夜追凶》和《大明皇妃·孙若薇》《长安十二时辰》是其代表性作品。

2017年和2018年,音频作为IP渠道进入快速增长阶段,智能手机、联网汽车和智能音箱等技术的发展有力推动了在线收听市场的繁荣,音频IP与视频、社交、户外等优质投放渠道共同成为数字营销的重要组成部分,同时随着场景营销不断践行,2018年,由大网文改编的音频IP成为年度创新

---

① 黎杨全:《中国网络文学与游戏经验》,见《文艺研究》2018年第4期。

的重要根据地,越来越多根据网络文学 IP 改编的影视作品先以有声书、广播剧的形态登陆音频平台。相较于动漫、影视这类 IP 衍生品,有声书具有同步性强、还原度高、成本低、圈层广等特点。网络文学线下出版后优先做有声化尝试,以内容付费或广告的形式测试市场接受程度,再确定 IP 开发方案成为新的模式。由于音频 IP 的高变现能力,很多流量大户选择跟音频平台合作,这不仅大大降低了音频平台的获客成本,而且依靠此类机构的行业资源和经验,更有利于内容方进行跨平台运营和品牌塑造。

随着《盗墓笔记》《超能兵王》《仙逆》《傲世九重天》《凡人修仙传》《武动乾坤》《斗破苍穹》《百炼成仙》《侯卫东官场笔记》《首席医官》《赘婿》《最后一个道士》《陈二狗的妖孽人生》《雪中悍刀行》《大宋的智慧》《无限恐怖》《黄金瞳》《超级仙医》等一批网络小说走红音频市场,网络文学 IP 的活跃度再次上升。2018 年 9 月,网络有声平台"喜马拉雅"和腾讯视频推出《联合 IP 孵化计划》,决定打通两个平台的流量,对优质 IP 进行商业化包装,同一个 IP 在腾讯视频上播放电视剧,在喜马拉雅上则播放广播剧,以此满足 VIP 会员不同层次、不同场景的需求。

2018 年 12 月,新浪微博数据中心最新发布的《2018 动漫在年轻人中的影响力》[①]报告显示,截至 2018 年 11 月,微博泛动漫兴趣用户达到 2.48 亿,核心动漫用户达到 3 126 万,头部 KOL 账号规模达 3.4 万,覆盖粉丝规模 3.5 亿以上。年度新增动漫话题 3.6 万个,话题讨论增量 1.1 亿次,话题阅读增量高达 1 034 亿。同时,从用户阅读的内容类别来看,国产漫画人气最高,将近 70%,在微博上阅读过国产动漫的用户达到了 90%。

网络文学 IP 改编动漫历程已久,以《全职高手》《斗罗大陆》《斗破苍穹》等为代表的一批作品极大丰富了动漫作品的内容,深受读者喜爱。从近两年的发展情况看,全维度考量一个 IP 的价值,变得越来越重要,网文 IP 改编动漫往往只是衍生的第一步,凭借作品凝聚的人气推动下游的衍生开发,是检验动漫平台能量的试金石。2018 年网文改编漫画的作品依然强势;头部漫画作品中,动画、网大、小说和游戏等形式的改编以及联动值得关注;奇幻玄幻类作品在头部漫画中的地位难以动摇,女性向漫画的潜力正在被激发,而联动、虚拟偶像商业化和出海则成为这个赛道里不可忽视的新机遇。

---

① 腾讯用户研究与体验设计部(CDC),2018 年 5 月 28 日。

在缺乏大爆款的情况,平台从小众精品漫画中挖掘IP。在与2017年统计的腾讯动漫和有妖气的国漫年度Top10作品产品表格对比中可以看到,《一人之下》《驭灵师》《英雄?我早就不当了》《镇魂街》等产品依然稳定在2018年国漫年度榜单上。从类型上来看,奇幻题材的作品依旧保持着靠前的位置。为漫画增加奇幻元素能够让漫画家用夸张的手法表现自己的创意,有助于吸引读者的注意力。

动漫平台相对于网文平台而言数量较少,比较有影响的有快看漫画、腾讯动漫、微博动漫、有妖气等。从类型上看,快看漫画的作品类型多为女性向,这与平台的定位有直接关系。近年来,女性向在影视、游戏和文学领域越来越受市场和资本的关注,由网络小说改编的漫画在快看漫画付费优势明显。腾讯漫画排名前10的作品均采用了偏向奇幻玄幻的设定,有妖气排名前10的作品中也有5部采用了奇幻架空的设定。腾讯动漫因为总体漫画数量较多且平台用户相对活跃,头部效应并不是那么明显。微博动漫注重开发现实题材作品和创新意识,推行以"发现、制造和放大好故事"为要素的计划,在短短一年时间里用户呈现出爆发式的增长。由此可见,各个漫画平台在市场的差异化开始进一步细分,但具有鲜明特色的平台也在进一步扩大自己的用户规模。当不同形式的内容上线,作品的IP效应将被进一步扩大,特别是小说改编为动画和漫画之后,粉丝对于作品角色会产生更多的心理期待,平台也将因此获得多元化变现的方式。

在上述平台中作品的来源大致可分为三类:小说改编漫画、原创漫画和游戏或剧改漫画。其中小说改漫画的作品占比最大,超过了50%。小说改编的动漫和游戏、影视出现了多元"联动",比如《斗罗大陆》动画第二季开播,《新斗罗大陆》手游在11月9日做了大的版本更新,更新后的游戏与动画在内容方面做了官方联动,而动画的片头也加入了手游的宣传消息。动画与漫画的联动则可以把漫画的粉丝导入播放动画的视频平台。完结的漫画也开始作为改编小说的源头,漫改剧则成为新的时尚亮点。

2018年上线的80多部国产动画中,有27部为漫画改编作品,其中包括了10部动态漫画;原创动画作品有34部,占到总数的41%,诞生了《刺客伍六七》《凸变英雄LEAF》这样的小众爆款;小说改编动画有15部,占到总数的18%,虽然数量较少,但是总体的IP价值突出。在腾讯视频播放量最大的4部国产动画均由网络文学IP改编,《斗罗大陆》《魔道祖师》《斗破苍穹》

(第二季)《武庚纪》(第二季)的播放量均超过 10 亿。与之相比,因为粉丝基础比小说改编作品薄弱,漫改动画受到的关注程度要相对小得多,目前漫改作品更倾向于在细分品类上打造爆款,一些精致但是相对小众的漫画正在被挖掘出来,取得相对出色的改编成绩。

国漫发展经历了一个漫长、曲折的过程,长期以来创作环境深受日漫影响,对漫画的理解和认识停留在直观层面,注重画面完成度,忽视角色形象塑造,故事内容单薄,往往只有主人公动机和背景设定,缺乏故事线索、细节描述和人物关系的设计,导致上线前期表现稳定,当故事进展到 10—20 回,数据便开始快速下跌。经过几年的沉淀,国漫市场开始从以量取胜的增长模式,向以追求优质内容为核心的模式转型,对于抱有"读者爱吃鱼,我就承包一片鱼塘"想法的 CP 们,很快就感受到了来自鱼塘干涸的危机。在众多平台刹车、选题限行的 2019 年,进一步建立筛选机制,聚焦精品化内容,创立漫画的工业化生产流程,已成了行业发展和提升的关键。对用户的关注和维护是动漫平台的核心工作,腾讯视频对上线作品的统计排名,在多维度看待作品的同时,更看重粉丝的口味,其维度包括口碑、粉丝心中的虚拟偶像爱豆、弹幕热词、周边等。内容为王的理念也在动漫领域有所彰显,2018 年微博动漫的用户调研数据显示,用户因剧情、人物、画面而看动漫的占比分别为 77.48%、71.7% 和 59.95%。炫酷的画面不再成为一部动漫的吸睛点,读者对于漫画这道菜从一开始看品相挑选,到试吃一口再做决定的选择方式说明,漫画已经从画面审美整体转为故事审美,而此时,好故事作为漫画内容的核心需求便凸显出来。

重点网络平台在 2018 年底陆续宣布了自己的年度改编计划。腾讯视频将集中上线 7 部由网络小说改编的动漫作品,其中包括辰东的《完美世界》、耳根的《一念永恒》、梦溪石的《千秋》、墨香铜臭的《穿书自救指南》、石头羊的《黄历师》、priest 的《默读》和我吃西红柿的《吞噬星空》。哔哩哔哩宣布的网络小说改编动漫计划二次元特征较为明显,其作品为《残次品》《我开动物园的那些年》《元龙》《天宝伏妖录》《仙王的日常生活》和《异常生物见闻录》。爱奇艺也将推出天蚕土豆的《大主宰》、七英俊的《有药》、苏小暖的《邪王追妻》和观棋的《万古仙穹》(第三季)等动漫作品。据橙瓜网文(cgwwzj)不完全统计,2019 年将有 30 多部网络小说改编动漫上线,有望引发一波关于动漫的话题热潮。这些作品中近四分之一已经播过至少一季,由于前期改编取得了不俗的成绩,如《斗罗大陆》系列、《斗破苍穹》(第三季)以及《斗破苍穹特别篇2》、《全职高手》(第二季)及大电影、《万古仙穹》(第三季)、《魔道祖师2》和《星辰变》第二季等,后续剧情颇令观众期待。除此以外,还有忘语的《凡人修仙传》、天蚕土豆的《武动乾坤》、云天空的《灵剑尊》和《妖神记》、国王陛下的《崩坏星河》、庚新的《热血三国》和任怨的《元龙》等重要网络小说将改编为动漫。

漫画作为一种网络读物,比小说更直观,比影视剧轻松,不容易"辣眼",在快节奏生活下的年轻一代,更倾向于用碎片化的时间在其中寻找乐趣。根据已经发布的《腾讯00后研究报告》[①],被称作"互联网原住民"一代的"00后"较之"80后""90后"能更高效地尝试多种阅读,对信息的摄入也远超前辈,这意味着阅读的广度不再稀罕,对某个领域的见解和参与成果成了彰显自我的表现。在漫画领域,"00后"对国漫和日韩漫都有涉猎,对内容也有着更为挑剔的眼光。在胡润首次发布的动漫IP价值榜上,《全职高手》《斗破苍穹》《一人之下》摘得本次动漫IP价值榜的前三甲,由于国漫在内容方面还比较匮乏,无法对全年龄层次的人群形成良好的吸引力,随着二次元文化的兴盛,国漫将会迎来一次大飞跃。业界认为,在网络文学IP的推助下动漫必将出现强劲增长,2019年或将是"动漫元年"。

在一片欢腾的形势之下,IP潜藏的危机也不容忽视,阿里文学副总裁周运直言"网络文学行业的确在2018年有摸到天花板的迹象",由于IP被资本疯炒,从曾经的几十万、百万上涨到几千万,甚至上亿。但是,"大IP+流量明星"转化成流量剧的资本快速变现手段,在2018年遭遇了滑铁卢,传统头部大IP内容生产与价值验证和变现机制失灵,一些奉行"大IP+流量明星"投资胜利逻辑的人纷纷败走麦城。究其原因,慈文副总裁赵斌在谈及网络小说IP转化的局限性时认为:网络小说时效性非常强,题材内容的重复度很高,相当多的小说存在世界观架构过于宏大、影视化难度高等问题,而这些问题在"商业价值极高"的认知面前很容易被忽视和掩盖。但是归根结底,剧的核心一定都是内容为王,而上述问题往往直指这个核心,伴随着大量模式重复、达不到预期的影视作品的出现,观众的热情被消耗。为了降低时效性的影响,剔除重复性,IP内容要进行大量的删改,高价购买IP的意

---

① 腾讯用户研究与体验设计部(CDC),2018年5月28日。

义甚至仅仅停留在保留名字的阶段,这就得不偿失了,市场必然逐步转向冷静。

类似问题在实际运作中的确存在而且更加复杂,其核心主要是两个方面:首先,网文 IP 本身因具有高度商业化特点,不免出现情节雷同、撞梗、融梗等现象,而制作公司购买 IP 时,也多集中在言情、仙侠、宫斗、青春等几种题材,造成同一类型的剧集过于集中,市场趋于饱和;其次,在 IP 后期的开发运营过程中,同一网文的剧版、影版、网络版改编相继上线,也将原有 IP 过分消耗,导致整个行业似乎陷入一个"IP 同质化困境"。

毋庸讳言,当前网络文学 IP 改编模式仍显粗放,如何通过创新模式来提升 IP 改编的精品率,是网络文学发展面临的严峻挑战,尽管众多文学平台高管和影视公司高管均认为,2019 年网络文学 IP 改编风头不减,头部的依然是头部,只是更注重类别和改编方式,但现实总是比想象更加残酷。说到底,网络文学 IP 能走多远,关键还在于内容建设,没有精品意识,流量越大泡沫自然就越大,"呼唤精品"将是整个行业二十年后再出发的发令枪。

第八章　网络文学的交叉路径

网络文学的交叉路径主要是指渠道与内容的相互作用。网络文学是在数字化技术支持下产生的一种新型文学样式,由于传播渠道发生了重大变化,它的内容产生也与传统文学大相径庭。无论是写作方式、阅读方式、存续方式,还是叙事方式、故事构成、审美习惯等,网络文学均显示出强烈的民间性和娱乐性,与生俱来是一种面向大众的文化消费品。从创作、发表到用户信息反馈,可以说没有互联网这一渠道,就不可能产生网络文学这一样式,而网络文学的内容由最初的作者自发上传,发展到由文学网站根据受众阅读产生的数据划分等级,由此分门别类,进而引导和规约作者,形成独特的写作范式。

一、PC 端群雄并起

海归青年朱威廉作为中国大陆在网络文学领域第一个吃螃蟹的人,于1997 年 12 月在上海创办个人主页《榕树下》,当时的概念仍然是电子刊,所以沿用了书名号。1999 年 8 月,上海榕树下计算机有限公司成立,"榕树下"这次使用的是双引号,作为大陆首家独立域名的原创文学网站,告别了网刊时代,迎来了网站时代,开启了公司化运营的先河。早期的网络文学站点多数使用的是门户网站的免费空间,作者只有通过各站之间的友情链接联络读者,渠道仅限于为少数人(粉丝)提供服务,页面的浏览量十分有限。早期最有影响力的文学站点,如黄金书屋、碧海银沙、西祠胡同的月均页面浏览数只有 100 万次左右,邮件订阅人数约为 1 万人。网络作为渠道的主要作用就是方便更多的人进入,听到读者更多的声音,形成有效的读写互动。20 年前,一家文学站点的月浏览量过百万已经是天文数字,但在今天,仅晋江文学城一家网站日均页面浏览量就超过 1 个亿,日均登录固定用户达220万人。

　　文学网站作为渠道一直在寻找发展空间，很快就获得了量级增长，资本的介入是其主要原因。率先进入角逐的是多来米中文网，他们以400万元人民币的价格收购了16家站点，黄金书屋、中国足球网、海阔天空下载、笑林广记等网易排名前20的个人网站被买走了80%。资本投入之后必然要将这些站点进行商业运作，以期获得适当的回报，因而推动了网络文学渠道的商业化探索，同时互联网版权保护也成为一个社会关注的问题。文学作品的电子版权和网络原创文学的版权成为这一时期互联网文化产业的风口，具有华人背景的"博库"在美国横空出世，借助资本优势大肆收购作品电子版权，与国内多家出版社形成了战略合作。但是互联网说变脸就变脸，纳斯达克的互联网股在2000年3月崩盘，全球互联网行业迎来了它的第一个严冬，互联网概念一夜之间泡沫破碎，网络公司纷纷歇业，互联网"烧钱""圈钱"时代宣告落幕。"博库"投资商面临这一状况，以盈利模式无法确认为由拒绝按计划投资。2001年底，"博库"以渠道方式创建电子阅读收费模式的尝试宣告失败。

　　"博库"留下学费匆匆退出市场摸索，"榕树下"仍在艰难地寻找生存方式，他们曾经计划实施"一元包月"的阅读计划，但这一商业模式未能被读者接受。2002年，"榕树下"逐渐呈现出颓势，而以天涯社区为代表的门户网站文学频道却在此时强势崛起，以BBS形式出现的"舞文弄墨""煮酒论史""莲蓬鬼话"等泛文学板块一时热闹非凡。天涯社区作为门户网站，其"汽车频道""体育频道"等流量巨大，拥有一大批海外华人用户。天涯社区采取以商养文的方法，保持了天涯社区文学频道在相当长的时间里一直处在领先地位，并陆续推出了《明朝那些事儿》《鬼吹灯》《成都，今夜请将我遗忘》等一批重要作品。新浪网的"金庸客栈"创办较早，一度以热帖在圈内广泛流传，此时也成为网络文学热门频道，推出了《悟空传》等一批作品。随之"龙的天空""幻剑书盟"与"起点中文网"也以各自不同的形式加入渠道探索的阵营，这从侧面说明网络阅读逐渐成为中国人喜爱的文化交流方式。随着互联网技术的不断普及，渠道的建设和经营经过几年的摸索，建立文学站点已经不是什么难题，单说资金，花费100万元人民币就能搭建一个相当不错的平台，但是维护这个平台的成本却是个无底洞，如果无法确立盈利模式，渠道的关停并转只是时间问题。因此，在你方唱罢我登场的网络文学PC端时期，文学网站的竞争逐渐由渠道的唯一性转向渠道与内容并重，经营者们终于认识到了这个问题：光是热闹不顶用，一定要让读者离不开你；凭什么离不开你，只有内容的力量。进一步说，内容在先，没有好的内容自然不是好的平台，也就发挥不了渠道的作用。

值得一提的是，在文学网站商业化体系的探索阶段，有一批大陆网络作家在台湾繁体出版渠道风行一时，早期的作者有萧潜、庚新、骠骑、千幻冰云等，后期的作者有酒徒、骷髅精灵、高楼大厦、心在流浪等，他们都在繁体出版领域取得了相当好的成绩。

在内容与渠道的博弈过程中，文学网站的发展出现了岔路口，两种不同的模式摆在了文学网站从业者的面前：一种是强调网站内容的质量和数量，为创建付费阅读模式打好基础，但这需要烧钱，风险不小，前景不明；另一种就是将网站完全当作一个渠道，为大量的网络原创作者提供版权代理，走线下实体书出版和影视推介的路线。严格来说，选择第二种方式也是不得已而为之，比如原本影响力最大的原创文学网站"龙的天空"，由于流量不断增大，这把双刃剑导致服务器资源亮起红灯，访问速度变成蜗牛。是继续烧钱，还是改弦易辙？可以说，"龙的天空"在两难选择中放弃了网络传播的竞争，直接进入出版市场。在手握一批原创作品版权，成立北京幻想文化公司之后，"龙的天空"告别了原创网络文学生产者的身份，从文学网站的主导者演变为网络文学资源的整合者，问题是，内容的产生是一个延续不断的过程，一旦中断则难以为继。此后，文学网站进入了以幻剑书盟与起点中文网为主，兼顾渠道与内容的发展阶段，《缥缈之旅》《小兵传奇》《诛仙》等一大批优质内容横空出世，为起点中文网建立付费阅读模式提供了强有力的支撑。

和文学网站一样同为新型传播方式的网络游戏和手机短信，在当时已经成功建立起自己的赢利模式。幻剑书盟与起点中文网等文学网站，也在摸索推行 VIP 的可行性。内容与渠道摩擦碰出的火花似乎给网络文学的发展带来了希望之火。从 2003 年下半年开始，网络文学进入了一个高速增长期，表现为新人不断加入，网络写作队伍迅速扩大，如唐家三少、跳舞、老猪、辰东、萧鼎、玄雨、树下野狐、烟雨江南、说不得大师、禹岩等一批写手表现不俗，推动了创作与阅读的繁荣。起点中文网成为网络文学第一波兴起的幸运儿，站内作品数量急剧增加，人气飞速上涨。由网络游戏走热所引发的这一现象，导致玄幻类网游小说一枝独秀，其他类型的作品基本无法冒头，因而整个生态显得比较单调。针对这一现象，业界人士普遍认为，文学网站虽然有了活力，但是内容生产出现了危机。

2004年10月，盛大网络公司开始了漫长的收购经营活动，包括起点中文网、红袖添香、潇湘书院在内的八家网站被陆续收入囊中，由此掀开了文学网站发展史上新的一页。随后，2006年创建的中文在线17K小说网、2008年创建的纵横中文网，均有较大资本的介入。至此，纯以文学特色、诸强并存、内容为王的文学网站时代宣告结束，网络文学出现产业化苗头。

2007年3月，盛大向起点中文网追加投资1亿元，随后不久组建盛大文学集团，建立以创作、培养、销售为一体的电子出版机制，推动网络文学全版权运营模式。这一年，门户网站也开始尝试建立自己的网络文学生产经营方式。5月，腾讯网读书频道推出VIP会员制，成为首个涉足付费阅读业务的大型门户网站。8月底，新浪网读书频道也宣布推出付费阅读业务。之后，网易、搜狐、凤凰网等大型门户网站陆续进军网络付费阅读领域，网络文学PC端群雄并起，内容的竞争导致更多的网络文学类型出现，网络文学出现了第一次创作高峰。

这一阶段，网络文学产生了一大批优质内容，《紫川》《明朝那些事儿》《鬼吹灯》《盗墓笔记》《新宋》《尘缘》《诛仙》《后宫·甄嬛传》《琅琊榜》《窃明》《庆余年》《家园》《梦回大清》《何以笙箫默》《步步惊心》《佛本是道》《最后一颗子弹留给我》《蜗居》《致我们终将逝去的青春》《回到明朝当王爷》《韦帅望的江湖》等作品红极一时，成为网络文学PC端时代一个个闪亮的星座。随着资本的深度介入，网络文学的内容量不断加大，渠道的宽度也在不断扩展，网络文学在经过十年艰难跋涉之后，迎来了高速发展期。

在不同的发展阶段，网络文学的渠道与内容一度各领风骚，但两者之间既有分也有合，如同一枚硬币的正反两面。互联网的渠道由若干终端组成，具有数据整合优势，而现代商业运作对于数据的依赖可以说深入骨髓，渠道的作用不言而喻。对于网络文学的内容评估至今仍无统一的标准，但起码有两个向度的考量，其一是受众热度和市场价值，其二是文学性和版权开发空间。后者牵涉诸多问题，已成为当代文学研究的重要课题。我们知道，小众化阅读的文本在传统文学领域并不鲜见，但在网络文学领域则意味着存在被众声淹没的生存危机。从这个意义上讲，重视网络文学整体发展格局，摸清其客观发展规律，是研究网络文学的基本出发点。强调精品化、精英化并不错,但忽略网络文学的生存之本、生存之道,实际上与唯点击率所犯的错误是一样的,都将导致网络文学的空心化和扁平化。对于渠道与内容关系的研究,或许是摸索网络文学发展规律的路径之一。

二、移动端开辟流量时代

自 2006 年"全民阅读"活动开展以来,数字阅读被纳入重点扶持范围,呈逐年增长态势,网络文学在其中占据了相当份额。2010 年 5 月,中国移动阅读基地正式商用,宣告网络文学迈入移动阅读时代,使用手机和平板电脑浏览网页、阅读网络文学作品成为一种时尚。在国家软实力战略和移动互联变革力量的双重促进下,移动阅读的渠道优势异军突起,助推网络文学进入爆发式增长阶段,2011 年文学网页平均日浏览量为 8 亿次,2015 年达到 15 亿次,2017 年则达到 20 亿次,社会关注度大幅提升,网络文学进入了流量时代,移动阅读占据绝对优势。

在此前后,网络文学经历了由 PC 端到移动端的三年整合期,2008 年 9 月,掌阅科技股份有限公司成立,借助移动互联网的创新手段和分发渠道,迅速成为国内广受欢迎的移动阅读 App。在移动端初试锋芒之际,另一个渠道电子书终端的开发计划也在盛大文学和汉王科技的战略酝酿中萌芽。2008 年汉王科技推出电子书,并且不断在技术创新上一路猛进,但却没有自主内容,也就是说,汉王科技的电子书既不是内容也不是渠道,只是一个阅读器。盛大文学的基本理念与汉王科技有所不同,他们认为电子书不是硬件,而是非常重要的互联网产品,是渠道与内容的复合体。2010 年盛大文学尝试推出电子书 Bambook。但是,以苹果 iPhone 为代表的智能手机、以苹果 iPad 为代表的平板电脑飞速发展,同时,以亚马逊 Kindle 为代表的电子书也成功登陆中国大陆市场,这三者在用户体验上迅速取得了优势地位,对盛大文学和汉王科技的电子书战略形成巨大冲击。经过三年博弈,到 2013 年,盛大文学和汉王科技的电子书基本退出了网络文学市场。

移动阅读的步伐并未止步不前,2015 年 4 月,中国移动手机阅读基地正式挂牌转型成为咪咕数字传媒有限公司,组建自己的原创队伍。与此同时,新成立的阅文集团旗下手机阅读 App"QQ 阅读"推出 5.0 版,通过图书推荐优化用户阅读体验,以新的信息流整合实现从"人找书"到"书找人"的转变。

随着 4G 技术的广泛应用,移动阅读的便利性极大地提升了用户的阅读体验,它所独有的娱乐化、碎片化、多样性、交互性等特点更加符合当下网民阅读习惯。如今,在嘈杂的环境中(比如公交车上、地铁里),音频和视频的阅读已成为潮流。

资本市场及投资人对于移动阅读的认可度正在逐渐提高,移动阅读市场是互联网巨头投入最大的一个重要市场。根据 IT 桔子的统计,自 2015 年 1 月,移动阅读领域融资事件 50 余起,融资范围涵盖资讯类 App、垂直内容 App、网络文学以及微博、微信等社会化阅读平台。其中,资讯类 App 融资事件发生 25 起,占比 48.08%,其次为网络文学,融资事件 11 起,占比超过 20%。根据已公布的融资数据,移动阅读领域总的融资金额为 30 亿元人民币左右,最大的两笔融资均来自网络文学领域:2016 年 7 月百度文学获得完美世界亿元级以上战略投资,掌阅科技获得1亿美元的 A 轮融资,用以支持掌阅在 IP 衍生内容方面的布局。

近两年,自媒体(WeMedia)平台的活跃度迅速上升,自媒体又称"公民媒体"或"个人媒体",是指私人化、平民化、普泛化、自主化的传播者,以现代化、电子化的手段,向不特定的大多数或者特定的单个人传递规范性及非规范性信息的新媒体的总称。自媒体平台包括:博客、微博、微信、百度官方贴吧、论坛/BBS 等网络社区。网络文学企业及个人通过自媒体发布作品,或借助自媒体引流、销售实体书等已成为新的流行趋势。比较有影响的例子是著名网络作家南派三叔开通微博付费阅读渠道,与网友的互动更加直接频繁,读者可以直接通过"微博有书"服务购买南派三叔的实体书。对于尚未成名的网络作家,微博的快捷、便利也给了他们更多成长的空间与成名的机会,这一渠道打破了文学网站固有的作家培养和推送机制,使网络文学获得了更加自由的形式和广泛的受众群体。随着个人用户对互联网的深度使用,类似"阔地网络"的个人门户类网站将成为自媒体的新兴载体。由此可见,对网络文学渠道的研究和分析,应基于"媒介环境"的角度来审视当下网络特性对用户生活的影响,并深入思考这些影响对用户行为模式的改变和形成。

据 2017 年底的统计数据显示,作为网络文学阅读的主要渠道,移动端的阅读时间比 PC 端多出近 4 倍,点击量则高出约 3 倍。阅读习惯的改变引发了创作形态的变化,网络长篇连载模式被推向了极致,尤其是玄幻、仙侠类作品,普遍在 300 万字以上,甚至出现了过千万字的作品。网络作家的收入也随着渠道的拓宽突飞猛进,2012 年首次出现了年收入超过千万的网络作家。渠道超强的变现能力促使网络文学企业纷纷向移动阅读靠拢,众多小规模网站和新生网站则将移动阅读作为自己的主要业务方向,大量同质化作品风起云涌挤入移动平台,从而导致 2015 年 IP 热产生后,移动阅读出现了明显的阻滞现象。这说明渠道并非万能的提款机,一旦极端化,势必会由波峰转向波谷。

在此期间,随着掌阅文学、阿里文学、爱奇艺文学和平治系列平台的陆续建立,网络文学一直在探索的第三方服务平台也逐渐形成气候。目前,阅文(QQ 书城)、咪咕、掌阅等多家大型移动阅读平台以及数量庞大的自媒体共同搭建起了立体化的移动阅读生态系统,这给网络文学创作带来了强大的动力。但同时,网络文学发展也面临内容创新带来的阵痛,这是渠道无法在根本上解决的问题。如今,随着互联网技术的不断发展,移动阅读将向更广阔的天地迈进,优质内容作为内在驱动力,直接关乎 2.0 时代的网络文学能否实现腾飞。

三、内容为王的回归之路

2018 年 1 月 31 日,国家互联网络信息中心(CNNIC)发布的《第 41 次中国互联网络发展状况统计报告》显示,截至 2017 年 12 月,网络文学用户规模达到 3.78 亿,较 2016 年底增加 4 455 万,占网民总体的 48.9%。手机网络文学用户规模为 3.44 亿,较 2016 年底增加 3 975 万,占手机网民的 45.6%。

从现有趋势来看,未来网络文学市场的规模将继续往上攀升,且涨幅将更为惊人。在这一背景下,网络文学产业发展仍有许多不确定性,网络文学知识产权产业链还在不断延伸、扩展,呈现出实体图书出版、影视作品改编、有声读物发布、周边产品开发、文学与游戏、动漫互动等多种开发形态,实现出版业、电子商务、影视投资商、游戏厂家以及内容经纪人、内容评估平台、电信运营商、第三方平台代理商、广告代理商、客户端产品制造商等众多环节,乃至网络文学组织与研究机构等,形成一个全新的市场业态。另外,丰厚的市场回报也促使业内各巨头纷纷投入网络文学知识产权的开发,在其中获益巨大。

IP主要来源于有一定粉丝数量基础的原创网络小说、游戏、动漫、戏剧、音乐、综艺等多种文化产品,而IP开发特指具有长期生命力和商业价值的跨媒介商业运营。目前,网络文学IP开发主要涉及网络版权、影视剧改编、游戏改编、漫画话剧改编以及实体书出版等环节,其成果主要是以网络小说为题材创作改编而成的游戏、动漫、影视剧(电影、电视剧、网络剧)等。据调研反馈,72.9%的"95后"网民体验或观看过网络小说改编的作品。而就教育程度而言,中学教育程度的读者占绝对优势。①

网络文学在IP概念中处于一个十分独特的位置,主要由于其本身凝聚了内容价值、粉丝价值和营销价值。也就是说,网络文学内容和渠道形成的有效组合,正是培育和发掘IP的最佳途径。以数字付费阅读为基础,网络文学实现了最基本的自我循环,作家通过数字阅读收费得以生存,可以源源不断地向市场输送源头产品。而网络文学也可以借助IP开发放大自身的价值,在原有的版权运作基础上实现跨门类发展。业界提出全新的泛娱乐IP开发策略,将以制作方、投资方、运营方三种或以上的多重形态、角色深度介入从"全版权"到"全产业"运作,形成"同一IP多入口、多产业渠道变现"的共振模式,实现IP的最大社会价值和商业价值。

但IP泡沫也由此产生,其根本原因是对渠道数据的过度依赖,对内容生产跟风现象的无视与纵容,对作品质量的轻视与忽略,更有甚者,将艺术生产过程当作简单的变现手段。随着影视游戏等多版权开发的竞争愈来愈激烈,IP开发者对内容质量本身提出了更高的要求。以影视改编为例,影视改编需要作品有一个相对完整的故事,情节紧凑,情感丰富,人物个性鲜明而且贯穿始终。在这方面,男频作品不论是都市类还是玄幻类,相对而言都要差了很多,动辄五六百万甚至上千万字的长篇作品,充斥着诸如升级打怪之类的桥段,整体情节、人物和情感戏的架构都非常松散,改编难度非常大,甚至根本无法改编。相对而言,女频小说的故事情节更具现实性和合理性,而且注重人物情感的抒发,较为适合影视改编,《甄嬛传》《步步惊心》,到《花千骨》《芈月传》《楚乔传》等,都获得了巨大的成功。毋庸置疑,年轻一代

---

① 企鹅智酷:《IP热潮与泡沫:网络文学IP价值判断报告》,2016年4月8日。

更习惯于虚拟世界中的紧张刺激和荣誉感,IP时代的内容建设应着力于帮助他们通过在虚拟世界的遨游,激发起重新回到现实世界怀抱的热望,或者建立起两者之间的主体价值认同。《欢乐颂》《战狼2》等一批作品的问世,说明网络文学的内容开发并没有一种固定的模式,反映当代社会的丰富性和复杂性,同样是网络文学产生人气作品和经典作品的重要路径。

继IP概念形成后,影游联动这一网络文学运营概念快速形成。作为打造IP的重要手段,影游联动的关键不在影游而在于联动,而网络文学内容在其中扮演的则是"影子推手"的角色。《花千骨》影视大火,接着手游也呈现出火爆场面,让很多影视公司和游戏公司看到了两者联动带来的巨大利益。影游联动,从字面上来说,就是影视和游戏联动,利用影视剧播映带来的巨大人气推动手游,通过手游来实现盈利。这其中,最关键的一环就是选择一个具有IP价值的作品,精心制作一个优质的影视剧,同步开发游戏,并控制好电子、出版、影视、游戏各个环节的节点,联合发行,才能够实现真正的影游联动,做到口碑经济双丰收。由于IP开发得到了资本的高度关注,网络文学从内容生产到渠道推广,从作家培育到用户培养,已经形成了前所未有的整体互动形态,一部作品的创作从价值观到爽点设置,从故事框架到人物设定,可谓牵一发动全身。从网络文学发展的阶段性和必然性上,我们都有足够的理由重申渠道与内容的独特性和不可替代性,对两者关系的研究也是网络文学研究的重要课题之一。

在网络文学20年的发展过程中,渠道从弱小到强大,从形式单一到全网覆盖,内容从以幻想独大到多元丰富,从满足数字阅读到IP延伸,在不断的自我否定和自我更新中成长。由此可以看到,渠道与内容两者之间的此消彼长、你进我退是一个相辅相成、相互推进的自然过程,也是整个文学生态逐步建立与完善的过程。网络文学与传统文学最大的差异在于传播方式的不同,渠道的作用当然不可忽视,没有优质的渠道,就不可能产生网络文学的读者黏性和粉丝群体。但从长远看,网络文学的转型升级主要还是在内容方面,渠道的作用是锦上添花,而内容则掌控着生死存亡,两者之间博弈的积极意义在于相互挑刺、相互促进、相互砥砺。因此,这就需要文学网站耐住性子,登高望远,逐步树立精品意识,同时也需要资本方多一份人文情怀,多一份社会责任担当。可以说,网络文学大浪淘沙始见金的过程,正是渠道与内容相互依存、携手并进、共同走向繁荣的艰苦卓绝之旅。

四、网络文学的话语变革

网络文学的发展与现状已成为大众关注的社会现象,我们在讨论网络文学时,实际上已经不仅限于对文学的关注,而是讨论一些由此产生的更加广泛的社会现象。尤其是新闻媒体,往往关注网络作家的收入,关注网络作家的生存状态,关注网络文学的影视改编,关注由网络写作所延伸出来的诸多社会现象。但专业部门,比如作家协会,则更多地关注网络文学文本,对新的创作现象进行研究和分析,对网络文学的类型化、网络文学的审美特征等问题进行理论探讨,以期对网络文学的健康发展有所帮助。

至今,网络文学仍未进入学术体系,基本上处于自然研究状态,还没有专门的学术机构来统领,仍是各说各话。但这也未必不是件好事,因为网络文学还在高速发展、变化之中,现在时机还不成熟,所以没有必要对其下结论,也难以将其体系化。"网络文学"这一概念,虽然已经约定俗成,但还是有争论,很多人认为,把"纸媒出版的文学叫传统文学,互联网传播的文学叫网络文学"的定义不准确,但是目前尚未找到更合适的定义方法。其实,网络上传播的文学也分几种:一种是只通过互联网传播但是其创作的方法还是和传统的一样;还有一种就是典型的网络文学,也就是商业化的网络文学。1998年主流媒体出现有关网络文学的报道,公众首次对网络文学形成了比较明确的概念,主要强调它的原创性,即直接在网络上创作的,由作者自发在互联网上传的文学作品。当时还没有商业化的文学网站,1997年底《榕树下》文学主页创建,一年半之后"榕树下"文学网独立上线,中国网络文学迎来了第一波高峰,但主要是中短篇小说及杂文、散文和诗歌等短篇作品。1998年台湾"痞子蔡"的作品传到大陆以后引发了网络原创热潮,此后网络上开始出现一些长篇小说连载,并引起新闻媒体和社会关注。这也是业界认为中国网络文学元年应当确定在1998年的主要依据。

早期的网络文学,实际上是纸媒文学在网络上的延伸,在网络上发表作品的一些作者都可以说是传统意义上的文学青年,如安妮宝贝、宁财神、李寻欢等。他们也曾通过纸媒发表作品,但是认可度不高,后来却在网上迅速走红,然后被出版社发现,产生一定影响。他们的作品其实和传统文学差别也不是很大,从作家对文学的理解认识,包括作品所呈现出来的形态,都和传统的文学作品一致,唯一区别就是带有明显的个人化、私人化特征。我们现在讨论的网络文学是 2003 年以后才出现的,到了 2005 年,起点中文网出现了年收入过百万的网络作家,网络文学商业模式正式宣告确立。此前,网络作家获得经济收益的唯一出路是纸质出版,而很多具有鲜明网络特征的作品,由于不符合出版标准,无法获得经济收益,网络作家只能从事业余创作。同时,以前曾经活跃于网络的作者,像安妮宝贝、宁财神和慕容雪村等则逐渐淡出网络,转向纸质出版写作和影视编剧行业,有一小部分作者虽然还不时在网络上发表作品,但并不和网站签订合约。2005 年以后,网络作者和文学网站签约所形成的关系模式,成为网络文学至今仍在沿用的存续方式,这种模式可以使得一大批网络作家从事职业创作,并以此为生计。网络文学在找到自己的商业模式之后,很快形成了"网生代"作家群体,如天蚕土豆、我吃西红柿、叶非夜、苏小暖等,他们脱离了纸媒出版,成为网络原创文学的主流作家。

有数据显示,在 2008 年网络文学达到第二个高峰时,已有超过 150 万签约作家,到 2012 年时达到了 250 万,目前签约作家超过了 600 万。2014 年以来,政府加大了对网络文学的引导和扶持力度,自浙江省作协率先建立网络作家协会以来,目前全国已有 30 个省市自治区以不同形式建立了网络文学组织机构,网络作家的培训、网络文学作品的重点扶持已在各级作协、文联机构全面开花,网络文学的发展由此进入了黄金时期。

网络文学作为一种大众文化形态,之所以蓬勃兴盛,资本是其重要的隐形推手。我们应该看到,商业化的背后,是网络作家拥有大量的粉丝。比如,一个好的网络作家每次在线更新时,可能会有上百万的人同时在线阅读他的作品,并且与其产生即时互动,这是任何时代的文学都没有出现过的现象。网络作家自称他们创作的网络文学是"读者的文学",这说明他们的写作与读者的生活息息相关。作者与读者之间形成了一种新型的关系,这其实也是信息时代的重要特征。

网络男性作家的作品以幻想类为主,女性作家作品比较贴近现实生活,比如都市情感类、婚恋类等。即便是现实题材作品,像《杜拉拉升职记》《裸婚时代》《失恋 33 天》《欢乐颂》这样的文本,在当代文学传统写作中也是少见的。网络作家善于迅速地切入生活,把生活中"沉重"的东西转化为娱乐化的"轻松"的描述,并能够产生社会反响。网络文学的幻想题材作品则更加独特和丰富,完全有资格加入当今全球文化的话语系统。经过20年的发展,网络文学丰富甚至重组了中国当代文学生态,这一点值得深入研究。首先,网络文学导致作家产生机制发生了变化。青年作家无须通过高门槛的文学期刊、图书出版一点一滴成长,他们通过无门槛的网络,直接与读者沟通互动,找到自己的创作路径,其成长速度相当快,在一两年内可以成为一个较有影响力的作者,而精英化的作家至少要用3—5年甚至8—10年的时间才能达到这种影响。第二,网络作家的来源结构很庞杂,学养基础千差万别,因此改变了已有的文学生态。第三,网络写作重视娱乐性,较少承担社会责任。网络文学没有传统精英化文学的严格规范,几乎是走一种"野路子",他们的写作是靠跟读者的不断磨合、互动、沟通所形成的规范,"读者为王"是网络写作的基本原则。

网络作家桐华创作《步步惊心》就是一个非常典型的案例。在透露《步步惊心》写作的心路历程时桐华表示,2005年5月16日,刚到美国不久的她,旧日生活已结束,新的生活还没开始,很闲,很无聊。一时冲动,就在线写了《步步惊心》的第一节。大概写到第三节的时候,开始有人留言。"我对这个故事越来越严肃认真,吃饭睡觉都在思考故事,"桐华写道,"我不是专业写手,我高中是理科,大学是商科,平时从不玩弄文墨,我完全不知道这个故事该怎么写,只是凭着一种激情和认真。当时的我没有想到我能写完一部40万字的故事,没有想到它会出版,更没有想到它会被拍成电视剧。"

网络小说越写越长是个备受争议的话题,有评论家表达出忧虑:那么长的作品怎么会有人看呢?网络作家徐公子胜治却认为,实际上在很多情况下,正是看的人太多、读者人气太旺,才导致作品篇幅超长,这可能是个很有意思的误解。他还进一步解释这个现象:因为小说在网络上的流传方式与传统纸媒不太一样,网络文学取决于有多少读者会去读,它是以连载的方式创作的作品,是一种连续的即时创作。所以网络文学首先是写给读者看的,在写作过程中伴随着与读者反馈互动的过程,有多少人看,决定了它流传有多广,作者也大体清楚作品的受欢迎程度及其动态发展变化的过程,并与自己的心理预期做出比较,这就决定了一本书应该写多长,作者能否坚持写下去。

从审美上讲,网络文学反映了新生代作家群体对生活的理解和认知,与上代人的观念存在一定差异。从文化脉承上看,网络文学与传统的通俗文学有着极深的渊源。可以说,成功的网络作家都曾经大量阅读中国古典文学,甚至研究程度要比传统作家更细致。网络作家的思想资源来源于青少年时代、读书期间所阅读的一些经典作品,既有中国古典文学,比如《红楼梦》《封神榜》《七侠五义》《西游记》《聊斋志异》及"三言两拍",甚至金庸、古龙等的武侠作品以及很多西方大众文学,比如《哈利·波特》《指环王》《冰与火之歌》等。更加宽泛的东西方文化交融,是中国社会改革开放的必然产物,网络时代的文学话语变革为网络写作提供了新的空间,也为中国当代文学向海外进军提供了可能性。

第九章　网络文学平台发展简史

回望20年的历程,可以清晰地看见,文学网站从最初的涓涓细流,到如今的大潮奔腾蔚为壮观,其间经历了大浪淘沙的过程,培育了一批品牌企业和众多优秀从业者,产生了10多家上市公司及其子公司,这一切正是中国社会在改革开放过程中大胆探索、勇于创新、挑战自我、不折不挠、努力进取、赢得发展机遇的缩影。文学网站的成长并非一帆风顺,它经历了很多曲折与迂回,终于迎来了相对稳定的发展时期,正所谓"衣带渐宽终不悔""咬定青山不放松"。透过文学网站的起起落落,我们可以看清网络文学一路走来的姿态,回顾和总结文学网站的得失取舍,能够坚定我们对网络文学未来的信心。

一、网文平台初创阶段

20世纪90年代初期,互联网在欧美国家得到广泛应用,中国留学生成为华人中最早接触新媒体的人群。当第一波电子商务热潮在欧美国家沸沸扬扬,网络股开始堆积泡沫之际,中国人却用文学撩开了互联网的面纱。1995年创建于美国的《橄榄树》被公认为是第一个汉语原创文学网站,由诗阳、鲁鸣等人创办,最初只是一本网络诗刊,后来由马兰与祥子负责,改为综合性文学网刊。更早一些的中文网络刊物《华夏文摘》(1991年)、《枫华园》(1993年)、《新语丝》(1994年)还不能称为文学网站。中国大陆于1994年接入Internet,但大规模的在线创作与交流到1997年以后才逐渐形成,早期的网络写作只是局域网上BBS的"圈子"行为,比如"水木清华"。1996年网易开通个人网页,网络上的文学作品第一次面向中国大众开放。1996年1月,《花招》由网络知名女性写手鸣鸿与红墙在美国创办,作为揭开女性网络写作序幕的网刊,《花招》后来取得美国国家图书馆杂志编号,成为北美第一家具有自己专有域名并获得法律认可的网站。中国改革开放后的留学生，基本参与或经历了新时期文学黄金时代，他们把文学理想带到海外，即使在新媒体上，仍习惯以刊物的形式推介文学作品。

中国大陆的情形有一点和海外相似，最初的创业者是一批酷爱文学的年轻人，他们希望借助新媒体建立一个全新的文学世界。所不同的是，他们更加年轻，在文学形式上没有传统思维。早期的网络文学站点多数为个人所建，没有足够的资金支撑，实力薄弱。实际上，在2002年以前，网络阅读一直以门户为主要通道，包括小说类网站在内的文学站点，都是通过雅虎等门户网站进入免费空间，各站间的友情链接几乎是文学网站联络读者和作者的唯一路径，未列入友情链接的新网站，读者查找起来非常困难。比如，早期最有影响力的文学站点"黄金书屋"，创办于1998年5月，即是在湛江"碧海银沙"网站申请了免费空间，后来改在网易建立个人网站，由站长youth将收集整理的书籍发送到网上。在这种大环境下，"黄金书屋"掌握了主动权，领风气之先，不失为明智之举。随着网络阅读需求的变化，"黄金书屋"注意到"网上原创作品的比重还不够，在书评的重视度上也不够"的问题，办起了"网人原创"专栏，开始了对网络原创队伍的培养。当时"黄金书屋"几乎处在垄断地位，形成了一家独大的局面。与"黄金书屋"同时盛行于网络的文学站点，还有1998年3月问世的"文学城"和1998年7月创办的"书路"，开办不久，这两个站点的月页面浏览人数均超过100万人次，邮件订阅人数达到1万人次。

1999年8月，朱威廉成立了上海榕树下计算机有限公司，中国大陆独立的文学网站由此开始起步。当时，雄心勃勃的"榕树下"网站特别邀请陈村、安妮宝贝、李寻欢、宁财神等传统作家和网络作家加盟，试图在网络上创建一片新的文学天地。

1999年12月，多来米中文网投入400万元人民币，收购了网易个人网站排行榜前20位中的16家网站。资金对文学网站发展方向施加的影响力初步显现出来。"黄金书屋"被收购后，担心引发版权纠纷，很多无授权的作品被迫下架，以往直接转贴作品的做法也无法继续使用，在原创文学尚未很好开发的情况下，"黄金书屋"不得不眼睁睁看着读者群逐渐流失，主动让出了网络书站的霸主地位。就在"黄金书屋"等站点被收购的同时，"博库"在美国硅谷成立，并在北京进行大规模招聘，给网络和出版界造成不小的震动。前有国内资深书业人士坐镇,后有美国产业资本支持,"博库"与众多出版社联手,大量收购作品电子版权,但这些资源无法得到有效转换。2000年3月纳斯达克崩盘,对互联网行业造成严重冲击,网络公司纷纷歇业,互联网"烧钱"时代一去不复返。"博库"投资商面对这一状况,以盈利模式不现实为由拒绝追加投资。2001年底,"博库"难以继续运转,国内第一次尝试电子阅读收费模式宣告失败。

独树一帜的"榕树下"文学网以原创文学为主,它发起的原创文学作品大赛引发了网络文学的第一次大潮,由于切合当时更多读者的需求,"榕树下"得到迅猛发展。朱威廉的梦想是将"榕树下"办成拥有最强大网络作品资源的文学网站,做网络上的《收获》杂志。"榕树下"在举办原创文学大奖赛之后,推出陆佑青的《死亡日记》,造成巨大轰动,此后进入全盛时期,占据网络文学的半壁江山。在艰难运行一段时间后,"榕树下"感到经济压力很大,难以为继,于是向读者试探性提出"一元包月"的阅读计划,但此建议遭到大多数读者激烈反对,未能实施。在经历了1999—2001年三届原创文学大赛之后,"榕树下"中文网络原创基地的魅力渐渐失去,而成为中学生作文的集中营。随着陈村离开"躺着读书",论坛萧条,投稿量剧减,一些有水准的熟客,诸如云也退、象罔与罔象、天花乱坠等转移到天涯"闲闲书话"论坛和"舞文弄墨"论坛,老N等也不见了踪迹。

"榕树"风光不再,开始落叶。随后,天涯虚拟社区"舞文弄墨"和"乐趣园"的"小说之家""新小说"论坛,接过了"榕树下"的大旗,引发了新一轮的网络写作高潮。2001年的天涯"舞文弄墨"盛况空前,写手如林,先后有过三次造星运动。第一次是上半年西门大官人的出现,他以长篇连载《你说你哪儿都敏感》成为天涯新星;第二次是原"天涯纵横"文青兼愤青雷立在2001年5月担任"舞文弄墨"客座版主,逐渐融入天涯网络写手群体,并依靠大量小说和散文迅速崛起;第三次是下半年心乱贴出其长篇小说《新欢》的头两部,这部小说过于故事化,就初次阅读的印象来看不如他的中篇《拒绝》,但在当时创造了天涯点击的奇迹,心乱也因《新欢》达到他在网络影响的最高点。

"西陆网"也是早期个人文学站点的代表之一。1999年6月,邹子挺(网名:连天)、孙立文(网名:西域浪子)两人在西安创办了"西陆网",1999年7月4日正式上线运营时,全部资产只有一台PC机。2000年初,"西陆网"获得三九集团融资,成立北京西陆信息技术有限公司。2001年冬天,"西陆咖啡屋"上线,当时正值网络文学迅猛发展,立即吸引了众多网络作者的加盟。"西陆网"后来成为最受网民喜欢的网络论坛之一,虽然在网络文学领域一直没有创立自己的品牌,但仍然不失为最早的网络文学平台之一。2001年1月,"自娱自乐""一意孤行"和"红尘阁"等四个文学论坛宣布退出西陆,加盟2000年8月创办的"龙的天空",成立"龙的天空"原创联盟网站。"龙的天空"离开西陆以后,百战、天鹰等BBS逐渐崛起,爬爬、翠微居等新兴的网站也在一段时间内各领风骚。这里必须提及的是,一度以西陆为基地,并于2001年11月创建玄幻小说协会的吴文辉、宝剑锋(林庭锋)等玄幻文学爱好者,于2002年5月独立建站,并改名为"原创小说协会——起点中文网",简称"起点中文网"。文学网站由此进入了一个全新阶段——商业化转型期。

二、商业化资源整合阶段

文学网站商业化有两个发展方向:一个是不断扩大网站资源占有量,以期待创建付费阅读模式,这一做法风险很大;另一个就是放弃网站的发展,为作者提供版权代理,走实体书出版路线。"龙的天空"原创联盟网站很快就面临上述抉择,因为流量的增大,服务器资源亮起红灯,访问速度越来越慢。是继续投资扩建网站规模,还是另辟蹊径?"龙的天空"选择了放弃网络进入出版市场。随后成立了北京幻想文化公司,签走当时网络上最好的原创作品,买断了网站上的大批作品,放弃网上更新,进行出版运作。从那个时候开始,"龙的天空"从文学网站的主导者逐渐变成了旁观者。

2000年10月,由书情小筑、石头书城、小书亭、凝风天下等个人网站组建的"幻剑书盟",开始为寻找稳定的空间而奔波,从全球互联到myrice,再到温州联通。2002年1月,"幻剑书盟"稳定下来并逐渐产生影响。在"龙的天空"退位之后,文学网站进入了以"幻剑书盟"与"起点中文网"为主要代表的阶段。

"幻剑书盟"与"起点中文网"等文学网站,在摸索推行VIP的过程中经历了艰辛复杂的调整与磨合,当时根据网站占有的资源和读者能够接受的收费尺度,计算出来付给作者的稿费远低于纸媒出版,这种运营模式能否长久,依然是个问题。

最初,"幻剑书盟"的商业运营并不顺利,头几年几乎不赚钱,要想建立VIP制度近乎纸上谈兵。2003年6月,北京幻剑书盟科技发展有限公司成立,"幻剑书盟"正式步入商业化道路。2004年7月,"幻剑书盟"商业运作初见成效,收入主要来自会员费和广告,网站的运营成本每月在3万—5万元之间,收入在5万—10万元之间,盈余部分开出人员工资、稿酬和服务器成本,收支基本平衡。

从2003年9月起,大量新人加入网络写作行列,推动了创作与阅读的繁荣。赶上风头的"起点中文网"这时出现利好势头,原创文学作品的数量急剧增加,流量飞速上涨。但这一现象主要是由网络游戏所引发,因此作品多为网游玄幻类,其他类型的作品基本无法冒头,显得比较单调。针对这一现象,业界人士普遍认为,文学网站虽然有了活力,但是作品档次降下来了。呼之欲出的VIP付费阅读模式在经过"读写网"和"明杨·全球中文品书网"的试水以后,于2003年10月份由"起点中文网"正式运行,然后在各大网站迅速传播。

打个不恰当的比方,VIP似乎与网络盗版是一对孪生兄弟,他们前后脚来到这个世界,只不过盗版是寄生胎而已。盗版网站的肆虐,严重阻滞了网站的发展,同时给网络写手带来了极大的经济损失。但是盗版网站的技术和隐身法令原创文学网站一筹莫展。一直到今天,这个问题仍然像是迷雾,解不开也驱不散。

2004年10月,盛大网络公司对"起点中文网"的收购,掀开了文学网站发展史上新的一页,宣告了纯以文学特色、诸强并存的文学网站时代结束。此后,一系列收购、兼并、合作、资源整合等行动纷纷出台,资金大面积进入文学网站,网络文学产业化的苗头出现。

2004年,"幻剑书盟"也有很大动作,先与腾讯建立起初步合作关系,再在知名门户网站搜狐开了幻剑作品专区,继而又组织新浪"绝对现场"栏目对作者进行专访,与《电脑商情报·游戏天地》共同举办"九城杯"全国游戏文学大赛,还与易趣网联合举办了两场手机拍卖活动。

2004年,"天鹰文学网"再度雄起,并与爬爬、逐浪结成三站联盟,VIP作品质量有大幅提高,作为中国文学网站大三角的一端而崛起。

网络文学与传统文学的合作也在这时出现。2004年8月,著名文学网站"红袖添香",在北京举办成立5周年庆典,《电脑报》、新华社等多家媒体参与了这次活动。国内知名作家、文学评论家、高校教授、学子、红袖作者等也汇聚一堂。

2005年,"幻剑书盟"还出资收购了明杨品书网,接收了明杨残留的VIP作品及会员。

2006年3月13日,"TOM在线"以2 000万元注资"幻剑书盟",随后在4月15日召开"网络文学发展与出版峰会",继续强化拓展网络文学线下出版业务。

2006年4月,"欢乐传媒"集团以4 000万元买下"榕树下"。

2006年5月,以数字阅读为主业的中文在线推出全新的互联网阅读平台"一起看小说网"(17K小说网),采取了与"起点中文网"同样的付费阅读模式,很快成为业界的代表网站之一。

同年,第一起原创网络侵权官司以原起点中文网职业作家云天空的胜诉以及起点中文网赔偿12万人民币的判决而结束。网络文学的著作权第一次被正视。

2007年,天逸文学的关站,被视为个人网站时代的终结,而各大商业网站之间仍然战火纷飞,硝烟四起。

2007年3月,盛大向起点中文网追加投资1亿元,逐步建立完善了以创作、培养、销售为一体的电子出版机制,并且与国内多家权威出版机构合作,成为国内规模最大的网络文学作品版权运作中心。

2007年5月,腾讯网读书频道率先推出VIP会员制,成为首个涉足付费阅读业务的大型门户网站。随后,新浪也宣布8月底推出付费阅读业务。大型门户网站推出付费阅读不仅在网友中引起巨大反响,在出版业内也引发了一场小地震。目前,腾讯网读书频道拥有10万VIP会员,采取"10元包月"付费阅读模式,这一方式相对简单,与专业文学网站之间没有太多的利益竞争。一般来说,读书频道的收益,相对于大型门户网站的整体收益来说只是个零头。

2007年11月和2008年3月,盛大文学再度融资,将业内两家影响很大的女性文学网站"晋江原创网"(50%)和"红袖添香"纳入旗下。

2008年6月,北京完美时空(PWRD)投资成立北京幻想纵横网络技术有限公司,9月,创建大型中文原创阅读网站"纵横中文网",在强大资金的支撑下,迅速成为文学网站中引人注目的亮点。北京幻想纵横网络技术有限公司主要承担完美时空文化战略方向的业务,拥有"纵横中文""纵横动漫"等诸多优秀品牌与资源,深入贯穿线上阅读、线下出版、动漫改编、游戏改编、影视改编等整条文化产业链。

2008年7月,上海盛大网络发展有限公司成立了盛大文学有限公司(实际名称为"盛霆信息技术(上海)有限公司")。公司专注于运营文学版权,为电子付费阅读、线下出版、电影、游戏、动画等提供有版权的内容。

盛大文学在收购重要文学网站的同时,还十分注意与传统文学领域的融通,先后与《文艺报》《文学报》以及作协组织等合作举行了征文活动和创作研讨活动,在网络文学界率先获得了更多的社会支持。

2009年12月25日,盛大文学与"欢乐传媒"联手重新打造的新版"榕树下"上线。

2010年2月,成立于2004年5月的"小说阅读网"被盛大文学收购,3月31日盛大文学又成功收购了另一家文学网站"潇湘书院"以及新锐网站"言情小说吧"。至此,盛大旗下已经拥有7家大型文学网站,在网络文学产业中占据了绝对领先的位置。

2010年8月,盛大文学首次涉足有声读物市场,8月25日宣布收购"天方听书网"。该网专注于有声读物的研发和市场运作,为广大听友提供最时尚最前沿的听书资讯和听书内容。网站内容涉及经济管理、中外文学、古典文学、现代文学、儿童文学、探案悬疑、科幻文学、百科知识等。

2010年9月,盛大文学宣布收购"悦读网"。该网是专业的数字期刊阅读网站,与超过800家期刊社、出版机构正规签约上线,在富媒体(影音文字结合的媒体载体)方面具有自主知识产权,涵盖财经、管理、时事、时尚、汽车、家居、体育、数码等领域。

三、 移动阅读强势出击

2009年1月7日,工业和信息化部为中国移动、中国电信和中国联通发放3张3G牌照,中国正式进入3G时代。经过一年多的筹备,2010年5月,中国移动阅读基地在杭州正式投入商用,这次互联网技术革命对于网络文学来说可以用"改天换地"来形容。短短8个月时间,到2010年底,网络文学用户迅速增长了一倍以上,网络文学年产值首次超过10亿元人民币。刚开始的时候,很多人对3G的高额运营费表示担心,认为3G在中国的普及有相当的难度,运营方承担着巨大的投资风险。出人意料的是,从3G基站的建立到普及使用在中国只用了不到两年的时间,应该说手机阅读在其中扮演了强大推手的角色,发挥了"无形之手"的作用。几乎谁也没想到,3G技术在三年之后就"落伍"了。为了满足民众的需求,2013年12月4日,工信部正式向中国移动、中国电信、中国联通等三大运营商发放4G牌照,一个崭新的阅读时空出现了。我国的3G牌照发放时间比国际领先水准晚了至少五六年,4G晚了3年,5G时代基本达到同步。"由于受到终端产品成熟度的制约,业内普遍预计,5G牌照发放时间在2019年底至2020年初左右。"

事实证明,网络文学更适合碎片化阅读,哪怕是一部500万字的作品,年轻读者仍然喜欢使用智能手机阅读,尤其是打工族和院校学生,几乎不用台式电脑上网阅读,手机阅读在全社会一时成为时尚。

网络文学的蓬勃发展和网络游戏之间有着千丝万缕的联系,比如当年盛大游戏收购"起点中文网",主要是考虑与游戏业务的产业链,完美世界收购"纵横中文网"也是同样的道理。而百度多酷的CEO也是前休闲游戏网站7K7K总裁孙祖德,新浪最初成立的网络文学公司也属于游戏范围。

网络文学为何会和网络游戏紧密相关?因为网络文学可以为网络游戏提供很好的内容和题材,很多网游都来自网络文学的内容。这一方面是因为网络文学的读者和网游玩家重合度较高,另一方面是因为网络游戏也可以借助原著的火热进行宣传并获得更多用户的关注。

但是文学和游戏的紧密关联也凸显出网络文学本身的尴尬——网络文学本身并不是一个很大的市场。而且由于网络游戏的发展已经进入成熟期,网络文学市场也很难有突破性的大发展。

移动互联网的普及运用使这一状况发生了变化,阅读的便利性显而易见,网络文学用户群迅速产生,年产值有了成倍增长,网络文学的独立价值被凸显出来。随着智能手机的迅速发展以及4G网络的普及,手机读者数量增长迅速。由于手机端的付费更便捷,用户付费意愿大幅提高。根据艾瑞咨询《2018年中国移动阅读白皮书》[①]显示,中国移动阅读用户规模和市场

---

① 艾瑞咨询:《2018年中国移动阅读白皮书》,2018年4月19日。

规模仍处在平稳上升期,并预测在未来一段时间将出现用户规模和市场规模放缓现象,但由于基数很大,绝对数依然很大。网络文学在进入IP时代之后,实际上对文本创新提出了更高的要求,内容品质的竞争将更趋激烈。

在移动阅读领域,一方面随着IP价值的爆发,优质IP已成为各方争夺的焦点,未来IP产业链收入将成为市场规模增长推动的有利因素;另一方面,行业厂商正逐步布局硬件产品和海外市场,此方面收入将成为未来收入增长的支撑点。

2014年以来,网络文学PC端平台进入了一轮新的发展期,不同特色的文学网站风起云涌,最有影响力的要算掌阅创办的系列原创文学网站,如"掌阅小说""红薯""趣阅""魔情"等,阿里文学、火星小说和爱奇艺文学的亮相,使得网文的泛娱乐特征进一步加强。平治系列网站、磨铁系列网站、吾里文化系列网站等各显神通,在次元文化、网文IP化、数字阅读等不同向度上开辟新路,展现了网络文学多元化的发展趋势和广阔的发展空间。

2015年3月,由腾讯文学与原盛大文学整合而成的阅文集团正式宣告成立。阅文集团将内容分发渠道扩展至50余家,覆盖PC端、移动端、音频及电纸书等,囊括QQ阅读、起点中文网等业界品牌。其中,QQ阅读作为中国最大的阅读类应用,年增幅超过100%。此外,移动风潮还覆盖了网文创作领域,手机写作在"作家助手"等阅文技术平台的助推下呈现增长态势,每年有近70万人在"作家助手"上更新作品,网文创作已突破时间、空间的限制。

近几年,中国网络文学在海外的发展也呈现出全新的格局,目前主要以翻译平台、数字出版和实体书出版的形式在海外20多个国家和地区传播,颇受海外读者欢迎。在商业模式上,中国网络文学的盈利模式尚未成熟,刊登中国网文的平台主要通过刊登广告的形式盈利,网文译者可接受读者的打赏与众筹捐款。翻译、版权问题和商业模式等将成为中国网文产业在海外继续发展的主要障碍。

2017年5月15日,阅文集团旗下的起点国际正式上线,一年来,起点国际已上线150余部英文翻译作品、620余部原创英文作品,累计访问用户超1000万,海外注册作者已达1000多位,来自全球的200余位译者和译者组参与网站作品的翻译。

起点国际率先实现了网文作品以中英文双语版海内外同时发布、同步连载,以《我是至尊》《飞剑问道》等作品为代表,持续缩短中外读者的"阅读时差"。在海外合作方面,起点国际与知名中国网文英文翻译网站 Gravity Tales 等优质海外平台达成合作,共同推进全球化布局。

起点国际还为海外读者量身打造了适用于当地本土化的付费阅读模式。其中既包括国内已非常成熟的按章节付费模式,也有通过观看广告解锁付费阅读章节模式以及 Wait or Pay 模式,即在更新后第一时间观看则需付费。

这一年,起点国际在网文商业模式输出、海外原创作家培育等领域的全面发力,推动了中国文化的输出和文化自信的建立。

回顾文学网站的发展历程,自然会引起我们对整个文学生态的思考。网络文学的影响力日渐增强,虽然不会取代纸质出版,但因为用户群阅读习惯的转变而逐渐拥有愈来愈重要的社会价值,在这一前提下,网络文学能否与传统审美方式接轨,是一个问题。另外一个由此而生发的问题是,传统文学是否具备互联网传播并盈利的价值。早几年,收购文学网站的多数是传媒企业,而不是风险投资基金(VC),他们收购的目的只是为了补充企业原有业务的不足或欠缺,而非文学网站的独立运作;作为产业,文学网站的独立性仍然不够强大。因此,在创作题材、创作形式上都出现了一些问题,比如注水现象,这个现象在资本进入之前几乎是不存在的。目前网文领域产生了阅文集团、掌阅文化和中文在线这样的上市公司,情况似乎有所好转,但离整个行业的健康、稳定发展还有一定的距离。我们期待文学网站能够在下一轮调整时,获得足够强大的动力,能够真正起飞,为中国当代文学,乃至中华民族的文化复兴做出自己应有的贡献。

四、网络文学海外发展情况

从 2014 年至今,中国网络文学以其独特的魅力征服世界各国的读者,创作与阅读队伍不断壮大。从刚开始的民间自发翻译,到现在逐渐规范化的商业模式,中国网络文学"走出去"的进程正一步一步地踏实前行。

2014 年 12 月 22 日,美籍华裔青年赖静创立了"Wuxia World"(武侠世界)网站,"我吃西红柿"的《盘龙》被他译成了英文,中国网络文学踏上了走出国门的第一步。2015 年 1 月,另一位美籍华裔青年,年仅 19 岁的 Richard

Kong(孙雪松),在一次度假中被唐家三少的《斗罗大陆》所吸引,于是,又一家翻译中国网络文学的网站Gravity Tales(引力小说)在美国诞生了。与单纯分享中国网络文学的"Wuxia World"略有不同的是,Gravity Tales还兼顾培养本土的原创作者群。这个创作群体主要是一群西方网络文学爱好者,在阅读中国网络文学之后,逐渐产生网文创作欲望的年轻作者。而在这个网站中,最受欢迎的作品是《全职高手》和《择天记》。目前,翻译中国网络小说的网站有上百家之多,读者来自美国、加拿大、德国、菲律宾、印度尼西亚等全球近百个国家和地区,不少人甚至自发参与翻译,为中国网络文学"走出去"推波助澜。

2015年7月,掌阅科技启动iReader海外项目,正式进军国际市场。同年10月,发布了具有里程碑意义的安卓和iOS国际版本,在国内系统上加入了地域控制、用户绑定等功能,解决了地区版权保护问题,不断提升平台优质内容的国际化水平。在海外发展战略上,掌阅科技抓住国家推行"一带一路"倡议的契机,充分展开调研,将东南亚、东北亚、中东欧列为优先发展区域,充分利用自身在内容、推广、运营、产品设计等方面积累的经验,紧密衔接、融合当地文化的不同特点,将"用户—内容—付费"的商业模式在海外成功复制,并有效启发当地资源,培育合作伙伴,寻求共赢发展。

短短两年内,公司完成了40多次海外产品发布,支持14种语言,并与企鹅兰登、哈珀柯林斯、剑桥大学出版社、牛津大学出版社等全球知名出版机构进行联系合作。目前,掌阅科技可向海外用户提供30万册中文产品内容、5万册英文产品内容及数万册韩文和俄文产品内容。

目前海外用户规模已突破800万,月销售额达300万元人民币,海外平台上每天被下载的网络文学高达500万章以上,出版图书5万册,历史经典作品5万册。掌阅iReader国际化的产品设计和运营多次获得Google Play的推荐。2016年12月,在谷歌开发者大会上,掌阅iReader斩获"2016年Google商店最具人气应用"及"2016年自我提升类最受欢迎应用"两项大奖。2017年1月25日—2月3日春节档期间,掌阅iReader还获得了港澳台等亚太重点地区苹果官方商店App Store的首页置顶推荐,公司iOS端的海外用户提升了30%。如今,掌阅iReader在中国港澳台、新加坡、马来西亚等60多个国家和地区的各类App销售榜中位列榜首,其中包括近40个"一带一路"沿线国家和地区,成为在全球影响较大的数字阅读平台。

与华为公司合作开发的针对伊朗波斯语的阅读产品,上线一个月,就积累付费会员用户20万人次。此外,掌阅科技还大力加强对外版权合作,其中对外授权翻译的语言包括英文、韩文、泰文等;仅在2017年上半年,公司和美国重力(Gravity Tales)、沃拉尔小说(Volare Novels)等平台达成合作,完成试授权5本小说(英文);与韩国M故事坊(Mstoryhub)公司达成合作,完成试授权3本漫画(韩文);与泰国Meb集团确定合作40本小说(泰文)。

2016年10月,中文在线数字出版集团股份有限公司新设增加Chineseall Corporation美国公司。美国公司的主要任务为承担中文在线数字出版集团股份有限公司国内业务的国际对接,2016年美国公司探索业务对接情况,完成听书产品的美国本土销售。同步构建了国内数字出版产品国际对接的主要研究工作,确定了数字阅读产品及数字内容增值服务的业务拓展方向。未来,美国公司将建成依托国外华人圈的数字内容产品销售平台,并逐步拓展到国际IP内容。同时也会将优质的国际IP内容丰富到国内文化市场中。2016年中文在线集团确定了"文学+""教育+"双翼飞翔的战略方向以及国际化战略发展方向,主要计划如下:

(1)教育主要从两个方向开展业务:海外书香平台和电子书籍销售。

此外,2016年中文在线投资纳斯达克上市公司ATA,间接持有其总计20.09%的股权。ATA以考试运营服务和在线学习服务为主要业务,于2008年在美国纳斯达克上市。对ATA的投资将拓宽中文在线在教育行业的销售渠道,扩大公司服务的辐射范围,增强公司教育产品的推广能力,加速公司的国际化布局。

(2)海外游戏发行以及IP引入。

(3)AVG游戏:针对女性群体,通过互动方式引导用户进行书籍的阅读体验。

晋江文学城在海外发展上形成了自己的特色,在IP的深度开发方面也取得了很大成绩。网站始终保持对草根作者的热情,因此作品题材涉猎广泛,形式多样。晋江文学城在线用户遍布全球213个国家和地区,是全球覆盖率最大的文学网站之一,其中美国、加拿大、澳大利亚等发达国家占有很大比重,海外用户流量比重超过15%。晋江文学城的版权开发集中在东南亚地区,他们和50余家港台出版社,20余家越南出版社,数家泰国出版社开展合作,累计向海外输出的网络文学版权超千部。在大力发展现有海外版权合作渠道的同时,晋江文学城还向日本、英国等发达国家拓展中国网络文学出版市场。自 2005 年至今,港台及海外的版权输出业绩增长了 30%—50%,晋江文学城成为中国原创文学网站进军海外的排头兵。

2017 年 5 月,起点中文网的海外版起点国际上线,并宣布与知名中国网文英文翻译网站 Gravity Tales 达成合作,双方将协力推动中国网文海外传播正版化、精品化。起点国际将与 Gravity Tales 就生产精品内容、培养本土原创作家作品以及打通双方内容渠道等方面进行一系列的深度合作。两大阅读平台不仅实现了作品上线的同步,还吸引了一批海外网文作者加入创作队伍中,并创作出不少优秀的网络文学作品。同时与韩国第一原创品牌 Munpia 合作发布"星创计划",将韩国也纳入"中国海外网文"的队伍。

2018 年,阅文集团进一步加快了网文出海步伐,旗下 Webnovel 平台作品翻译作品总数 200 部,累计访问用户数超过 2 000 万。网文海外读者落地工作进展良好,在新加坡、菲律宾先后举行了粉丝见面活动,深受欢迎,并吸引了新加坡以及菲律宾本地主流媒体的关注报道。在原有的网文译作基础上,起点国际还推出原创业务,短短半年多的时间里,已累计审核上线原创英文作品 10 000 余部。值得一提的是,带有中国元素的作品,如仙侠、武侠等成为海外作者最喜爱的创作类型。到目前为止,阅文集团已与多个国家地区的数字平台达成合作,累计海外授权作品已超过 300 部。

目前,包括泰国、越南、日本等海外国家和地区并没有成熟的文学网站和电子阅读商务模式,对于中国网络文学来说存在大量商机,发展前景十分广阔。目前,晋江文学城正在和海外出版社就共建电子阅读商务模式、共享版权渠道进行商洽,有望在版权输出方面取得更大突破。

第十章　IP 是怎样炼成的

自 2008 年开始，网络文学知识产权成为互联网产业的新宠，其形态由过去单纯依靠用户付费阅读的商业模式逐渐向"以 IP 为核心，全产业链、全媒体运营"转变，2015 年达到了一个新的高峰。目前根据市场的不同需求，网络文学可分为线上数字阅读和线下纸质图书出版（包括期刊漫画连载），版权开发的主要形式为电影、电视剧、网络剧（包括网络大电影和微电影）、游戏、动画、有声读物、舞台剧（包括话剧、戏曲等）、cosplay、衍生品等一种或多种文化消费形态。

一、IP 的主要形态及其路径

随着网络文学内容和形式的不断创新，大量资本流入与其相关的领域，由此形成了 IP 产业链。网络文学依靠互联网低传播成本的优势积累了大量忠实读者，这部分用户在网络文学作品向电影、电视剧、游戏等领域的改编过程中体现了巨大商业价值。网络文学平台纷纷建立了 IP 衍生合作部门，将网络文学的改编授权作为主营业务，如阅文集团、中文在线、百度文学、掌阅文化、阿里文学等已开始深度参与 IP 开发的全过程，不但对品质进行管控，同时对开发的 IP 进行投资。腾讯成立了企鹅影业和腾讯影业，阅文集团全资收购了新丽影业。以往网络文学切入影视行业，始终以内容源的身份出现，而作为国内最大的 IP 源头，阅文集团一直在寻找一条全新的文学 IP 机制，这也有可能成为中国影视业的未来发展趋势。一方面，越来越多的网络文学正在被改编成影视作品并取得成功，这些作品本身，就是在不断探求如何适应用户情感需求的过程中诞生，大众在不自觉中已经参与了创作的过程。另一方面，依靠大数据对文学、动漫、游戏用户洞察的支持，从而为影视创作提供更加具体和现实的决策辅助。

借助网络文学核心内容与影视、游戏、动漫等互通,共同构成泛娱乐生态体系,彼此带量,是未来网络文学市场发展的主要方向。在美国,以迪斯尼、漫威等为代表的娱乐巨头已形成完整产业链,围绕一个优质IP进行的综合开发,其市场规模可达百亿美元。由此可见,中国网络文学知识产权的综合开发才刚刚起步,起码在未来20年会处在一个不断升级的过程,市场开发机制逐步完善,最终开辟出向海外市场传播的有效途径。

根据目前情况来看,网络文学知识产权开发大致有如下这样几种形态。

数字阅读:原创网络文学作品在PC端、移动端订阅收入,第三方平台分销分成,阅读App、网络文学自媒体的营销收入,数字图书馆销售收入等。

版权销售:原创网站或者作者将版权卖给影视、游戏和出版社等下游企业。这是最常见,也是最广泛采用的一种版权开发形式。

版权入股:以版权入股到IP开发项目里,或者拥有优先投资权,可以得到大比例分成。

版权分成:游戏或影视单纯销售和分成,一般不超过流水的3%。

同步开发:小说和游戏、影视一起开发创作,相互带动,类似于传统行业图书出版与影视同期。蝴蝶蓝创作的《全职高手》网络剧与动漫同期开发,唐欣恬创作的《裸婚时代》小说与电视剧同期开发均属于典型的成功案例。

反向定制:已经成熟的游戏或影视IP,为了扩大影响,带来流量,反向定制网络小说。无罪、卷土、小刀锋利、乱世狂刀等大神级作者均有过反向定制创作的作品。

IP的孵化与应用,主要指向原创网络文学向影视剧、游戏和动漫的转化。网络小说目前还属于亚文化范畴,粉丝们习惯通过PC端、移动端阅读,而它如果想变成主流,变得家喻户晓,成为某种现象级的产品,最简单常见的方式是改编成电影、电视剧或者网络游戏和动漫。比如《致我们终将逝去的青春》在改编成电影前,是一部在青少年中流传甚广的言情小说,但它并不具备"青春"的标签化资质,而电影让它引发了一个潮流;同样《后宫·甄嬛传》《琅琊榜》《花千骨》等作品改编前只是普通的网络小说,虽然粉丝不少,但电视剧播出后,它才成为主流社会认可的"热门",不仅具有商业价值,而且具有社会价值。无论是产业规模还是社会效应,都是以前单向运作无法企及的,网络文学与影视剧、游戏和动漫的互动形成了互联网时代的IP连锁效应。

1. 影视开发

从2004年开始,中国影视产业界掀起了一波网络小说改编的热潮,例如2004改编自蔡骏《诅咒》的《魂断楼兰》;2005年由《你说你哪里敏感》改编的《一言为定》,以及《亮剑》《我的功夫女友》;2006年《成都,今夜请将我遗忘》《像天真的女孩投降》《爱上单眼皮男生》;2007年《谈谈心恋恋爱》《双面胶》,到了后期,又有《千山暮雪》《泡沫之夏》《倾世皇妃》《佳期如梦》《美人心计》。2010年后,网络文学IP概念初步形成,《步步惊心》《致我们终将逝去的青春》《杜拉拉升职记》《裸婚时代》《失恋33天》《甄嬛传》《千山暮雪》《何以笙箫默》等一批网文在影视领域成为爆款。2015年后,网络文学IP进入高潮阶段,《琅琊榜》《芈月传》《欢乐颂》《花千骨》《三生三世十里桃花》《楚乔传》《择天记》《如懿传》《南方有乔木》《翻译官》《扶摇》《天盛长歌》等网络文学IP一路飘红,并产生广泛的社会影响。

由此,对影视剧产业而言,拥有庞大内容资源的文学网站成了最佳合作对象,几乎每家影视制作公司都有专属的网络文学平台窗口。例如改编《步步惊心》造成轰动的唐人影视公司,和图书出版社没有固定的合作关系,却和网络文学产业龙头企业有固定联系。唐人影视的剧本库中,有30%—40%来自网络小说,也有专人专责挑选合适的网络小说进行改编。然而,并非所有的网络小说都具有改编的潜力,有评论指出,"网络小说虽然有着很好的群众基础,本身就具有改编的潜质,但也要分题材,其中大量暴力、敏感的题材,以及动辄上百万字的作品都给改编带来困难"。

因此,在原创网络小说改编影视剧的生产模式中,便出现了以特定文类为主流的现象。文类的使用在具有高风险特性的影视产业,有着降低风险的作用,并且有利于推销后续作品的版权交易,因为特定文类的网络小说,其题材在改编成某些不同形态的娱乐内容时,适应性显得特别高,很容易对应不同市场的需求。例如奇幻、玄幻与游戏类小说,特别适合改编成线上游戏;而都市言情、家庭伦理和古装宫廷历史类作品,则特别适合改编成影视剧。

根据网络文学的改编量来看,现代都市(异能、婚恋)类、古代言情类、军事类三大题材的作品列前三位,历史类、玄幻类作品分别排行第四、第五位。整体而言,以爱情为主轴的剧本一向是影视剧市场中最受欢迎的类型,且以市场接受度、拍摄成本(包括拍摄费用和拍摄技术等)和投资回报率考量,在原创网络小说影视改编的趋势上,仍以都市言情、宫廷历史和家庭伦理三类为主;以时装进行拍摄的都市言情和家庭伦理类市场接受度高,拍摄成本较古装剧低廉,因此备受影视公司喜爱。古装拍摄的宫廷历史剧虽然拍摄成本普遍较时装剧高出许多,但如今影视产业大量兴建影视城,不仅带动古装剧的拍摄风潮,场租成本远比海外华人地区如新加坡、台湾等地剧组拍摄便宜,同时在服装、道具等相关产业的发达下,拍摄效果亦佳,不仅在本土市场的接受度高,在海外版权销售上更是无往不胜,经济效益可观,加上20世纪90年代以来台湾、香港等地影视公司为降低生产压力纷纷前往大陆内地寻求以"合拍剧"的形式拍摄古装片,刺激了影视产业快速发展,因此宫廷历史剧不仅是原创网络小说改编影视剧的主要文类,更是影视产业的主力剧种。

2010年是网络文学影视开发的重要节点。在此之前,IP开发是单一的,还没有形成泛娱乐概念,更没有所谓IP交叉联动。当时只要有机会把版权卖出去就是胜利。比如2006年时,《鬼吹灯》《后宫·甄嬛传》的版权出售价格都很低。事实上,影视公司拿到版权之后,在很长一段时间并没有运作,因为IP的概念还没有形成,不具备市场条件。2010年之后,网络文学行业根据市场需求做出了调整,家庭伦理、都市情感和宫廷历史三类网络小说大行其道,这三类同时也是近年来中国影视剧上的主流剧种,所谓IP交叉联动初步形成。

网络文学改编后的变现能力在2015年暑期达到了一个高峰,一部周播剧《花千骨》创下3.89%的收视率纪录,网络点击量破150亿次;制作方慈文传媒收入2.29亿元,独家网络版权方爱奇艺获得全网超过三分之一的播放点击量。改编自《盗墓笔记》的电视剧《老九门》上线一个半月,网络点击量已超50亿,这是全网首部破50亿的自制剧,即便在全世界瞩目的奥运周,《老九门》依旧斩获了10亿网络点击。在《择天记》《斗破苍穹》《武动乾坤》《大主宰》等作品的引领下,玄幻大男主IP一度成为热门,但2017、2018年出现了明显下滑,业界对IP的认知趋于理性。

2. 游戏开发

网络文学用户对于玄幻奇幻、仙侠武侠类作品的青睐由来已久,曾经的金庸、古龙撑起了国内游戏、影视剧的半边天。反观当下,借助互联网这一便捷的平台,优秀作家更如雨后春笋般出现,辰东、天蚕土豆、猫腻、我吃西红柿、唐家三少、南派三叔、天下霸唱、忘语等不胜枚举。玄幻奇幻、仙侠武侠类的文学作品，一方面受众广泛，无论是转化过来的用户还是仅冲游戏本身而来的用户已经具有相当的规模；另一方面，就改编游戏本身而言，这类作品具有先天优势，其人物设定、故事架构、世界观等都更符合游戏中带有冲突和对抗的特性，改编游戏毫无"违和感"。

网游市场一直以来都是一个巨大的金库，与网络文学结合，借助强大的IP支撑和大量的用户积累，成了游戏发展的一条"捷径"，也给网络文学知识产权的开发提供了新的试验场。第一波公司主要从事移动网络游戏的开发与运营，其模式为"网络文学＋游戏"，先后打造出《佣兵天下》《鬼吹灯》《星辰变》《神墓》《恶魔法则》《兽血沸腾》《莽荒纪》《唐门世界》《绝世天府》等多个游戏产品。其中，《莽荒纪》自上线以来月流水高达1 700万元。

游戏开发可拆分为手游、页游、端游，其中手游市场最为庞大。《盗墓笔记》《完美世界》无不是IP运营手游的经典之作，手游一出便可能实现长时间霸榜，《莽荒纪》《魔天记》《琅琊榜》《云中歌》《花千骨》等改编手游也收益不俗，说明网络文学改编手游是目前游戏改编的主要趋势。

阅文集团在网络文学内容方面的优势比较明显，由于其网络原创内容丰富，也使得其适于改编为各类游戏的小说应有尽有。无论是大型网游手游，还是休闲类、卡牌类游戏，都可以找到适合改编的内容支撑。内容的多样性保证了改编类型和受众的多样性，而对于一个生态系统来说，多样性是其强大的"抵抗力稳定性"的前提。

3. 动漫开发

网络文学优质IP打造动漫精品具有天然优势，如《全职高手》（第一季）《斗破苍穹第一季·特别篇》《择天记》（第二三季）《全职法师》（第一二季）《国民老公带回家》（第一二三季）《妖神记》等共计10余部，取得了不俗的市场反响。其中动画作品《择天记》（第二三季）开创了付费观看的先河；《斗破苍穹》的点击量突破10亿，打破了国内3D动画最高收视纪录；《全职高手》（第一季）由陈坤担任总监制，点击量突破10亿，成为跨次元营销成功案例。截至2017年11月底，仅阅文集团就已经为国漫创造了近40亿点击量的市场份额。与此同时，备受期待的《全职高手特别篇》（第二季）《斗破苍穹》（第二季）《星辰变》《武动乾坤》《崩坏星河》等近20个重磅IP动漫项目已陆续启动，将继续为国漫迷们送上高水准的国漫作品。

另一点值得关注的是国产动漫IP认可度不断提升。根据iVideo Tracker

公布的"2017年6月动画排行榜TOP10",国产动画排在其中第6到第10位,分别为《画江湖之杯莫停》《全职高手》《秦时明月之君临天下》《十万个冷笑话》(第三季)和《天行九歌》。

二、IP背景下的网络文学价值

从积极的角度看,IP热现象使原本走向迷途的网络文学柳暗花明。就市场情况而言,能够成为大热IP的作品无一不是具有独特性,精雕细琢,经过长时间发酵,读者沉淀筛选出来的精品,这给追求短平快的网络文学创作树立了新的标杆,使网络文学作品的成功又有了一种新的模式。

但是网络文学的强大吸金能力也在一定程度上导致了市场的无序竞争,追逐热点、题材重复的问题愈发严重,导致很多人对网络文学的创新性产生质疑,对网络文学持续市场化的前途感到悲观。

随着大型网络文学厂商并购行动的积极开展,以网络文学为核心IP来源的产业生态逐渐形成,越来越多的网络文学作品开始进行影视和游戏改编。作为泛娱乐IP产业链的最前端,网络文学作品依靠互联网低传播成本的优势积累了大量忠实读者,这部分用户在网络文学作品向电影、电视剧、游戏等领域的改编过程中体现了极大商业价值。

作为IP源头,网络文学本身凝聚了内容价值、粉丝价值和营销价值。此前,网络文学IP价值主要建立在版权销售上。以数字付费阅读为基础,确保作家直接获得收益分成的同时,进行版权延伸拓展。而当网络文学放大到全民阅读,原有的版权运作机制也很难实现对全类型作品的覆盖。业界提出全新的泛娱乐IP开发策略,将以制作方、投资方、运营方三种或以上的多重形态、角色深度介入"全产业运作",打造作家品牌和超级IP。

在以往的IP孵化过程中,由于影视、游戏的资金投入大,网络文学网站和作者基本处于弱势地位,很难从IP运营中获得大比例的利润分成。很多文学网站已经意识到了这一点,因此全力加入高用户基数的IP开发里面,比如《择天记》的IP孵化从始至终都有文学网站和作者的存在,这既保护了网络文学原创团队的利益,也保证了作品在深度开发时保有一定的质量。

在乌镇举办的互联网大会上,马化腾在演讲中特别谈到了对于内容产业的理解。在他看来,"腾讯的核心是做连接,但如果只是纯管道,我们觉得不够，所以还做了大量的内容，从游戏，到动漫，到文学，再到影视，构成一个交织的知识产权新生态"。互联网本身就是一个网状的结构，相互借力，相互牵制，对整个行业的发展更为有利。爱奇艺创始人、CEO 龚宇也表示，有影视 IP 的网游收入会明显提高，是没有影视 IP 的网游收入的几倍甚至更多。这说明了一个问题，互联网具有更加突出的马太效应，互联网产业链的同步性能够放大知识产权的价值，进而创造商业奇迹。

但同时，我们也要警惕在孵化名义之下的杀鸡取卵。

孵化与杀鸡取卵，这两个看起来相互对立的概念，在网络文学知识产权开发中往往被同时运用，其主要原因是网络文学知识产权开发是一个综合的体系，如同火箭发射需要几级推送才能进入轨道。如果某个环节过分强调自身利益，极有可能对整个产业链造成伤害。

一部优秀的网络文学作品与一个优质的 IP 之间究竟是什么样的一种关系？网络文学作品的粉丝数量只代表了它在数字阅读上的价值，它只是一个基础、一个好苗子，需要进一步孵化，才有可能成为一个优质 IP。说到底，网络文学知识产权的综合开发，其核心是指网络文学作品的 IP 优质孵化过程，如果将网络文学作品的在线热度作为优质 IP 的充要条件，差不多就等于杀鸡取卵。

但在实际操作过程中，网络文学知识产权的打包销售不利于术业有专攻的基本规则，客观上造成了网络文学知识产权的耗损与闲置。

消耗 IP，实现 IP 的套现已经成为当下最为流行的做法。一个优质网络文学作品出现之后，做影视的人买了版权，有时候就想，游戏很挣钱啊，我也做一个游戏吧，或许我挣不到大钱，但得到一些流水可以补贴我的利润。做游戏的人买了版权也会这样想，我也拍个电影吧，虽然不赚钱，但是可以把它当大型的广告片使用，起码我的游戏是可以赚钱的。这不是做 IP 的核心道路，而是 IP 的套现，是最终消耗 IP 的方式。

如果仔细研究一下成功的 IP 孵化案例就会发现，IP 的套现近乎是对优质知识产权的扼杀。比如《哈利·波特》，小说形成了大量的粉丝群，电影也提供了大量资金支持。精良的制作，在全球传播过程中实现了"放大器"的作用，之后再去反哺 IP 本身，这才是真正的孵化行为。

以晋江文学城为例，我们可以看到 IP 背景下网络文学生态状况和前景。自 2003 年成立初期到今天，晋江文学城经历了从低谷到高潮的发展阶段,透过多年来积累的版权价值可以看到网络文学的前世今生和未来走向。

晋江文学城流量从2007年末的日均1 500万次,至2016年日均超过9 000万次,增长速度异常迅猛。目前越南、日本等国家和地区并没有自己单独的文学网站,他们更多是从晋江引进或自发翻译,有些出版社看准时机,除了和晋江沟通出版、引进电子版权之外,在越南、泰国、新加坡、日本等国家和地区,还希望与晋江采用分成的模式建立晋江的海外站点。日本的SmartEbook公司,他们的版权渠道可将晋江的书拓展到墨西哥、印度、菲律宾、南非、澳大利亚、韩国等地。目前共有213个国家和地区的用户在访问晋江文学城的网页,其中美国、加拿大、澳大利亚等发达国家占到很大比重,海外用户流量比重超过25%。在衍生版权市场上,晋江占有率比较高,大概在50%左右;若是出版和影视,占有率在80%左右,目前已经与越南、泰国、新加坡、日本等多个国家的近百家知名影视公司形成长期合作。

三、 二次元文化的兴起

以IP为核心的互联网文化业态,自2014年起将中国网络文学导入2.0时代,其速度之迅猛,变化之剧烈,足以证明文学的社会性不只体现在对公共精神领域的探索,对商业价值的发掘同样深刻而全面。由于中国网络文学产生的广泛影响,21世纪的文化多样性被打上了鲜明的互联网烙印。

在20年快速成长、常变常新的发展历程中,中国网络文学的疆域一直在不断扩展,究其根本,丰富多元的文化资源、声势浩大的创作队伍、多姿多彩的创作类型,为这一新的文学形态注入了强大的生机和活力。在此基础上,互联网巨大的集聚效应开始发挥威力,以内容为核心的IP全版权运营模式,特别是向游戏、影视、动漫延伸的全产业链开发,将网络文学推向了全新的发展阶段。

近五年来,IP从大潮兴起到热浪滚滚,再到泡沫四溅,行业内部终于有了比较理性的认识。IP不是神,不能一语定乾坤,但IP更不能丢,无论是从互联网文化产业的角度看,还是从社会转型期精神迭代审美转换的角度看,IP已成为当下中国民众文化生活的最大公约数。IP起步于商业需求无可厚非,但它终究是个文化概念,假如商业必须踏着时代浪潮节奏的话,文化需要的则是百炼成钢,然后历久弥新。

目前的网络文学总量虽然还在上升,但内容创新已面临很大的压力,有一个现象值得重视。互联网用户群当中二次元用户逐年攀升,在2016年初已达到2.19亿。动画是二次元产业中的核心领域之一,良好的用户基础为国产动画的发展提供了契机,粉丝经济的价值不可估量,未来国产动画市场前景广阔。市场变化将大力推动网络文学的创新与变革,预计二次元类作品会在未来两三年之内迎来爆发式增长。

二次元最早始于日本动画、游戏作品,因其画面是平面二维空间,因此被称为二次元。二次元类作品根据二次元概念衍生而来,是针对二维空间而创作出的一种文学作品形式,主要类型包括:动漫、穿越、游戏、同人、校园、科幻、奇幻等。这类作品想象力强,作者通过对现实的场景和人物进行加工,创造出别具一格的画面,给人较强的冲击力。

二次元类作品最主要的特征是"虚拟人物",即作品的人物来自漫画、动画,并非现实中的人物,类似于传统小说中的"海螺姑娘",而将漫画、动画中的故事写成小说又符合"同人小说"的概念。

同人小说是近几年比较流行的一种文学类型,是一种利用原有的漫画、动画、小说、影视作品中的人物角色、故事情节或背景设定等元素进行二次创作的小说。近年来,伴随体育人物、娱乐人物、政治人物等社会人物的高密集度曝光,同人小说中的真人同人小说也逐渐兴起。

不难看出,网文游戏动漫影视的联动是基于互联网用户流量"互借"所产生的效应,在网二代(一般指"95后")成为消费主要人群之后,伴随二次元文化的兴起,这一现象将呈量级增长。

在IP概念的形成和发展过程中,网络文学以试水者的身份始终站在行业的前端。一个IP的出现,无论是取得巨大成功赢得盆满钵满,还是铩羽而归散落一地鸡毛,似乎都有一根线隐隐约约牵扯着网络文学,网络文学受益于斯也受制于斯。换句话说,网络文学就像一枚多棱镜,透过其一角便能觉察到IP领域的五光十色。如今,IP开发已进入全面互通阶段,整个产业链一荣俱荣,一损俱损。以月关的小说《锦衣夜行》改编为例,可以发现IP实现了交叉联动,华策在拍摄初期就引进游戏方,植入广告方、互动节目方,同步开发大电影,整个IP共配套一部页游、两部手游、三部电影,还设计了现代剧情的网剧作为番外篇,作为前置性同步开发产品,由此可见,IP开发模式是在市场的不断磨合中更新变化的。

艾瑞咨询发布的《2017—2018中国现实类题材网络文学IP价值研究报告》显示：现实类题材网文IP商业化进程完善，已成功打通泛娱乐全产业链。从内容平台到影视、动漫、游戏及衍生，现实类题材网文IP优势逐渐凸显。从平台分析：阅文集团举办两届现实类题材征文大赛；网易文学从源头到运营为现实类题材网文IP"保驾护航"；掌阅发布报告显示女性读者开始关注现实类题材作品。从读者分析：男性读者居多，26岁—35岁年龄段的读者占比近七成，收入较高；67.7%的读者认为现实类题材网文故事背景更贴近生活，更具有真实感。现实类题材网络文学的主要特征是：以当代的现实社会为背景，描写真实生活中的情节，展现现实矛盾的小说，部分故事情节中可以加入少量幻想类情节。小说类型包括都市生活、官场职场、军事谍战、悬疑推理、灵异恐怖、游戏竞技、乡村种田这几大类。与严肃的现实主义题材相比，现实类题材网络文学同样根植于日常生活，但幻想元素让整个作品更富于想象色彩。

IP的成功转化和网络文学的兴盛是相辅相成的关系，双方相互作用，相互借力。从根本上说，IP不是靠打造出来的，优质IP需要长期孕育，包括读者热度的积累、口碑的积淀、有效的传播以及阅读市场的培育与发展等，才能瓜熟蒂落。2016年影视同步上映、网台联动播出的《微微一笑很倾城》（原著作者：顾漫）给网文转化IP产品的全媒体、全产业链开发提供了范本。

在IP时代，网络文学究竟该怎样谋求生存和发展之道？从文本的角度讲，文学有自身的规律可循，但从泛娱乐产业的角度论，光是文本阅读还不能有效展示网络文学的特点，充分发挥其能量。业内人士认为评估网络文学IP主要有三个方面：一看故事形态是否适合改编成影视作品；二看网络阅读热度与影视观众热度能否产生关联；三看影视制作的可行性，成本是很重要的部分。也就是说，所有的IP只是一个起点，如果一个网文在网络上有很多人喜欢，说明它经过了大众的选择，给投资人提供了相对稳定的数据支撑，但一个IP项目能否成立，不光靠钱，也不光靠粉丝数量，为人所不知的制作环节在很大程度上决定了它的命运。一般来说，评判网文能否成为合格IP的标准有五点：一是题材是否有趣；二是人物设定是否新鲜；三是情感关系是否强烈，能否打动人心；四是是否有独特的风格和很强的辨识度；五是作品是否有好的世界观设定，能否给大家提供一种新的看待世界的方式。

四、IP发展趋向理性化

2017年上半年由网文转化的影视IP出现了《三生三世十里桃花》《楚乔传》和《欢乐颂2》三部女频爆款以及经典男频小说改编的《择天记》（原著作者：猫腻），这四部剧中前三部有一个突出特点是，主演都是当红年轻女演员，俊男美女的组合，自带粉丝效应。《欢乐颂2》反映了当代都市生活中富有时代性的若干问题，再次证明了女性题材在影视剧中具有天然的优势。

然而，2017年上半年的IP改编情况并不理想，剧版改动较大，《择天记》原著粉丝不买账，新观众又无法理解原著相关的一些设定，导致《择天记》的总体评价不高。《三生三世十里桃花》《楚乔传》虽然各有优点，但这两部原著都在电视剧播出后陷入了抄袭争议。网友们认为，网文影视化以后，比起原著小说，更有传播度，所以制作方应向观众负责，在进行改编之前应先妥善调查清楚作品是否"清白"。同时，观众吐槽奇幻古装剧中的特效劣质以及部分流量演员的不及格演技，虽然这几部IP剧宣传时声势浩大，且拥有大量读者粉丝，但播出后还是被《人民的名义》《大秦帝国》这些原创剧碾压。

2017年下半年，几乎感染了一代人的网文经典之作《悟空传》（原著作者：今何在）终于成功转化成影视IP，从文本角度看，《悟空传》的确是一部难得的佳作，粉丝热度毋庸置疑，由于其故事核心空灵，视觉改编难度很大，尽管演员表演和特技场面颇费心思，但铁粉们不买账，最有代表性的观点是：不是有孙悟空，有几句《悟空传》的台词，就可以叫作《悟空传》电影。今何在的另一部同名小说《九州·海上牧云记》改编的电视剧于11月21日在爱奇艺、优酷、腾讯视频三大平台同步播出。该剧凭借恢宏的实景拍摄、精致的服化道获得一致好评，在开播2天内迅速冲上骨朵网络影视排行榜日榜第一，势头强劲。

电视剧《风筝》和《大军师司马懿之军师联盟》及其续集《虎啸龙吟》展现了网络作家在不同领域的创造力和想象力。

《醉玲珑》是一部着力于反套路和求颠覆的电视剧，无论故事情节之类的内核，还是服饰场景之类的外壳，都与时下同类题材的国产影视剧风格迥异,在千篇一律的古装剧中堪称独树一帜。不过,由于对人物设定的改编幅度较大,原著小说中孤傲的夜天凌在陈伟霆的演绎下有了邪魅不羁的一面,冷清的凤卿尘在刘诗诗的诠释下也流露出活泼灵动的一面,而善恶莫辨如夜天湛,在徐海乔的塑造下也先后露出了野心腹黑和温润如玉的双面人设。这样的设定变更,可能使人物性格更加充实饱满,但也存在人物设定崩塌的风险。

相对而言,2017年下半年的影视IP网络剧也有亮点出现,尤其是以《河神》和《无证之罪》为代表的悬疑剧。同样是网络大神天下霸唱的作品,《河神》原著却并不像《鬼吹灯》系列那么出名,但是网剧版的《河神》却比前几部《鬼吹灯》系列影视剧口碑更佳。7月3日,网络剧《鬼吹灯之牧野诡事》在爱奇艺首播,其番外网络电影《牧野诡事之金豹子》12月3日在爱奇艺上线播出,也产生了一定的影响。

《无证之罪》原著作者紫金陈被称为中国版的东野圭吾,网剧版的《无证之罪》一经播出,颇受好评,改编最精彩的一点在于,网剧将故事背景从南方换到了寒冷的北方,阴暗、冷硬的画风与整部剧压抑的氛围相呼应。和其他悬疑剧相比,《无证之罪》更注重对社会现实和人性的拷问,让人深思。《双世宠妃》作为一部低成本的古装穿越玛丽苏魔幻网络剧,既没有流量明星站队,又无花式宣传,却在开播第二天就登上了网络剧榜首,其搜索量也一直呈上升趋势。《双世宠妃》在剧情中引用了不少经典的影视桥段,这使得剧情的质量有了一定的保证,同时也让观众们回想起幼时的经历,拉近双方距离。可以说,《双世宠妃》对于自身和观众的定位拿捏得非常精确。在此之前,《楚乔传》大火,腾讯作为该剧的网络播放视频平台,趁热打铁,推出《楚乔传》男配"月七"为主角的大女主古装剧《双世宠妃》,这样一来,凭借着"月七",《楚乔传》的观众和粉丝就被顺势导流到了《双世宠妃》。这似乎是刻意形成的巧合,但效果相当不错。

随着IP热的起起伏伏,影视公司和投资者普遍认为,拥有大量原著粉丝和较高知名度的IP可以节约营销成本,风险小,回报高,因而具有较高的投资价值。这一方面导致IP交易价格飞涨,原作者的身价也水涨船高,一些"超级IP"项目被炒至千万级别,个别作家的作品甚至还未写完就已经被预订。另一方面,不少业内人士和专家则对于IP市场的火爆忧心忡忡,IP市场泡沫论、IP枯竭说等唱衰IP的声音也不绝于耳。

2016年下半年至今,网文IP在游戏、动漫等其他领域也有所收获,推出了一批精品力作,为网络文学的转化质量提升提供了新的路径。

游戏一直以来都是IP变现的重要渠道,一个优质IP能够帮助游戏在初期导入大量用户,进而节约推广费用,因此IP成为众多游戏厂家追逐的对象。2017年,中国IP游戏收入超过200亿元,IP移动游戏在中国移动游戏总市场的占比均在六成以上。根据同名小说改编的手游《全职高手》《择天记》《剑王朝》《吞天记》于2017年先后上线,受到粉丝的广泛关注,在App Store上名列前茅。其他如《一念永恒》《绝世唐门》《全职法师》《圣武星辰》等数十部作品也正处于游戏开发制作过程中。

回顾2017年,手游市场上诞生了一款现象级的IP:《王者荣耀》。据初步统计《王者荣耀》DAU峰值已经突破8 000万,一段时间内收入持续位居全球iOS手游收入榜榜首。《王者荣耀》成为国民游戏得益于游戏的优秀品质和腾讯强大的渠道能力。而在2017年6月,腾讯视频发布了《〈王者荣耀〉明星实景竞技真人秀》,使《王者荣耀》成为国内游戏改编综艺领域"第一个吃螃蟹的人"。因此,未来在IP领域的一大变化是,游戏本身作为一个IP,开始对影视、动漫、综艺等娱乐形式进行反向输出,探寻游戏IP产业链开发的更多可能性。

与此同时,IP概念向产业化纵深方向发展。2017年3月阅文集团亮相2017伦敦国际书展(London Book Fair);6月阅文集团参展东京内容产业展(Content Tokyo);10月,阅文集团携旗下IP分别亮相2017戛纳秋季电视节(MIPCOM)与2017美中影视博览会(US-CHINA FILM & TV INDUSTRY EXPO);11月参加2017亚洲电视论坛(ATF)。凸显以中国为核心向全球辐射的网络文学内容延展的未来趋势,代表着我国网络文学产业的强势崛起,以网文IP为核心的娱乐文化产业生态已具规模。

2017年6月29日,阿里巴巴召开天猫双十一发布会,提出欲将双十一"超级IP化"的理念。11月10日当晚,由马云领衔主演,集结了李连杰、吴京、甄子丹、袁和平、洪金宝、托尼·贾、向佐、佟大为、李晨、黄晓明等一众大咖加盟的电影《功守道》在发布会上放出精华版,次日上线优酷。这说明IP与其他产业的合作分享将逐步进入常态。

2017年11月17日,咪咕阅读邀请蔡骏、李西闽、庄秦、求无欲、宁航一、御风楼主人、贰十三等7位国内顶级悬疑推理作家及演播名家纪涵邦先生,正式宣布成立"咪咕悬疑社",力求打造更多元的阅读体验,连接热爱悬疑文化的作者、读者和产业人士,凝聚创作力量,提升中国悬疑文学IP影响力和产业价值。

2017年,在各方推动下,现实题材作品占据了网文的一席之地,有效地帮助网络文学打通了套路化、模式化的症结,注入更新鲜、生动的能量。除作品数量提升外,现实题材网络文学作品的题材范围也更加广泛,并且更加关注社会热点。既有个人成长,又有家国情怀;既有日常英雄,也有国家栋梁;既有儿女情长,也有建功立业,可以说是多元社会、丰富生活的折射和缩影。但从体量上看,玄幻和仙侠类仍然占据网络文学的半壁江山,IP关注的头部作品、高流量作品多数出自这两个类型。历史类和古代言情类作品在男频和女频长盛不衰,说明读者对传统文化情有独钟,对古老文明有着深厚的情感。都市类、现代言情类和悬疑类作品是变化最大、套路文和创新文并存的类型,虽然单部作品的流量排名稍后,但总体的浏览量和社会影响力巨大,也是IP孵化关注的热点区域。军事类、竞技类和正在成长的二次元类,属于阅读人群最为稳定的类型,发展空间很大。

2018年12月20日,胡润研究院携手国内领先的IP版权运营机构猫片,联合发布《2018猫片·胡润原创文学IP价值榜》,100个最具价值的中国原创文学IP上榜。同时发布《2018猫片·胡润原创文学IP潜力价值榜》和《2018猫片·胡润原创动漫IP价值榜》。这是胡润研究院与猫片第二次发布原创文学IP价值榜和潜力价值榜,以及第一次发布动漫IP价值榜。

IP价值榜依据1998年以来的各大原创文学平台的作品,通过全网的阅读量、月票量、推荐量和收藏量等大数据做出初步筛选,再由胡润研究院以及业内资深文学编辑根据作品影响力、文学价值和历史转化价值综合评分后排列出结果。《猫片·胡润原创文学IP价值榜》打破了过往依靠单个平台或单项数据来评选的传统模式,以文学平台专业数据、百度公共数据、资深编辑人文数据为支撑,多维度、较为全面地给出了原创文学IP公正的价值评价。IP潜力价值榜由包括起点中文网、纵横中文网、17K小说网等业内领先的原创文学网站评选出各自最有潜力的三部作品,再由胡润研究院和猫片根据作者知名度和作品是否适合转化进行综合考量后排列出结果。该榜单囊括了各大文学网站半年内提升最快的作品,也被认为是最具IP孵化价值的新作。

第十一章　网络文学的生态环境

除了研读文本、分析类别、考察动态等常规的学术研究之外,开展网络文学研究还有一些特殊的功课要做,这是由网络文学自身发生、发展的特点所决定的。我们都知道,网络文学从一开始就存在转换写作方式、尝试商业运作以及面临维权困境等问题。显而易见,网络文学与主流(纸媒)文学客观上存在较大差异,这一区域没有共享经验,因此有必要进行专题探讨,否则,对网络文学的研究就很难做到鞭辟入里,更无法把握其要领。换句话说,网络文学除了作品、作家研究之外,市场和媒体研究也不可忽视,因为正是由于两者之间的相互作用,才形成了当下的网络文学现场。

除了文本创作与平台发布以外,网络文学还受到一些非文学因素的影响,其主要成分一直存在变数,但大家共同关注的,对网络文学发展已经或正在产生影响的一些关键性因素,应该说已经浮出水面。可以从网络文学的产业化、网络文学的侵权现象和文学期刊与网络文学的关系等几个问题入手,以期解析网络文学发展、变化的动因。

一、网络文学产业化进程

网络文学自诞生以来一直在寻找行之有效的产业化发展途径,经过文学网站经营者十多年的摸索和努力,借助并购、融资等商业手段,目前已初步建立起包括付费阅读、版权运营、海外建站等商业模式。如今,网络文学的产业运营初步实现了自身的良性循环,正在积极寻求跨领域经营合作,并以此为杠杆推动网络文学的繁荣发展。在这一前提下,对网络文学产业化过程进行记录、分析和研究,或许可以帮助我们了解、掌握网络文学的流变与走向,从而有针对性地加强对文化创意产业链的开发与保护。文学网站的产业发展大致经历了付费阅读模式的确立、收购风潮和新盈利模式探索三个阶段。

最初得益于网络传媒和电子商务的启示,在信息时代,互联网的上述两大功能被认为最具有商业价值。20世纪90年代中后期,网络股一度受到强烈追捧,有四五年时间一直处在上升态势,2001年网络股从很高的位置跌落,泡沫破碎。虽然这严重挫伤了互联网产业的发展,却也给文学网站留下了一点空间,给他们信心的是,大多数读者并没有因为互联网泡沫破灭而抛弃网络阅读。当网络资源不再廉价,单靠当时日益微薄的广告收入,想要实现一个文学网站的自给自足,未免显得幼稚,更何况版权维护意识已经逐步渗透到网络。面对"免费午餐"退场的现实,很多立志做大的文学网站开始思考如何建立原创文学的产业链。

2001年之前,文学网站普遍没有版权拓展意识,大量作品在线发表之后,下线出版的实体书,与网站没有实际利益关系,网站—作者—出版,基本处于分散、自由组合的状态。从2002年开始,文学网站意识到版权运营不失为维持自身发展的一种方式,但必须保持一定的持久性才能获得稳定收益。到底什么样的"产品"才能够在网上获得商业价值呢?经过选择,很快锁定了一个新的文学类型——玄幻小说,因为它的人气十分火爆。

西方幻想小说《魔戒》《哈利·波特》的风靡对中国网络产生了一定的影响。台湾的"鲜网""小说频道"等网站最早意识到了玄幻文学的商业价值,于2001年之后与西陆文学的一批网络玄幻小说作家签订了出版合同,并形成了比较稳定的"网络创作—实体出版"赢利模式。此后,大陆网站"龙的天空"也尝试网络玄幻小说的出版,出资买断了一批大陆网络玄幻小说作品,推出"龙的天空系列玄幻小说"实体书系,可惜销售量一般,反响平平,不久就以失败告终。与此同时,"幻剑书盟""明杨品书网""晋江文学网""翠微居"等玄幻小说站点也相继兴起,总的人气指数已经超越了以"榕树下"为代表的小资风格文学站点。

此时的文学网站管理者已经意识到,许多热门网络小说的实体化出版所带来的收益并不和它们在网络上超高人气相匹配,并且,长篇网络小说的出版需要面临许多中间环节,同传统纸媒的合作并不能完全地发挥文学网站自身的优势,它们需要寻找一种全新的产业链来实现长篇网络小说的盈利。在当时,网络企业主要依靠吸引风险投资扩大规模,获取一定点击量以后,再靠广告收入维持运营,文学网站由于规模有限,几乎没有机会争取到风险投资。而获取广告收入,文学网站也没有任何优势可言,新浪、搜狐、网易等门户网站抢占了网络广告总投入的九成。仅靠少量书商、出版商,以及一些广告支出较少的中小企业的广告投入,显然改变不了文学网站的命运。文学网站如何做大做强,始终是一个难题,网络文学的产业化途径仍然在摸索之中。

最早尝试网上付费阅读的是玄幻文学网站"读写网",在2002年2月试运行,9月正式运行的同时,网站就发布了"为推动原创小说的发展,本网计划向作者支付网络刊载的稿酬,欢迎原创作品加入"的声明。由于读写网建站的时机比较好,那时正是短信联盟最火的时候,通过短信代收费获得了大量的收入。但是,由于经验不足,方法不当,"读写网"的付费阅读规模一直没有发展起来。2002年底,中华杨和苏明璞等一批网络写手离开铁血,成立了"明杨·全球中文品书网",首次提出了会员(VIP)的概念,网站通过《中华再起》等一批热门作品,吸引了大批会员。

2003年10月,起点中文网总结了付费阅读的经验教训,尝试建立了B2C平台,正式启动VIP会员计划。B2C平台是指提供企业对客户间电子商务活动的平台,即企业通过互联网为消费者提供一个新型的购物环境——网上商店,消费者通过网络在网上购物,在网上支付。令网站感到惊喜的是,实施付费阅读后的第一个月,竟收入5 000元。网站把这部分钱用来支付作者的稿费,点击率最高的作者拿到了1 000元。起点中文网开创的付费阅读模式带来了行业内的巨大变化。网络文学的产业化迈出了第一步。

几乎在同时,幻剑书盟从个人网站向商业化网站转型,对推动文学网站产业化发展起到了积极作用。幻剑书盟是最早整合网络文学版权资源的文学网站之一,他们同上海人民出版社、作家出版社、春风文艺出版社、朝华出版社、安徽文艺出版社、河南文艺出版社、科幻世界、贝塔斯曼亚洲出版公司、上海英特颂图书有限公司、台湾鲜鲜文化出版社、台湾信昌文化出版社等多家出版机构建立了良好的合作关系。2005年和2006年,幻剑书盟运作推出了《诛仙》《狂神》《新宋》《末日祭奠》《和空姐同居的日子》《搜神记》《她死在QQ上》《飘邈之旅》《手心是爱手背是痛》等一批网络文学佳作,这批作品的落地出版,为网络文学的版权运营提供了样板。

2004年6月1日,起点中文网世界ALEXA排名第100名,成为国内首家跻身世界百强的原创文学门户网站。起点中文网和幻剑书盟的成功尝试,证明网络阅读的规模化市场已经初步形成。网络阅读已经得到读者的广泛支持,从理论上说,网络文学的产业化条件也已基本成熟。

2006年以后,文学网站业内出现了激烈竞争的局面,主要是由于大量资金的流入,引发了团队出走,形成人才流动频繁的格局。"TOM在线"以2 000万元注资幻剑书盟;中文在线推出互联网阅读平台"一起看小说网"(17K小说网);腾讯网读书频道率先推出VIP会员制,成为首个确立付费阅读业务的大型门户网站;北京完美时空(PWRD)投资成立北京幻想纵横网络技术有限公司,创建大型中文原创阅读网站纵横中文网,深入贯穿线上阅读、线下出版、动漫改编、游戏改编、影视改编;盛大文学成立公司再度融资,陆续收购晋江原创网、红袖添香、榕树下、小说阅读网和潇湘书院等等,宣告网络文学的产业发展进入了新的时期。

2010年2月,网上交易平台淘宝网推出了文学频道,其内容主要是由其他专业文学网站提供,并未推出网友原创制度以及付费阅读模式。据专业人士预测,淘宝试图将成功的电子商务模式引入到网络文学营销中,未来或将采用合作分成的区域性B2B模式或C2C模式。在区域性B2B合作分成模式下,淘宝与文学网站合作,建立面向中间交易市场的平台,付费阅读并与内容提供商分成。C2C模式是指淘宝仅充当平台,作者自行定价,不参与分成,以此吸引作家资源。但后来淘宝未能建立签约作者机制,通过版权运营盈利的目标也未能成为现实。

文学网站的另一个成长空间,是在2007年迎来了新的资源整合机缘——无线阅读业务,几家重要新媒体公司立即将其作为关注的焦点。中文在线和盛大文学迅速成立了自己的无线公司,通过其无线阅读运营平台及与电信运营商、手机厂商的战略合作,向手持终端用户提供无线阅读服务。目前,中文在线已将主要精力转向无线阅读业务,在文学网站的运营上避开了与盛大文学的正面较量。盛大文学也在不断拓宽盈利模式,通过海外分站覆盖海外华文市场。而新组建的纵横中文网,却在文学网站的运营中与盛大文学旗下的起点中文网产生了比较激烈的竞争。

总体来看,网络文学产业已经有了一个良好的开端。据统计,截至2010年10月,全国网络小说作者约为120万人,累计创作网络小说200多万篇(部),其中长篇小说60万部(含部分未完稿作品),按平均每部作品20

万字计算,仅长篇小说一项总字数就达1 200亿字;2007年以来,由于手机微支付盛行,网站累计注册用户已超过8 000万人,付费用户达600万人,平均每月有30万用户在消费。除上述粗略统计之外,网络文学的产业发展速度可以通过一组数据对比得到印证:1.文学网站整体收入(人民币):2007年5 000万元,2008年1亿元,2009年1.5亿元,2010年达2.5亿元。2.商业文学网站从业人员:2007年200余人,2008年400人,2009年600人,2010年1 000人,2018年达10 000人。3.文学网站日PV总量(最高值):2007年2亿次,2008年4亿次,2009年达6亿次;由于无线流量激增,2010年达12亿次,2018年达18亿次。然而,网络文学的产业发展也存在很多实际问题,至少目前仍然处于摸索阶段。首先,作为一个迅速崛起的新型文化产业,它还没有获得相应的价值认同;其次,人们对它的能量评估与前景判断存在较大的盲区;第三,行业内部竞争的无序状态仍在持续;第四,人才培养远远跟不上行业的发展;第五,盗版十分猖獗,久禁不绝,严重伤害产业健康发展。

二、网络文学侵权现象分析

艾瑞咨询通过对盗版损失占同期市场规模的比例比较,发现网络文学的盗版损失占到了市场规模的58.3%,远高于数字音乐的5.9%和网络视频的14.3%。盗版网络文学用户和盗版网络视频用户的占比都要高于正版用户。①对于正在形成的网络文学产业,人们寄予了美好的憧憬,但它是否真的能够如人所愿,成为盛开于创意产业花园中的一朵奇葩? 现在远没有到下结论的时候。当前网络文学面临严重盗版的困扰,无数双黑手正在伸向这个稚嫩的生命。或许大家都还记得,国内音乐产业因为反盗版不力而一蹶不振,市场基本拱手让给欧美和港台音乐,经过整治之后现在大有改观;电影产业资金丰厚,背景深远,得力于知识产权保护力度的加大,近年来逐渐呈现出复苏迹象,喘息之后甚至可以发力介入国际竞争。那么,网络文学呢? 它似乎没有外来"干扰",这个行业也就中国独大,别无分店,如果我们做大做强,向海外渗透并非没有可能,这和国家强调的加强软实力建设和文化输出的理念十分契合。应该说,打破网络文学发展的"版权困境",建立一

---

① 艾瑞咨询:《2018中国泛娱乐版权保护研究报告》,2018年6月6日。

个透明长效的知识产权保护体系,已经是迫在眉睫的任务。

目前,手机下载软件、手机网站、电子书等多种渠道和方式百花齐放,随着有线互联网、无线互联网以及客户端等多渠道的迅猛发展,盗版也呈现出多渠道发展的态势。为了更好地研究问题,寻找解决问题的方法和途径,有必要对网络文学盗版现象进行总结归纳。目前,网络文学盗版主要呈现出以下几个特点:

1. 网络文学盗版网站正朝着规模化、快速化的方向发展,具有很高的隐蔽性及高扩散性。盗版已经形成产业化,并以广告联盟为利益纽带,形成盗版产业链。

2. 网络文学的盗版相对于纸质盗版来说,减少了中间环节,比纸质盗版要快捷很多,具有成本低、传播快等特点。

3. 随着技术的不断进步,传播手段不断丰富,网络盗版所采用的技术也更为多样。主要方式有:网络爬虫、图片下载、拍照、截屏和手打(人工输入)等。

4. 网络盗版给原创网站和网络文学的发展带来很大冲击,网络文学遭到大面积盗版,网站的 VIP 作品几乎全部被盗。每年盗版市场规模超过 100 亿元,而同期正版市场的规模不过 150 亿元。

5. 打击盗版在取证上非常困难,因此造成诉讼和执法难点。大型盗版网站一般采取在境外注册站点的方法逃避检查,中小型盗版网站则采用不断更换域名的策略隐身。这就使得文学网站在维权上无从下手,力不从心。

6. 部分搜索引擎钻法律空子公开盗版,并有联手盗版网站共同谋取利益的嫌疑,但由于没有适用的法律依据,无法追究其盗版责任。

7. 规避版权,变相侵权的方法层出不穷,比如在一部书产生影响之后,立即跟风续写,在其他网站发布;书名故意"撞车"的现象也时有发生。

8. 相对于盗版网站来说,网络文学作者是弱势群体,不仅盗版方难以查找,而且维权门槛很高,作者自己很难实现有效维权。

不言而喻,网络文学盗版的结果,直接导致正版网站大量付费读者和潜在付费读者流失。正版网站由于流量遭受巨大损失,被迫扩大其他渠道的收入。这一现状严重阻碍了网络文学的产业发展。可以预见的是,如果没有盗版的话,付费用户的规模将至少翻倍,盗版不仅直接损害了作者的利益,而且使整个行业都蒙受了打击。如果盗版降低1个百分点,那么行业增长远远超过 1 个百分点。对于盗版网站给正版网站带来的经济损失,可以以两种方式进行估算:假设有 1 万家盗版网站,每家平均盗版 500 部作品,如果以单本作品损失 2 000 元计算(目前正版网站通过民事诉讼方式打击盗版所获得的赔偿标准约为每部 5 000 至 10 000 元),那么直接损失就是盗版网站、盗版作品数、单本作品损失三者的乘数,即 100 亿元;如果以盗版网站每部作品盗版 30 万字,每部作品浏览量 1 万次,其中可能付费比例 10%,按每千字 3 分计算,网络文学产业的直接损失就达到 90 亿元。

根据艾瑞咨询最新推出的网民行为监测系统 iUserTracker 的数据显示,连续数年,中国网络文学类服务的覆盖人数呈稳定增长趋势,网络小说的覆盖人数增长率超过了热门网络应用。数据还显示,自 2002 年以来,网络文学站点无论是在广告投放规模总数,还是在投放广告主数量,抑或是单个广告主投放的广告额度都呈现了非常高的增长率。统计数据也显示,文学网站在人均月度有效浏览时间和人均单日有效浏览时间指标方面,要远高于其他网络服务网站,月度有效浏览时间上仅次于博客,并由 2008 年初的 1.1 亿小时提升至当年 10 月的 1.8 亿小时,这也吸引相关广告主的投放,而随着投放监测的反馈,又进一步加强了广告主投放的信息,形成了良性循环,使其媒体价值逐步被认可和释放。艾瑞咨询由此预测,文学网站或将成为未来网络广告投放的主要新媒体之一。

文学网站得到广告主的青睐,这对网络文学产业发展本身是件好事,但艾瑞咨询没有义务去判断网站的真伪,系统得出的数据自然也就包含所谓的盗版网站,换句话说,艾瑞咨询所指的那些广告收入,其中相当一部分极有可能流进了盗版网站的荷包。盗版网站在盗取作品后实行免费阅读,借此获得极高的人气,成为广告主的投放对象。在现有的网络文学市场中,盗版网站所占据的份额几乎是正版的 30 倍。保守估计,目前大型盗版网站数量在 1 万至 10 万家;中小型盗版网站几乎无法确切统计。每个盗版网站盗版的数量少则几十部,多则几百部、数千部,甚至还有数量不少的盗版网站和正版网站几乎保持同步更新;一些当红作品更是在每家盗版站都有转帖。不明真相的读者,或许会被文学网站的"繁荣"景象所迷惑。业界人士对这个现象痛心疾首,深思熟虑之后,决定抛弃成见,提出了一个具有可操作性的不失为万全之策的方案。这个方案鼓励正版网站和盗版网站坐而论道,寻找共同盈利的途径,即鼓励盗版网站在不采用盗版手段的前提下,采用分利的办法,与正版网站合作,携手共赢。但这一折中方案仍需在有关机构的主持下才有可能得到有效实施。盗版网站全面洗白,是大家都希望看到的局面,但目前这只是个美好的愿望。

随着网络技术的不断进步,传播手段不断丰富,网络文学盗版不仅手段多样,而且技术支持相当"给力"。正如20年前无法预见BT这样的P2P技术可以用于网络下载一样,今天我们也无法预见到底还会有什么样的新技术出现。只要有较大的获利空间,就会有大量的不法人员滥用这些技术从事盗版活动。而且,令人担忧的是,和正版网站相比,盗版网站在网络技术上始终占有明显的优势。因此,除了运用法律和行政手段展开维权活动外,正版网站对盗版网站几乎无计可施,只能眼睁睁看着作品被盗。如起点中文网发布的《斗破苍穹》一书,在1 550万条搜索结果中,竟有1 400万条为盗版链接。纵横文学网发布的《天才医生》一书,在580万条搜索结果里,有差不多400万为盗版链接,还有150万条为仿冒的同名小说链接。

《2009年中国知识产权保护状况》显示,互联网已成盗版的重灾区。网络盗版行为的猖獗,引起了相关部门的重视。据统计,2009年我国各级版权部门对网络影视、网络文学、网络游戏等领域的盗版行为进行了严厉打击,各地查办网络侵权案件541件,关闭非法网站362个,罚款128万余元,没收服务器154台,向司法机关移送24起涉嫌构成刑事犯罪的重大案件。全国法院年新收著作权案15 302件,比上年增长39.73%,而网络侵权诉讼占整个法院受理的版权纠纷的一半以上。当然,除了网络原创文学作品外,传统文学作品上线后遭遇侵权的案件也占有一定的比重。8年后的《2017年中国知识产权保护状况》显示,网络盗版行为仍然比较猖獗,这一年聚焦网络版权保护及电子商务平台和移动互联网应用程序(App)的版权整治,各级版权执法监管部门巡查网站6.3万家,关闭侵权盗版网站2 554个,删除侵权盗版链接71万条,立案调查网络侵权案件543件,会同公安部门查办刑事案件57件。全国法院年新收知识产权民事一审案件201 039件,结审192 938件,分别比上一年增长47.24%和46.37%。

三、文学期刊与网络文学

对于传统媒体来说,互联网的出现是一次传播方式的革命,我们经常说起"文化全球化"这个概念,网络在其中起了决定性的作用。20世纪末,互联网在中国登陆,似乎偶然却又是历史的必然,可以这样说,处在转型期和变革期的中国社会,实在是太需要一样东西来打破原有的生活形态了。生活节奏变化了,消费方式变化了,情感方式也变化了,最关键的还是价值观念的变化。人们在表达自己的思想情感时,有时候连自己都感到吃惊。但在公众场合,人们的表达还是受传统习惯限制的。网络的介入恰逢其时,它是一个开放的平台,一个可以和陌生人说话的地方,一个蒙面交心的场所。因此可以说,文化全球化以及中国人空前的精神能量的释放,是网络文学产生的时代背景。

《天涯》杂志的网络论坛"天涯纵横"自2000年下半年先后请来李陀、吴洪森担任版主,并依托期刊,迅速吸引来大量以往不上网的新老作者。由于"天涯纵横"在技术维护上依托海南在线公司的"天涯虚拟社区",2000年底,大量《天涯》杂志的读者和作者群开始在"天涯虚拟社区"注册登录,其中包括前《花城》美术编辑,后旅居美国的杨小彦、20世纪80年代初伤痕文学及寻根文学代表作家之一易大旗(网名)、广东作家钟健夫、江苏法学家刘大生、青年学者摩罗以及新人王怡、雷立刚、谢宗玉等。2001年年初,"天涯纵横"达到其最高潮,被公认为思想论坛之首,并有大量优秀小说、诗歌作者出没。但是,天下没有不散的筵席,2001年4月,"天涯纵横"被封,其熟客分化。一部分喜评时政的人聚集到"天涯虚拟社区"的"关天茶社"论坛,主要有王怡、易大旗等人。他们的到来使一度萧条的"关天茶社"恢复人气并最终超出了北大青年教师老冷创办"关天茶社"时的兴旺程度,其中王怡担任"关天茶社"版主期间贡献甚大。另一部分则分流到"天涯虚拟社区"的"舞文弄墨"论坛。

《芙蓉》杂志关注在网上比较活跃的一批青年作家和青年诗人的创作。《作家》《大家》《钟山》《山花》四家著名文学期刊联手举办的"联网四重奏",也推出了几位网络作家。

自1997年开始,武汉文联主办的《芳草》杂志开始关注网络文学,该刊在当时开设了"网上文学"专栏,每期发一篇网文。2005年,以网络文学为主体的网络版《芳草》小说月刊诞生,每期发表12万字网络小说。围绕网络文学的发展状况,2006年以来,每年还定期举办一次"网络文学论坛"主题活动。

《中国校园文学》杂志是一家非常关心网络文学发展的青少年文学期刊,他们充分利用网络资源,实行更方便的网上订阅、网上评刊。把刊物的网站建成一个开放、互动的平台,开拓有足够人气的栏目,将没能在杂志上发表的优秀来稿在网上强势推出。他们在 2007 年初成功举办了首届中国网络文学节,同时联合有关部门共同举办"中国校园文学网络读书月""网络读书有奖征文"等相关活动。

在 2005、2006、2007 年成功编辑出版"网络诗歌精品"之后,《绿风》诗刊于 2008 年第 4 期再次推出"网络诗歌精品专号",集中编辑力量精心打造,倾情奉献,全方位、大容量展示各路诗家最新的优秀作品。尤其注重诗歌的原创性、新锐性,力求兼收并蓄,推出各种风格的精美之作。

2008 年 10 月 28 日,在中国作协指导下,《长篇小说选刊》与中文在线旗下的 17K 文学网联手举办的"网络文学十年盘点活动"创造了文学期刊与网络文学最大规模的亲密接触。包括《人民文学》《中国作家》《收获》《当代》《十月》在内的 20 余家传统文学杂志参与了此项活动,由此引发传统文学与网络文学的全面对话与交流,具有深刻的历史意义。

目前大部分有影响的文学期刊都有自己的"网络版",所谓网络版就是将纸质杂志中的作品复制到网络上,也有很多文学期刊尝试推出全新的网络版,就是有别于纸质杂志的另一个版本,但这个尝试并未取得太大的进展。一方面是由于人力物力的客观原因,最主要的还是主观上对"网络版"的办刊思路不明确,如果"网络版"仅仅是纸质杂志的陪衬,没有创新意识,是不可能办好的。目前,《人民文学》《中国作家》《小说选刊》《钟山》《作家》等文学期刊都开办了自己的"网络版"或微信公众号。

网络的普及在一定程度上改变了"网络文学"的结构,多元化的网络阅读,给读者提供了选择的便利,也让文学进一步走进了广大读者的视野。新浪读书频道曾经发表过这样一篇文章:《红袖添香:文学网站告别网络文学》,大意是说,文学网站已经有越来越多的传统作家携作品加入,在红袖添香开办的长篇栏目里,已有多位传统文学作家、作协会员慕名而来,发表自己的作品,其中有些作品已经在传统媒体出版或发表过。同时还出现这个现象:红袖添香的部分优秀作者既是网络这一载体上的中坚力量,又被传统媒体得到认可,在期刊、报纸上发表作品,甚至结集出版。此外,有百余家期刊编辑长期驻站选发稿件,其中包括纯文学期刊。由此可见,所谓"网络文学"同传统文学的界限正在模糊并逐渐消弭,事实上,传统文学作家和其他文学创作群体希望通过网络这一载体扩大自己作品的受众和阅读层面,而为数众多的文学爱好者也渴望通过网络接触到当代文学风格各异的作品。文学网站的存在,无疑为双方愿望的达成搭建了一个宽广的平台,同时也为文学出版带来了更多的机遇和挑战。

四、少数民族网络文学

回顾人类文学艺术发展的历史,我们会发现,它的每一次进步,都与媒体的进步联系在一起。说得更直接些,文学艺术的变革总是和传播手段的变革密不可分。21世纪连接世界的最新传播手段是互联网,毋庸置疑,它给文学带来的冲击力是巨大的。网络是技术的产物,文学是精神的产物,两者联姻产生的网络文学即是最有力的证明。民族作家不仅是民族精神的守护者,也是社会生活敏锐的感知者、记录者和传播者,他们的作品必然是时代精神不可或缺的组成部分。

培养文学新人,推出高质量的作品,是民族文学事业最重要的工作之一。网络出现之前,这一使命一直由文学期刊、出版社等传统媒体承担。在商品经济环境下,受人力、物力和财力的限制,不要说边远的民族地区,即使是内地的重要城市,作家的成长也是件不容易的事情。在全球化席卷中国之际,为了保持民族文化的多样性,民族作家队伍急需输入新鲜血液,而在传统作家队伍中,40岁以下的所谓晚生代、新生代民族作家人才奇缺。网络出现之后,各地文学网站如雨后春笋般兴起,在整体上推动了文学创作的繁荣发展,为造就文学新人开辟了一条新的航线。在某种程度上,少数民族地区反而成为这次传播革命的最大受益者。一根网线缩短了他们与文化发达地区的时空距离,拓宽了民族创作的生存空间,巨大而无形的网络因此成为新生一代民族作家成长的崭新摇篮。

网络创造和培育了符合时代特色的新的地域文化环境,很显然,这给民族文学在新时期的发展带来了空前的活力。文化传播途径在政府主导下,实现了民间自主自发的蓬勃发展,这在一定程度上激发了民族文化的自主意识,为推动和繁荣民族文学创作提供了不竭之源。通过网络实现的多民族文化交融,不仅提升了民族文学的丰富性和兼容性,同时也有效拓展了中国当代文学的视野。目前活跃在网络上的民族作家人数众多，他们有的在本地区引人注目，有的跨地区横向发展，这对民族作家开阔创作视野，传播民族文化都具有积极意义。在此仅列出其中几位代表作家及其创作的基本情况。

血红，本名刘炜，男，苗族，湖南常德人。毕业于武汉大学计算机专业，后在上海读研深造获得哲学硕士学位。中国作协第九届全国委员会委员，上海网络作家协会会长。2017年2月，第二届网文之王评选中位列百强大神。2018年5月，第三届"橙瓜网络文学奖"评选中位列十二主神。血红自2003年起从事网络小说创作，作品有《我就是流氓》《流氓之风云再起》《流花洗剑录》《龙战星野》《升龙道》《逆龙道》《邪风曲》《神魔》《巫颂》《人途》《天元》《逍行纪》《邪龙道》等多部小说，创作总字数达到5000万字。被读者誉为"网络写手第一人"，是"起点中文网"第一位（2004年起）年薪超百万的网络写手。血红的写作以超高的写作速度和强大的情节控制能力著称，文风独特，极易辨认，作品主角通常都带有独特的市井气息。

Fresh果果，本名江晨舟，女，土家族，籍贯湖南凤凰，1986年6月出生于贵州。2005年毕业于中国传媒大学。喜欢看书和旅游，钟情历史和科幻。2009年凭《花千骨》成功晋级最受欢迎的女性作者之一，犹擅仙侠奇幻，内容诡异奇幻。《花千骨》电视剧爆红，成为网文历史上最有影响的女频IP之一。另有《脱骨香》《琉璃般若花》《十万狂花入梦来》等作品。

金子，女，满族，中国作家协会会员。1970年代生于四川大凉山，长于重庆，毕业于四川美术学院油画系。从事过教师、编辑、设计师等职业。2004年7月1日，《梦回大清》首先在晋江文学网上开笔，作品以其清新、幽默、含蓄、曲折的文风，逐渐受到广大读者的喜欢。2005年，《梦回大清》开始被各文学网站竞相转载，并被网民评为"时空穿越文的巅峰之作"，"网络十年最恢宏曲折、越看越好看的爱情故事"。2006年初，《梦回大清》出版上市不到两月，已经跻身各大图书畅销榜。金子因此成为知名女性阅读品牌"悦读纪"最具影响力的作家之一。2007年《梦回大清》终结篇出版，金子成为网络文学界领军人物之一。2008年1月《夜上海》出版。2008年7月《夜上海》终结篇出版，数十家影视公司争购《梦回大清》《夜上海》影视改编权。2009年《绿红妆之军营穿越》出版。2010年最新作品《我不是精英》在晋江原创文学网连载，同年6月由沈阳出版社出版。

南无袈裟理科佛，本名陆显钊，笔名陆恪，男，侗族，贵州人。磨铁中文网签约作家，作品有《苗疆蛊事》《神恩眷顾者》《苗疆道事》《捉蛊记》《苗疆蛊事2》等。2012年11月在天涯论坛"莲蓬鬼话"发表《苗疆蛊事——我被外婆下了金蚕蛊》，一夜爆红，开创国内巫蛊类网文先河。

雁九，本名苗妍，曾用笔名晏九，女，满族。中国作家协会会员。1980年出生于内蒙古，现居北京。钟爱传统文化，喜欢红学与明清历史，偏爱老北京民俗。创世中文网签约作家，作品以架空历史类小说为主，著有《孔织》《重生于康熙末年》《天官》《大明望族》和《族长压力大》等作品。

携爱再漂流，本名宋丽晅，女，满族。中国作家协会会员，北京市作协网络文学工作委员会副主任。闯荡职场十余年，拥有五星级酒店管理、时尚杂志主编等从业经验。2008年5月开始在红袖连载《普兰誓言》《不认输！赫连娜职场蜕变计》《办公室风声》《同城热恋》《职场之上情场之下》等长篇小说。《萌女特工变形记》独家首发于爱奇艺文学。

米米七月，本名黄菲，女，土家族。1986年生于湖南张家界。16岁开始在天涯"舞文弄墨"发帖，2005年出版长篇伤逝小说《他们叫我小妖精》，2007年出版长篇民俗小说《小手河》，2010年出版长篇小说《肆爱》，被前辈和媒体誉为"80后"最具名著气质的美少女作家。

忽然之间，本名韦小丽，壮族。晋江原创网创造销量奇迹的超人气作者。喜欢用简单细腻的文字表达内心的强烈情感，那些生活中随处可见的温暖与幸福，随着笔尖慢慢呈现在读者面前。被读者称为"最温暖的写手"。代表作《暧昧》（国际文化出版公司2009年7月出版），连续49周在当当图书畅销排行榜保持前列，加印数次，销售已超3万册。《若即若离》（广东旅游出版社2009年11月出版），深受学生喜欢，校园畅销。《一生只要一个你》（大众文艺出版社2010年4月出版），上市即热销并加印。《不输》，国际文化出版公司2011年8月出版。

夜有轻寒，回族，出生于70年代末，贵州威宁人。以新人新作身份跻身晋江原创网首页各大排行榜，阅读者众多，好评如潮。代表作《一霎移魂变古今》（敦煌文艺出版社2009年3月出版），随后陆续推出多部作品签约出版。

兰喜喜，回族，1982年出生于宁夏，西南大学文学硕士。著有长篇小说《零度青春》(2006年)、《一座城市的故事》(2007年)、《五月，我在为你流泪》

(2008年)、《南方,我遥远的爱》(2010年),散文集《被遗忘的幸福时光》(2009年),电影剧本《家书》《成长的十七岁》《少女瑾卖血记》等。《零度青春》获"2009新浪原创工作室年度最佳作品"。

雪脂蜂蜜,本名谢晓倩,土家族和苗族后代,出生于黔东小山城,硕士研究生。自幼喜欢编故事,大学期间受同学鼓励,开始上网码字。因为脑海里天马行空,所以偏爱写遥远的古言小说。早期文笔稚嫩,笔下小说平淡无奇。通过不断努力,文笔日渐成熟,并将苗岭传说、悬疑、诡异、玄幻等元素糅入文中,渐渐形成了自己独特的风格。代表作《九珠三曲》。

Neith,本名赵天白,满族,喜写鬼怪奇谈、民间琐事,借此类虚妄故事写心中对人情世态之感悟。希望将生活中随处可见的小人物的喜怒哀乐生动展现于读者眼前,风格细致清淡。代表作《嫁衣坊》。

少数民族地区的作家协会和文联也创办了各具民族特色的文学网站。如广西文联网、内蒙古文艺等等,大力扶持本地区民族作家的创作。少数民族文学期刊也自然而然将视线投向网络,搭建自己的网络平台。《花的原野》和《回族文学》是两本少数民族文学杂志。《花的原野》在2004年率先推出网站,采用蒙、汉双语形式实现了蒙古文学与网络时代的接轨,为传播蒙古文学搭建了网络平台。《回族文学》自建立网站以来,为广泛联系本民族作者开启了快速通道。民族作家的创作情况和民族地区的文学活动,以图文并茂的方式通过网站迅速得到传播,对初学写作的民族作者产生了强烈的吸引力,对推动民族地区的文学创作起到积极作用。

网络传播是全球化的传播,通过网络平台传播民族文化,可以扩大民族文化的传播面和辐射面,让越来越多的人了解民族文化;网络传播也是跨时空的传播,可以提高民族文化传播的易得性。总之,利用网络,可以让更多的人更容易和民族文化"亲密接触"。少数民族文化的传播问题一直是社会的热点问题,而少数民族文化的传播方式在今天这个数字化时代,已经有了新的变化和发展。利用网络来传播少数民族文化是一种新兴的民族文化传播方式,也是网络时代的必然产物。具体来说,通过建立民族网站(论坛)来传播民族文化,在网站(论坛)建设方面,官方与民间互动、互补的局面正在逐步形成。

中国民族文学网是国内第一个少数民族文学研究的专业网站,创建于1999年8月。一直致力于中国少数民族文学研究事业的信息化建设,在特色资源、学术品牌、专业频道等多个向度上寻求突破,通过信息化建设,更好地发展和繁荣我国少数民族文学的学术研究事业。在中国民族文学界、民间文艺学界、民俗学界和公共信息领域形成了较大的影响,其构想的"中国少数民族文学研究资料库/口头传统田野研究基地/中国民族文学网"三位一体的方案,将借助网络的信息储存和传播功能,使中国少数民族文学研究进入可持续性循环发展阶段。

民间自建的网站更符合网络传播多样化的信息内容、互动式的传授关系、个性化的传播风格等特征,因此其传播效果更引人关注。花腰彝族网是一个民间自建的民族特色网站,它的出现把网络传播民族文化的话语权转移到了民间,强调个性化的原汁原味"民族精神家园",形成了互动频繁的民族文化传播场。花腰彝族网2007年3月18日正式上线后,是当地点击率最高的网站,每天大约有200次的独立IP进入量,总点击率将近20万,为花腰彝族文化的传播带来了一番新景象。在这个意义上说,民间建立的网站拥有更好的传播效果,真正发挥了网络传播的优点,更适合民族文化的传播。

2017年8月25日,由中国作家协会、内蒙古自治区党委宣传部主办,中国作家协会创联部、中国作家协会少数民族文学委员会、内蒙古自治区文联、内蒙古自治区作家协会承办,呼伦贝尔市委宣传部、呼伦贝尔市文联协办的"中国少数民族网络文学会议暨2017·中国少数民族当代文学论坛"在呼伦贝尔市召开。与会专家表示,中国网络文学发展蔚为大观,少数民族传统文学受到不小的冲击,如何在这场浪潮中突围,将传统文学创作同网络文学融合发展,如何建立独具特色的中国少数民族网络文学传播、交流、评价体系,已经成为业界深入探讨的问题。

相对于当代少数民族文学创作来说,理论研究和文学批评在当代文学中的缺席较为严重,许多理论批评文章由于对民族的文化背景和文化传统缺乏深入的研究和了解,对作品的民族意味、民族表达缺少洞察,泛泛之言犹如"隔靴搔痒",说不到要害处。而网络上的简短评论和跟帖完全发自内心,不失为对系统理论批评的补充。

更重要的是,大量研究少数民族创作的理论批评文章纷纷进入网络,对民族文学创作现状、创作中值得关注的问题以及发展方向等等进行批评和总结,为民族创作的整体考察提供了理论依据。尽管这些理论评论文章多数首发于传统媒体,但由于网络的传播,迅速扩大了影响,引起了关注。

第十二章 网络文学评价体系

网络文学在某种意义上被称为全民写作、全民阅读，使文学重新回到大众之中，但此时的大众性最大的特征乃是草根意识强烈，娱乐、消遣、休闲成为阅读的重要特征。显然，表面看来回归大众的网络文学，其社会属性与三四十年前相比发生了巨大变化。一方面，网络文学具有文化普适性，更适合传播，与世界主流文化的发展形态更加接近；另一方面，如何以中国当代文学的评价标准来衡量网络文学，确实具有一定的难度，而这正是我们建立网络文学评价体系的意义所在。

一、网络文学理论批评

网络文学是时代剧烈变革的产物，它的出现打破了长期以来习以为常的文学惯性，创新精神成为最基本的诉求。在网上，并不要求作品多么完美，但缺乏创新意识的作品是不大可能获得网民关注的，那里没有复杂的人际关系，没有捧杀和棒杀，完全是适者生存，自然淘汰。尽管网络文学沾染了商业化、粗鄙化等问题和毛病，我们仍然应当看到它的可取之处，对其自身的变革需求加以维护。更应该看到网络给业余作者提供的广阔天地，看到草根性对文学发展走向的影响，看到作者之间、作者与读者之间相互交流和撞击的宝贵价值，看到中国文学史上从未发生过的如此大规模的大众阅读。网络文学等待着开创性的理论批评引导。在进入网络文学现场之前，必须将自己固有的观点放在一边，甚至在一定程度上否定自我，才能重建价值系统，责任感和勇气恐怕是唯一的良方。

文化领域精英化与大众化的论争之所以能借助网络文学再次兴起，首先是由于社会情境的巨大变迁。原有启蒙语境的瓦解，使知识强力话语失去了优势，文学启蒙主题与精英话语叙事的唯一合法性正在面临危机。在此情境下,文学必须借助于另一个支撑点,对自身的价值作出新的解释。在它无法建立宏大叙事与巨人式的启蒙思想主体,同时也无法依附于旧式政治理念的处境下,它必须寻找到自己的表达方式,搭建自己的新的审美构架。这时候,作为民众个性与自由的载体的大众化和民间化,已经成为与"精英文化"相对应的时空概念。而某种意义上,网络文学正好承载着"大众"的历史性含义,其进一步的开掘与拓展,顺应了新时期文化发展的大趋势。

对于文学审美活动,已经产生的各种理论体系,足够我们在日常阅读中使用,但在类型文学迅猛发展的今天,传统的审美标准面对这一"大众"文本时遇到了阻碍,很多备受读者欢迎、人气很旺的网络文学作品,被指斥为垃圾。这种事情的发生究竟是怎么回事?又是谁对谁错呢?这自然是审美取向在其中发挥了作用。这就和老人有可能消受不了摇滚,小青年多数欣赏不了戏曲是一个道理。具体说来,是由于两种文本的阅读心情、阅读环境和阅读目的的不同,引发了审美取向偏差。从社会心理学的角度看,类型文学的阅读较之纯文学,其行为方式发生了巨大的变化,社会角色的转换、心理的改变,导致读者对文学作品的解读更多的是出于娱乐的态度。阅读对文本的反作用使类型文学的审美更加趋于娱乐性,朝着大众化的方向发展。

网络文学创作实践与理论研究之间存在一定的落差,这是业界的共识,网络文学经过20年快速发展,作品总量已超过1 600万部,文学类型多达百余种,值得研究的作家也是一个相当庞大的队伍,而目前只有广东作协主办的《网络文学评论》与浙江网络作协主办的《华语网络文学研究》两家专业理论刊物,其他重点理论刊物发表的网络文学理论批评文章占比并不大。高校系统仍未将网络文学纳入教学和研究范畴,虽有部分高校采取变通方法开始关注网络文学的发展,但并未对网络文学创作产生直接影响。在学术研究方面,最早起步的中南大学网络文学研究中心与北京大学网络文学研究团队形成南北呼应,取得了可观的研究成果。随后,浙江传媒学院成立了网络文学创作与研究中心,四川省网络文学研究中心则落户西南科技大学。在教育培训方面,江苏省三江学院首次亮出了高校招生的牌子,2015年首批录取了41名"网络文学编辑与写作"方向本科生。

中国作家协会一直关注网络文学理论批评的发展,继2014年召开"网络文学理论研讨会"之后,2015年又与四省市作协联合举办了"首届全国网络文学论坛"。近年来还多次组织和举办作品研讨会,如"酒徒作品研讨会""缪娟作品《翻译官》研讨会""蒋胜男作品《芈月传》作品研讨会""《网络英雄传——艾尔斯巨岩之约》作品研讨会"等。

为了进一步加强网络文学理论研究,尽快制订和完善网络文学评价体系,推进网络文学主流化和经典化,中国作协在2015年底成立了网络文学委员会,并与浙江省作协、杭州市文联联合创办了中国作协网络文学研究院。2016年4月24日,中国作协与湖南作协、中南大学联合设立了"中国作家协会网络文学委员会中南大学研究基地",这是中国网络文学理论研究由自发转向自觉的重要标志,是中国网络文学理论研究步入正规化、系统化的重要标志,也是中国网络文学理论研究队伍开始成型、逐步壮大的重要标志。12月13日,"中国作协网络文学委员会上海研究培训基地"在上海大学挂牌,基地由中国作家协会网络文学委员会、上海市作家协会、上海大学中国创意写作中心、阅文集团共同创办,通过网络作家培训,引导和鼓励网络文学作家坚持先进文化的前进方向,了解文学创作包括网络文学创作的发展潮流和基本态势,提高网络文学创作的知识和技巧,提高关注社会现实的能力和深入社会实践的意识,对中国网络文学作家、作品、现象组织开展系统深入研究,凝聚、培养网络文学研究队伍,为逐步探索建立中国网络文学的理论体系、评价体系和话语体系提供有力支撑。基地挂牌的同时,举办了首期网络文学高级研修班。

继中南大学、北京大学之后,山东大学也挂牌成立中国作协网络文学研究基地。华东师范大学创建了中国创意写作研究院,并设立华东师范大学中文系创意写作硕士学位点,为中国网络文学发展和文化创意产业繁荣提供人才支持。学术研究与人才培养点对点服务也拉开了序幕,阅文集团与上海大学创意写作学科产学研合作,共建中国网络文学第一个创意写作硕士学位点;掌阅文学联合北京大学和中国传媒大学,分别建立了"北大原创人才基地"和掌阅、中传"IP研究基地",成为这一领域的领跑者。

二、网络文学评奖

1999年10月至11月,"网易中国网络文学奖"和榕树下"首届网络原创文学作品奖"首开先河,拉开网络文学奖项的帷幕,此后,"QQ·作家杯""新浪原创文学大奖赛""新语丝网络文学奖"等多种奖项纷至沓来。2009年,阿耐的长篇小说《大江东去》获得中宣部第十一届"五个一工程"奖,是网络文学作品首次获得国家级大奖。2011年,第二届中国政府出版奖增设数字出版物奖,网络文学作品被列入其中,《遍地狼烟》《裸婚》和《网络英雄传——艾尔斯巨岩之约》获得该奖。后期设立的主要奖项有"网络文学双年奖"、泛华文网络文学"金键盘奖"以及省级文学奖中专门为网络文学列项的政府奖。

1999年榕树下"首届网络原创文学作品奖"只是设置了小说奖、散文奖,获奖小说都是短篇小说。榕树下"第二届网络原创文学作品奖"奖项增设了剧本和诗歌奖项,有意识地向传统文学靠拢。到第三届还是回到小说奖和散文奖上来,也许更多的还是考虑市场,剧本和诗歌的读者数量显然不如小说和散文。"新浪·万卷杯"中国文学原创大赛,奖项设置也是小说、诗歌、散文、剧本四项,小说分长篇、中篇、短篇,这种设置和传统文学奖没有什么区别。"新浪第二届华语原创文学大奖赛"投稿须知中规定:作品必须"表达青春内涵",体裁为长篇小说,"在征稿期间只能在论坛上发布作品前2/3的内容",进入复评的作者把作品全文发到指定信箱。这次网络文学大赛可以看作网络文学评奖的一次拐点,网络文学的青春文学内质被明确地提了出来,长篇小说单独评奖,足见网络长篇小说快速繁荣的局面已经形成。①

2003年"新浪·万卷杯"网络文学大赛破土萌发,此后一直延续到第七届,在华语网络文学领域产生了重要影响。2004年第二届时特邀金庸、白先勇、余光中、贾平凹、余秋雨等文坛大师担任评委,赏金百万,引来大批出版社关注,媒体更是不惜版面报道盛况。2005年第三届时开始将作品分类,拔选分类盟主,由盟主中推选总盟主,连环比斗,各显神通。2006年第四届分为青春文学、都市言情、推理文学和奇幻武侠四类,景旭枫的推理文学作品《天眼》累计销售超过25万册,其影视改编权已被影视公司购买。而17岁少女薇络凭借小说《契丹王妃》成为新浪原创文学大赛最年轻的获奖者。

---

① 周志雄:《网络空间的文学风景》,见人民文学出版社2010年版,第35页。

早期网络文学大赛情况汇总:

榕树下"首届网络原创文学作品奖"(1999)
小说奖:尚爱兰、老谷、mikko、分子、成刚、水晶珠链
散文奖:蚊子、余辉、张卫民、织雨儿、曾光洋、特思、宁肯、俞培芳、江南游子、孔笼、神仙鱼、螳螂

榕树下"第二届网络原创文学作品奖"(2000)
小说奖:flying-max、宁肯、零之、飞花、人面桃花、飞雅雷、燕垒生、快乐魔鬼、刘塬、今何在、心乱、病人
散文奖:凡妮、孔笼、简单的鱼、青安、maoliu、小风自己、老谷、俞蓓芳、周国文、青色天堂鸟、西芹百合、陆幼青
诗歌奖:小引、刘春、弥赛亚、青蛙、右眼、包铁军、醉眼看花、楚江南、白衣卿相、lizi、寒衣

"贝塔斯曼杯"第三届全球网络原创文学作品奖(2001)
小说奖:ppngaqc、雷立刚、书宏、田耳、蔡骏、zaomu、王齐君、季哑、卢江良、杨川、青月僧、悠晴、airp、lstzxf、刀丛中的小诗、白丁香、安昌河、马知遥
散文奖:薛舟、箫孩、小地、巫昂、江湖一刀、xixiang8888、塔尔科夫斯基、海飞丝、自立
诗歌奖:翡冷翠 mm、能人、青蛇出洞

"新浪·万卷杯"中国文学原创大赛(2003)
小说奖:铸剑、阿闻、安昌河
散文奖:段战江、乡村

新浪第二届华语原创文学大奖赛(2004)
小说奖:千里烟、何小天的天、jingougou102、逸陵、shoun2000、念珠木马、一半苹果掉眼泪、catwithrose、狼小京、徐社东、lny0633、紫色茉莉花开、殇喜、citybabys、先张、yuchuan907、山岗 923、moxi921、小地主 6067、情凝紫眸 1、starlet728、王晓方先生、秦小楼 2000

新浪第三届原创文学大奖赛(2005)

校园类盟主:王茜

奇侠类盟主:林千羽

悬疑类盟主:普璞

军事类盟主:张磊

言情类盟主:楚晴

都市社会类盟主:张海录

总探花:安齐名

新浪第四届原创文学大奖赛·青春文学奖(2007)

青春文学状元:《情系契丹王》(作者:薇络)

青春文学榜眼:《阿嘉莎与夏洛克》(作者:ppone601)

青春文学探花:《风的执行官》(作者:之子清扬)

最佳创意奖:《情系契丹王》(作者:薇络)

最佳文笔奖:《郎骑竹马来》(作者:焰雪雪)

最佳人气奖:《不想说爱你》(作者:蚂蚁洞)

优秀奖:

《Hi,我的玩美男友》(作者:ayaya 同学)

《爱情回锅肉》(作者:阿威)

《博客的秘密》(作者:谢析木)

《两片枫叶》(作者:lisa19870127)

《麻辣蹄花》(作者:迪迪)

《莫斯科不相信眼泪》(作者:不悔)

《我就要那五百万》(作者:zhang_daxia1962)

《仙踪林公主》(作者:小魔蠍)

《消失在雪地里的天使》(作者:不 ren 不义)

《组织部长》(作者:闲者无疆)

新浪第四届原创文学大奖赛·都市言情(2007)

金奖:《夏玄雪》(作者:赵洛瑶)

银奖:《青春的手枪》(作者:老苗)

铜奖:《宝贝,这不过是个游戏》(作者:子易爹)
最佳创意奖:《别在天亮之前离开我》(作者:心语如兰)
最佳文笔奖:《青春的手枪》(作者:老苗)
最佳人气奖:《夏玄雪》(作者:赵洛瑶)
优秀奖:
《黄花黄》(作者:何不干)
《和白领试婚的岁月》(作者:胡烟乱雨)
《花样年华》(作者:张小得)
《空屋子》(作者:娇无那)
《荒诞岁月》(作者:拔剑茫然)
《B座0328室》(作者:yan_han2006)
《青春未亡人》(作者:愿意)
《十月成都九月天》(作者:非常刀)
《远·记忆》(作者:之子清扬)
《在高潮处跌落》(作者:陈树彬)

新浪第四届原创文学大奖赛·推理文学(2007)
金奖:《天眼》(作者:景旭枫)
银奖:《红绫扇》(作者:蒲岸)
铜奖:《夜猫·畸恋》(作者:夜先生)
最佳悬念奖:《天眼》(作者:景旭枫)
最佳文笔奖:《连环猎》(作者:青青茵茵)
最佳人气奖:《冒死记录中国神秘事件》(作者:第三个宇宙的沉思)
影视改编奖:《天眼》(作者:景旭枫)

新浪第四届原创文学大奖赛·奇幻武侠(2007)
一等奖:《朱雀记》(作者:猫腻)
二等奖:《凤城飞帅》(作者:月斜影清)
三等奖:《毁魂夜影》(作者:娅邪)
最佳创意奖:《朱雀记》(作者:猫腻)
最佳文笔奖:《缚狐》(作者:仙霞海客)

最佳人气奖:《关山·月》(作者:零矩)
优秀奖:
《月殇》(作者:过日子的虫)
《寒石记》(作者:宝宝)
《血刺牡丹＆花妖传》(作者:蔷薇君子)
《印魂》(作者:鱼离泉)
《彼岸如烟》(作者:李思贤)
《龙行三国》(作者:fwyr2008)
《青衣》(作者:布衣陈)
《水湄袖》(作者:珊瑚林子)
《昆仑前传之凤箫篇》(作者:唐别生)

新浪第五届原创文学大奖赛(2008)
军事历史类
金奖:《青盲之越狱》
银奖:《倾城乱》
铜奖:《军婚》
悬疑推理类
金奖:《野外生存》
银奖:《禁区》
铜奖:《江湖特工》
都市情感类
金奖:《青花瓷》
银奖:《女人突围》
铜奖:《三十情事》
影视特别奖:《青盲之越狱》《青花瓷》《军婚》

新浪第六届原创文学大奖赛(2009)
金奖:《一个人的战斗》(又名《孤岛小兵》,作者:孟庆严)、《秘藏1937》(作者:韩涛)、《胜负》(又名《铜业风云》,作者:杜树)

银奖:《热血兄弟连》(作者:谌建光)、《变脸》(作者:殷适)、《离婚协议

(作者:王馨)

铜奖:《单身女人志》(作者:宋睿)、《办公室那些事儿》(作者:刘加云)

最佳影视改编奖:《秘藏1937》

新浪第七届原创文学大奖赛(2010)

特等奖:《引魂之庄》(作者:裴新艳)

金奖:《纪委书记》(作者:张军)

银奖:《别了北京》(作者:王玉萍)

铜奖:《密令遗踪》(作者:张欣雨)

都市情感类

优胜作品奖:

《靠山》(作者:白志荣)、《血色官途》(作者:徐学鸿)、《暧昧不如唐突》(作者:刘继轩)

军事历史类

优胜作品奖:

《大敦煌》(作者:蒋玉良)、《无援》(作者:杜青)、《花开血途》(作者:李开云)

悬疑推理类

优胜作品奖:

《谁系的死结》(作者:武秀红)、《长生》(作者:易伟)、《金棕榈之谜》(作者:马铭)

青春言情类

优胜作品奖:

《非婚勿扰》(作者:黄卉芳)、《剩男宅女》(作者:蒋瑾)、《剩女奋斗记》(作者:粟小园)

腾讯也是较早举办网络文学征文大赛的平台,与作家出版社合办的首届"QQ·作家杯"试图将线上与线下结合,但效果一般,书卖得并不好,因此合作也只进行了一届,万卷和新浪也只进行了短暂的合作。

网络文学新人奖

2017年11月30日,第二届"中华文学基金会茅盾文学新人奖"增设的"网络文学新人奖"揭晓,由中华文学基金会、桐乡市人民政府、阿里文学主办,中国作协网络文学委员会指导。到目前为止,这是网络文学领域单设的最高级别奖项。首届获奖作家包括唐家三少(张威)、酒徒(蒙虎)、孑与2(云宏)、天下归元(卢菁)、天使奥斯卡(徐震)、我吃西红柿(朱洪志)、愤怒的香蕉(曾登科)、骠骑(董俊杰)、爱潜水的乌贼(袁野)、希行(裴云)。该奖项除10位获奖作家之外,管平潮(张凤翔)、陈词懒调(徐孟夏)、观棋(柏跃跃)、风御九秋(于鹏程)、丁墨(丁莹)、红九(宋艳红)、忘语(丁凌滔)、疯丢子(祝敏绮)、静夜寄思(袁锐)、鱼人二代(林晗)等10位网络作家获得提名。获奖和提名作家的作品涵盖了网络文学主流类型,包括历史、玄幻、仙侠、言情、军事、都市等,其中不乏现实主义题材精品,代表了网络文学新人的较高水准和影响力。

深圳原创网络文学拉力赛

自2006年起,深圳原创网络文学拉力赛已成功举办了六届,历时12年。拉力赛每一届突出一个主题,没有严格区分传统写作与网络写作,主要奖励青年作家在原创文学领域取得的成绩。第一届主要获奖者:谯楼、冉正万、俞莉、钟二毛、郑小琼、瑶迪;第二届主要获奖者:宋唯唯、高君、厚圃、戴斌、许素霞、齐霁、刘阿芳、于怀岸;第三届主要获奖者:宋唯唯、萧相风、戴斌、秦锦屏、弋铧、王顺健、陈再见、蔡东、郭海鸿、丁力、俞莉、陈东娥、钟二毛、李季彬、黎月嫦、夏子;第四届主要获奖者:兰师文、凌春杰、郭建勋、陈玢男、程鹏、陈再见、谷童、毕亮、戴斌、韩三省、唐诗、林东林、李季彬、丁燕、陈雁、萧相风、张中秀、张华、赵照川、吴依薇、金学舜、伍学梅、庄昌平;第五届主要获奖者:陈再见、徐东、毕亮、盛慧、谷童、钟二毛、金学舜、张谋、孙向学、曾楚桥、李业康;第六届主要获奖者:马虹玫、李江波、郭海鸿、李瑄、王先佑、游利华、郭洁琼、王书阳、顾启琳、赵目珍、刘郎、弋铧、陈卫华、李双鱼、段作文、萧相风、金学舜、虞宵、曾野、虞晓翔、刘永。

网络文学双年奖

由浙江省网络作家协会、宁波市文联、中共慈溪市委宣传部共同设立,浙江省网络作家协会、宁波市网络作家协会、慈溪市网络作家协会联合承办,2015年11月2日,第一届网络文学双年奖颁奖典礼在宁波慈溪举行。猫腻的《将夜》获得金奖;海宴的《琅琊榜》、沧月的《听雪楼之忘川》、烽火戏诸侯的《雪中悍刀行》获得银奖；酒徒的《烽烟尽处》、骁骑校的《匹夫的逆袭》、宝树的《时间之墟》等6部作品获得铜奖。慈溪作家周帅帅（笔名赵公明）的长篇小说《茅山传人》荣获优秀奖。2017年11月5日，第二届网络文学双年奖颁奖典礼在宁波慈溪举行。酒徒的《男儿行》夺得金奖；愤怒的香蕉的《赘婿》、疯丢子的《百年家书》、郭羽和刘波的《网络英雄传：艾尔斯巨岩之约》获银奖；齐橙的《材料帝国》、Priest的《有匪》、祈祷君的《木兰无长兄》、孑与2的《大宋的智慧》、月关的《夜天子》、紫金陈的《长夜难明》获铜奖。另有15部作品获优秀奖。

海峡两岸网络原创文学大赛

这个奖项由中国出版集团2015年设立于，当年征稿评选，次年公布评选结果，每年评选一届。

首届（2015年）获奖名单：

大佳金奖：（空缺）

大佳银奖：《星星亮晶晶》《萤火虫飞呀飞》

大佳铜奖：《狗事》《塞北塞北》《青果青》

优秀奖：《我的背后是祖国》《深圳谣》《1943年的一碗面条》《瓦城旧事》《海在低处》《女人树》《百草媚》《我们都败给了生活》《烟粉街》《礼物》

最佳组织奖：北京第二外国语学院、山东建筑大学

第二届（2016年）获奖名单：

小说类：

大佳金奖：《对决》（李季彬）

大佳银奖：《大北谣》（梁洁）、《真爱不迷路》（范鑫）

大佳铜奖：《邓家铺子》（半泽）、《靰鞡草》（古筝）

优秀奖：《鬼姑婆》（傅嘉美）、《寒梅剑》（李天强）、《无限神奇的世界》（胡武权）、《蓝莲花》（肖万）、《你好，三十岁》（玖月）、《IT小厨工成长记》（月壮边疆）、《药王残篇》（萧古陵）、《深圳道》（赵一人）

最佳影视创意奖：《人树情缘》（戴有山）、《一世劫前尘灭》（塔木）、《预见》（四毛）

散文类：

一等奖：《一生不负少年头》（詹谷丰）

二等奖:《海上圆月不遥远》(仇秀莉)、《外婆》(向娟)
三等奖:《西风尽头一座城》(陈融)、《我要为你建一座花园》(禾素)、《从茶荡漾开去》(申瑞瑾)、《酡红与绀青》(张院萍)、《风送走父亲的日子》(张伟彬)
优秀奖:《居延往事》(杨献平)、《祖母的捕梦网 2.0》(王阳)、《脱坯记》(杨光路)、《父亲的木匠人生》(何真宗)、《我家老夏》(夏永红)、《逐梦者》(张诗群)、《故乡落雪了》(赵军妮)、《汾阳纪事》(黄开建)、《琉璃的锋芒》(夏海涛)、《林泉幽深》(李盛昌)

第三届获奖(2017 年)名单:
大佳金奖:《风雪将至》
大佳银奖:《静静的运河》《王致和》
大佳铜奖:《白纸阳光》《自燃树》《天堂钥匙》
优秀奖:《垒影子的人》《一个士兵的哨所》《柠檬绿的夏天》《当葡萄爱上狐狸》《裂焰——村官的 2015》《身份告急》《别人的故事》《瘗佛》
最佳故事奖:《岐黄》

中国网络文学年度好作品
该活动由上海市作家协会、劳动报社、上海网络作家协会联合主办。
2013 年度获奖作品(11 篇)
优秀奖:
《末日那年我二十一》(作者:张晓晗)
《离魂记》(作者:三三)
《诛秦——揭秘中国第一宦官赵高》(作者:孟扬)
佳作奖:
《烽烟尽处》(作者:酒徒)
《股神来了》(作者:丰言)
《神医世子妃》(作者:吴笑笑)
《混到中年》(作者:丽江小青)
《凤月无边》(作者:林家成)
《大官人》(作者:三戒大师)
《云胡不喜》(作者:尼卡)
《宰执天下》(作者:cuslaa)

2014年度获奖作品(10篇)
《宦妃天下》(作者:青青的悠然)
《首席星探》(作者:严啸建、熊尚志、陈志斌)
《住在手机里的小莉泽》(作者:鲁一凡)
《魔天记》(作者:忘语)
《长白山下好种田》(作者:长白山的雪)
《失业33天》(作者:昭)
《余罪》(作者:常书欣)
《永夜君王》(作者:烟雨江南)
《君子VS佳人四部曲》(作者:伍家格格)
《牧九歌》(作者:易人北)

2015年度获奖作品(10篇)
《战狼旗》(作者:火树)
《战起1938》(作者:疯丢子)
《男儿行》(作者:酒徒)
《东上海的前生今世》(作者:吴正)
《他与月光为邻》(作者:丁墨)
《落英缤纷之际》(作者:李歆捷)
《宝鉴》(作者:打眼)
《诛砂》(作者:希行)
《沈清寻》(作者:杨知寒)
《超级农业霸主》(作者:贪狼独坐)

2016年度获奖作品(11篇)
《小飞鱼蓝笛》(作者:金朵儿)
《绘夜人·子夜》(作者:子玖)
《南方有乔木》(作者:小狐濡尾)
《名门嫡后》(作者:繁朵)
《你好消防员》(作者:舞清影521)
《婚途漫漫》(作者:简思)

《上神来了》(作者:青铜穗)

《混世刁民》(作者:关中老人)

《蜀锦人家》(作者:桩桩)

《不死武尊》(作者:妖月夜)

《谢家皇后》(作者:越人歌)

首届泛华文网络文学"金键盘奖"

本奖在江苏省委宣传部、江苏省委统战部、中国作协网络文学中心和江苏省作协的指导下,由江苏省网络作协与南京市江宁区人民政府联合设立,自2018年5月启动以来,共收到全国30余家文学网站推荐和个人申报作品计437部,经资格初审、复评推荐、终评投票,产生了16类共23个奖项。

现实题材获奖作品:《奋斗者:侯沧海商路笔记》(小桥老树)、《老妈有喜》(蒋离子);玄幻仙侠类获奖作品:《雪中悍刀行》(烽火戏诸侯)、《雪鹰领主》(我吃西红柿);都市幻想类获奖作品:《八珍玉食》(雀鸣)、《还你六十年》(三水小草);军事历史类获奖作品:《大汉光武》(酒徒)、《无缝地带》(李枭);现代言情类获奖作品:《人不可貌相》(月下蝶影)、《翅膀之末》(沐清雨);古代言情类获奖作品:《大明小婢》(沐非)、《天才小毒妃》(芥沫);悬疑科幻类获奖作品:《源世界之天衍》(跳舞)、《罪恶调查局》(骁骑校);游戏竞技类获奖作品:《回到八零年代打排球》(番茄菜菜);优秀影视改编获奖作品:《凰权》(天下归元);优秀有声改编获奖作品:《撒野》(巫哲);优秀动漫改编获奖作品:《万古仙穹》(观棋);优秀实体出版获奖作品:《少年幻兽师》(雨魔);优秀翻译输出获奖作品:《琉璃世琉璃塔》(姞文);优秀繁体获奖作品:《玄天魂尊》(暗魔师);最具IP改编潜力获奖作品:《望古神话之星坟》(天使奥斯卡);最佳创意获奖作品:《秦墟》(月关)。

阅文集团现实题材征文大赛

自2016年以来,由上海市新闻出版局指导,阅文集团旗下多家知名原创文学网站主办的"网络原创文学现实主义题材征文大赛"已举办了三届。第一届获奖名单:特等奖《复兴之路》(Wanglong);一等奖《相声大师》(唐四方);二等奖《二胎囧爸》(李开云)、《我的1979》(争斤论两花花帽);优胜奖

《草根石布衣》(中秋月明)、《不靠谱大侠》(田十)、《新北京人》(长岛)、《特种女兵》(姜小群)、《韩警官》(卓牧闲)、《昼的紫夜的白》(西篱)、《老男孩们的电竞梦》(旁墨)、《秋葵老屋》(乃越)、《重生之神级学霸》(志鸟村)、《足球征途》(秦征)。第二届获奖名单:特等奖《大国重工》(齐橙);一等奖《明月度关山》(舞清影 521);二等奖《朝阳警事》(卓牧闲)、《宝妈万岁》(人参胖娃娃);优胜奖《贼警》(虾写)、《写给鼹鼠先生的情书》(吉祥夜)、《重生之跃龙门》(机房里的猪)、《造车》(榕之子)、《建设大时代》(高原风轻)、《警犬实习日记》(周家微风)、《一路轻歌》(依然飘然)、《梦想为王》(中秋月明)。

中国网络文学大奖赛(后改为山东省网络文学大奖赛)

2011年3月,《山东文学》《齐鲁晚报》和网易共同主办"中国首届网络文学大奖赛"。2014年3月,《山东文学》《齐鲁晚报》和搜狐网举办中国第二届网络文学大奖赛。2016年3月更名为山东省网络文学大奖赛,由《山东文学》《齐鲁晚报》和大众网联合主办。

梦想起航:两岸青年网络文学大赛

2017年5月16日在杭州西湖正式启动,历时3个月,共收到海峡两岸投稿540部,参赛作品的题材涵盖历史、言情、奇幻、科幻、悬疑、都市等领域。经过激烈角逐,来自大陆的大二学生叶童耀和来自台湾的专职写作者康庭瑀分别以科幻作品《漫长的一天》以及历史演义小说《碧落人间情一诺》获得一等奖,陈建波、高昊天的作品《封疆大吏》《御星者·翼》分别获得大赛二等奖,宋雅文《实习医生丁小西》、胡毅萍《青木微雪时》、陈惠君《犬男友》获得大赛三等奖。此外,周娴娴《民国女书商》获最佳人物奖,黄亚《回归线》获最佳创意奖,潘菁楠《逐浪浮蕊》获最佳文笔奖。

首届网络文学评论大赛

2016年由中国文艺评论家协会网络文艺委员会、中国当代文学研究会新媒体文学委员会、中国文艺理论学会网络文学研究会、爱读文学网、山东师范大学网络文学研究中心等多家单位联合主办的"首届网络文艺评论大赛"经过半年的征稿,共收到近500篇参赛稿件,作者覆盖了国内多所高等院校文学研究者、专业评论家以及爱好网络文学的受众人群。总体上看来,本次大赛无论是从参赛踊跃度、稿件的质量,还是所评论的作品类型上,与国内繁荣的网络文学发展态势基本一致,反映了网络文学发展的整体格局,参赛稿件从不同角度对我国重要网络文学作品的艺术经验进行了学理性的探讨,展示了我国网络文学评论的实绩。

"分众"中国网络文学年度新人大赛

2018年11月30日,华东师范大学中国创意写作研究院发布公告,将举办"分众"中国网络文学年度新人大赛,大赛由中国作家协会指导,华东师范大学主办。计划每年从全国网络文学创作者中评选10—20名具有突出发展潜力的优秀青年作者,作为"未来网络文学家"后备人才,以华东师范大学中国创意写作研究院和华东师范大学中文系创意写作硕士学位点为平台,为其量身定制个性化培养方案,免费提供为期三年的优质专业培养(一年驻校培养,两年校外跟踪培养),助力其成长为优秀的职业网络文学家。

随着网络文学理论评论逐步引起重视,2018年6月,中国作家协会网络文学中心、广东省作家协会联合发起"首届中国网络文学评论奖年度评奖"活动;12月,中国作协网络文学研究院和杭州文联等单位联合发起"首届中国(杭州)网络文学评论大赛"征文活动。

三、优秀网络文学原创作品推介

2015年10月,国家新闻出版广电总局下发了《关于开展2015年优秀网络文学原创作品推介活动的通知》,网文推优活动正式拉开了序幕。此项活动从2016年起由国家新闻出版广电总局与中国作家协会联合举办,2018年改由国家新闻出版署与中国作家协会联合举办。

活动由省级新闻出版管理单位和具有互联网传播资质的文学网站推荐作品,专家组进行初评和终评,最终确定年度推优书目。严格来说,网文推优活动是政府层面对网络文学年度创作的最权威评定,目的在于引导广大读者阅读优秀网络文学作品。

2015年优秀网络文学原创作品推介活动21部入选作品介绍

1.《烽烟尽处》,作者:酒徒

作品以华北抗战为背景,从一群学生投笔从戎写起,以此展开抗日斗争活动。作者把纪实与虚构结合起来,串接起抗战时期的一系列重大事件,描绘了波澜壮阔的抗战历史画面。以张松龄为代表的热血青年,在战火锻炼中,由年少轻狂走向稳重成熟,由懵懂走向自信,逐渐成长为具有坚定革命信念和干练工作能力的游击队领导人。作品以一个写实的历史框架来展开人物命运,将个人命运与宏大历史背景紧密交织起来,故事曲折动人,人物形象真实而生动,视野开阔,内蕴丰厚。

2.《芈月传》,作者:蒋胜男

《芈月传》是一部以人带史的大格局历史小说。作品在真实历史资料的基础上,合情合理地展开自己的艺术想象,在宏大的历史场景与动荡的时代背景下,一方面娓娓道来,写出一个不凡女性的成长过程与心路历程;另一方面又回到历史现场,细致入微地展现战国时期的史实、礼仪与风俗。有案可稽的历史事实,铺锦列绣的语言文笔以及信手拈来的用典能力,都体现了作者不俗的历史功底与文学造诣。

3.《匹夫的逆袭》,作者:骁骑校

《匹夫的逆袭》的主人公是军旅出身的刘汉东,回归都市后无意中被卷入一起绑架案。经历了重重困难,刘汉东最终摆脱了"绑架犯"的嫌疑,并在这一过程中赢得了属于自己的爱情。看起来属于一个"小人物"的主人公,在故事中渐渐显示其不流凡俗的本色,尤其是在遭遇逆境时毫不气馁,挺起胸膛,以饱满的精神状态面对生活,并且感染了身边的人,更是表现出了"小人物"的人性光彩。

4.《回到过去变成猫》,作者:陈词懒调

作品使用纯粹的"猫"视角,讲述了一个惊险中包裹着友爱、温馨与欢笑的小清新故事。青年郑吒一觉醒来,发现自己从2013年穿越到2003年,变成了一只黑猫,被楚华大学的焦教授收养。作品以拟人手法写猫,由猫的身份拟人,一双猫眼,让他看到了人类世界的另一种残忍与善意。这只"雷锋喵"总在不自觉中拼命维护着心中的爱与正义,也将人们带进亲情和友情的温柔世界中。

5.《日头日头照着我》,作者:唐慧琴

《日头日头照着我》以一个乡镇女包村干部任文秀的独特视角,以她的所经所历、所思所感,用朴实细腻的笔触和真实感人的鲜活细节,真切地展现了农村的各种矛盾,并且揭示了矛盾产生的根源与特点,在多重矛盾的交织中成功塑造了当代乡镇干部的艺术形象,故事比较有生活气息,描写别具一格。

6.《网络英雄传Ⅰ——艾尔斯巨岩之约》,作者:郭羽、刘波

小说以互联网重镇杭州为舞台,以青年创业者郭天宇、刘帅为主角,讲述他们大学毕业后在互联网领域艰难而传奇的创业故事,正面描写互联网领域的创业、竞争和人际关系以及互联网行业在智力与技术结合中的长足演进。作品内容充实,故事真实,情节生动,有很强的感染力,让人们看到了一个富于激情的创业时代以及在这个时代充满智慧与奋斗精神的"当代英雄",充满了正能量。

7.《萧家媳妇》,作者:萧炳正

作品以萧家大院内发生的家庭事务为线索,叙述了土地革命、抗日战争、解放战争几个不同历史时期,发生在萧家女人身上的爱情、婚姻、家庭等一系列故事,体现了客家妇女善良、克己、正直、忍耐的优良品质。小说将人物放进客家人聚居的人文背景与自然环境里,又大量运用客家生活素材,将有趣的客家风土民情、生活习俗、俚语等内容奉献给读者,让读者在读小说的同时感受客家人的生活方式。

8.《宁子墨那代人》,作者:苏诗桂

作品以1951年的广西为时代背景,讲述了宁子墨、马春杏、龙大斌、杨有义等人经历土地改革运动、警卫员生涯、垦殖文工团等故事。小说主线清晰明朗,情节紧凑明快,角色塑造鲜明,叙事严谨有序,传奇性与民俗性兼顾,历史感和艺术性巧妙糅合,生活场景和人物形象比较真实,内蕴厚重,题材也较为新颖。

9.《星星亮晶晶》,作者:天下尘埃

这是一部描写特殊题材——儿童自闭症的作品,写出了自闭症的症状、自闭症儿童的心理和性格、社会的关爱及冲突,提出了如何关爱这一特殊社会群体的问题。小说从母亲的角度,写她如何从关心自己的孩子转到对自闭症儿童的社会关怀,写出了母爱的坚韧与伟大。故事具有自强不息、积极面对人生的内涵,描写有声有色,语言干净明丽。

10.《郭公传奇》,作者:邱德昌

本书以穿越的方式进入南宋时期,描绘了一幅宋元交替时期战争风

云画卷和地方历史民俗风情演义。小说通过叙述郭铉、郭炼兄弟辅助文天祥复兴南宋的真实故事,艺术地再现了一幕幕南宋与元蒙之间惊心动魄的战争。

11.《黄道周》,作者:林跃奇

《黄道周》较为生动地刻画了明末著名书画家、学者、儒学大师黄道周的形象,重点写他的书法才能和中医节操,展现了明末清初的社会状况,小说采用倒叙的手法,以黄道周赴刑场为线,在不到一天的时间里叙述了黄道周精彩绝伦的一生。小说内容厚重却又虚实结合,颇具传奇色彩。

12.《青果青》,作者:古筝

《青果青》直面当下校园现实,通过发生于青果中学校园的故事,真实描写了学生与家长、学生与学生、教师与学生、教师与教师之间的矛盾,从而引出学校、家庭、教师、学生的一系列问题,从中折射出大时代发展变化之下一颗颗大大小小的真善美心灵。

13.《宝贝,向前冲》,作者:三月王屋

作品是一个单身母亲陪女儿迎接高考的笔记。书中以高考为故事背景,以纪实性笔法,将单身母亲的生活与感悟穿插其间,并与女儿的高考历程彼此纠缠在一起,使之浑然一体,反映了青少年成长的复杂,体现了母性的伟大。作品文笔细腻,感情充沛,具有较强的现实意义,生活质感饱满,语言流畅风趣。

14.《因为相爱才上演》,作者:携爱再漂流

小说描写了三位境遇不同的单身母亲走进同一单位——律师事务所,她们在现实生活中,面对职场的竞争、婚姻的磕碰,体现出不同的爱情观、婚姻观、友谊观、生活观;以丰富生动真实的细节、言辞犀利的对白展示单身妈妈的风采,还原她们生活的本质,强调正确面对人生磨难、自强自立的品格。故事精彩,文笔流畅。

15.《两个人的婚姻,七个人的饭桌》,作者:宁国涛

本书讲述了年轻夫妻和孩子与双方老人同在一个屋檐下生活的故事。小说从年轻人的婚后生活入手,描写小房子大家庭中的矛盾与纠结,体现生活的琐碎、复杂及艰难,着重展示家庭亲情、人伦之理,引导人们正确认识家庭矛盾,珍视亲情,和谐相处,人物具有典型性,生活气息浓郁,描写生动引人。

16.《装修毁了我十四年婚姻》,作者:小如的爱情

此书描写购房、装修过程中的家庭矛盾与人物心理纠结,反映普通人的生活状态和精神状态。小说情节紧凑、内容精彩,有生活质感,每个人物都很有性格,有血有肉。故事生活气息浓郁,在生活矛盾冲突中则始终包含追求积极向上的主线,在一定程度上拓宽了题材的广度与深度。

17.《莽荒纪》,作者:我吃西红柿

此书充分发挥想象力,将东方远古神话与西方魔幻结合,构建出一个波诡云谲的蛮荒纪元。故事架构庞大,情节曲折婉转,人物命运前世今生的轮回流转巧妙勾连。作为一部男主角自强型网络文学作品,全书更多地将笔墨放在主角百折不挠的韧劲、生死相托的热血、义薄云天的豪情上。主角一生的起伏,逆境中的顽强拼搏,带有成长小说的色彩,具有积极意义。

18.《斗罗大陆Ⅱ:绝世唐门》,作者:唐家三少

这部作品里没有魔法,没有奇术,主要在倡导一种武魂,一种正义精神。主角霍雨浩进入史莱克学院学习,结识了朋友王冬,一起修炼,一起学习。两人尝试施展武魂融合技,居然生出了一种极其强大的技能,是一部集宏大设定与热血冒险于一体的玄幻异界大陆小说,充满少年正能量。

19.《不朽神瞳》,作者:风舞天下

该书的主人公萧寻本是晨霄大陆乾灵宗门内武道天赋极高的弟子,通过不断奋斗、追求、成长,在拼搏与抗争中一步步实现梦想,成就"不朽神瞳"。作者以丰富的想象架构了一个奇异世界,讲述了一个绚丽的故事、瑰丽的传奇。

20.《忘川》,作者:沧月

听雪楼前人百年的宿世积怨,层叠在这一代四位主角的肩头,欲爱而不能,欲放手而不舍,使得故事呈现一种张力。小说笔意沉稳,行文矫健有力,文采佳句得法于古典文学又自有抒情与锦绣,别开一番境界。小说人物关系展示了真情无价、邪不胜正的道理,在道德评判方面积极向上,对读者具有正面的价值引导作用。

21.《古瓷谜云》,作者:笑谈天涯

作品由一桩蹊跷的古瓷天价拍卖事件入手,层层剥茧,娓娓道来,把鉴宝与悬疑巧妙地结合起来,不断布谜又不断解谜,在赏宝与鉴宝中内含夺宝与盗宝,又进而通过侦破与断案等智力博弈,挖掘忠诚与背叛的人性主题。

2016年优秀网络文学原创作品推介活动18部入选作品介绍

1.《南方有乔木》,作者:小狐濡尾

作品从无人机事业入手,讲述了女主人公南乔带领团队立足本土,自主研发,最终使中国无人机走向世界的故事,生动阐述了"中国制造"的内涵。在鲜活的时代背景下,作品栩栩如生地展现了创业者的各种艰辛,描写了创业道路上的酸甜苦辣,再现了创业者不断超越与创新的奋斗精神和社会责任感,塑造了新时代女性独立自强的新形象,富有时代特色,展示了时代风貌。

2.《大荒洼》,作者:英霆

作品以黄河入海口的大荒洼为场景,描写了日寇入侵黄河口之后,猎人之子英冬雨保家卫国,捍卫民族和个人尊严的英雄故事。作品主题鲜明,沉稳大气,既写出了国家危亡之时平民百姓的命运波折,又表达了家仇国恨面前,为大家舍小家的平民英雄情怀。作品情节绵密、真实可信,叙述娴熟、语言流畅,人物形象生动饱满,有情感,有温度,有力量。

3.《锋刺》,作者:宋海锋

作品以抗日战争期间中日谍报之争为主线,精彩呈现正面战场、敌后战场、民间抗战力量等错综复杂的形势和斗争,显示出中国抗日战争的复杂、艰难和不屈不挠。作品语言平实,情节跌宕,结构严谨,塑造了一批性格鲜明、栩栩如生的人物形象,着重展现了抗日将士浴血奋战、不怕牺牲、勇敢顽强的精神,是一部具有民族大义和家国情怀的优秀抗战作品。

4.《百年家书》,作者:疯丢子

作品描写女主人公穿越到抗战初期的东北,以其亲身经历为主线,从一名媒体记者角度,将卢沟桥事变、平型关大捷、台儿庄战役、重庆大轰炸等重大事件串接起来,全面刻画了在国家危亡时刻中华民族集体表现出的民族大义与抗争精神。作品叙事清晰,文笔寓庄于谐,兼顾历史意义、文学价值与可读性,具有典型网络文学创作的特色。

5.《材料帝国》,作者:齐橙

作者凭借自身扎实的商场经验和工业知识,以"工业材料"为题材,讲述了主人公不断改造、升级技术,带领一家小企业发展壮大,使之成为材料工业尖端企业的历程。作品情节流畅、细节扎实、人物丰满,展现了时代大潮中主人公不懈奋斗、努力拼搏的激情与爱国情怀。作品思想积极、基调向上,充满催人奋进的正能量。

6.《小飞鱼蓝笛》，作者：金朵儿

这是一部将环保、科普、冒险、梦想、爱的教育等主题融为一体的系列童话故事。故事的主角小飞鱼蓝笛，既能在大海里遨游，又能在海面上飞行，他聪明、机智又有些贪玩，在一系列非同寻常的冒险经历中展现勇敢、团结、友爱的优秀品质。作品将跌宕起伏的故事与童趣盎然的叙事有机结合，形象活泼丰满，想象奇异丰富，孩子们可以从这部作品中学到勇敢、团结、爱心等优秀品质。

7.《我心缅怀旧时光》，作者：李润

这是一部以一对闺蜜为主角的青春小说，描述她们一起经历过的难忘青春与情感际遇。作品以精巧的构思和细腻的描写展现了她们在追求爱情与梦想的过程中遇到的冲突与纠葛，借此重温青涩而真挚的情感，表达了主人公历经磨炼与沉淀后的达观态度。作品既表现了友谊、爱情和理想的美好，也形象地描绘了三者之间的冲突，以一种怀旧笔调追忆并纪念消逝的青春，弥漫着清新而温馨的情调。

8.《非常暖婚，我的超级英雄》，作者：土豆爱西红柿

作者用温暖平实的笔调讲述了消防队员韩非常与女大学生唐糖之间的爱情故事，塑造了一个外表坚强硬朗、内心柔情似水的消防队员形象，歌颂了两人之间纯真的爱情，展现了美好情感对于人生的重要作用。作品情感真挚，情节生动，既有扎实的现实情节，又充满浪漫气息，传达出作者对爱情与婚姻的美好期许和青春理想，充满积极向上的正能量。

9.《我们》，作者：辛夷坞

作品讲述了一对青梅竹马的少男少女历经各种悲欢离合终成眷属的故事。作者用两个人的情感经历阐释了恬淡朴素简单幸福的人生理念，在一定程度上反映了当代青年人的情感生活和世界观。这是作者"新都市言情小说"系列的延续，语言清新隽永、诙谐有趣，干净朴素又耐人回味的风格吸引了大批青年读者。

10.《暮生荆棘》，作者：西子雅

作品以商战为题材，书写了主人公对于爱情、婚姻、理想和命运的美好想象与不懈追求，通过人物的童年经历和现实命运交替推进，将商场的争斗和爱情的聚散离合穿插进行，在跌宕起伏的故事中提出对人性的追问。整部作品语言清新流畅，细节饱满生动，塑造了一群在商场中生存的都市人物

形象,是一部具有现代气质内核的网络小说。

11.《蟀侠》,作者:边寻

作品充满童趣和奇幻想象,讲述了乐观自信、天真活泼的留守儿童糖糖,偶然结识了一只会说话的蟋蟀,并一起展开冒险之旅的故事。作品中,作者以丰富的想象描写奇功异法,以宇宙思维开阔读者眼界,具有穿越小说特有的奇幻色彩。整部作品情节奇特而曲折,语言平白而生动,达到了思想性、艺术性与可读性的统一。

12.《男儿行》,作者:酒徒

作品以元朝末年农民起义为背景,讲述了男主人公从参加红巾军起步,辅佐明主、励精图治、发展壮大的故事。小说故事情节曲折,文笔流畅,塑造了以底层平民英雄为主角的人物群像,既表现了百姓为反抗奴役而进行的顽强抗争,又摹写出宏大的古代战争场景。作者运墨如飞,勾勒出一幅浓淡相宜、疏密相间的古风画卷。

13.《夜天子》,作者:月关

这是一部极具创新色彩的"历史传奇"小说。作者打破以往"历史穿越小说"的窠臼,用非同寻常的人物故事和精到的历史把握,探索同类小说新出路。作品将背景游移于朝堂与江湖之间,整体布局从容,情节明快,构思精巧,逻辑顺畅,人物刻画细致入微,具有极强的艺术感染力,读来如临其境,欲罢不能。

14.《血歌行:学府风雷》,作者:管平潮

在这部作品中作者没有沿袭他擅长的古典诗情画意仙侠小说的写法,而是以简练明快的笔调虚构了一个龙、魔、妖、人四族共处的世界,采用英雄成长、奇遇巧合、学院求学、种族之争、完成使命、正邪对立等网文写法,讲述了一个少年成长的传奇故事。尤其值得称道的是,作者笔力雄健,作品情节设置精巧,叙事收放自如,引人入胜,能带给读者畅快的阅读感受。

15.《问镜》,作者:减肥专家

这是一部具有宏大背景设定的仙侠小说,作者别具匠心地构思了一个角色完备、有因有果的幻想世界。作品以中国古代文化中仗剑天下、快意恩仇的武侠品格为依托展开故事,塑造了多个风姿绰约、超凡脱俗的形象。主人公始终保有一颗洁净的心灵,在生死中抉择,在困境中逆行,彰显了亲情、

爱情、友情的可贵。

16.《大宝鉴》,作者:罗晓

作品描写了少年许东在典当父母遗物时偶得特殊异能,从此开启惊险之旅的传奇故事。主人公以鉴宝寻宝为能事,驰骋于珠宝古董搭就的情场与市场,在人生的爱恨情仇中历练。作者善于编织故事,更善于刻画人物,且拥有丰厚的珠宝知识与坚实的国学功底,使作品具有较强的知识性、探索性和可读性。

17.《一世之尊》,作者:爱潜水的乌贼

作品以主人公的穿越际遇为主线,讲述了一群有潜力的年轻人,在拯救同门师兄弟的险境中,凭借着坚强的毅力和智慧,精诚合作,生死相依,建立深厚情谊的故事。作品突出展现了人性的闪光点,在无私的奉献牺牲中,主人公最终扭转命运,建立新的乐土。作品积极尝试创新,突破类型写作模式,带领读者一同翱翔在构思奇妙、意象瑰丽的武侠世界。

18.《龙血战神》,作者:风青阳

作品讲述了少年龙辰偶得奇遇,从此专研武道,踏上巅峰的故事。作品以追寻上古神龙灭绝之谜为主线,以热血情怀贯穿全文,以坚韧性格为动力,以爱情为转折,以大义称道,构建出一个龙血大世界。作品着重塑造主人公坚毅执着、为实现理想而忘我拼搏的精神,同时又以浓墨重彩凸显跨越世俗的兄弟之情。全文伏笔交错,连环布局,情节意外却又在情理之中,具有极强的艺术感染力和可读性。

2017 年优秀网络文学原创作品推介活动 24 部入选作品介绍

1.《复兴之路》,作者:Wanglong

小说以改革开放为背景,以国企改革为主线,讲述了大型国企红星集团在困顿中改革、从衰落中复兴的故事。作品真实展现了国企的特有困境和复兴艰辛,集中笔墨着力塑造了一群国企人,特别是陶唐这样一个新型改革者形象,让人们真实了解国企改革的艰难历程,看到走出困境的希望所在。作品题材重大、内容厚重、人物鲜亮、叙事清晰,绘制出一幅极具时代气息的历史画卷,是一部在网络文学中尚不多见的现实主义力作。

2.《岐黄》,作者:漱玉

"岐黄"常作医学之祖。以"岐黄"为书名,有着勘探当代医者日常生活与心灵世界的寓意。《人到中年》的女医生形象陆文婷曾在广大读者中激起强烈反响,《岐黄》中的青年女医生方樱子不是陆文婷,她年轻活泼、朝气蓬勃,将救死扶伤的人道主义精神自觉融入实现自我价值的个人追求之中。小说主题积极乐观,洋溢着温暖人心的正能量。情节生动,描写细腻,人物性格丰富,医务新人形象栩栩如生。

3.《草根石布衣》,作者:中秋月明

这是一部关于城市底层青年生存奋斗的励志作品。主角出身"草根",却胸怀"达则兼济天下,穷则独善其身"的理想,当"棒棒军"进入城市,开始艰辛的城市生存,不断找寻自我存在,始终秉持坚持到底的生活信念。朴素老练的语言、曲折精彩的故事、性格饱满的角色传递着一个个看似普通却难以践行的人生哲理。作品主题对青年一代现实生活有激励作用,形象诠释了具有地方文化符号意义的"棒棒军"所蕴含的精神内涵。

4.《全职妈妈向前冲》,作者:清扬婉兮

这是一部女性视角的家庭伦理小说。以孩子出生给家庭和婚姻生活带来的改变为切入点,以三个不同性格女性为叙述对象,着重描写了全职妈妈的生活状况和心理变化。真实反映了时代演进和社会变迁给普通女性带来的种种冲击,从某种角度上呈现出日常生活和人生真相,也折射出人性的复杂。小说经由人物爱情旅程和婚姻结局,体现出正确的人生观、爱情观和家庭观。作品结构紧凑、情节感人、形象鲜明、语言灵动,是一部优秀的现实题材作品。

5.《诡局》,作者:骠骑

这部历史军事小说讲述了一个"不一样"的抗日故事,题材独特、视角独到。作品以"文物守护战"为切入点,从侧面展现抗日战争,传达了作者的创作理念:文物是"活"的文明和历史;保护文物,就是保护历史、文化和文明,就是捍卫文脉、国运和民魂。小说直面日本侵华战争中"最隐蔽的战线",塑造了爱国青年和军人群像。主题立意高远,故事富有穿透力。在"让文物说话""接续文脉"的当下,作品具有现实的启示作用。

6.《恩将求抱》,作者:唐欣恬

作品以女发型师江百果和男秘书池仁之间的人生交集与感情纠葛为线索,描写不同出身与经历造成的人的性格反差,揭示当下都市青年独特的爱情追求及各自鲜为人知的精神苦痛。故事中男女主角在历经种种家事与情事的波澜起伏之后,终于相互爱慕,并懂得世界上最可贵的是"真情"。故事曲折生动,叙事跌宕起伏,人物性格鲜明,语言干净利落,可读性较强,是网络小说中爱情伦理题材的上乘之作。

7.《别怕我真心》,作者:红九

《别怕我真心》依然是作者红九擅长的都市情缘和成长励志题材,两条主线相互交织。主人公是一个从乡村进城的少女。小说讲述乡下少女进城之后,积极上进,从而改变自己命运的故事。乡下女子脱胎换骨一般的自我蜕变,在新时代的城乡演变中徐徐展开。作品既刻画了主人公与时俱进的转变,也写出了城乡交叉背景下的相互影响与共同变化,作品极具现实性,充满励志性与正能量。

8.《如果深海忘记了》,作者:苏茯苓

这是一部从独特角度呈现人与人之间爱与温暖情感的作品。作者采用"剥洋葱"式叙事手法,以女孩从失忆到记忆复苏的生活为主线,在繁复情节中一步步揭开人物命运谜团。主人公悲惨的成长经历与在阳光下获得的温暖关怀形成鲜明对比,最终呈现的真相足以令人落泪。小说格调向上,语言明快,线索明晰,角色性格鲜明。作品既有现实规范,又有梦境玄幽,还带有悬疑色彩,是一部融合了现实风格与网络特质的优秀之作。

9.《糖婚》,作者:蒋离子

小说以一对小夫妻——方致远、周宁静的婚恋生活为主线,直面"80后"一代人在新的时代背景下遭遇的情感危机。作品值得称道之处在于,作者力图透视同一代人已然不同的价值观、婚恋观,同时将婆媳关系、子女教育等问题也纳入其中,延伸了与婚恋相关的生活内容,拓展了小说的题材边界。作者在运用小说语言和把控人物心理上,都有上乘表现。作品贴近生活而引人思考,可读性较强。

10.《秋江梦忆》,作者:丁也林

这是一部抗战题材小说。留德归来的女医生江书恂,虽然爱国但无政治立场。在国家遭受侵略、自身遭遇情感危机时,一度内心彷徨,迷失方向。后经历战火考验,在救赎与自我救赎的曲折过程中锻炼成长,作出正确的人生抉择。作者在叙事上具备一定功力,悬念设置具有较强逻辑性,细节处理得当,合理展示知识分子内心世界的转变过程,借助不同身份人物的命运,映衬出大时代中小人物的众生百态。

11.《心照日月》,作者:乔雅

作品以朴素的语言、鲜活的故事,着力塑造了爱岗敬业、公正廉明的基层法官群像。既描写了他们维护法律尊严,依法保护当事人合法权益的正义之举,也呈现了他们在工作生活中遭遇到的种种困难和误解,彰显了他们不畏艰难、勇于担当的正义情怀与奉献精神,对于人们了解法官生活和建设法治社会均有积极意义。故事充满生活质感,笔端饱含激情,读来真实感人。

12.《交换吧,运气!》,作者:漠兮

小说以时尚设计界的婚恋生活为题材,以发生于高傲主编与底层小职员之间的爱情故事为主线,串结起人生命运的跌宕起伏,展现了三家豪门的爱恨纠葛。值得注意的是作品较好地处理了当今时代人的运气与才华、勤勉之间的关系,昭示一个人只有励精图治、奋发进取,才能证明自己,实现梦想。作者具有娴熟的驾驭故事能力,小说情节错综复杂,险象环生,引人入胜,内含切实的人生感悟,语言优美而丰沛。

13.《夜旅人》,作者:赵熙之

这是一部构思极其精巧、主题新颖别致的小说。它以一座老式公寓作为时空旋转门,描写现代女法医和民国男律师穿越在白天与黑夜、历史与现实、时间与空间交叉之中的爱恋故事。以男主为保存民族工业窥抗战之全貌,以女主家族恩怨和商战阴谋映射时代大潮流。情感发展含蓄曲折,时代画像富有特性。最为出彩的是,两条不同人生轴线平行、交错并互文,蕴含了一种平静、温和却又坚韧的力量,反映出特定时代的国民心态和集体意识。

14.《武林大爆炸》,作者:傻小四

这是一部都市武侠小说。作品以弘扬中华武术为核心,讲述了主人公历经血雨腥风,终成一代形意拳宗师,名震天下的艰难成长历程。作者有较为深厚的武术知识储备,描述各种拳术颇为精彩;强调以人为本、拳术在心的理念,展现中华武术文化独特魅力。在热血燃烧的武术世界中书写人性之美,点燃正义之光。作品具有鲜明网络特色,构架宏大、深入浅出,跌宕起伏、环环相扣。

15.《完美世界》,作者:辰东

作品继承华夏古典神话的遗产,试图进行独创性神话再造。世界架构宏大,修炼体系分明,"法宝""神通"层出不穷,动物种族与异类植物的创设多样而奇异,丰富了人类神话知识。主角自强不息,屡经磨难,最终成长为顶天立地的英雄。价值观表达正面积极,情感力量丰沛,故事情节发展合理,角色性格鲜明,具有较强艺术感染力,社会影响较大。

16.《雪鹰领主》,作者:我吃西红柿

作为顶尖的玄幻练级文大神,作者对玄幻文套路的把握和理解往往高人一等。同时,作品一贯坚守主流价值观,如家庭、爱情、友谊,都在书中占据着极为重要的地位。《雪鹰领主》这部作品有东方玄幻小说的实力等级制特点,又融合了西方玄幻的元素,在世界观架构、角色创设上有显著创新。

17.《择天记》,作者:猫腻

这是一部"玄幻＋修真"复合型作品。作者把中国的文学地理、历史想象搭成一个玄幻舞台,让主角陈长生与一众人物演绎出一个完美的成长故事,富有中华神韵和中国气派。主人公身上所体现的"我命由我不由天"的精神气质,蕴含人文关怀和生命体悟,有着积极的审美价值容量,对青少年具有提振精神、启迪人生的积极作用。小说情节繁复,架构庞大,人物群像丰满,语言自然灵动,受到读者追捧。

18.《原始战记》,作者:陈词懒调

作品描述现代人穿越到原始社会"炎角"部落,融入部落渔猎生活并主导部落发展壮大的故事。男主在故事中把原始狩猎、种植业、养殖业、冶炼业、商业诸部落联合起来,最终形成部落联盟。作品形态在幻想类作品中独树一帜,故事主线是主角带领部落民众,寻求共同富裕,走向文明道路的奋斗历程,价值观表达正面积极。作品中奇异的动物与植物想象令人惊奇,显示出作品的独创性。

19.《君九龄》,作者:希行

在古代重生言情文里,《君九龄》特质显著、表现非凡。作者以其惯有的缜密构思,辅以生动繁复的情节、细腻恰切的对话以及鲜明丰满的人物,将一部女频文写得行云流水、回肠荡气。作者善于捕捉细节,精于场景设置,多用气氛烘托剧情。故事糅合了宫廷权谋和家族文化,将女主前生今世与拯救苍生的家国大义融为一体,在其间吟咏巾帼情深。

20.《万古仙穹》,作者:观棋

作品描写主人公以天地社稷为棋局,与天对弈,执掌命运,以弱陈灭强宋,走向巅峰并获得永生的修仙之旅。题材涉及谋略、国战、修仙、智斗、虐恋、商战等元素，围绕主要人物"成长"与"情仇"双线并陈的"逆袭"历程，创造了一个有佛、道、神多种势力共存的世界，并加入琴棋书画、传统观念等文化元素，使作品意蕴深厚，具有不屈服命运、积极进取的励志作用。人物刻画细腻，故事曲折紧凑，语言灵动，悬念和笑点增强了可读性。

21.《华簪录》，作者：悠南桑

作品以女主华琬的人生传奇为主线，从乡野写到朝廷，将匠人之争与天下之争相观照，情节铺展与人性挖掘相结合。故事情节丝丝入扣，引人入胜；细节严谨翔实，经得起推敲；文字精练，笔触细腻。特别是作品中将民间手工艺与皇家首饰制作技艺相结合，多有制作工艺描写，细致入微，一定程度上挖掘并弘扬了中华优秀传统文化，在网络文学中独树一帜。

22.《朱颜·镜》，作者：沧月

作品的世界架构、角色创设独特，为故事情节发展营造了神秘氛围。男女主角性格与命运冲突，带动着情节跌宕起伏，人物情感变迁主导着读者阅读体验。主要人物都有自己的使命感和价值目标，并勇于自我牺牲。作品具有古典诗句的抒情氛围，清新脱俗，有进入人物灵魂深处的渗透力，文字表达有分寸感，作品整体质量均衡，艺术水准较高。

23.《天域苍穹》，作者：风凌天下

作品以典型的玄幻穿越套路讲述了一个逆天资质、不断突破而成就天域大业的曲折故事。作者设置了空间穿越的进阶模式，时空架构宏大。主角前世今生身份多变，性格鲜明，以不同"人格面具"和多重"金手指"推进故事，制造爽点，让读者产生代入感。语言表达时而幽默谐趣，时而厚重深刻，爱恨情仇故事桥段生动有趣，传递正确的价值观，凸显了玄幻类小说的艺术魅力。

24.《太玄战记》，作者：风御九秋

作品描写主人公以现代军人身份穿越到上古部落社会，设定的"世界"环境具有历史感。他联合金、木、水、火、土五个部落联盟中的光明力量，经过艰难曲折的战斗历程，战胜邪恶势力，守护华夏文明，给人类带来和平福祉。主要人物行为光明正大，又各具个性，故事情节发展脉络分明，文字表达流畅干净。作品融合了东西方神话元素、五行观念、科幻元素而自成体系，富有独创性。

四、中国网络小说排行榜

中国网络小说排行榜自 2015 年开始,由中国作协网络文学委员会主办、中国作家网承办。2015 年按季度评选,2016 年和 2017 年按半年一次评选,2018 年按年度评选。三年共遴选了 144 部作品(含未完结),涵盖了近 10 年的网络文学创作。参选作品来自全国网络文学联席会议成员单位的申报和专家推荐,由中国作家协会网络文学委员会发布。榜单分已完结、未完结榜,各推 10 部作品上榜,2018 年各推出 20 部作品上榜。

1. 2015 年度中国网络小说排行榜

精品榜(已完结作品 10 部):

爱潜水的乌贼:《奥术神座》

陈词懒调:《回到过去变成猫》

祈祷君:《木兰无长兄》

骁骑校:《匹夫的逆袭》

国王陛下:《从前有座灵剑山》

酒徒:《烽烟尽处》

天下归元:《凤倾天阑》

孑与2:《唐砖》

风御九秋:《紫阳》

我想吃肉:《女户》

新书榜(未完结作品 10 部):

陈词懒调:《原始战记》

希行:《诛砂》

卧牛真人:《修真四万年》

骁骑校:《穿越者》

罗森:《碎星物语》

欣欣向荣:《厨娘当自强》

血红:《巫神纪》

观棋:《万古仙穹》

玖月晞:《他知道风从哪个方向来》
黑暗荔枝:《灭世之门》

2. 2016年度中国网络小说排行榜上半年榜

已完结作品10部:

《将夜》(猫腻,起点中文网)

《余罪》(常书欣,创世中文网)

《我欲封天》(耳根,起点中文网)

《全职高手》(蝴蝶蓝,起点中文网)

《最后的王公》(缪娟,蔷薇书院)

《大宋的智慧》(子与2,起点中文网)

《一世之尊》(爱潜水的乌贼,起点中文网)

《有匪》(Priest,晋江文学城)

《莫负寒夏》(丁墨,云起书院)

《我有特殊沟通技巧》(青青绿萝裙,晋江文学城)

未完结作品10部:

《择天记》(猫腻,创世中文网)

《慕南枝》(吱吱,起点女生网)

《儒道至圣》(永恒之火,起点中文网)

《雪鹰领主》(我吃西红柿,起点中文网)

《听说你喜欢我》(吉祥夜,红袖添香)

《人皇纪》(皇甫奇,中文在线)

《君九龄》(希行,起点女生网)

《奋斗在盛唐》(牛凳,看书网)

《冠军之心》(林海听涛,起点中文网)

《别怕我真心》(红九,晋江文学城)

3. 2016年中国网络小说排行榜下半年榜

已完结作品10部:

《男儿行》(酒徒,中文在线)

《云胡不喜》(尼卡,红袖添香)

《雪中悍刀行》(烽火戏诸侯,百度文学)

《不朽剑神》(雪满弓刀,创世中文网)

《青帝》(荆柯守,创世中文网)
《君九龄》(希行,起点女生网)
《打火机与公主裙》(Twentine,晋江文学城)
《大宝鉴》(罗晓,中文在线)
《十州风云志》(知秋,起点中文网)
《你好消防员》(舞清影,小说阅读网)

未完结作品 10 部:
《乱世宏图》(酒徒,中文在线)
《血歌行》(管平潮,咪咕阅读)
《一寸山河》(作家李珂,铁血网)
《银狐》(孑与2,起点中文网)
《龙符》(梦入神机,百度文学)
《相声大师》(唐四方,起点中文网)
《山海经·瀛图纪》(半鱼磐,咪咕阅读)
《生物骇客》(巷晨虞,百度文学)
《时光与你共眠》(临渊鱼儿,晋江文学城)
《斗战狂潮》(骷髅精灵,起点中文网)

4. 2017年度中国网络小说排行榜上半年榜

已完结作品 10 部:
《择天记》(猫腻,创世中文网)
《书剑长安》(他曾是少年,纵横中文网)
《诸天至尊》(纯情犀利哥,掌阅文化)
《全能高手》(我是愤怒,3G书城)
《时间都知道》(随侯珠,晋江文学城)
《奔跑吧足球》(郭怒,阿里文学)
《升邪》(豆子惹的祸,起点中文网)
《巫神纪》(血红,起点中文网)
《第十二秒》(Sunness,晋江文学城)
《天域苍穹》(风凌天下,创世中文网)

未完结作品 10 部:

《第五名发家》(多一半,阿里文学)

《放开那个女巫》(二目,起点中文网)

《写给鼹鼠先生的情书》(吉祥夜,红袖添香)

《武道宗师》(爱潜水的乌贼,起点中文网)

《盛唐风华》(天使奥斯卡,掌阅文化)

《诸天纪》(庄毕凡,阿里文学)

《战神之王》(丛林狼,创世中文网)

《他站在时光深处》(北倾,晋江文学城)

《圣墟》(辰东,起点中文网)

《逍遥游》(月关,掌阅文化)

5. 2017 年度中国网络小说排行榜下半年榜

已完结作品 10 部:

《孺子帝》(冰临神下,起点中文网)

《朱颜·镜》(沧月,咪咕阅读)

《不二掌门》(善水,不可能的世界)

《燃魂传》(管平潮,咪咕阅读)

《我是你的眼》(舞清影,小说阅读网)

《乌云遇皎月》(丁墨,云起书院)

《宝鉴》(打眼,起点中文网)

《请叫我总监》(红九,晋江文学城)

《西出玉门》(尾鱼,晋江文学城)

《一路上有你》(吉祥夜,红袖添香)

未完结作品 10 部:

《未亡日》(藤萍,火星小说)

《牧神记》(宅猪,起点中文网)

《平天策》(无罪,纵横文学)

《大汉光武》(酒徒,网易文学)

《古蜀国密码》(月斜影清,火星小说)

《大国重工》(齐橙,起点中文网)

《侯沧海商路笔记》(小桥老树,网易文学)
《剑来》(烽火戏诸侯,纵横文学)
《一念永恒》(耳根,起点中文网)
《罪恶调查局》(骁骑校,网易文学)

五、院校及民间排行榜

1. 网络文学年度推荐榜

北京大学网络文学研究论坛自2015年起,逐年推出网络文学年度推荐榜,由漓江出版社以"漓江年选"的形式分别出版《2015中国年度网络文学》《2016中国年度网络文学》《2017中国年度网络文学》。

2015年度网络文学榜单
男频作品10部:
《清客》(作者:贼道三痴)
《宰执天下》(作者:cuslaa)
《从前有座灵剑山》(作者:国王陛下)
《异常生物见闻录》(作者:远瞳)
《重生潜入梦》(作者:第十个名字)
《回到过去变成猫》(作者:陈词懒调)
《问镜》(作者:减肥专家)
《一世之尊》(作者:爱潜水的乌贼)
《剑王朝》(作者:无罪)
《择天记》(作者:猫腻)

女频作品10部:
《木兰无长兄》(作者:祈祷君)
《制霸好莱坞》(作者:御井烹香)
《快穿之打脸狂魔》(作者:风流书呆)
《诛砂》(作者:希行)
《帝师》(作者:来自远方)

《女帝本色》(作者:天下归元)

《他与月光为邻》(作者:丁墨)

《我家徒弟又挂了》(作者:尤前)

《红楼之宠妃》(作者:Panax)

《金玉王朝》(作者:风弄)

2016年度网络文学榜单

女频作品10部：

《慕南枝》(吱吱,起点女生网)

《千秋》(梦溪石,晋江文学城)

《袁先生总是不开心》(徐徐图之,晋江文学城)

《我们微笑着说》(霜华月明,云起书院)

《打火机与公主裙》(Twentine,晋江文学城)

《末日乐园》(须尾俱全,起点女生网)

《我有四个巨星前任》(琅俨,晋江文学城)

《重生之国民男神》(水千澈,潇湘书院)

《天庭出版集团》(拉棉花糖的兔子,晋江文学城)

《有匪》(priest,晋江文学城)

男频作品10部：

《赘婿》(愤怒的香蕉,起点中文网)

《十州风云志》(知秋,起点中文网)

《惊悚乐园》(三天两觉,起点中文网)

《文艺时代》(睡觉会变白,起点中文网)

《花与剑与法兰西》(匀宫出梦,起点中文网)

《永不解密》(风卷红旗,铁血网)

《修真四万年》(卧牛真人,起点中文网)

《无限道武者路》(饥饿2006,起点中文网)

《太上章》(徐公子胜治,起点中文网)

《雪中悍刀行》(烽火戏诸侯,纵横中文网)

2017年度网络文学榜单

女频作品10部：
《未亡日》（藤萍，火星小说）
《西出玉门》（尾鱼，晋江文学城）
《锦桐》（闲听落花，起点中文网）
《丢掉那少年》（倪一宁，微信公众号）
《杀戮秀》（狐狸，长佩文学论坛）
《有药》（七英俊，新浪微博）
《如此夜》（mockmockmock，网易LOFTER）
《忽而至夏》（尼卡，红袖添香）
《丧病大学》（颜凉雨，晋江文学城）
《天宝伏妖录》（非天夜翔，晋江文学城）

男频作品10部：
《三国之最风流》（赵子曰，纵横中文网）
《一念永恒》（耳根，起点中文网）
《修真聊天群》（圣骑士的传说，起点中文网）
《俗人回档》（庚不让，创世中文网）
《最漫长的一夜》（蔡骏，新浪微博）
《琥珀之剑》（绯炎，起点中文网）
《放开那个女巫》（二目，起点中文网）
《美食供应商》（会做菜的猫，起点中文网）
《韩警官》（卓牧闲，起点中文网）
《临高启明》（吹牛者，起点中文网）

2."网文之王"评选活动

"网文之王"是由中国移动和阅读主办，浙江省网络作家协会、青年时报、龙的天空及其他多家媒体网站协办，授予每年度最优秀的网络文学作家的奖项，也是国内网络文学界评选范围最广、影响力最大的奖项评选之一。2015年2月15日，首届网文之王评选尘埃落定。

网文之王：唐家三少
五大至尊：辰东、猫腻、梦入神机、唐家三少、我吃西红柿十二主神：辰东、烽火戏诸侯、风凌天下、方想、酒徒、柳下挥、猫腻、梦入神机、天蚕土豆、唐家三少、我吃西红柿、月关（排名不分先后，按姓名首字母排列）

第二届网文之王由橙瓜社团主办，天翼阅读、重庆市网络作家协会及其他多家媒体网站协办，自2017年1月13日起开始评选，2月20日落下帷幕。

网文之王：天蚕土豆

五大至尊：唐家三少、辰东、善良的蜜蜂、耳根、梦入神机

十二主神：我吃西红柿、忘语、烽火戏诸侯、风青阳、鱼人二代、风凌天下、月关、了了一生、厌笔萧生、猫腻、妖夜、爱潜水的乌贼

本次活动还设立了一批作品奖项：
净无痕的《太古神王》获得最具潜力的玄幻作品奖
月如火的《仙武同修》获得最具潜力的影视改编奖
张君宝的《元气少年》获得最具潜力的都市作品奖
逆苍天的《万域之王》获得最具潜力的动漫改编奖
发飙的蜗牛的《妖神记》获得最具潜力的漫画改编奖
纯情犀利哥的《诸天至尊》获得最具潜力的游戏改编奖
鹅是老五的《不朽凡人》获得最具潜力的仙侠作品奖

第三届评选自2018年1月正式启动，由橙瓜网主办，中国作家网协办，掌阅科技、书旗小说、咪咕阅读为战略合作方；浙江省网络作家协会、湖南省网络作家协会、江苏省网络作家协会、重庆市网络作家协会等省级网络作家协会为支持单位；凤凰网、宏宇天润文化传媒、东仑传媒、天津大神互娱、深圳第一波、六迹、源世界以及其他媒体、泛娱乐公司为合作单位。这一届的网文之王评选，除了"网文之王""五大至尊""十二主神""百强大神"这四项传统作家奖项外，橙瓜还结合了橙瓜的淘书评分体系，选出"橙瓜网络文学奖百强作品"。

名人堂：唐家三少、天蚕土豆

网文之王：我吃西红柿

五大至尊：耳根、蝴蝶蓝、梦入神机、忘语、烽火戏诸侯

十二主神：月关、烟雨江南、骷髅精灵、妖夜、血红、跳舞、柳下挥、风凌天下、酒徒、骠骑、善良的蜜蜂、孑与2

百强大神：猫腻、火星引力、净无痕、何常在、愤怒的香蕉、了了一生、爱潜水的乌贼、烈焰滔滔、流浪的军刀、傲天无痕、失落叶、天使奥斯卡、阿彩、三羊猪猪、纯情犀利哥、8难、方想、天下归元、飞天鱼、苍天白鹤、风圣大鹏、会说话的肘子、丛林狼、庚新、藤萍、刘阿八、乱世狂刀、白纸一箱、极品妖孽、雾外江山、我本纯洁、常书欣、管平潮、禹枫、尝谕、横扫天涯、最后的卫道者、知白、残殇、朽木可雕、发飙的蜗牛、林海听涛、善水、却却、逆苍天、果味喵、90后村长、鹅是老五、解语、玄雨、张君宝、牛凳、庄毕凡、覆手、梦里战天、纯银耳坠、浪漫烟灰、道门老九、大肚鱼、梁七少、梁不凡、无罪、我本疯狂、陈风笑、番茄、卷土、莫默、太一生水、宅猪、潘海根、仙人掌的花、夜神翼、雨魔、sky威天下、罗霸道、罗晓、蒙白、荆泽晓、心在流浪、陨落星辰、断刃天涯、洛城东、任怨、第一神、沧海明珠、厌笔萧生、鱼人二代、跃千愁、蚕茧里的牛、萧鼎、青子、郭怒、皇甫奇、步千帆、静夜寄思、苍穹双鹰、抚琴的人、MS芙子、十里剑神、青衫烟雨、更俗。（以上排名不分先后）

年度最受欢迎作家
年度玄幻作家：唐家三少
年度仙侠作家：耳根
年度科幻作家：骷髅精灵
年度都市作家：柳下挥
年度军事作家：丛林狼
年度历史作家：月关
年度游戏作家：蝴蝶蓝
年度悬疑作家：唐小豪
年度体育作家：林海听涛
年度青春言情作家：叶非夜
年度古代言情作家：天下归元
年度实体图书作家：玄色
年度青春幻想作家：雨魔
年度二次元作家：善水

年度网文编剧:张君宝
年度正能量作家:静夜寄思

年度十大作品
《飞剑问道》(作者:我吃西红柿)
《剑来》(作者:烽火戏诸侯)
《凡人修仙之仙界篇》(作者:忘语)
《平天策》(作者:无罪)
《修真聊天群》(作者:圣骑士的传说)
《天行》(作者:失落叶)
《独步逍遥》(作者:纯情犀利哥)
《盛世天骄》(作者:阿彩)
《宰执天下》(作者:cuslaa)
《第一战神》(作者:我本纯洁)

年度百强作品
《斗罗大陆Ⅲ龙王传说》(作者:唐家三少)
《元尊》(作者:天蚕土豆)
《逍遥游》(作者:月关)
《圣墟》(作者:辰东)
《一念永恒》(作者:耳根)
《一剑飞仙》(作者:流浪的蛤蟆)
《赘婿》(作者:愤怒的香蕉)
《我是至尊》(作者:风凌天下)
《牧神记》(作者:宅猪)
《宠物天王》(作者:皆破)
《俗人回档》(作者:庚不让)
《超品战兵》(作者:梁不凡)
《医等狂兵》(作者:覆手)
《大道朝天》(作者:猫腻)
《大汉光武》(作者:酒徒)

《伏天氏》(作者:净无痕)

《点道为止》(作者:梦入神机)

《凤袍不加身》(作者:胡说)

《逆天邪神》(作者:火星引力)

《修罗武神》(作者:善良的蜜蜂)

《最强狂兵》(作者:烈焰滔滔)

《十方神王》(作者:贪睡的龙)

《道岳独尊》(作者:雾外江山)

《古蜀国密码》(作者:月斜影清)

《一世兵王》(作者:我本疯狂)

《大帝姬》(作者:希行)

《我在泉水等你》(作者:总攻大人)

《万古天帝》(作者:第一神)

《大国重工》(作者:齐橙)

《天道图书馆》(作者:横扫天涯)

《异常生物见闻录》(作者:远瞳)

《最强反套路系统》(作者:太上布衣)

《终极教官》(作者:梁七少)

《校园逍遥高手》(作者:陨落星辰)

《王牌神医》(作者:朽木可雕)

《超品巫师》(作者:九灯和善)

《都市渡鬼人》(作者:一曲东风)

《从零开始的足球生涯》(作者:郭怒)

《妖精住嘴》(作者:刘阿八)

《猎日雷神》(作者:最后的卫道者)

《火星情报局》(作者:了了一生)

《冒牌大少》(作者:鹅考)

《至尊武帝》(作者:惊蛰落月)

《万域之王》(作者:逆苍天)

《永夜君王》(作者:烟雨江南)

《天神诀》(作者:太一生水)

《女总裁的王牌高手》(作者:三羊猪猪)

《陨神记》(作者:半醉游子)

《不朽之路》(作者:胜己)

《圣武星辰》(作者:乱世狂刀)

《方外:消失的八门》(作者:徐公子胜治)

《龙渊》(作者:骠骑)

《诸天纪》(作者:庄毕凡)

《诸天之主》(作者:云泪天雨)

《魔天》(作者:狂奔的蜗牛)

《龙破九天诀》(作者:柳枫)

《护花高手在都市》(作者:心在流浪)

《军婚NO.1:大叔,轻点爱》(作者:杨子之爱)

《大唐星际管理局》(作者:善水)

《大道争锋》(作者:误道者)

《无疆》(作者:小刀锋利)

《奶爸的文艺人生》(作者:寒门)

《剑灵同居日记》(作者:国王陛下)

《我的1979》(作者:争斤论两花花帽)

《重生之神级学霸》(作者:志鸟村)

《限制级末日症候》(作者:全部成为F)

《近身狂兵》(作者:潇铭)

《天骄战纪》(作者:萧瑾瑜)

《强人》(作者:张小花)

《大数据修仙》(作者:陈风笑)

《都市之最强狂兵》(作者:大红大紫)

《绝世战魂》(作者:极品妖孽)

《秘宋》(作者:荆泽晓)

《圣祖》(作者:傲天无痕)

《缥缈·阎浮卷》(作者:白姬绾)

《缠情私宠:尤物小妻潜上瘾》(作者:洛心辰)

《权皇女帝》(作者:慕容小宝)

《盛唐风华》(作者:天使奥斯卡)

《鉴宝金瞳》(作者:七宝琉璃)

《绝世神皇》(作者:冰墙)

《首席新闻官》(作者:夜火火)

《阴阳刺青师》(作者:墨大先生)

《都市圣医》(作者:番茄)

《最强狂兵》(作者:就为活着)

《碎星物语》(作者:罗森)

《人皇纪》(作者:皇甫奇)

《重燃》(作者:奥尔良烤鲟鱼堡)

《青叶灵异事务所》(作者:库奇奇)

《都市最强战医》(作者:人生几渡)

《酋长别打脸》(作者:相思洗红豆)

3. 中国网络作家富豪榜

由《华西都市报》发布的中国作家富豪榜是一份持续追踪记录中国作家财富变化,反映全民阅读潮流走向的榜单。此榜单 2006 年由吴怀尧首创。"2012 第七届中国作家富豪榜"增设子榜单"网络作家富豪榜",2015 年起单设"中国网络作家富豪榜"。作为一项参考数据,这个榜单可以通过网络作家的年度收入发现网络文学哪一类作家、哪一类作品受到市场关注。

附录　网络文学重要事件

一、国家相关政策

1994年,互联网接入中国的同时,《中华人民共和国计算机信息系统安全保护条例》《中华人民共和国计算机信息网络国际联网管理暂行规定》发布实施。

1997年,《计算机信息网络国际联网安全保护管理办法》实施。

2000年,《互联网信息服务管理办法》实施。

2000年8月15日,《关于审理因域名注册、使用而引起的知识产权民事纠纷案件的若干指导意见》发布实施。

2000年9月25日,《中华人民共和国电信条例》发布实施。

2000年10月8日,《互联网电子公告服务管理规定》发布实施。

2000年11月,《关于互联网中文域名管理的通告》发布实施。

2001年,中国互联网协会成立,并发布《中国互联网行业自律公约》。

2001年7月24日,《最高人民法院关于审理涉及计算机网络域名民事纠纷案件适用法律若干问题的解释》发布实施。

2002年,《互联网上网服务营业场所管理条例》实施。

2002年9月30日,《中国互联网络域名管理办法》实施。

2004年6月10日,《互联网站禁止传播淫秽、色情等不良信息自律规范》发布实施。

2005年3月20日,《互联网IP地址备案管理办法》发布实施。

2005年5月30日,《互联网著作权行政保护办法》发布实施。

2006年5月18日,《信息网络传播权保护条例》发布实施。

2011年,茅盾文学奖修改了评奖条例,《关于征集第八届茅盾文学奖参评作品的通知》中说:"向持有互联网出版许可证的重点文学网站等征集参评作品。"由此向网络文学敞开大门。

2011年,国家新闻出版总署与中国移动通信集团公司签署《共同推进数字出版产业发展战略合作备忘录》。

2014年10月15日,习近平总书记主持召开文艺工作座谈会并发表重要讲话,共有72位文艺界代表出席会议,其中包括两位网络作家,彰显中央对网络文学的重视和关注。

全国"扫黄打非"工作小组办公室、国家互联网信息办公室、工业和信息化部、公安部发布公告,决定自2014年4月中旬至11月,在全国范围内统一开展打击网上淫秽色情信息"扫黄打非·净网2014"专项行动。

2014年12月,国家新闻出版广电总局印发《关于推动网络文学健康发展的指导意见》,这是政府主管部门首次专门针对网络文学提出从思路、逻辑和路径上为网络文学健康有序发展进行规划与设计。

2015年10月19日,《中共中央关于繁荣发展社会主义文艺的意见》出台,明确指出"大力发展网络文艺",为网络文学正名。

2016年,国家版权局、国家网信办、工信部和公安部四部门联合开展的"剑网2016"专项行动启动,重点打击网络侵权盗版,并将网络文学纳入2016年网络版权重点监管工作。

2016年11月,国家版权局发布《关于加强网络文学作品版权管理的通知》。《通知》进一步明确了通过信息网络提供文学作品以及提供相关网络服务的网络服务商在版权管理方面的责任义务,细化了著作权法律法规的相关规定。

2017年6月,国家新闻出版总局印发《网络文学出版服务单位社会效益评估试行办法》。

2017年6月,《互联网新闻信息服务管理规定》发布实施。

二、大事记

1992年,美国印第安大学诞生了首个中文网络交流平台互联网新闻组ACT(BBS的前身),发表了大量原创文学作品,并发布了很多经电子化之后的经典文学书籍。

1994年2月,中国接入国际互联网。

1995年8月,"水木清华BBS"(局域网)正式上线,成为中国内地首家网络文学交流互动平台。

我国台湾地区各大学出现了相互连通的BBS,台湾交大研究生PLOVER的《台北爱情故事》成为早期网络文学代表性作品。

北京在线"温馨港湾"网站集纳了2 000余篇网民原创的文学作品,以散文、随笔为主,包括很多海外留学生的作品。

1997年6月,网易公司推出免费个人主页空间,为中文文学网站的出现奠定了基础。

1997年11月,老榕在四通利方(新浪前身)论坛里发表了一篇名为"10.31大连金州没有眼泪"的文章,在短短48小时之内,几乎传遍了整个网络,新媒体的传播力首次得以显现。

1997年12月,美籍华人朱威廉在上海创办"榕树下"文学主页,成为中国网络文学正式诞生的标志。而著名文学期刊《雨花》杂志的电子版也于同年上线。从此,中国当代文学的新征程开始在"信息高速公路"上阔步前行。

1998年,台湾作家蔡智恒的《第一次的亲密接触》在网上连载,引起两岸网民热烈关注,成为华语网络文学第一部"经典名著"。由此引发的阅读热潮开始改变读者的阅读习惯,网络文学成为读者的重要选择。

随后,网络文学界"黑马"安妮宝贝、李寻欢、邢育森和俞白眉等人形成网络作家群体,他们陆续有作品在"榕树下"发布并引发网民的热切关注,获得众多读者的追捧,一时名声大噪。

1999年,网易在"中国网络文学奖"的评选中,邀请王安忆、贾平凹、阿城、余华等知名作家担任评委,由此引发了网民对传统作家参与评价网络文学的热烈讨论。

1999年8月,红袖添香小说网创立,主要为用户提供小说、散文、杂文、诗歌、歌词、剧本、日记等体裁作品的高品质创作和阅读服务,该站后来成为在言情、职场小说等女性文学写作方面的代表性网站。

今何在的《悟空传》在"榕树下"举办的"网络原创文学作品奖"比赛中获奖。

2000年,《作家》杂志社、《天涯》杂志的"天涯论坛""TOM文学网""榕树下"等以不同方式开展有关传统文学与网络文学之间关系的讨论。

2001年,于根元教授主编的我国第一部网络词典《中国网络语言词典》

出版，收入词语2 000条左右。

2001年，"潇湘书院"在苏州上线，成为早期女性网络原创文学的重要网站之一，也是最早实行女性原创文学付费的网站。

2002年，《哈利·波特》《魔戒》在国内热播，大众对幻想文学的兴趣带动了网络玄幻文学热。

2002年5月，前身为起点原创文学协会(Chinese Magic Fantasy Union)的"起点中文网"上线。

2003年，"明扬品书网"推出VIP收费阅读制度，随后"起点中文网"成功推行了这一制度，并实行"原创文学作品网络版权签约制度"，之后付费阅读制和签约作家制成为网络文学传播与创作的基本模式，网络文学步入商业化阶段。

2004—2005年，奇幻、悬疑、恐怖灵异、青春、穿越等类型小说成为持续的热潮，《小兵传奇》《诛仙》《飘邈之旅》《紫川》《鬼吹灯》《何以笙箫默》《梦回大清》《步步惊心》等小说都拥有众多读者。"80后"作家在网络上异常活跃，韩寒在新浪读书推出武侠小说《长安乱》。

2003年10月逐浪网成立，前身为国内著名的文学站点"文学殿堂"，曾经获得电脑报编辑选择奖和20大个人站称号。2006年6月，逐浪网归入大众书局旗下，2009年11月，空中网在对外发布第三季度财报的同时，正式宣布收购逐浪网。

2004年5月小说阅读网成立。网站按内容分为"女生版""男生版"和"校园版"三个分站，主要提供言情类女性文学、仙侠玄幻类男性文学及青春校园作品。

2004年看书网成立，作为原创小说网站集创作、阅读、无线增值服务、实体出版为一体，致力于原创文学的挖掘和作者的培养，通过多种渠道向读者展示优秀作品，通过多种平台向作者提供优质服务。

自2004年起，新浪网和国内知名出版社、传媒集团共同举办新浪原创文学大赛，旨在促进挖掘具有潜力的网络作家及其出色的作品，促进网络文学的发展和繁荣。2006年第三届新浪原创文学大赛邀请金庸、海岩、温瑞安、张抗抗等海峡两岸名家担任评委，其奖项的设置和社会反响表明，网络文学已成当今大众文学的主流。

2005年，红袖添香创办子站言情小说吧，两站内容互通。言情小说吧主要提供言情小说、校园小说、玄幻小说和网游小说等作品的在线阅读。

2005年,3G门户创建了独立运营的大型阅读集群平台和大型原创文学网站3G书城。

2005年,桐华在网络连载穿越小说《步步惊心》,2011年被改编为同名电视剧,引发穿越小说热潮。

2006年,网络文学推动出版形式多样化,《鬼吹灯》《诛仙》等获得市场青睐。虚构类畅销书排行榜显示,网络作品已占据三分之一份额。17名网络写手加入长沙市作协,网络文学正日益受到文坛重视。

2006年6月,中文在线旗下集创作、阅读于一体的在线阅读网站17K小说网上线。

2006年,流潋紫在网络连载古代言情类长篇小说《后宫·甄嬛传》,2012年同名电视剧播出后引起巨大反响,动漫等衍生品陆续上市。

2007年,上海社会科学院和上海作协同起点中文网达成协议,举办"网络文学创作高级研修班",盛大公司向起点中文网增加1亿元注册资本,开展作家"千人培训"和"万元保障"福利计划,民营资本开始有意识培养网络作家。

2007年,海宴在线网络连载架空历史小说《琅琊榜》,2015年9月同名电视剧播出后被誉为IP制作的成功范例。

2007年,辛夷坞在网络连载青春校园类长篇小说《致我们终将逝去的青春》,小说于2013年与2016年先后被改编成电影和电视剧,成为网络文学现象级作品。

2007年12月,由中国作家协会、中国国际经济科技法律人才学会、中国版权协会、中国电子商务协会、中国音像协会、中国技术市场协会、北京大学中国信用研究中心、清华大学网络行为研究所等全国性行业社团和相关机构联合主办的首届中国网络文学发展研讨峰会在中国现代文学馆举行。

2008年7月,盛大文学宣布成立,旗下运营的原创文学网站包括起点中文网、红袖添香网、小说阅读网、榕树下、言情小说吧、潇湘书院六大原创文学网站,约占整个原创文学市场70%的市场份额;同时拥有天方听书网、悦读网、晋江文学城(50%股权)以及"华文天下""中智博文"和"聚石文华"三家图书策划出版公司。

2008年9月,北京幻想纵横网络技术有限公司旗下大型中文原创阅读网站"纵横中文网"上线。

2008年9月,起点中文网主办"全国30省作协主席小说联展",邀请30个省、直辖市、自治区作协主席(副主席)在线连载自己的小说。

第五次国民阅读调查结果显示,在文字媒体中,报纸以74.5%的阅读率位于首位,杂志阅读率为50%,互联网阅读率为36.5%,图书阅读率为34.7%,网络阅读首次超过图书阅读。

全国首例网络文学侵权案件"云霄阁"侵权案经福建省莆田市中级法院终审判决,侵权者被判刑并处罚金。

2009年6月,由《文艺报》和盛大文学共同主办的"起点四作家作品研讨会"在北京举行,胡平、贺绍俊、白烨、张颐武等评论家研讨我吃西红柿、跳舞、唐家三少和血红四位网络作家的作品。

2009年6月,中国作协《长篇小说选刊》杂志社与中文在线17K文学网主办的"网络文学十年盘点"揭晓,《此间的少年》等荣获优秀作品十佳;《尘缘》等荣获人气作品十佳,开启了网络文学经典化之路。

2009年6月,经中宣部批准,成立了由中国作协党组书记处领导的"全国网络文学重点园地工作联席会议",中国作家网、盛大文学、中文在线、新浪读书和网易读书五家网络文学站点为发起单位。

2009年7月,中国作协鲁迅文学院举办首期网络作家培训班,唐家三少等29名学员入学。

2009年10月,中国作为法兰克福书展的主宾国,向世界展示了中国图书出版业的发展和市场以及中国文化的魅力,盛大集团的盈利模式在法兰克福书展上引起广泛关注,被业界权威评为"世界数字出版三大主流模式之一"。

2009年10月,由中国国际版权博览会组委会、中国作家协会主办的"中国网络文学节"在北京国家会议中心举行。

2009年11月,"起点女生网"成立,其前身是"起点女生频道",致力于对女性网络原创文学及作者的培养和挖掘。起点女生网依托起点中文网的成熟运作机制,成功实现了女性网络原创文学的商业化发展模式。

2009年,中国移动、中国联通及中国电信正式推出3G服务,移动阅读市场进入拐点。

2010年5月,中国移动手机阅读基地正式商用,单月访问用户数突破2 500万,单月付费用户数突破1 800万。在阅读内容上,玄幻、都市、言情、仙侠、历史等类别最受手机用户喜爱。手机阅读成为互联网阅读的龙头。

2010年5月，中国作协与广东省作协在京联合召开"网络文学研讨会"，传统作家、评论家、网络作家、文学网站编辑应邀参加会议。这是中国作协首次主办网络文学研讨会。

2010年6月，盛大文学新加坡站点上线运行，是中国文学网站第一个海外站点。

2010年7月，天音通信集团旗下塔读文学成立，作为无线互联网阅读服务提供商，将以移动终端阅读体验为核心，向用户提供主流的、轻松的文学阅读服务。

2011年8月和2012年2月，中国作协先后两次组织网络作家与国内知名作家"结对交友"见面活动，共有33位网络作家与国内知名作家结成"对子"。

2011年12月，广东省作家协会筹办的全国首家省级网络文学院"广东网络文学院"举行授牌仪式。

2012年1月，广东永正图书旗下"旗峰天下中文网"上线，网站集创作、阅读、下载、版权输出为一体，网站由男生、女生、经典三大频道构成。

2012年6月，中国作协举办网络文学作品研讨会，研讨重点文学网站推荐的5部网络文学作品：菜刀姓李的《遍地狼烟》、天下归元的《扶摇皇后》、酒徒的《隋乱》、阿越的《新宋》和杨鋆莹的《凝暮颜》。

2012年11月，《华西都市报》独家发布了网络作家富豪榜，唐家三少、我吃西红柿、天蚕土豆位列前三名。

2013年，中国作协首次集中吸纳网络作家入会，16位网络作家成为新会员；同年9月召开的第七次全国青年作家创作会议，共有19位网络作家代表出席，标志着网络作家正式登堂入室，参与新世纪主流文学话语的建构。

网络文学教育开辟新局面。上海视觉艺术学院携手盛大文学创造文学教育新模式，首开国内艺术教育网络文学专业本科全日制艺术教育先河。

原创网络文学资源共享渠道初步建成，培育第三方阅读平台逐渐成为行业发展的共识。除盛大文学众多子品牌外，三大电信公司移动阅读基地、亚马逊、京东lebook、当当多看等纷纷加入新平台的建设。

2013年，创世中文网成立，该站是集阅读、创作、互动社区、版权运营于一体的全开放网络文学平台。作品涵盖玄幻奇幻、武侠仙侠、都市言情、历史军事、科幻灵异、游戏竞技、动漫同人等类型。

2013年10月,中国首家培养网络文学原创作者的公益性大学——网络文学大学成立,诺贝尔文学奖得主莫言应邀担任名誉校长。

2013年11月,百度文学在北京召开成立大会。

2014年1月,全国首家省级网络作家协会在浙江杭州成立,3月,首家地市级网络作家协会在宁波成立。

2014年5月,中国作协全国网络文学联席会议和中文在线联合举办网络作家"酒徒作品研讨会"。

2014年7月,中国作协和主流媒体合作召开了"全国网络文学理论研讨会",在我国网络文学发展史上具有开创性、标杆性意义。

2014年11月,中国作协鲁迅文学院举办首届网络作家高研班,为期两个月,血红、唐欣恬、子与2、骁骑校等52名学员入学。

2015年,网络文学主流化进入快车道。

2015年1月,中文在线成功上市,成为国内"数字出版第一股"。

2015年3月,腾讯集团宣布斥资50亿元人民币兼并盛大文学成立阅文集团,将腾讯巨大用户流量的优势与盛大文学丰富的内容资源相结合,形成网络文学阅读平台与传播手段的跨越式升级。阅文集团统一管理和运营原本属于盛大文学和腾讯文学旗下的起点中文网、创世中文网、小说阅读网、潇湘书院、红袖添香、云起书院、榕树下、QQ阅读、中智博文、华文天下等网文平台。

2015年4月,手机阅读平台掌阅科技宣布成立"掌阅文学",将陆续投入10亿元人民币进军网络原创文学领域。掌阅科技旗下子公司掌阅文化、红薯网、趣阅网等原创文学平台陆续启动签约原创作品。

2015年5月,"阿里巴巴文学"正式上线,业务包括内容生产和版权衍生,与书旗小说、UC书城等组成移动阅读业务的主要部分。

2015年6月,"中国网络作家走进抗战历史"活动在北京卢沟桥畔启动。

2015年9月,中国作协联合上海、江苏、浙江和广东四省市作协举办"首届中国网络文学论坛",会议决定每年举办一次全国性的网络文学论坛。

2015年12月,中国作协成立了网络文学委员会,陈崎嵘担任委员会主任。上海、广东、北京、四川、江苏和安徽等十多个省市,由作家协会牵头,陆续成立了网络作家协会、网络文学委员会等相关组织机构,为网络创作保驾护航。

游戏、影视剧和网络剧改编聚焦网络文学 IP,网络文学主导新一轮文化产业升级创新。由《鬼吹灯》改编的两部大电影《九层妖塔》《寻龙诀》和校园青春剧《何以笙箫默》先后搬上银幕。电视剧《琅琊榜》《花千骨》《芈月传》《华胥引》相继掀起收视高潮。

2016 年,中国作协第九次全国代表大会在京召开,唐家三少、蒋胜男、血红等 9 名网络作家被选举为中国作协第九届全国委员会委员,唐家三少入选主席团委员。

中国网络小说的海外传播成为热门话题,阅文集团与 Wuxia world(武侠世界)宣布,签署翻译和电子出版合作协议,初步达成 20 部作品的合作协议,开启了中国网络小说对外输出的新模式。

2016 年,由国家新闻出版广电总局数字出版司指导,中国作协网络文学委员会、中国音像与数字出版协会大众阅读工委会发布《网络文学行业自律倡议书》,全国 50 家网站积极响应。

2016 年 5 月,由中国作协网络文学委员会、湖南省作协、中南大学联合设立的"中国作家协会网络文学委员会中南大学研究基地"在中南大学揭牌。

2016 年 5 月,爱奇艺文学宣布正式启动,除了影视热剧原著网文作品的阅读业务以外,将主推青春、阳光、正能量作品内容,鼓励题材创新性、多样化。

2016 年 6 月,中国作协举办网络文学发展工作交流会,各地作协网络文学负责人和全国主要文学网站代表近 70 人出席了会议。会议认为,网络文学在整个文化产业链中占有越来越重要的位置,已经成为我国当代文化体系中至关重要的原创资源,在现代大众文化生态中是想象力和创造力的重要生产者和供应者。网络文学面临着巨大的发展机遇和各种复杂困难,网络文学工作的对象和方式方法都与过去有很大不同。

2016 年 9 月,"中国网络作家重走长征路活动"在江西瑞金启动。

2016 年 9 月,"网络文学版权保护研讨会"在北京举行,国家版权局在会上发布《关于加强网络文学版权保护的通知(征求意见稿)》。由掌阅科技、阅文集团等 30 多家单位共同发起的"中国网络文学版权联盟"正式成立,同时发布《中国网络文学版权联盟自律公约》。

2016年9月,由中国作协主办的"第二届中国网络文学论坛"在广东佛山召开。

2016年12月,中国作协网络文学委员会上海研究培训基地在上海大学挂牌,上海研究培训基地第一期网络文学高级研修班同日开班。

2017年2月,掌阅科技宣布联合百度文学、中文在线、阿里文学、磨铁文学等发起成立"原创联盟",共同推出"精品内容全平台共享计划"。

2017年3月,中国作协鲁迅文学院第十期网络作家高级研修班开学,从这一期开始,原培训班升格为高级研修班,学期延长至一个月,本期共招收学员57名。

2017年4月,"第三届中国网络文学论坛"在南京举行。论坛发出《深入学习贯彻习近平总书记重要讲话精神,坚定文化自信,推动网络文学健康发展》倡议书。

2017年4月,阿里文学宣布进军网络大电影,联合优酷、阿里影业推出HAO计划,共同投入10亿资金赋能扶植网络电影内容生产者。在首届作者年会上,阿里文学宣布将加强对作者、内容和衍生的扶持力度,打造爆款IP实现多方共赢。

2017年5月,"起点国际"上线,中国网络文学"出海"迈出重要一步。

2017年6月,作为视频行业年度盛会"2017爱奇艺世界大会"分论坛之一,爱奇艺网络文学高峰论坛在北京隆重举行。现场发布了爱奇艺文学开放平台,利用影视生态培育以网络文学付费阅读和版权交易为组合的新商业模式,重塑网络文学新面貌。同时,首届爱奇艺文学奖隆重颁布,2017年,此奖项面向全行业,所有出版社、文学网站、作者均可参与角逐。

2017年8月,作为中国"网络文学+"大会的首场平行论坛,爱奇艺文学在其举办的"网络文学+生态:文学驱动影视"论坛上宣布启动"云腾计划"。

2017年9月,原起点中文网的"白金大神"天蚕土豆离开老东家后,其新书《元尊》开启全网连载模式,在纵横中文、17K中文网、掌阅、爱奇艺文学、阿里文学、火星小说等除阅文集团外的所有重要平台上线。

2017年9月,鲁迅文学院第十一届网络文学作家高级研修班开学典礼在北京举行,本期共招收学员40名。

2017年9月,掌阅科技在上海证券交易所主板挂牌上市,为主板增加了一只专注于数字阅读服务的互联网文化领域股票。

2017年11月,第二届网络文学双年奖颁奖典礼在宁波慈溪举行,酒徒的《男儿行》等25部作品获奖。

2017年11月,阅文集团于香港联合交易所正式挂牌上市。作为首登资本市场的"网络文学第一股",阅文集团此次IPO面向国际和香港共发售股数1.51亿,发行价为每股55港元。

2017年11月,鲁迅文学院第十二届网络文学作家高级研修班开学典礼在京举行,本期共招收学员38名。

2017年12月,第二届"茅盾文学新人奖"暨首届"茅盾文学新人奖·网络文学新人奖"颁奖典礼在桐乡举行,唐家三少等10位网络作家获奖。

2017年12月,中国作协网络文学中心正式成立。

2018年3月,中国作协网络文学委员会、上海市新闻出版局、上海市作家协会和阅文集团在上海联合主办了"中国网络文学20年发展专题探讨会","中国网络文学20年20部优秀作品"评选结果在会议期间揭晓。

2018年5月,由中国作家协会、中共浙江省委宣传部、中共杭州市委宣传部共同主办的首届中国网络文学周开幕,来自网络文学界、文学评论界、网络文学组织、文学和翻译网站、网络文学相关企业等多方面的400余名代表齐聚杭州,共话网络文学发展。

2018年9月,鲁迅文学院第十三届网络文学作家培训班(现实题材班)开学典礼在京举行,本期共招收40名学员。

2018年9月,由国家新闻出版署、北京市人民政府指导,中共北京市委宣传部、北京市互联网信息办公室、北京市新闻出版广电局主办的第二届"中国网络文学+大会"开幕。

2018年10月,"上海网络文学周"拉开帷幕,会议举行了"中国网络文学20年20部优秀作品颁证仪式"和研讨活动。会议宣布设立天马文学奖,奖项两年评选一次。2018年启动第一届,2019年9月评出天马奖,参赛作品为在全国各大文学网站发表且已完本的华文网络文学作品、公开发表或出版的理论评论作品以及已翻译成外文且在国外网站连载或出版的华文网络文学作品。

2018年11月,江苏举办"扬子江网络文学周"系列活动,首届泛华文网络文学"金键盘"奖颁奖典礼、江苏网络文学创意产业园揭牌、江苏网络作家村落户镇江宜园等活动陆续展开。

2018年11月,鲁迅文学院第十四届网络文学作家培训班开学典礼在京举行,本期共招收42名学员。

2018年12月,"中国网络作家村"迎来开村一周年纪念日,100多位"村民"齐聚杭州滨江白马湖,召开第一次村民大会暨首个"村民日"活动。

2018年12月,重庆网络文学大会暨"全国知名网络作家重庆行"活动在重庆九龙坡召开。

跋

网络文学发展了20年,这段历程有许多事情值得记载;近十年,这个领域逐渐受到关注,但研究者不是太多而是太少。我相信,凡进入者虽然十分辛劳,所获得必定远大于所付出,因为这全然是一个学习和吸纳的过程,由好奇到探究,由违和到亲和,终于有所发现,发出自己的声音。这个过程,有朝一日回味,当有诸多感慨。

我从事网络文学研究18年,2008年在主持"网络文学10年盘点",出版个人专著《读屏时代的写作——网络文学10年史》之后,调入中国作协机关工作10年有余,参与了作协网络文学组织工作的筹建,有机会接触和结识了一大批网络作家朋友,常年阅读网络文学作品,撰写文章,陆续出版了《网络文学透视与备忘》《从传承到重塑》《网开一面看文学》等几部理论评论书籍,由此积累了此生最宝贵的一笔财富。

因为涉足很深,我的体会更加真切。网络文学能够在具有悠久历史文化传统的中国生根发芽不断壮大,并且成为世界级文化现象,的确是一桩了不起的事件。一种文化现象对时代发展起到推进作用,成为一种文化符号,假以时日便有可能成为本民族文明链条中不可或缺的一环,进而产生深远影响。网络文学之所以有幸成为这个时代的"锦鲤[①]",在于它生逢其时,扎根于本土,实现多元融合,接续中华文脉,从而释放出巨大的创造力。

网络文学一度遭到非议,又一度门庭若市,颇有点江湖千重浪的意蕴,但终究会归于平静。时至今日,对网络的认识和理解早已不再停留在"介质"层面,这个巨大的"无形之物"对文学书写的影响仍在持续,正面抑或是负面也是"公婆之争",各说各话。说到底,天下本没有一面光的事情,还是那句话,当我们不再把网络作为话题讨论时,文学依然是永恒的话题。

[①] 网络用词,代指一切跟好运相关的事物,如有好运的人,或可带来好运的事情。

我始终对网络文学的未来有着美好的憧憬,一直在期待某个时刻,猛然听到中国网络文学发出"炸裂①"之声,那当然是从遥远之处传来,或许就在大洋彼岸,那一定是中国文学走出去的铿锵回响。"网络文学:中国当代文学第二次起航",这是我 2011 年一篇文章的标题,也是我对网络文学现象的总体解读,我说这次将是一次远航,一次国际航行,一次以文学方式融入全球文化的中国民众集体诉求。这个观点至今未变。

文学本是包容并蓄的产物,因为交互,所以生辉。时光流转,曾经是请进来,现在是走出去,吐故而纳新,传承与重塑,民族之代言,乃文学最崇高的价值与愿景。

我写这本简史,不过是以管窥豹,记录我个人对网络文学的所见所思,疏漏之处在所难免,且因时间缘故不及一一求教,惟愿与师友同仁共勉,为网络文学的推介做一点力所能及的工作。

2019 年 2 月 16 日写于北京马圈

个人简历

马季,国家一级作家,中国作协网络文学专家,中国作协网络文学委员会委员。曾任中国作协《长篇小说选刊》执行主编、中国作家网副主编、《中国文情报告》编委、中国政府出版奖网络出版物评委、"网络文学十年盘点"主持人。在《中国社会科学》《中国文学批评》《文艺争鸣》《小说评论》《南方文坛》《新华文摘》等核心期刊发表论文 500 余篇。代表作:《从传承到重塑》《网络文学透视与备忘》《有限的完美》《网开一面看文学》等,理论专著《读屏时代的写作——网络文学 10 年史》获中国当代文学研究第十一届优秀成果奖。

---

① 网络用词,感叹词,表示程度很深,很厉害、很棒的意思。